忠孝为经　奇事为纬

与世道人心总有裨益

徐哲身

武侠小说

香海奇侠传

徐哲身 著

中国文史出版社

# 目　　录

1

# 自　序

　　数年前曾撰《香国春秋》一书，载于某报，初时无论张生魏熟，已谓此书可以一读。迨载至八九回后，茶寮酒肆、剧馆舞场，人人各执某报一纸，争相讨论，一若为书中人抱不平者，惜乎仅撰至二十四回而止。读者纷纷函请，无不以未窥全豹为恨。

　　时予方应川省某师长之聘，情不可却，一肩行李，溯江而上，遂理脚靴手版之旧事去矣。以致辜负各同文之善意，至今心犹不安。

　　予偶忆及屈碧城剑侠一事，撮要言之。诸友莫不骇然曰："此事可为武侠之王矣，既有如此绝好材料，乌可任其湮没，不传之世耶？"遂与友人约，且内人素具小说癖，亦怂恿之，而撰此《香海奇侠传》。惟予下笔素速，预计此书不二月可成，而此书竟至费时半载。盖此事本为前清时代一巨案，年稍长者，莫不耳熟其事，且人头众多，事实曲折，略一遗漏，便难接榫。内人尤熟此事，予偶一遗忘一人或一事，内人即笑责曰："君胡粗心若是，如某某人、某某事者，乌可忽略耶？"迨予加入后，必细诵一过，洵如严师之督课然。

　　某友者，为予之故人，恒以小说嘱撰。一日见此稿，怨予厚此薄彼，絮絮不已。予笑慰曰："予撰小说，素不虚构事实，所见所闻，不一而足。偶欲用时，任意取之。至偶有平淡无奇者，亦会逢其适，予固无存心也。"某友仍悻然不乐，迫予允彼亦撰此同样一书而后已。然事实上虽难如愿，而此书材料之佳，似亦众口一词焉。

　　近将出版，即以未撰此书以前之趣史，泐之为序。

　　时在民国十九年七月二十五日，徐哲身序于养花轩次。

1

# 第一回

## 名侍郎挂官归隐
## 贤公子游学还家

甲午一役之后，便有一位侍郎看出要强中国，断不是光凭着这几个什么武状元、武探花能够支撑危局的，他就上了一个折子，说是现当列强竞争时代，欲御外侮，全仗有军事人才备做后盾。最好请朝廷一面选派陆军人才去到德国留学，选派海军人才去到英国留学，一面整饬武科，切莫再用那班执有重文轻武成见的人物去充试官，必须选拔真才实学的爱国志士出来做事，国家庶几有救。

那位慈禧太后，本在愁得他们祖宗夺到手的天下，将酿瓜分之祸，一见这本奏折说得可取，马上降旨，着军机处如奏办理。无奈那时李阉莲英方在用事，凡放差缺，都非贿赂不行，一时上行下效，早已成了一个买卖式的局面。试问那些试官，他们原是花了本钱来的，岂肯真心选拔真才、不谈贿赂做一笔蚀本生意的呢？自然仍旧阳奉阴违，只知弄钱顾家，不知取才顾国。不料就在那个时候，居然引出了一班专与贪官污吏作对的剑侠出来，总算替这位侍郎解了一个小嘲。现在就从这位侍郎的家里叙起。

这位侍郎，姓屈名炳垫，号叫淡然，广西桂林人氏。夫人廖氏，乃同乡现任国子监祭酒廖大椿之女，鸿胪寺少卿廖德和之妹。生下一子二女，子名启仁，字宝山；长女名启智，字水云；次女名启信，字碧城。屈侍郎由翰林出身，一直做到刑部右侍郎之职。

有一天，因见节届清明，便上了一个折子，请假回籍扫墓。旨下之日，即携了妻儿老小南下。路过南京的时候，那时宝山公子尚只六岁，水云小姐四岁，碧城小姐三岁，不知怎么一来，倒说被一个拐子把水云、碧城两位小姐都从奶娘手中拐去。屈侍郎马上出了极重的赏格，四处找寻，毫无下落。

廖氏夫人忧女成疾，几至不起。但是没有办法，只好先行回籍扫墓，返京之后，再作计较。后来到京，廖氏夫人的病体虽然好了起来，可是她

1

的两颗掌珠仍是像石沉大海一般,没有影踪。

屈侍郎总算会想法子,即将他妻舅的两个爱女廖漱芬、廖漱芳小姐,以及吴门罗秋镜编修的爱女罗瘦春小姐一齐接到家来,伴个热闹,以解廖氏夫人的心事。

廖氏夫人,人本贤惠,又见她的老爷如此安排,一时不敢再露愁容,以伤她的老爷之心,只得强提精神,自做师父,教这四个小孩儿念书,混过光阴。又因罗瘦春小姐虽和宝山公子同岁,月份较大,便命使女人等直称瘦春作大小姐,漱芬小宝山公子一岁,称作二小姐,漱芳小宝山公子两岁,称作三小姐,简直把她们三个当作自己亲生一般。

罗、廖两姓,一家是屈侍郎的同年至好,一家是屈侍郎的翁婿至亲,自然没有话说。可是这位宝山公子,对于瘦春、漱芬、漱芳三位,表面上虽没什么轩轾,暗地里却和瘦春较为亲热。罗夫人有时瞧出情形,便与罗编修商量,想将瘦春许与宝山。罗编修也极同意,不过因为廖氏姊妹既是屈家至亲,又在眼前,疏不间亲,不好贸然启齿,单说容俟机会罢了。这样一混,宝山公子和瘦春小姐已是十岁,漱芬小姐九岁,漱芳小姐八岁。

漱芬、漱芳姊妹两个,此时渐有知识,已知宝山公子对待瘦春似在她们二人之上,于是无论何事,都让瘦春一着。瘦春既见宝山公子舍亲就疏,和她如此密切,一颗芳心自然全注在宝山公子身上去了。哪知她的父亲忽然放了四川打箭炉的府缺,自然要将她携同赴任。她也明知她的父母膝下只有她一个弱息,事实所在,万无将她一人留京之理。又怕宝山公子舍她不得,临出京的时候,反而不和宝山公子见面。

廖氏夫人一见瘦春这般委曲而去,更把瘦春爱得念念不忘。只因宝山年纪还小,就是再迟几年去向罗家提亲,也不为晚,始把此事搁下。

这年正是打仗之后,屈侍郎上过那本折子,因见时事日非,一木不能支这大厦,便和廖氏夫人商酌,要想挂官归隐。廖氏夫人本知道屈家是个数代单传,再加伴君如伴虎,也极危险,便一口赞成她老爷的主张不错。屈侍郎一上辞呈,不俟批准,就把漱芬、漱芳二人送还岳家,匆匆出京。又因原籍正闹土匪,不便回去,即在杭州西湖边上置下一所大宅,住了下来,从此闭门课子,不问时事。

宝山公子虽因瘦春一旦分离,心里很是不乐,却能知道他的父母都是四十左右的人了,他若再去使他父母因他一个人操心,怎么说得过去?因此每日除了上心用功外,只在父母面前承欢色笑,力尽子职。屈侍郎夫妇有此一子解闷，自然愈格怜爱。

时光易过，这年宝山公子已是一十六岁。屈侍郎见他爱子非但出落得一表人才，而且文学也甚来得，便命宝山公子去到日本，入那士官学校，以备毕业回来，好替国家效力。

廖氏夫人心下虽不甚愿，但是这种大事，应由她的老爷做主，除了多给银钱，好让宝山公子遇事便当之外，又派几个心腹男仆伴送前去。幸亏日本并不算远，十天之中，好接两次回信，真有要紧事情，还好拍电。

宝山公子也知父母叫他出洋留学乃是为国忘家的事情，常常寄回平安家报，偶有小病小痛，也不敢提及一字，恐怕父母担心。

屈侍郎因见他们母子两个都能体贴他的意思，儿子远在外洋，这是没有办法；夫人既在身边，他便常常地陪同出去，或是玩水游山，或是吟风弄月，只想混到他儿子卒业回来，就好了此心事。哪里知道，起初的两年，他的夫人却也死心，并不向他叽咕什么，倒也随便混过。及到宝山公子要卒业的这年头上，反而一天等不到一天起来，只要一清早起身，第一句开口总问她的老爷道："今天是几时了？"

屈侍郎只好连连答道："日子近了，日子近了。"

后来，连廖氏夫人自己也问得不好意思起来了，但又隔不到一两天，仍要和屈侍郎扳了手指算那日子，好容易等到宝山公子真已卒业。一天，来了一份电报，说是现已卒业，下月初上，定可到家。

廖氏夫人一算，下个月却是六月，又对屈侍郎蹙着眉头说道："下个月正是三伏天，这样的大热天，宝儿走在路上，怎么吃得消？"边说边只在乱摇其头。

屈侍郎一见宝山公子已有准确的归期，心里一个高兴，居然也和他夫人说起笑话来了。当下就微笑着答道："夫人既怕你的宝贝儿子走在路上吃不消这个热天，大可以拍份电去，叫他等到秋凉回来。"

廖夫人一听屈侍郎这般说法，慌得想去阻止，怕他真去打那电报。及见屈侍郎依然坐着不动，并未去拟电稿，方始明白屈侍郎在打她的趣儿，也会把她一张老脸陡然红了起来道："老爷怎么乐得这个样儿？这个淘气儿子，大家有份的，为何竟为妻一个人打起趣儿来？这且不必说它，为妻现有一桩事情，要请老爷千万答应我一次。"

屈侍郎一壁摸着他那八字须，一壁微笑着答道："须要夫人说得在理，方敢答应。"

廖氏夫人却笑嘻嘻地说道:"宝儿这个小东西,总算亏他毕了业回来,为妻想自己接,到上海去。"

廖氏夫人的一个"去"字刚刚离嘴,屈侍郎已在大摇其头地说道:"这个不行,这个不行。夫人虽是爱子情切,但是你去接他,叫他如何受当得起?"

廖氏夫人一见屈侍郎只知按意而行,一点儿不肯通融,忙又改口说道:"这么我派小梅、小兰两个丫头代表去接,老爷看怎样?"

屈侍郎听了,方始点点头道:"她们两个,以自己的名义去接少爷则可,若用'代表'二字,则大不可。"

廖氏夫人那时的心理,只要屈侍郎准许小梅、小兰两个去接宝山,便已心满意足。至于这些名义,她本不管。

当下议定之后,第二天,一面就派小梅、小兰,以及七八个妥当男仆,去到上海,迎接宝山公子;一面又在家里打扫房间,检点衣服,收拾用物,置办吃食,忙得不亦乐乎。

屈侍郎见了,虽不阻止,却关照廖氏夫人道:"夫人何必去忙这些小事?最要紧的是打扫家堂,预备祭菜,一等宝儿回来,让他先拜祖先,才是正理。"

廖氏夫人笑答道:"老爷不用操心,这些礼节,为妻不会忘记的。"

屈侍郎又将一向伺候宝山公子的小竹、小菊两个丫头唤至面前,吩咐她们道:"现在少爷大了,不用你们两个前去伺候。"

小竹、小菊两个尚未接腔,廖氏夫人却在旁接嘴道:"咦!我说我们宝儿还没有娶亲呢,常言说得好,没讨老婆总是小。老爷不准她们两个前去伺候,这么穿衣吃饭的事情,又叫宝儿一个人怎么办呢?"

屈侍郎听了,只自顾自把眼睛望着窗子外面天井里的几株大桂花树,懒懒地说道:"不要说宝儿已经是一二十岁的人了,难道他在日本的时候,不穿衣服、不吃饭的不成?"

廖氏夫人便不答此话,单问屈侍郎道:"这么我前一向和老爷说的,罗家既是信息无通,漱芬又有人家提亲,只好就把漱芳配了宝儿。你既答应,我说最好先拍一个电报给我们爹娘去,赶紧定了下来。不然,宝儿一定闹着要瘦春这人,我可拗他不过。"

屈侍郎微笑着望了夫人一眼道:"这件事情,夫人此刻来说,哪里还来得及?我可早已办妥了。"边说边在用他的指头一、二、三、四、五地算了一算,又接说道:"大概下月初十左右,令兄、令嫂同了漱芳就好到这里了。"

廖氏夫人听了大喜道:"既是办妥,老爷为什么不和我提一声的呢?"

屈侍郎笑上一笑,也不置辩,却一个人慢慢地踱到书室里去了。

廖氏夫人此时一想她的儿子即日安然抵家,她的内侄女儿指日就做她的媳妇,一时心里的快活,真非在下的这支秃笔可以描写得出的。

又过几天,第一次接到小梅、小兰两个具名私下打来的电报,说是少爷业已抵申,住的是三洋泾桥长发客栈,少爷的身材也长高了,脸上的丰采更比在家的时候好看了,稍稍休息三两天,就回家来。第二次是宝山公子自己打来的,说是业已安抵上海,二位大人却派小梅、小兰二人远接来申,儿子实在不敢。现命她们另住楼上,儿子准定后天,即六月初五日,回家叩见二位大人。

廖氏夫人看毕她儿子的电报,便暗中笑骂一声道:"这个小东西,真和他老子一样迂腐。"同时又想到自己养下这个儿子,总算很知孝顺、很懂道理,可惜他的两个妹子幼年被拐,至今不知生死存亡。倘若在家,岂不是也和漱芳一样,指日就有女婿见面了。廖氏夫人想到此地,不觉淌下几点眼泪。

可巧屈侍郎踱进房来,一见他夫人颊有泪痕,忙问什么事情。廖氏夫人见问,即将她方才所转的念头告知屈侍郎听了。

屈侍郎忙想出话来安慰道:"已过之事,夫人可以不必想它了。现在媳妇就要进门,媳妇可以常在你的身边。至于女儿,迟早总要出阁的,倘若嫁到远方,也是难得见面。"说着,便也长吁一声,赶忙去到靠窗的一张椅上坐下,随便拿起一本书来,遮着脸,假装在看。倘若不是这个样儿,他那眼眶里的东西,便要被他夫人瞧见了。

廖氏夫人,她和屈侍郎是久年的夫妻,岂有瞧不出她老爷的行径?只好大家混过,另谈别事。

等到初四那天的晚上,吃过晚饭,略过一会儿,廖氏夫人就催屈侍郎早些安睡。屈侍郎一愣道:"怎么今儿睡得这般早法?"

廖氏夫人一笑道:"明日是什么日子?"

屈侍郎也笑道:"戴生昌的小轮船至早要下午三四点钟才好到拱宸桥,宝儿马上坐了轿子回家,恐怕也要傍晚了。我们明天早起,也没用处。"

廖氏夫人很快地答道:"我心里只是发急,大家总是早些起来。"

其实屈侍郎平常时候都是七点钟就起身的,连廖氏夫人自己,一过八点也就起来。她那日晚上,要叫屈侍郎早睡早起,无非一心注在她那爱子身上,对于所说的说话、所做的事情,反而有些失了常度。但是,一个人处了这种境地,就会不期然而然这样的,不好单怪廖氏夫人一个。

现在单说廖氏夫人,第二天天刚发白,她就一个人巴巴结结地起身下床。屈侍郎被她吵醒,也就同时起来。廖氏夫人这天又忙了一天,到底忙些什么,连她自己恐怕也不明白。直到傍晚,始见两个男仆飞奔进内,刚刚跨进内堂,就上气不接下气地禀知屈侍郎和廖氏夫人两个道:“老爷、太太,少爷回来了!”

廖氏夫人慌忙站起身来,一面急问那两个男仆道:“少爷在哪里?”一面移脚就走,似乎要往前厅去的样子。

那两个男仆忙阻止道:“少爷还在路上,家人等是骑了飞马先回来报信的。”

廖氏夫人一听她的儿子还在路上,方始回身坐下。

屈侍郎便对廖氏夫人笑道:“夫人忙什么?宝儿既已回来,跑不得哪儿去的。”

廖氏夫人此时哪里还有工夫去和他的老爷说话,只把她的身子偏着,一双眼珠直望前厅的那一道腰门,大有她的儿子离家几年,连自己的屋里也会不认得进来的样儿。哪知就在此时,廖氏夫人陡见小梅、小兰两个飞奔进来,嘴里嚷着:“少爷来了,少爷来了!”同时又听得轿夫吆喝的声音,她便飞快地扑地站起,就向前厅飞步走去,连屈侍郎赶忙拦着和她说话,也听不见。

不知屈侍郎要和廖氏夫人所说何话,且听下回分解。

# 第二回

## 疑谣传筵前谈剑侠
## 享艳福衾底拥媒人

屈侍郎一见他的夫人飞步地直向前厅而去,忙在背后高声说道:"宝儿既已到家,且让他先祭过祖先,自然会进来见你的,你出去做什么……"

哪知屈侍郎的说话尚未说完,廖氏夫人早已跨出厅门去了。此时屈府上的大小丫鬟、仆妇人等,一见夫人出厅,都也跟着出去,内堂之中仅剩屈侍郎一个人了。

屈侍郎起初倒还镇定如恒,坐在楼上,一动不动。及至后来,便也站了起来,却在中堂绕着圈子,踱他的方步。一踱两踱,倒说也会慢慢地踱了出去。不过廖氏夫人的出去,是急急忙忙飞奔而去;屈侍郎的出去呢,到底和他夫人有别,乃是慢慢地一步一步踱出去的。至于急急地出去和慢慢地出去,虽有缓急之分,其实同一出去,仅分先后而已。孟子说的,以五十步笑百步。那时的屈侍郎,却有那般景象。

等得屈侍郎踱出前厅去的时候,只见他的那位爱子早经祭过祖先,业已跪在地上,伏着他母亲的膝盖上。母子二人一同在那儿很伤感地抱着哭泣。

宝山公子一见他的父亲出来,方始忙不迭地推开他母亲的手,站了起来,奔至他父亲面前,叫了一声"爹爹",便哭拜下去。

屈侍郎本是一位严父,平常时候,心里虽是怜爱这个儿子,可是面子上却不像那位廖氏夫人,口里常常嚷着什么"宝贝儿子、心肝儿子"的等等说话。独有这天,虽然不肯失去他那严父的态度,但见他的爱子,离家当口儿,还是一个垂髫童子,此刻回来,已经长大成人,一时想起自己年已五十左右的人了,膝下仅此独子,在外数年,自然吃苦,也会老泪涔涔而下,反没一句言语。

廖氏夫人在旁瞧得清楚,只好一面拭着眼泪,一面走到她老爷的身旁,假意喝着她的儿子道:"你这小东西,你在外国这几年,虽是求学大事,可是我们两老哪一天不是提心吊胆地惦记你？你今儿一到家，引得为娘哭了一场还不够，现在还要引起你老子的伤心吗？赶快起来，去让她们替你洗脸去。"

宝山公子一听他的母亲如此说法，方向他的父亲磕了几个头，站了起来。

此时小竹、小菊两个早已捏着热手巾伺候在那里了。宝山公子接到手中，先让父母揩过，然后自己边揩边向他娘、老子一同说道："儿子离家，连头搭尾，不过四年光景，怎么父亲、母亲的脸上苍老得这般快的呢？"

廖氏夫人生怕他儿子的这句说话又惹起他老子的伤感，忙苦了脸地笑答道："这几年里头，你已长得劈长劈大了，我们二老怎么还不苍老？闲话少说，你的肚子大概饿了，快跟为娘进去吃晚饭去。"

屈侍郎此时方接口朝宝山公子说道："你既学成回来，祖宗想也高兴。"说着，便吩咐家人等："可将祭菜撤下，送到厨房，赶快热过，摆在内堂，让少爷接些祖先的余福。"

那些家人，大家哄着答应了几声"是"之后，都来向屈侍郎和廖氏夫人道喜。家人道过，那班仆妇、丫鬟也来道喜。廖氏夫人便吩咐账房，按名赏给十块喜钱。大家忙又谢过，始将祭菜搬了进去，屈侍郎和廖氏夫人便命宝山公子随入内堂。好在宝山公子在学校里的事情，每次家报之中都已详禀过了，此刻仅将日本的风土人情简单地禀知二老。屈侍郎本是一位学贯中西的人物，听了不过如此。却把这位廖氏夫人，一听日本的风俗完全和中国不同，自然有些惊异。

此时菜已摆上，内堂的挂灯一齐点着，屈侍郎便去坐了上首，廖氏夫人坐在左首，宝山公子自去把右首的一把椅子移至稍下一点儿，方始规规矩矩地坐下。

原来屈侍郎虽是一位道学先生，对于杯中之物，平日总吃几杯，不过适可而止，存着"不及乱"的那句古训罢了。

宝山公子斟过二老的酒后，跟着说道："儿子在外面的事情，方才约略已经禀过。还有两桩事情，此刻要禀明父母。"

廖氏夫人忙问何事。

屈侍郎微笑着道："且让宝儿说呀！"

宝山公子接说道："儿子在轮船上，忽然大吐大泻起来，船上虽有医生，吃下药去，并无效验。"

廖氏夫人大吃一惊道："这么怎么得了呢？"

宝山公子抿嘴微笑道："儿子现在已经好了，母亲请勿着急。"

廖氏夫人听了，方始把心放下道："这么你快说下去。"

宝山公子又说道："幸亏有位法科学生范驾雄，为人很是热肠，一面给儿子吃着痧药，一面亲自服侍儿子。整整地闹了两天两夜，方始平安。"

屈侍郎便问宝山公子："此人现在何处？"

宝山公子忙答道："他现在先到安徽一转，大约一两个月之中，就要来叩见爹爹的。儿子因感他的义气，业已和他通谱。"

屈侍郎摇摇头道："一个人交朋友，惟相交以心，至于这些通谱的虚文，实在不足为贵。你年纪轻，又少阅历，世情险巇，好人、歹人，你哪里分得清楚？"

宝山公子忙肃然地答道："爹爹教训极是，不过儿子看他还觉少年老成，就是家况清寒一点儿而已。"

屈侍郎和廖氏夫人同声说道："只要人能诚实，你交一个朋友，做你父母的，难道一定来禁止你不成？"

屈侍郎又单独说道："你既和他通了谱，他的年纪想来总比你大，你以后就得当他哥哥看待。至于他的景况寒些，朋友本有通财之谊，而况弟兄乎？"

廖氏夫人又问道："还有一桩，又是什么事情呢？"

宝山公子忽红了脸地说道："这件事情，儿子却是听来的谣言。儿子在日本动身的那一天，偶然遇见一个打箭炉的人，他说罗年伯那年一到打箭炉，就被土匪攻城，全家被害，似乎单逃出瘦春姊姊一个。他又说，那个土匪的头领后来却被一位剑侠杀死，这位剑侠名字叫作郭鸣冈，也是四川人。"

屈侍郎听到这里，方始摇摇头道："大概真是谣言吧，你想一个实缺知府，全眷被杀，川督岂无奏报？不过我与你们罗年伯一别匆匆十载，不但音信杳然，而且各处也探听不出他的消息，这真有些不解。至于你所说的那位郭鸣冈剑侠，为父久听此间的余子玖中丞谈过，确有此人，他的作为，完全和古代的大侠是一样的。去年听说两宫还想拿办他，后来还是你们外公去求下来的。其实单是一个'侠'字，已属难能可贵的了。若是'侠'字上面再加一个'剑'字，这真正是绝无仅有的人物。两宫因为听了谗言，竟要拿办这位剑侠。"

屈侍郎说至此处，忽然哈哈一笑道："既是剑侠，试问怎么去拿？怎么去办呀？"

廖氏夫人接口道："我知道本朝康熙皇上，不是就被剑侠吕四娘所害的吗？怎么这位太后还敢拿办剑侠呢？"

屈侍郎听了，忙阻止廖氏夫人道："这些深宫秘事，不管是真是假，我们做臣下的，万万不应提及。"

廖氏夫人听了一笑道："老爷的胆子也太小了，我们私下谈谈，谅也无碍。"

屈侍郎一面自去摸摸他的颈项，一面笑答道："我是强项出名的，恐怕没有这样的快刀来斩我吧！"

宝山公子因见他的父母都在互相谈笑，始敢问道："儿子出去这几年，二妹、三妹可有一点儿消息吗？"

廖氏夫人微皱其眉道："你这痴孩子，你的两个妹妹若有一丝半点儿消息，为娘早已奔到外国去给你信儿了。为娘老实说一声，直到现在，方才想穿，譬如当时没有养下她们，或是她们早年夭亡，为娘是早已撇开的了。"

宝山公子听完，犹在微叹其气。

屈侍郎忽于此时，将手向站在门外的那个小梅丫鬟一招道："你且过来，派件事情让你做做。"

小梅丫鬟一见老爷向她招手，慌忙走至桌边站下。

屈侍郎复含笑地对小梅说道："你去斟一杯酒给少爷喝，我还有要紧说话和他讲。"

宝山公子一听他父亲这般说法，吓得慌忙站了起来，恭恭敬敬地朝屈侍郎说道："爹爹有话，只管教训儿子，儿子怎敢领爹爹的赏酒？"

屈侍郎将手朝宝山公子一扬道："你难道不知道'长者赐不敢辞'的那句古训吗？你且坐下，喝了之后，为父自然有话和你说。"

宝山公子听了，仍旧不敢马上坐下。

廖氏夫人接口道："你老子大概因你学成回来，奖励你一番，也未可知，你就坐下喝了吧！"

宝山公子听完，忙又出席，向他父、母各请一安，谢过之后，始在原位站着。等得小梅将酒斟上，慌忙把酒咕嘟一声，一口喝尽。

宝山公子在喝酒的当口儿，廖氏夫人还含笑地关照他道："宝儿慢慢儿喝,这是热酒,你一口干,受不住的……"

廖氏夫人的话尚未完,宝山公子的酒已喝下,便向廖氏夫人嗫嚅地说道:"小梅在家伺候父亲、母亲,很辛苦的,儿子想敬她一杯,谢她总算在替儿子稍稍分劳。"

廖氏夫人笑上一笑道:"你既说起她来,不是为娘当面在夸奖她们,有她和小兰在我身边,我真的要少操多少心。"

宝山公子听了,便另取一只杯子,满斟上酒,双手递与小梅。小梅微红其脸,恭恭敬敬地接到手内,也是一口而尽。谁知喝得太急,只听得扑的一声,早把那杯业已到她喉管里的酒,重又喷了出来。幸亏她把脑袋向外转得快,不然,定已喷了宝山公子满身。

廖氏夫人在旁笑骂小梅道:"你这小鬼头,真是不上台盘,少爷难得赏你一杯酒喝,你偏偏地就来现丑。"

小梅听了,绯红了脸,不敢置答,假装去洗杯子,急急忙忙地避了出去。

宝山公子一等小梅走后,又命小兰近前,也照样斟上一杯给她喝过,方才坐下。

屈侍郎此时就正色地对宝山公子说道:"为父和你母亲都已年近半百,望孙情切,你可知道吗?"

宝山公子听了,微红其脸一会儿,似乎不便说什么的样子。

屈侍郎又说道:"现在为父和你母亲已经替你定下了你那漱芳表妹,你们舅父、舅母大约初十里外,可到这里。"

宝山公子听了此言,心里不觉一惊,嘴上仍是不响。

屈侍郎又接着说道:"'不孝有三,无后为大',婚姻大事,似乎不必害臊。"

廖氏夫人此时早知她这爱子的心事,急插嘴道:"宝儿,你可不必痴心妄想,尽在等你那位瘦春姊姊了。你要晓得,我们二老只有你这独子,瘦春这人,为娘本最喜欢她的,她倘稍有消息,为娘早已替你定下,可是现在毫无下落。就是据你方才所说,你那瘦春姊姊一个人已从土匪之中逃出,既是逃出,她就早该到北京去寻我们,或是去寻你们外公和舅父、舅母。她的人既不来,信息又不通,照为娘看来,恐怕也和你那两个妹妹一般,不见得还在人世上了吧!况且'娶妻娶德'本是古话。即使讲色,你那漱芳表妹也和瘦春不差什么。快快不许执拗,你们老子和我才欢喜你。"

宝山公子在他母亲说话的时候,早在腹中思量道:"我本是除了瘦春姊姊,不愿娶亲的了。现在母亲所说,又极有理,瘦春姊姊倘若真的不在人世,这么只有两个表妹我还赞成。"

宝山公子刚刚想至此处,廖氏夫人的说话已经说完,他就答他母亲的话道:"儿子不过因和瘦春姊姊谈说得来。现在瘦春姊姊既无下落,儿子不敢说一定要等她。爹爹、母亲说娶哪个,儿子就娶哪个就是。"

屈侍郎忽将桌子一拍道:"这句说话,才是正理。"

廖氏夫人也笑嘻嘻地说道:"既是如此,你快吃了饭早些睡觉去。再过几天,有得忙呢!"

等得大家吃毕,屈侍郎便命宝山公子睡到书房里去。

谁知第二天下午,廖德和少卿同了他夫人,以及两个爱女,已经到了。

廖府上和屈府上既是至亲,且有预约在先,因此也不另租公馆,老实就在屈府住下。彼此多年不见,大家问长问短,说个不了。

当下宝山公子先去叩见舅父、舅母,漱芬、漱芳两个也来叩见姑父、姑母。漱芳因是新娘,一转眼间,早已躲了开去。

廖氏夫人早知本月初十那天是个黄道吉日,一力主张就在那天做了喜期。德和夫妻两个自然无用反对,好在两家既极富有,又是老亲做亲,都可随随便便。这几天之中,又很来得及的。

现在单说初十那天,宝山公子和漱芳小姐两个花烛之后,送入洞房。那时既是前清时代,尚用古礼,新娘自然是凤冠霞帔的,由几个喜娘扶着坐在床沿之上。廖氏夫人生怕儿子吃力,早将闹房规矩免去,话虽如此,还被几位世交至亲争看新人,也到午夜方散。

屈府上虽非杭州土著,所有一切仪举,却也入乡随俗,杭州的新娘照例是先上床的。等得那位宝山公子来睡,新房之中,除了灯烛辉煌、香气四溢之外,已是纱帐低垂、鸦雀无声的了。

宝山公子睡下之后,他却先开口对着新娘说道:"芳妹妹,我们俩转眼虽是十年不见,不料竟成了夫妻。"

漱芳为人,素来性情直爽,又爱说话,今天因是新人,头几句自然只好不响。及至宝山公子问了又问,说了又说,她始轻微地答话。后来渐说渐多,便和从前在北京时候,书房之中一般了。

宝山公子忽笑问道:"我听说芬妹妹的亲事本已说妥的了,怎么中途又会不成?"

漱芳不但人极直爽,而且对于姊姊,十分情重,她到此时,一时熬不住起来,便脱口而出地答道:"大概是留给我郎的吧!"

宝山公子听了,微笑道:"这句不成话,妹妹既嫁了我,怎么你姊姊还好嫁我呢?"

漱芳却微红其双颊,很诚恳地答道:"这是我顾全姊姊,因为她为人非常长厚,若是配了别个,未免就要吃亏。只要我郎愿意,我敢出来做这媒人。"

宝山公子听了这话,不禁哈哈地一笑。不知此笑究是愿意不愿意,且听下回分解。

# 第三回

## 芳少奶妙爇莲花
## 梅丫鬟私舞木棍

漱芳忽见宝山公子在笑，便问笑些什么。

宝山公子仍是带笑说道："你姊姊能够和你在一起，这是你的贤惠，我怎么不愿意？但怕我们两老和岳父、岳母不肯答应，也是枉然。"

漱芳又说道："我们爹娘那里，我倒可以稍作几分主意，这里姑母……"

宝山公子拦着漱芳的话头道："你得改口了，怎么还在叫姑母呢？"

漱芳稍稍一愣道："这是羞人答答的，怎么一时改口得来？"

宝山公子正色道："这是正理，哪好害臊？"

漱芳听了，且不答这话，就接着说道："这么这里婆婆倒好说话，可惜公公有些古板。但我自有法子去求婆婆，只要婆婆答应，便有一半成功了。"

宝山公子正待答言，忽听小兰丫鬟的声气，在窗外对他们说道："太太命丫头来传话给少爷，说是少奶奶今儿辛苦一天了，叫少爷早些和少奶奶安置。"

宝山公子赶忙接口答道："你去回复太太，说我们已经睡熟了。"

小兰又说道："少爷和少奶奶真的请早些睡吧，太太是已经差人来看过好几次了呢！"

小兰说完自去。

漱芳用手掩了她的脸，低声对宝山公子说道："我们的讲话，不是都被她们听去了吗？真是丑死了。"

宝山公子道："我们讲话被她们听了去，这倒还不要紧，只是你的婆婆这般为你操心，你以后须得好好地孝顺她老人家才好。"

漱芳仍是轻轻答道："这个自然，何消你来吩咐！"

宝山公子还要再说，漱芳已经假装睡熟。宝山公子方始真和漱芳两个，一同入梦。

次日起来，先行朝见之礼，然后才回新房。三朝回门，因在一家，自然便利不少。

十天以后，廖德和夫妇因为假期将满，已在预备行装。

这天晚上，漱芳瞧见房内无人，便和宝山公子悄悄地说道："姊姊的事情，我已求过婆婆，婆婆是一口答应。又说我们姊姊的这趟来，本是要长住此间，由她老人家慢慢地替她许人。我既赞成将姊姊一同嫁你，她老人家便少一件心事。至于公公面前，让她老人家去商量了再说。"

宝山公子听了，一时倒不便说什么，单答了一声："这件事情，我都不管，由你做主就是。"

漱芳也就一笑不提。

没有几天，屈侍郎那里已由廖氏夫人说妥。廖德和夫妇因见漱芳能够顾怜姊姊，心里更是乐意。屈侍郎和廖氏夫人两个便把漱芬的喜期拣在本月二十四日荷花生日那天。

那天，一切礼节都和漱芳那天相同，花烛以后，廖氏夫人便命阖宅人等称呼漱芬为芬少奶，称呼漱芳为芳少奶，又把小竹丫鬟给了漱芬，小菊丫鬟给了漱芳。因为小竹、小菊的年纪虽和两位少奶奶不相上下，可是从小就由她手内提调出来的，一切对内、对外的事情，芬、芳两个便好少操不少的心。小竹、小菊两个况且久已伺候宝山公子惯的，宝山公子的脾气，她们两个真比两位新少奶奶知道得多。漱芬、漱芳两个既有如此的两个好帮手去替她们伺候宝山公子，她们便好提空身子，前去侍奉公婆。

廖德和夫妇瞧见屈府上父慈子孝、上和下睦，知道他们两个爱女做了屈家的媳妇，反较在娘家安闲得多，于是叮嘱一番，放心回京供职去了。临走的时候，屈侍郎又托他们带了平安的禀帖，以及杭州的土产，呈与岳父、岳母。

等得廖德和夫妇走后，漱芬、漱芳两个，除了侍奉公婆之外，倒也无所事事。

有一天午后，漱芬、漱芳两个正在房里坐着，面对面绣花，宝山公子从外而入，便笑向她们姊妹二人说道："我们家里还可过活，你们二人何必巴巴结结地做此针线？"

漱芳便停了针，先开口答道："我们本不是做了针线去卖钱养活的，不过日长无事，闲坐着也没味儿。此刻公公又在打中觉，婆婆那里，我们不便前去。你既不许我们做这针线，请问你一声，又叫我们做什么事情呢？"

宝山公子尚未接腔，漱芬也就将针放下，笑怪她妹妹道："妹妹，你真是同着那句'江山易改，秉性难移'的古话了。你瞧，他不过随便说上一句，你就啰哩啰唆地说上一大串。"

漱芳听了，一面别过头去抿嘴一笑，一面又回过头来盯了漱芬一眼道："姊姊，你这般帮他，可是忘记了我这位大媒了吗？"

漱芬为人虽然不及漱芳活泼，但也不是老实得一丝没用，不过性喜幽静，不爱多讲话。她娘见她这个样子，往常就说她不及漱芳能干。漱芳虽然十分顾怜她姊姊，可是有时也常常拿姊姊打趣儿的。漱芬素知她的妹子遇事无不卫顾自己，又知她妹妹一张嘴来得厉害，就是真的想去答还她几句，自己也知必在失败之列，于是委实承认不会说话，家中一切大小事情，都让她妹妹去居先。历年下来，漱芬这人似乎是她妹妹的殖民地一般了。这天因见宝山只说一句，她妹妹便刻刻地像连珠炮地放了一大串，所以便去笑怪她的妹妹。不防她的妹妹当着宝山公子面前，忽然说出忘了大媒的这句话来，可怜顿时把她羞得通红其脸，心里要想拿这句话去驳她妹妹，又怕得罪了她妹妹，拿那句去驳她妹妹，又怕牵连了宝山公子，一时弄得没有一句说话。她又想到若没说话回答，岂不是成了真的忘了大媒那句话了吗，她的妹妹自然便要灰心；若是直说不会忘记大媒的说话呢，又因宝山公子在旁，这句说话未免偏于轻佻。她只是张着那张樱桃小口对着她妹妹，终归没有吐出一字。

漱芳那时明知她姊姊要想有所表示，而因宝山公子在旁，又不便表示，心里实在为难。她还要故意去逼她姊姊道："姊姊，你可是仗着……"漱芳边说，边斜了宝山公子一眼，接说道，"他爱你斯文幽静，比较我这粗糙人好些，你就真的过桥抽板了吗？"

漱芬一见她妹妹越说越像怪她的样儿起来，只急得一时辩又不好，不辩又不好，几几乎要迸出泪来了。

宝山公子在旁看得不忍，赶忙插嘴对漱芳说道："芳妹妹，你既是玩儿，真是真，你姊姊何至这样，她还常常暗地里和我说，她说：'我们妹妹待我真是异乎寻常，别的且不说她，单说她一力主张将我嫁你，分明是把一位好好丈夫分了一半给人。换了一个，怎肯干此？就是古代的娥皇、女英同配大舜，也是尧皇做主，同时配与大舜的，并不是由女英做媒的呀！'……"

宝山公子刚刚说至这里，漱芳便拦了话头问道："这话真的吗？"

宝山公子很急地答道："自然是真的，我哪次和你说过假话？"

漱芳忽然向宝山公子嗤嗤地一笑道："我是故意逼逼姊姊的，姊姊的为人，我是她的同胞妹子，难道还不知道？不然，我真的不肯将你这个人分一半给她。"

漱芳等得说出这句，马上就知道这句说话说得太不庄重，一时又收不回来，不禁顿时羞答答地，只好又去怪她姊姊道："都是姊姊不好，害得人家话不留口。"边说，边就滚到她姊姊的怀里去问她姊姊道："什么叫作一半不一半？这句话怪不好听的呀！"

那时，漱芬正把两只眼睛望着宝山公子和她妹妹两个，在听他们说话。冷不防她妹妹一头倒在她的身上，幸亏连忙支撑得快，将她妹妹抱住，也还把她们二人的身体，仿佛像个风摆杨柳般地摇曳了几摇。及至听到她妹妹在问她什么"一半不一半"的那句说话，方始咦了一声道："这句说话，起先是他口里说的，后来是你口里说的，怎么又怪起我来了呢？"

漱芳便又抓着她姊姊这句说话，急又离开她姊姊的怀里，走到宝山公子面前，微挤其眼地笑道："你不是说不讲假话的吗？怎么姊姊此刻又在说这句说话是从你口里说出来的呢？既是你说的，可见你方才的那些说话都是胡诌出来的了。"

宝山公子尚未来得及答言，漱芬却来抢着辩白道："我从前是向他讲过的，方才总是他口里讲出来的呀！"

漱芳忽又一笑道："我本来知道这句说话是姊姊讲的，因为姊姊要赖，所以我故意吓吓你。不料姊姊果然被我一吓就吓出来了。但是这句说话既是姊姊讲的，这么什么叫作'一半不一半'，姊姊应该告诉我呀？"

漱芬起先一塌刮子不敢答她妹妹的说话，原是恐怕宝山公子怪她轻佻；此刻无端又去承认此话，真被漱芳将她玩诸掌上了。她便站起身来，向漱芳嘟嘴一笑道："我本是不会讲话出名的，我承认说不过你好不好？我可要到婆婆那儿去了，让你尽管和她捣蛋去，我可不问。"

宝山公子站在旁边，却在默忖道："漱芳玲珑剔透，可惜不是律师，否则一定歪理说出正理，从此复无打输官司之日。有妇如此，闺房戏谑，倒也可以解闷。漱芬呢，幽娴贞静，一句说话讷讷不能出口，颇有古长者之风，妇流如此，也是我屈宝山的造化。她们两姊妹的姿首，一位像玫瑰花又红又香，一位像芝兰花又文又静。不过瘦春姊姊这人则兼她们二人之长,可惜至今没有下落,不然……"宝山公子想至此处,忽把他头乱点,不知怎么一来,又会露出"瘦春"二字,竟被漱芳听见。

漱芳本来要同漱芬到她婆婆那里去了的,忽见宝山公子一个人痴痴地站在那儿,忽而摇头,忽而点头,忽而说出"瘦春"二字,她又顿时猜透宝山公子的心理,复笑着轻轻地向他说道:"我奉劝你一声,你快不可再去胡思乱想了,瘦春姊姊十年没有消息,即在世上,也已配人。她若真的还在那儿守你,你只要能够探出她的地方,我仍旧可以替你做媒,甚至我和我们姊姊二人退居妾位,亦所不辞,以医你这相思之病怎样?"

宝山公子一被漱芳道破心事,只好一笑,跑出房去。

芬、芳二人方始手挽手地来至廖氏夫人那儿,跨进房门,就见廖氏夫人正在和小梅丫鬟讲话,一见她姊妹二人进去,便微笑道:"你们姊妹两个,为什么不早来一步?"

廖氏夫人刚刚说到这句,那个小梅丫鬟急忙偷偷地向廖氏夫人眨眨眼睛,似乎知照廖氏夫人不要将她方才的事情告知二位少奶。哪知漱芳眼睛最尖,早已瞧见,便去质问小梅道:"你和婆婆眨什么眼睛?"

小梅一见已被这位芳少奶奶瞧破,她便红了脸地急向后房躲了进去。

漱芳不肯放她过门,正拟追到后房,廖氏夫人却向漱芳摇摇手道:"芳儿,你不必去追她,让我来说给你们姊妹两个听吧!"

漱芳听说,就去坐在她婆婆的对面。漱芬却去坐在她婆婆的下首。廖氏夫人未曾开口,又笑了起来。漱芬因见她婆婆在笑,即把她的腰骨伸直,身子偏在一边,把眼睛望着后房,想瞧小梅究在后房何事。望了一会儿,仍旧望不出所以。

此时廖氏夫人已在说话,漱芬忙把身子坐正,只听得她婆婆说道:"小梅这个东西,今年不是十八岁,就是十九岁了。"

漱芳接口道:"她和媳妇同庚的。"

廖氏夫人摇摇头道:"我哪里记得清楚呀!我自从那年离京来到这里,因为你们公公常常有腰酸背痛的毛病,我要服侍他,他又不肯,后来我就托人买下大批的丫头,以便替你们公公好捶腿。你们公公现在总算圆通得多了,从前是非常古板的,丫头一大,他就不准她们近身,所以我那时都拣十岁左右的。当时我见现在的这几个头面都还长得端正,就把小梅、小兰留在我的身边,小竹、小菊,叫她们去伺候我们宝儿,还有阿春、阿夏、阿秋、阿冬四个,都派出去打杂。哪知这些黄毛丫头,现在都出落得像个人样儿了,独有小梅这个东西,她倒是一个好出身,她的老子叫作袁宠标,据说还是四川督标里的候补守备呢。因她老子略知武术,便把所有的看家本事统统传授给她,后来她老子因为犯了军法,充发极边,遇赦不赦,永无生还之日。她娘一急身亡,因此把她卖作路费。她自从到我这里,我虽知道她懂点儿武艺,但是一个八九岁的毛丫头,我想也不过这回事罢了。直至今日,也未提过此事。谁知我们宝儿那天偶然说起剑侠郭鸣冈来……"

漱芳掺言道:"郭鸣冈,不是太后娘娘要拿办他的那个吗?还是我们爷爷求下来的呢!"

廖氏夫人一面点点头道:"正是此人。"一面又接说道:"郭鸣冈既是称道剑侠,自然有飞天的本领,可笑我们这个小梅,她竟敢口出狂言,要想去向姓郭的讨教讨教。"

漱芬忙将舌头一伸道:"这句话,也就把人吓了一跳。"

廖氏夫人又点点头道:"谁不是这样说呢?方才你们公公睡了一晌中觉,就往书房里去了。我因一个人没有事做……"

漱芬、漱芳两个同声说道:"这么婆婆为什么不来喊媳妇们一声的呢?"

廖氏夫人笑上一笑道:"你们姊妹两个是还没有满月的新人呀,我又何必常常地去喊你们?"

漱芬、漱芳两个都红了脸地答道:"婆婆呼唤,分什么新人、旧人?"

廖氏夫人不答此话,单接说道:"我起先忽然听见后房院子里噼啪噼啪地一阵乱响,我便悄悄地走到后房去看看。哪知小梅这个淘气东西,倒说私下拿了一根木棍,在那后院天井里乱舞,并且还把所有的石板一块一块地都打得粉碎。"

漱芬忙说道:"这是非有几千斤气力不能的呀!"

廖氏夫人连点其头道:"我直到今天,方才知道小梅这个东西真有一点儿看家本领。所以我方才说,你们姊妹两个早来一脚,就瞧见这桩稀奇把戏了。"

漱芳正待问话,忽见门帘一闪,外面走进一个人来,对她们婆媳三个说道:"城里出了戕官的大事了。"

不知进来报事之人是谁,且听下回分解。

# 第四回

# 笔杆儿可歼强徒
# 银角子能戕墨吏

漱芳听她婆婆在讲小梅的武艺,正待问话,忽见进来报事那人正是她的夫婿宝山公子,忙问被戕的官府是哪一个,凶手可曾拿下。

宝山公子尚未答话,又见屈侍郎匆匆地走了进来,连说:"快取我的衣帽,子玖中丞请我进城商量事情。"

宝山公子便问:"可是为那戕害杭府的事情?"

屈侍郎摇着头道:"不知是不是为这桩案子,来差未曾明说。"

廖氏夫人便吩咐漱芬、漱芳两个:"快替公公穿戴衣冠。"

屈侍郎摇手道:"还是让小梅她们来吧!"

廖氏夫人笑道:"你这两个媳妇本和你的亲生女儿一样,做女儿的不服侍爹爹,叫谁来服侍呀?"

屈侍郎听了,方让漱芬、漱芳二人替他穿戴衣冠。此时,小梅已由后房出来,帮同穿好。大家忙了一阵,屈侍郎方始出去。

廖氏夫人忽然想起一事,急忙追出房外,关照屈侍郎道:"老爷此去,倘若真为戕官案子,千万不可去做凶人。"

屈侍郎仅点其首,匆匆而去。

廖氏夫人回了进来,始问宝山公子道:"你又怎么知道这件事的呀?现在时局不太平,你可替我少跑出去为是。"

宝山公子未及答腔,小梅却低声自语道:"人家刚从士官学校里卒业回来的人,将来还得出兵打仗去。太太这样怕法,还好办事吗?"

廖氏夫人只见小梅嘴动,一时听不清楚,便问:"你这小东西,又在叽咕些什么?"

小梅倚仗廖氏夫人寸步离她不得,便提高喉咙述了一遍。

廖氏夫人驳她道:"你难道不晓得'不在其位,不谋其政''做此官,行此礼'的那些说话吗?少爷将来做了官了,那才只能顾国,不能顾身。此刻却早。"

小梅笑上一笑道："我不过说少爷是学的陆军,一位军人,自然有防身的本事的,请太太尽管放心。"

廖氏夫人笑骂道："你不过有几斤蛮力罢了,快不要在这里现你妈的丑。"

宝山公子听了不解,连问芬、芳二人："什么蛮力？什么蛮力？"

漱芳即将方才她婆婆告诉她们的说话,简单地述与宝山公子听了,宝山公子边听,边把眼睛在看小梅。小梅忽见少爷盯着瞧她,忙不迭地借着冲茶,避了出去。

宝山公子听毕,便对他母亲笑道："照这样说来,小梅这人却有一点儿能耐。母亲留在身边,便利得多。"

廖氏夫人微笑道："我们这份人家,历代忠厚待人,可以敢说,没有一个冤家和仇人。要么现在乱世哄哄,来些强盗倒难说的。"

漱芳忽对宝山公子一笑道："宝郎,你敢和小梅两个比试比试吗？"

漱芬插口道："他学的是炮科,本不在乎气力的。小梅是拳棍功夫,完全两样,这是不能比试的。"

廖氏夫人笑说道："对呀！就是能够比试,我也不放心让他们比试的呀！"

宝山公子笑上一笑道："儿子自然不敢去向郭鸣冈讨教,可是很想拜他为师,学点儿剑术就好。"

廖氏夫人摇摇头道："难难难,你们外公就学过的,后来吃不起苦,方才罢休。就是这样,你们外公,有一年,一个人还打退百十个强盗的呢！"

漱芳忙问她婆婆道："婆婆,你快讲给我们听听看,怎么我们一点儿不知道这件事情呢？"

廖氏夫人笑着哼上一声道："那时连我还不过七八岁,你们老子也不过十一二岁,你们就能知道吗？"

宝山公子也要他娘讲这故事。

廖氏夫人微笑道："这么快去冲碗好茶来,为娘要说大书了。"

漱芬刚想亲自去冲,小梅、小兰两个可巧端进四碗龙井茶来。漱芳先接一碗,递与她的婆婆,再接一碗,递与宝山公子,第三碗才递与她姊姊。小兰忙将第四碗送给漱芳,大家随便呷了几口。

廖氏夫人真把这桩故事讲给她的儿媳听道："那年我们爹爹点了翰林

之后，又回原籍，去接我娘、哥哥和我三个。那时到北京还没有海轮，非走青江浦的那十八站旱道不可。那十八站旱道虽是往来的要道，沿路很多强盗，那班有货物的客商无不聘请镖客保镖。我们家里虽算有钱，既是到京去供职，所以并不多带盘费，自然用不着镖客。

"有一天，过宿在山东境内的一座小镇上，那个镇名我已忘了。那时同寓里头很有几位镖客，倒说到了三更时分，突然来了百十个强盗，那班镖客首先出去抵御，哪里晓得那百十个强盗个个都是好手，这几位镖客呢，可巧都是三四等的脚式，一阵大打，这几个镖客大有不敌之势。我们爹爹便叫我娘、哥哥和我三个躲在暗处，不要出声，他就急将裤带一收，又在笔篮里拿了一大把东西，便去暗助那些镖客。"

漱芳凝神一志地一直听至此处，始问廖氏夫人道："我们爷爷，他老人家拿的那一大把东西，究是什么呢？"

廖氏夫人笑问道："你且猜猜看。"

此时，小梅、小兰两个也站在旁边听。小梅先接嘴道："定是袖箭。"

宝山公子也插嘴道："不像袖箭，似乎不会一大把的。"

漱芳笑笑道："我猜不出。"说着，望了宝山公子一眼道："你说不是袖箭，这么是什么东西呢？"

宝山公子也笑道："我也不知道。"

漱芳即将她的小嘴儿一撇道："恐枉是位军人。"

漱芬却对廖氏夫人说道："还是请婆婆说吧！"

廖氏夫人听了，方笑道："你们当是什么奇怪东西吗？却是一大把笔杆儿。"

小梅忙笑着轻轻地拍手道："对了，笔杆儿本可替代袖箭的。"

小兰很快地盯了小梅一眼道："你为什么不早说呢！"

小梅也不睬她，单听廖氏夫人说下去道："我们爹爹拿了那一大把笔杆儿，一个人去伏在暗中，只把笔杆儿像个乱箭般地接连着向那百十个强盗射去。那班强盗只在照顾那些镖客，不防着这个，倒说顿时被这个笔杆儿射死了十几个。"

廖氏夫人说到这里，便去一连呷上几口茶，一面顺手把茶碗递给小兰，命她再冲，一面又接续说道："后来我才知道打仗的这件事情，胜的当口儿，其势如风；败呢，便同潮退一般，无法遏止。那时，那班强盗一见自己那面一死就是十多个，立时四散飞逃，一场天大的大难，就此消灭。

"当时我们爹爹暗助那班镖客之后,他老人家便叫我们仍到铺上去躺,他自己呢,形所无事地一觉睡到天明。最可笑的是,那些镖客在那强盗逃散的当口儿,他们的本事仿佛突然会大了起来一样,大家都奔到死尸身边去瞧。一见那些尸体的两眼眶里,没有一只不插上一支笔杆儿,只因当时没人出来承认是谁射的,他们自己也不便冒充,只好各人都嚷着,是各人的师父暗中前来助他们的。等得在路上打中尖的时候,还要老了脸皮,把他们师父的本领夸得犹同黄天霸一般地说给我们爹爹来听。"

廖氏夫人说到此处,早已忍不住自己先笑了起来。漱芬、漱芳两个自然也跟着在笑,只有小梅她会武功,宝山公子也具军事学识,都认为世上有真本领的少,大言不惭的多,此等事情,并不好笑。那时小兰已将各人面前的茶换过。

廖氏夫人和她两个媳妇笑上一会儿,又喝了几口茶,才问宝山公子道:"这个戕官的人是谁,你可知道?"

宝山公子笑答道:"儿子也是听一班家人说的,他们也单晓得死的是杭府舒元礼。凶手是哪一个,却不清楚。"

宝山公子刚刚讲至这句,只见漱芳向窗外指道:"那不是公公回来了吗?公公进来,总会讲给我们听的。"

等得屈侍郎进房,大家起迎。

廖氏夫人先问道:"可是为杭府的案子吗?"

屈侍郎一壁点首,一壁让小梅、小兰二人替他卸去衣冠,走至靠窗一把椅上坐着,又命大家坐下,方对廖氏夫人皱着眉头说道:"这位子玖中丞,承他的情,因为我久在刑部,熟悉例案,所以巴巴结结地将我请去商量。殊不知大清律例,虽可比附,到底离不了本题的。况且我的为人素来不肯做那欺人之事,何况欺君呢?所以我只好谨谢不敏,回转家来。"

廖氏夫人微点其头道:"我倒知道了,大概是子玖中丞生怕自己有处分,要想做桩瞒上不瞒下的事情。"

屈侍郎边听边昂着头,用手先把他那八字须儿从根子上向右一勒,又向左一勒之后,始答话道:"这件瞒上不瞒下的事情,我固不肯替他们出主意,其实也没主意好出,因为这件事情闹大了,且让我来讲给你们听。昨儿半夜里,那位杭府舒太尊正在好好儿和他姨太太吃点心的当口儿,在外面伺候的一个使女陡见屋檐上飞下几颗白色的流星,同时又听得他们夫妻二人各喊一句痛声,跟着又听见砰訇的两声,似乎像人身体跌倒在地的样子,赶忙两脚三步奔了进去。只见她的两个主人早已血肉模糊地躺在地上,急去俯首一瞧,额上各有一个小洞,仅有一丝微气,连忙唤进大众,一壁急将二人抬到床上,一壁飞请伤科。等得伤科到来,连污血也不及揩去,先行各灌一杯药水。那位姨太太业已不救,舒太尊总算还能断断续续地说了几句话,也就断气。

"后来子玖中丞传到他的几个心腹书童,仔细盘问,方才知道舒太尊前两年在河南项城县任内调帘,第二场的时候,有一晚上,他方在拣那通了关节的试卷,忽然步履无声地走入一位美貌少年,自称华阳郭鸣冈。"

廖氏夫人听了一吓道:"难道这回的案子,又是姓郭的所做吗?"

屈侍郎点点头道:"夫人且莫打岔,听我说完再说。"

廖氏夫人连道:"这么你说,你说。"

屈侍郎又接续说道:"当时舒太尊便喝问那位郭鸣冈道:'此处试院重地,功令所在,你尽管姓郭,我却认不得你,你来此干什么?'郭鸣冈却冷笑着答道:'各处士子,谁不是寒灯十载,坐破青毡,无非只望一举成名,好去光耀他们的门楣。那些不学无术、单望侥幸的,自然不用顾他。我姓郭的早知道你在出卖关节,所以头场之中很有几位真才实学的士子,你因他们没有前来通关节,竟把他们苦心孤诣所做的卷子一本一本地都丢入落卷笥中,所有的荐卷都是和你通了关节的人。我特为此事前来关照你一声,你能痛改前非便罢,不然,哼哼! 你看我姓郭的一定取你狗命。'那时,郭鸣冈教训了舒太尊一顿,也就飞身上屋而去。

"哪知这位舒太尊,看了银子比他性命还重,自从升了此地知府,仍旧无钱不要,不到一年,很做了不少贪赃枉法的事情。不料昨儿晚上,那位郭鸣冈第二次又来光临,他见舒太尊心爱银子,倒说就用通用的银角子作为利器,打入他和他姨太太两个的脑门。姨太太脑内的是单角子,舒太尊脑内的是双角子,这是后来取出,才知道那个使女所见的几颗流星,就是这角子的闪光。

"舒太尊断气的当口儿,留有遗嘱,命人发电给他儿子舒疏月去,要他儿子替他报仇。听说他儿子虽然不会剑术,很有拳脚功夫,现在正在武当山习练。"

屈侍郎一口气说至此处,便问宝山公子道:"那个舒疏月,官名一个鉴字,就是上一科贵州省的武解元,你可记得? 我不是早把各省文、武两科的题名录都寄给你的吗?"

宝山公子忙答道："儿子却记得，因见各省的武解元之中，要算他年纪最轻。"

屈侍郎微颔其首道："不错。"

廖氏夫人等得他们父子两个讲完，方问屈侍郎道："这位郭鸣冈剑侠，能够专与贪官污吏作对，老百姓自然说他好的。不过一位堂堂的朝廷命官，一旦被人戕害，断不能就此了事的呀！"

屈侍郎接口道："所以子玖中丞把我请了去，照他的意思，要想叫舒疏月呈报因病出缺，哪知舒疏月的丈人就是现在新改名称的陆军大臣褚锡圭，太后面前很红的。刚才舒疏月已来电报，不但不肯呈报病故，且命家人不准收殓，似乎要和子玖中丞大为其难的样子。子玖中丞既见事已闹大，业已一面电奏出去，一面自请议处的了。"

廖氏夫人听了，很不以舒疏月为然地道："这个舒疏月，我说他太不讲理了，他老子既有指名的凶手在那儿，又怎么好怪子玖中丞的呢？"

屈侍郎听了，先长吁了一声，方才答道："现在的世界，本来没什么理讲。我的初意，还想叫宝儿出去做事，照这样的世情看来，只好慢一步再讲。最好是请令尊大人和令兄两位快快退归林下吧！"

廖氏夫人蹙着眉头道："我们哥哥这趟来，我早已劝他过了，无奈他和我们爹爹一样的官兴很浓，真是使人替他们捏一把汗。"

廖氏夫人说到这里，又将眼睛看着宝山公子，向屈侍郎一笑道："还有我们这个痴孩子，他只想去找那位郭鸣冈，要他传授剑术。"

屈侍郎听了，对着宝山公子连摇其头道："这真是奇谈了，你有什么根基敢学剑术？即此一端，你是一个不学无术的痴孩子。"

宝山公子一见他父亲在教训他，吓得慌忙站了起来道："儿子一时只顾钦慕他的侠义，竟把自己没有根基的事情忘了。"

此时漱芬、漱芳两个一见丈夫站了起来，她们便也不敢再坐，也就一同立起。

廖氏夫人起先一见屈侍郎因她一句说话就责备她的儿子，心里已在懊悔不该多说，及见她的儿子答出这句有些软中带硬的说话，更怕惹动他老子的真气，忙去劝屈侍郎道："这些有要紧没要紧说着玩儿的小事，老爷千万不要因此生气。"

哪知这位屈侍郎虽不重情，却极讲理，起先一听宝山公子贸然要学剑术，便怪他没有根基，及听宝山公子说出钦慕人家的侠义的说话，他又大以为然起来。再加他的夫人又来劝他,他反笑着对他夫人说道:"痴儿能慕侠义,尚不负我们的家教。夫人不必着急,我也不至于随便生气的。"

廖氏夫人听了,方才心里一块石头落地。正待命她儿媳仍旧坐下的当口儿,忽见小菊进来传话,说是外面到了一位由安徽来的客人,要会少爷。

不知此人是谁,且听下回分解。

# 第五回

## 萍水相逢无端交范叔
## 牛衣对泣未免屈罗敷

宝山公子一听由安徽来的客人要会他，便知就是他那范驾雄谱兄到了，即向屈侍郎说道："儿子出去看看，不知可是那位范谱兄到了。"

屈侍郎点头道："若是你那谱兄，你就对他说，为父还要出去当面谢他。"

宝山公子听完，匆匆自去。

这里，屈侍郎瞧见他的两个媳妇还是直双双地站着，便将手一扬道："你们且坐下。"

等得二人坐下之后，屈侍郎方向她们说道："你们两个，不要因为我对于这般长、这般大的儿子，当着媳妇面前还在教训他，认为有些奇怪，你们本来不是外人，应该知道我是只抱着'孝悌忠信，礼义廉耻'八个字做事的，只要在理，就是外人，我也拿他当自己人看待；不在理呢，就是自己人，我也当他是外人了。你们两个，向受我那岳父、岳母和舅兄、舅嫂的家教，或者不至错到哪里。不过做人须要时时刻刻地存着如临深渊、如履薄冰的念头，那才不会疏忽。"

漱芬、漱芳两个忙又站起来答道："公公教训，媳妇们敢不谨遵！"

屈侍郎又叫她们两人坐下道："能够如此，我便放心矣。"

廖氏夫人在旁插嘴道："不是我在卫顾我的娘家人，我说我们这个痴孩子，有这两个媳妇和他在一起，还比你我二老天天地提着耳朵管教孩子有益得多呢！"

屈侍郎却一笑道："正为如此，所以夫人的侄女才会来做夫人的媳呀！"

廖氏夫人因见屈侍郎又有些高兴起来，便把小梅有本事的说话告知屈侍郎听。屈侍郎听了一愕道："有这等事来？"

那时小梅、小兰都在帘外伺候，屈侍郎便把小梅唤进，问她除了拳棍之外,有无其他武艺,小梅起初不敢对答。

廖氏夫人便仗她的胆道:"老爷既在好好地问你,你这鬼丫头,尽管大大方方地说就是。"

小梅听了,方始低声说道:"丫头仅懂拳棍功夫,因为离家太早,其余的都没有学。"

屈侍郎又问道:"你来的时候,不过八九岁,这十年之中,没有人传授你,你能自己进功吗?"

小梅微红其脸地答道:"因为我们爹爹是出名拳师,教自己女儿,自然格外用心些。丫头进府以后,每夜到了床上,始敢练那运气功夫。后来又因夫人教我们大家识字,识字之后,私下买了一部《太极拳经》看过,只因府里从未提及此等事情,丫头一直守秘,到了现在。"

屈侍郎听完,点点头道:"不论文武,凡是用功的事情,我和夫人也不至于去禁止你们的。不过暴虎冯河,戒之勉之就是。"

小梅刚刚退出,宝山公子已经进来。

廖氏夫人先问道:"可是姓范的吗?"

宝山公子答道:"是的。"

廖氏夫人又问道:"这么为什么不来请你爹爹出去的呢?"

宝山公子又答道:"范谱兄说他来得匆促,没有携带衣帽,稍过三两天,再来专诚叩见父亲、母亲。"

屈侍郎接口道:"他既懂礼,他的父母、妻小现在何处?"

宝山公子道:"父母早故,单只一位妻子,现住候潮门外三郎庙后。"

屈侍郎道:"他的妻子就是你的嫂嫂,长嫂如母,这个礼节不能错的,你们明天应该就到他们家里去走一趟。"

宝山公子答应了一声"是",屈侍郎又朝廖氏夫人和两个媳妇道:"古人说要慎交,这个意思是:在未交之先,必须慎择朋友;既交之后,就要以肝胆相照。我方才叫宝儿到范府上去走一趟,尚属其次者也。"

廖氏夫人一壁点头答复屈侍郎,一壁又对宝山公子说道:"你现在既已和他通了谱了,一个萍水相逢的人,在船上就这样地照顾你,你明天去,须得带点儿钱去谢他。"

屈侍郎连摇其首道:"不可不可,头一趟去就送银钱,未免把人家太看轻了。慢慢的好。"

廖氏夫人笑上一笑道:"这也要看事行事,照老爷的办事,件件都要绕这个大圈子,万一人家真的等米下锅,岂不饿死?"

屈侍郎指指夫人道:"'自古皆有死,民无信不立',这两句书,怎么解法的呀?"

廖氏夫人笑答道:"这是《论语》上所说的,三天没有吃饭,井上有个李子,也只好爬了去吃的。"

屈侍郎太息道:"夫人专劈硬板,不必谈了。"说着,便踱到书室里去了。

小梅一见屈侍郎出去,她就奔了进来,嘟起一张小嘴儿,低着眼皮,怪着她的太太道:"太太真也多事,这种事情,告诉了二位少奶奶还不够,又去告诉老爷!"

廖氏夫人笑骂道:"你这小东西,可是我把你宠得过分了,要爬上我的头上来了吗? 难道老爷夸奖你们夸奖坏了不成?"

小兰忙也跑进来,羞着自己的脸,向小梅说道:"姊姊,你今天是当你脸上飞了金了吗? 我想想倒有些臊人呢!"

小梅听了,只把眼珠瞪着小兰。

廖氏夫人笑道:"应该给小兰说的,你瞪她做什么?"

小梅不答这话,单问可要去开晚饭。

宝山公子夫妻三个一听要开晚饭,便也回到自己房里。

等得吃过晚饭,漱芳便叫小竹明天一早预备少爷的衣帽。

小竹笑答道:"早已预备。"

漱芬笑问小竹道:"你也在太太房外听壁脚吗? 不然,怎么知道少爷明天要出门呢?"

小竹笑上一笑道:"老爷今儿真高兴。"

漱芳笑着接口道:"真高兴,少爷还碰上一个大钉子。"

宝山公子也笑道:"今天的这个钉子,碰得我最愿意。"

漱芬、漱芳两个同声问道:"为什么呢?"

宝山公子答道:"我真想学那剑术,只怕他老人家不准。照今儿的口风,只要一有机会,便好如我的心愿了。"

漱芬、漱芳两个又同时哦了一声,方才明白宝山公子的意思。

大家又谈一会儿,也就安睡。

原来屈府上的房子是五开间的四进,每进前后都有院子,第一进是照厅,一面摆轿子,一面做门房;第二进是大厅,东厢做外书房,西厢做长房;

第三进当中是内堂,东边两间正房是屈侍郎的内书房,西边的两间正房是宝山公子的书房,东西两厢是女会客室;第四进,东边两间正房,外面一间备做屈侍郎和廖氏夫人闲坐之需,里面一间,才是屈侍郎的卧室,卧室后面,还有两间套房,就是小梅、小兰二人住的,西边两间正房,外面一间,是漱芬的卧室,里面一间,是漱芳的卧室,卧室后面的两间套房,一间摆宝山公子和漱芬、漱芳两个的衣箱什物,一间是小竹、小菊二人住的。这四进房子,除前两进是平屋外,后两进都是走马楼。因为屈府上人不多,所以全空关着。正屋之外,东边余屋是厨房以及男仆的住所,西边的余屋是仓房以及女仆、使女等人的住所。西边余屋之外,还有一座大花园,内中亭台池沿、鸟兽花木,应有尽有,虽然不及《红楼梦》上的大观园,但是给屈府上的几位主人怡情遣兴,绰绰有余。

作书的夹忙中在此叙起屈府上的房屋,一则因为屈府上渐渐地要人丁兴旺了,将来有人来住哪间,阅者自能一目了然;二则屈侍郎和廖氏夫人,他们一夫一妻,自然睡在一张床上,毋庸交代。宝山公子一娶两个,芬、芳姊妹,断无同睡一床之理。若不趁此叙明,阅者就要捉作书的漏洞。至于宝山公子,内外房间,如何轮睡,下文自有交代,此刻暂且含糊。

现在单说宝山公子次日起身,先同漱芬、漱芳二人去到父母那里请过早安,方始回房,同吃早粥。吃毕之后,穿戴衣帽,坐了四人大轿,直向候潮门外三郎庙而来。他的家人们都以为少爷既来拜客,自然是家公馆,于是就在三郎庙前后一带,尽去问范公馆在于何处。哪知三郎庙一带,非但都是小户人家,而且零零落落,四散住开,不要说范公馆一时找不到,就是姓范的小户,也极稀少。那时宝山公子坐在轿内,一任他们像个迎龙灯般地老在抬来抬去。后来连轿夫也吃力了,便在一块鸡犬成群、粪缸密排的空场上打下了杵,单候那班家人四散去寻。

其时那些小户人家忽见一乘大轿之中坐着一位标致少年官府,无不认为奇事。因为前清官、民的阶级分得很清,这些小户人家所居的所在,断没一个官儿光临的。于是大家都抱少见多怪的心理,不管男男女女、老老小小,无不一拥而出,将这一乘大轿,打上一个圈子,围在垓心。还有那些年轻妇女,衣裳尽管褴褛,姿色尽管恶劣,她们却爱上这位标致官儿,不但把各人的眼珠子盯着宝山公子死看,而且还要指手画脚,评头品足,嘻嘻哈哈,说个不了。

可怜宝山公子,他真是一只凤凰一般的贵重人物,此时既被这班麻木不仁的妇女们看得不好意思,十分难受,再加那块空场上的鸡屎、狗屎、人屎,臭不堪言,几几乎要逼出痧来了。好容易盼到两个家人来到轿前,他也顾不得先问找到范家没有,只把轿内的扶手板拍得应天响地催着快换一处打杵。家人不知他的命意,所换的地方仍是大同小异,甚至围拢来看他的闲人们更比起先还要多了。

哪知就在此时,宝山公子陡见人丛之中钻出一个手抱小孩儿、年在二十内外的贫妇,两脚三步走近他的轿前,一壁蹙着双蛾盯着看他,一壁已在问他道:"你这位公子,可是姓屈吗?"

宝山公子一听此妇的声音很熟,急忙将身一抬,把头伸出轿外,仔细盯着那人一看。不看犹可,这一看,不禁大吃一惊,连连地疾声问道:"你可是我的瘦春姊姊? 你可是我的瘦春姊姊?"

那人一听宝山公子的口音,早把眼圈儿一红,一手掩面,呜咽地答道:"我正是罗瘦春,我的好宝兄弟,你怎么会到这种肮脏地方来的?"

宝山公子一见他这瘦春姊姊不知怎么弄得如此模样,心里陡地一阵伤感,他的眼泪早比瘦春先流出来了。虽在用劲地挣出一句:"姊姊,你怎么也在此地?"同时已将双脚乱跺,催着快把轿子停下,他要出轿。

谁知内中有个家人偏不识相,他见这个贫妇无缘无故惹动他的少爷哭起来了,正想将这贫妇喝开的当口儿,说时迟,那时快,只见他的少爷早已一面跳出轿子,一面指着那个贫妇怀中的孩子在问贫妇。又见那个贫妇绯红了脸,单说:"此不便讲话,还是到我屋里去说。"说着,就在面前引导。

那个家人一见他的少爷跟着就走,越加不懂起来,急对宝山公子说道:"少爷到哪儿去? 太太吩咐过的,不准给少爷乱走,少爷快些请上轿,还是去找范公馆去吧!"

宝山公子不待那个家人说毕,即喝声道:"这位就是府上的大小姐,怎么叫作乱走? 说话好没规矩。"

那个家人一听见"大小姐"三个字,只吓得忙不迭地缩了开去。

宝山公子便跟瘦春弯弯曲曲地走了一会儿,就见瘦春在一间既小且破的屋檐之下立定下来,红了脸地向他说道:"宝兄弟,这个屋里可是万分龌龊,你又怎样进去?"

宝山公子此时哪里还有工夫再顾这些闲文,反先一脚跨进那间屋子,跟着又问瘦春:"手上那个小孩儿,可真是姊姊的吗?"

瘦春只索跟入，顿时又露出无限伤心的神情答宝山公子道："我这苦命姊姊是几次的死中得活，一时无法，只好嫁了人了。"说着，将嘴向她手上的那个小孩儿一指道："正是我的讨命冤家……"

可怜瘦春的一个"家"字甫经离嘴，忽又两只眼眶之中，那股热泪宛同雨点儿般地向外直迸。

宝山公子赶忙安慰道："姊姊千万不要伤感，姊夫或是景况不好一点儿，与兄弟说也不要紧，快把姊夫的姓名告诉我再说。"

宝山公子说至此处，便把眼睛朝屋内一轮，跟着又说道："照兄弟此时的意思，顶好就请姊姊马上同我回家，我那母亲是还当姊姊已经……"

宝山公子说至"经"字，赶忙把话缩住。

哪知此时瘦春这人早在倚壁暗泣，伤心得不像人样儿。及听见宝山公子说出"还当姊姊已经"那句，急把她的脑袋一连摇上几摇道："我倘真能已经不在世上，那倒不必在此吃这苦头了。"

宝山公子只是发急说道："姊夫现在哪里？快让兄弟着人将他找回，一同到家再说。"

瘦春却在踌躇的样子答道："他出门还没回来。"说着，又朝自己身上望了一望道："我这般的形景，怎好就跟兄弟同去？"

瘦春还待再说，忽见宝山公子还是一个人站在地上，急向一张破凳上用手拂拭了一下道："宝兄弟，你暂且坐下，我们再商量。"

宝山公子冲口道："此刻不必商量，决计先同兄弟回去。"边说边又催着瘦春道，"姊姊准定先坐了我的轿子走，让我另雇一乘小轿就是。"

瘦春此时也没什么主意，单问道："爹爹、母亲都也在此地吗？"

宝山公子在外面已经受着那种秽味，此刻陡见瘦春这般情形，心里再又受刺激，早已头昏脑涨，一刻不能再挨一刻，单一壁答瘦春说："我们爹娘都在此地"，一壁也不再和瘦春商量，竟自做主，走至门口一望，他的轿夫已把轿子停在离这屋子不远，所有家人也都站在门外伺候。他便吩咐家人："快去叫乘小轿来此，我要同大小姐一同回府。拜客的事情，明天再说。"

家人奉命去后，瘦春在旁听得清楚，便问宝山公子："今天来拜哪个？"

宝山公子仅随意答一声："是一个新朋友。"一时无暇再说这等小事，一等小轿来到，急叫瘦春快快上轿。

32

瘦春忽踌躇道:"我一走,这所屋子又怎样呢?"

宝山公子想上一想道:"兄弟派一名家人,管在此地就是。"说着,就命一个家人在此守着,又催瘦春上轿。

瘦春还想去换一身干净衣服,宝山公子不肯再等。瘦春只好抱着小孩儿,老实坐上大轿;宝山公子坐着小轿,一同向他家中而来。

不知瘦春到了屈府,又是什么情形,且听下回分解。

# 第六回

## 十载萦怀真心怜寄女
## 一朝发迹假意慰娇妻

宝山公子既和瘦春两个一同回家,他们的两乘轿子尚未到门,先由几个家人回府中报信。

屈侍郎夫妇以及芬、芳姊妹几个一听见宝山公子前去拜客,忽会碰着瘦春,自然又惊又喜,都认为是一桩天大的奇事。大家赶忙来至大厅之上,站着等候。及见轿子到门,瘦春尚未下轿的时候,廖氏夫人和芬、芳等人早又围了上去,这个叫声"我的女儿",那个叫声"我的姊姊",顿时闹得一塌糊涂,一时不知是喜是悲。等得瘦春一下轿子,先有一个能干丫头就将她的小孩儿接去。瘦春百事不说,即向廖氏夫人面前扑的一声跪下,就此号啕痛哭起来。

廖氏夫人那时也不知道从哪句问起,只好弯着身子,一壁想扶瘦春,一壁又在一句心肝、一句乖肉地边哭边叫。

此时宝山公子已经走至屈侍郎面前,正想把他遇见瘦春的事情禀知大略,一听他娘和他瘦春姊姊两个哭得不可开交,便又忙不迭地关照芬、芳二人快去劝住。

屈侍郎也急向他的夫人说道:"瘦春女儿此刻陡地见着我们,自然有一种伤感的情形。我说此刻你且莫哭,不可扰乱她的神经。"

廖氏夫人哪里肯听?她因为一见瘦春这人凭空而至,顿时连带想及她那两个失踪的爱女起来,因此满腔的积痛,要趁这个当口儿发泄。对于屈侍郎的这些说话,何尝听入半字?倒是瘦春听得清楚,只好赶忙爬了起来,去向屈侍郎磕头。廖氏夫人方由芬、芳两个扶去坐下。

廖氏夫人坐定之后,才见瘦春穿得十分破旧,急又走至瘦春跟前,一把将她托起道:"瘦春我儿,你快快地跟了为娘进去换上衣裳再讲。"

此时瘦春真的已被屈侍郎一口道着,她的神经果然有些督乱,便也呆呆地一响不响地跟着廖氏夫人就往里走。漱芳一听她婆婆在叫瘦春去换衣裳，早已分开众人，走回房里，拣了一身簇新的纱衫纱裤、一条纱裙，等她拿着衣裳出房，瞧见大家都已到了她婆婆的房外。她又一脚来到瘦春面前，将她扶到自己房内，叫她更换衣裳。那面的屈侍郎夫妇方得趁此一点儿空隙，在听宝山公子说出碰见瘦春的事情。

廖氏夫人尚未听完，就在怪宝山公子道："你这痴孩子，怎么闹了半天，连你姊夫的姓名还会没有知道的呢？"

屈侍郎倒来替宝山公子代辩道："这孩子，本来没经过什么风浪，陡地遇见这种稍觉突兀的事时，自然要弄得手足无措的了……"

屈侍郎尚未说完，已见瘦春换了衣裳，由着漱芳陪同而至，便对瘦春说道："你且镇定下来，现在既已到了我们这里，你以前的经过，我虽不能悬揣，但据你的现状而论，自然吃着痛苦。不过以后之事，总可以比前头好些的了。"

屈侍郎一个人说了一大半说话，谁知瘦春这人早被廖氏夫人拉到她的身旁坐下，一壁拉着她手，一壁又在东一句西一句地乱问。瘦春本已满腹心事不知从何说起，一被廖氏夫人问得没有头脑，更加难以答复。

屈侍郎又关照廖氏夫人道："夫人，你像这样地着急，你叫我们瘦春女儿怎样答法？最好是让她慢慢地从头说起，大家好听。"

廖氏夫人把头乱摇道："我此刻业已六神无主，哪里等得及呀？"边说边又在怪瘦春道："不是我此刻一见了面就来怪你的两位爹娘，你那时还小，自然不用说它，你那爹娘，他们和我们这里亲同骨肉，何等交情？怎么可以一别十年，连片纸只字都不给我们的呢？现在他们又在何处，你所嫁的是谁，何以景况弄得如此，你快快地先对我说。"

瘦春听了，方又红了眼圈儿地说道："我那爹娘业已故世多年的了。"

大家一听此言，无不大惊失色。

屈侍郎和廖氏夫人急问瘦春道："他们两位，什么毛病？几时故的？"

瘦春一壁拭泪，一壁答道："到任不久，就遇土匪攻城，我那爹娘都被戕害。女儿幸和奶娘方在城外，总算逃出性命。"

屈侍郎听至此处，忽将双手朝他的两只大腿上猛拍一下，同时望着宝山公子叹了一声道："如此说来，你所听来的说话，并不是谣言了。这么四川那面，何故没有奏报到京的呢？"

宝山公子未及答言，瘦春忙问宝山公子道："宝兄弟，你倒早知道的吗？"

35

宝山公子忙答道:"兄弟怎会知道?直到今年五月里,我在日本将要回国的当口儿,偶然遇见一个打箭炉的朋友说起此事,我回来就把此事告知爹爹、母亲。我那时还疑心是谣言,谁料这件事情竟是真事……"

廖氏夫人不待宝山公子说毕,忙又问瘦春道:"这么你既逃了出来,为什么缘故不回京去找我们的呢?"

瘦春很急迫地说道:"女儿一离打箭炉,就被那个奶娘带往天津,和她男的两个百般威吓,逼做他们女儿,偶一不合,就把女儿打个半死。那时女儿早同囚犯一般,怎么好回北京?"

芬、芳二人岔口道:"这么私下通个信息,姊姊便不致吃那苦头了。"

宝山公子也说道:"难道连私下写封信都不成功吗?"

瘦春急摇其头道:"我又不是傻子,委实把我管得寸步不离,真的一无法想。"

屈侍郎点点头道:"那个奶娘夫妇既起黑心,怎肯再让瘦春女儿通信给人?这事的确不能怪瘦春女儿。"

廖氏夫人又急问道:"这么这一对儿恶人,现在哪里?快让我们派人前去捉拿,替你出气。"

瘦春摇摇头道:"现在是已经死在良乡县的牢内,哪里还会等到今朝?"

廖氏夫人叹着气道:"这件事情,想来不是三言两语可以说得清楚的,姑且去丢开。我先问你,你嫁的究竟是谁?你既能够嫁人,怎会不能到北京去寻我们和你两个妹妹去的呢?这桩事情,我就真的不懂。"

瘦春听说,忽然绯红其脸地说道:"女儿现在所嫁的,就是那时把女儿从良乡县牢中救出来的那人。女儿那时也叫无可如何,既已嫁他之后,便也死心跟他。至于吃苦,一则也是女儿命中注定;二则究比死在牢内好些;三则景况不好,更没颜面找人;四则女儿弄得如此地步,实在不忍把我家世告诉与他。有此种种原因,女儿本拟从此埋没一世的了。"

廖氏夫人大摇其头地太息道:"我的好女儿,目今是一座米珠薪桂的世界,百样非钱不行,你就不为我们惦记你计,你也得知道你是一个金枝玉叶的身体,不能受这委屈的呀!这样讲来,你真正是一个傻孩子了。方才我听你们宝兄弟说,你的男的现在出门未回,他既将你娶到家里,怎好让你一个人在此吃苦的呢?"

瘦春又红了脸地答道:"他叫范驾雄,也是安徽的一个世家子弟。"

宝山公子在旁，不禁大声抢着问瘦春道："姊夫可是一位极白净的刮骨脸儿，方从日本回国，又往安徽去了一趟的吗？"

瘦春急答道："兄弟所说的很像是他。你们何处见过？"

屈侍郎接口道："你们宝兄弟今天就是去拜他的。他昨天还到我们这里来过，难道竟未曾回家来吗？"

瘦春忙答道："他的不回来，大概又在张罗银钱，或是经手的事情未完。他既到过这里，早晚总得回去。"说着，又问宝山公子道，"宝兄弟究在何处和他会面的？他虽不知道我的家世以及我和这里有关系的事情，但是他既把住的地方都告诉你了，难道没有提起我这个人吗？"

宝山公子忙答道："兄弟和他是在日本到上海的轮船上会见的。因我那时在忽然大吐大泻起来，船上虽有医生，服下药去，并无效验，他就把他随带的痧药给我吃下，并且承他的情，照料我两天两夜。等我好了起来，我因感他仗义，就要求他通谱，我们却是口头契约的通谱。本待回家以后，再补帖子，哪知轮船一到上海，他就匆匆去到安徽。在船上的时候，我已病得昏昏沉沉，上岸之后，他又和我分道扬镳，所以我们两个谈话很少，我仅知道他的父母业已过世，家眷住在这里三郎庙后。昨天他来，又因没有穿戴衣帽，不肯见我爹爹，约定三两天后再来，所以也未多谈。他既不知道姊姊和我们这里有关，自然不会提起姊姊的名字。兄弟倘若早知道姊姊一个人住在此地，我还肯等到今天吗！"

廖氏夫人插嘴道："宝儿，你准叫他姊夫亲热些，你的瘦春姊姊，为娘和你们老子本是当她作大女儿看待的。"

芬、芳二人也来掺言道："他们两个先是通谱弟兄，现在变为郎舅，这倒是桩巧事。"

宝山公子又对瘦春说道："姊姊放心，兄弟既派家人守在姊姊的府上，只要姊夫回去，我那家人自然会对他说的，他还不巴巴结结地撺了来吗？"

瘦春因见驾雄对于宝山公子面上略有微功，心里不觉稍稍快活一点儿，便去问芬、芳姊妹二人道："二位妹妹，我们一别十年，我是刚从地狱里出来的。你瞧，你们二位越发长得比从前标致了。现在太老伯、太伯母和二位伯父、伯母也都在此地吗？"

芬、芳二人不禁微红其脸地回答道："都还叨庇康健，现在仍住北京。"

瘦春又问道："这么二位妹妹，又是几时到此地来的呢？"

芬、芳二人又嗫嚅地答道:"我们……我们也来未久。"

廖氏夫人便老实地告诉瘦春道:"你这孩子,一离我的身边,就是这样长久,我们这里的事情,你哪里还会清楚?让我先把这桩事情告诉你听,你们两个妹妹,已于上个月配与你们宝兄弟了。"

瘦春一听此言,起初不禁大大地一愕,直过好一会儿,方始镇定下来道:"这是女儿还失礼了,怎样好法呢?"

廖氏夫人微微地一笑道:"这是你已养下孩子,谁不失礼呀!大家弄得信息不通,哪能再管此事?"

瘦春又说道:"女儿起先一见爹爹和母亲的时候,仿佛犹同做梦一般,什么礼节都不知道。"说着,便抬头朝房外一看,只见一个很清秀的大丫头抱着她的孩子站在门口,忙去抱回手内,又把孩子先朝屈侍郎一壁颠着,一壁说道:"快快拜了外公。"

屈侍郎笑问是男是女,今年几岁,什么名字。

瘦春似乎有些不好意思地答道:"是个女孩儿,今年三岁,小名阿香。"边说边又抱着孩子叫拜过外婆,以及宝山娘舅和芬、芳二位舅母。

刚刚拜毕,只见一个打扮和别个丫头不同的大丫头,走进来请示廖氏夫人,说是今天的中饭怎样开法。

廖氏夫人听了,便去对屈侍郎说道:"今儿我们这位瘦春女儿真是像天上掉下来的一般,我们大家吃桌团圆家宴好不好?"

又见屈侍郎含笑点首道:"正该如此。"

那个丫头听完去后,瘦春便去轻轻地问芬、芳姊妹二人道:"刚才进来的那位大丫头,她叫什么名字?"

漱芳也低声答道:"叫作小梅,她是我们婆婆跟前很得用的人,姊姊可见她很能干似的吗?"

瘦春点着头道:"能干还不说,我见她那两道弯弯的眉、一张长长的脸,真是长得出色。"

漱芬微笑道:"她还有一身绝好的武艺呢!"

瘦春很诧异地道:"真的吗?我却瞧她不出。"

廖氏夫人因见她们姊妹三个聚在一起讲话,便对芬、芳姊妹两个说道:"你们三姊妹自小就在一起的,现在既是多年不见,自然有些说话。好在吃饭还有一会儿,你们两个快陪你们姊姊到你们房里谈谈去。"

漱芳听了,先把瘦春的那个小孩儿抱到手中道:"这么姊姊就到我们那边去坐坐。"

宝山公子等得瘦春和他两个妻子出房之后，便对他的爹娘说道："姊姊家境既是不好，姊夫又和儿子投机，儿子的主意，想请二位老人家就叫姊姊长住我们这里吧！"

屈侍郎和廖氏夫人都点着头道："你们姊姊自然住在这里，你就去命人把这进的东厢收拾出来，离我们这里近些，也好热闹一点儿。"

宝山公子听了大喜，赶忙就去办理。等得中饭开出，廖氏夫人亲把瘦春唤出，这天的一桌团圆家宴，倒也吃得真的有味。

刚刚吃毕，就见一个家人进来禀报，说是范少爷来了，现在厅上。

宝山公子慌忙同了那个家人出去，一见驾雄已是穿戴衣帽含笑站在那儿，赶忙叫了一声"姊夫"，百话不说，就把驾雄领到里面。芬、芳姊妹两个一见宝山公子领着那位驾雄进来，正待避入房内，廖氏夫人忙阻止道："姊夫又非外人，既在一家，总得见面的，用不着回避……"

廖氏夫人说话未完，那位范驾雄早已向屈侍郎拜过，已来向她磕头。廖氏夫人一壁敛衽回礼，一壁含笑说道："姊夫不必多礼，小儿承姊夫在船上照料，我们正想前去奉谢，不料姊夫所娶的，正是我们瘦春女儿，真算巧事。现在既是自家人了，所有一切的客气说话，我也不多说了。"

驾雄拜毕起来，赶忙客套几句，便朝瘦春问道："我已打听过守在我们家里的那位管家，始知令弟娶有两位舅嫂，你快替我介绍，我好见礼。"

瘦春便带着驾雄，向芬、芳两个以及宝山公子次第见礼之后，始对驾雄说道："这里的两位大人，自小就把我当作亲生看待。现在已把房间收拾出来，要叫我们长住这里。你得好好孝顺两位大人，方始对得过我……"

驾雄不待瘦春讲完，连连笑容满面地答道："小姐一向受了委屈，都怪我的运气不好，务请小姐原谅。至于叫我孝顺二位大人，这是应该的事情，不劳关照。"说着，又去向屈侍郎和廖氏夫人一同说道，"女婿因为家境清寒一点儿，以致万分委屈府上小姐……"

屈侍郎不待驾雄说完，就接口答道："自己人不说这话，你且随我到书房去，细细再谈。"

不知屈侍郎同了驾雄出去，所谈何话，且听下回分解。

# 第七回

## 将离花下苦口劝离人
## 念旧亭边含愁触旧事

屈侍郎同了驾雄来至书房的当口儿，宝山公子也已跟了出来。屈侍郎复请驾雄卸去衣冠，随意坐下，又命宝山公子在下首陪着。当下先问驾雄道："贤婿既是家境不裕，何不谋个机会，但没有内顾之忧。这是老朽据理而论，小女并无说话。"

驾雄肃然地答道："岳父教训，本极在理，令爱小姐很贤惠，从无怨言。不过女婿一则因感每每所谋不就，便也灰心；二则有个幼年同窗，他已允我代为设法。"

宝山公子便问贵同窗是谁。

驾雄答道："贵州的新科武解元舒鉴舒疏月的便是。"

屈侍郎听了一愣道："你和他同窗吗？他府上现在出了乱子，你可知道？"

驾雄皱着眉头答道："女婿到了此地，方才知道。昨天已经会过他那名叫羊冠英的一位朋友，说是疏月不日可到。他们尊大人忽被一个姓郭的所刺，真是一件不幸之事。"

屈侍郎道："我听说他要和此地余中丞为难，其实既有指名的对头，似与余中丞没甚相干。"

驾雄点头道："话虽如此，余中丞失察的处分，是应该有的。况且余中丞素与我那舒伯父不睦，疏月要想报复，也是正理。我看此事似乎一时不易解决吧！"

屈侍郎很诧异地道："余中丞既与舒太尊不睦，何致让他任这首府一年？内容如何，我们局外人就不知道了。"

驾雄一见左右无人，始向屈侍郎父子说道："这件事情，女婿倒还清楚，余中丞和舒伯父的亲家褚锡圭十分知己，所以舒伯父的杭府也是他保的。后来因为彼此争执一件公事，便与褚锡圭有了意见。据疏月和女婿说,余中丞早想动手舒伯父的,只因拿不着舒伯父的错处,只好在等机会。此次姓郭的刺死舒伯父,虽非余中丞所指使,但是疏月和他丈人两个便要借题发挥。"

驾雄说至这里,便问屈侍郎和余中丞以及姓郭的有无交情。

屈侍郎便答道:"我与余中丞还算罢了,至于那位姓郭的,仅知他是一位剑侠而已。"

驾雄又说道:"岳父既与姓郭的并不认识,女婿现在所进行的事情便没什么冲突。"

宝山公子接口问道:"姊夫现在进行何事?"

驾雄就老实告知宝山公子道:"疏月和我的交情总算还不错,他已有电报给羊冠英,叫羊冠英赶快找着我,要我写信与一个四川画家倪慕迁,去和华阳县知县赵仕纶设法,要将一个'谋为不轨'的大题目加在姓郭的身上。我既和疏月要好,自然义不容辞。"

屈侍郎一直听到这里,始忙问道:"这么你的信写了没有呢?"

驾雄答道:"业已写出。"

屈侍郎便有一些不以为然地说道:"姓郭的他是一个剑侠,未必惧人加害。不过'谋为不轨'的案子很大,你和他无仇无冤,何必帮着姓舒的去办这事?我是向来抱着理字走路的,所以有些不以此举为然。"

宝山公子也插嘴道:"此事于理说不过去,姊夫还是不管的好。"

驾雄心想:"我现在靠着屈家,自然胜过姓舒的,他们父子二人既然都是迂腐一流人物,我该不办此事,方好得他们的欢心。"驾雄想毕,便对屈侍郎说道,"我的信已经写出,而且四川那面,除了我那朋友之外,疏月很有不少的朋友在那儿,女婿写信的事情,不过一部分加功罢了。现在要想不办,还求岳父指示。"

屈侍郎忽然闭着双眼想了一阵,方始睁开对驾雄说道:"我们想出一个两全的法子,前一向四川藩台彭筱潭同年来信,托我替他找个精明强干的人才,替他做做帮手,我因一时没有相当人物,至今还没有复他的信。我想一个人生在世间,断不是终老牖下可以了事的。贤婿人本英明,又在应该做事的时代,何不趁此机会,去到我那同年手下混他几年?一则忙个出身出来,非但光耀府上门楣,而且使我们瘦春小女可得一分诰封,也不枉她随你清苦好几年;二则你既与舒孝廉素有交情,一旦受人之托,而又推出不管,似也说不过去。你入川之后,表面上尽管参与其事,暗中大可助那姓郭的一臂之力,我们本不要姓郭的见情,但是现在世俗浇漓,人心不古,总算有此一位凤毛麟角的剑侠在世替人做些不平之事,照正理而论,大家应该卫顾他的。此乃一举两得的好机会,贤婿其有意乎?"

屈侍郎说着,便问宝山公子道:"宝儿以为如何呀?"

宝山公子忙答道:"这个办法本是最好没有,只是瘦春姊姊初到我们此地,爹爹就叫姊夫去出这门,似觉局促一点儿。"

屈侍郎连摆其脑袋道:"大丈夫志在四方,应替国家做事。况且你们瘦春姊姊,为父很知道她是一个极懂道理的人,她倒没有说不可,你倒替她不赞成起来,真正是何言欤,是何言欤!"

驾雄接口道:"岳父这个主意极好,令爱久秉岳父的家教,谅必不致阻止。女婿幼年失怙,未曾得到庭训,以致做事一时分不出邪正。此刻为岳父一番教训,茅塞顿开,即使令爱不甚赞成,还要求岳父、岳母劝她才好。"

屈侍郎一听驾雄这几句说话,忙把桌子拍得应天响地大为称许道:"着着着!贤婿这几句说话,真正实获我心了。"边说边就站了起来,对宝山公子说道:"你且陪你姊夫谈谈,为父要进去劝劝你们瘦春姊姊去。"

驾雄忙和宝山公子站起相送,屈侍郎一脚走至里面,只见东厢已经收拾出来,大家正在那里谈话,他便踱了进去。大家起迎。

重又坐下之后,廖氏夫人先向屈侍郎笑道:"老爷,你瞧瞧这房内收拾得怎样?"

屈侍郎仅颔其首。廖氏夫人还待再说,屈侍郎已在摇手阻止,跟着就把他和驾雄所谈的说话撮要述了一遍。

廖氏夫人听了,连连地说道:"老爷此举就未免有些不近人情了。"边说,边指着瘦春这人道:"她们两夫妻今天还是头一天到我们这里,况且又是少年夫妻。我家虽非十分富有,可足养我们女儿、女婿两个,似不碍事,哪好眼巴巴地就叫女婿一个人到四川去? 至于姓舒的事情,只要再追一封信到四川去,不叫那人办理就得了。"

屈侍郎一见他的夫人只知妇人之仁,不知大道,便不去和她多辩,单去问瘦春道:"这么你的意思,可也和你娘一般不愿意吗?"

廖氏夫人忙在偷把眼睛关照瘦春,她的意思是,只要瘦春也不赞成,就好打消此事。谁知瘦春刚巧和她成了一个反比例。原来瘦春得嫁驾雄,当时确是只怕和那奶娘夫妇一样,死在牢内。既嫁之后,又因吃过苦头,看破世情,当初还望就此一夫一妻,隐姓埋名地混过一世。及到后来,始知驾雄这人非但心术不正，而且凡有银钱到手的事情，就是杀人放火，都要做做。只因时运不济，每每悖入悖出，依然弄得牛衣对泣为止。她到此时，便知确是她的命中注定，于是将心一横，爹娘的冤仇也不顾了，幼年最要好的宝山公子也不想见面了，虽非积极在找死路，却是消极地在找死路。至于社会上要责备她对于爹娘不孝，对于宝山公子不情，她愿意挺身承受，因为一死百了，还有何说？这也是她愤而出此下策，为那环境所迫使然。

可怜一个无拳无勇、无依无靠的孱弱女子，只好哀其遇可也，悯其事可也。哪里知道她又忽然碰见了宝山公子，又见宝山公子口口声声姊姊长姊姊短地仍与幼时一般相待？她那时一见宝山公子之后，又把想死的念头抛到九霄云外去了。但她既已嫁了驾雄，生了女孩儿，自知对于宝山公子也没什么问题可想。可是一种从前爱好，现在感激的心理，不期然而然地将一副全神贯注在宝山公子身上。

及至入府，忽被廖氏夫人老实告知她，芬、芳姊妹二人业已同嫁宝山公子，她到了那时，方才真正死心塌地，即将她心稳住，索性把宝山公子当她同胞手足看待起来。同时对于驾雄已经死去的那一颗心，却又活动稍许，第一样是只望驾雄从此改邪归正，不要惹出杀身之祸才好；第二样方始望他显亲扬名，好替去世的双亲报仇。

可巧屈侍郎刚才所说的话正合她敢希而不敢望的心理，一时惊喜交集，哪里还会顾着廖氏夫人的眼睛和她的说话？

她当时马上答复屈侍郎道："女儿此次若不碰见我们宝山兄弟，指日便是枯鱼肆中的物件了。单为这桩问题而论，爹爹要叫我们赴汤蹈火，也不敢辞，何况此去四川所办之事既可不得罪姓郭的剑侠，将来还有显扬的希冀，这真是一件馨香祷祝、求之不得的事情，怎么会说不愿意的呢？"

屈侍郎忽见瘦春这番表示，真也有些出于意外，当下便高兴得摇头摆脑地大称赞道："女儿，女儿，你才像为父亲生的骨血呢！你既能够深明大义，为父一定帮你提拔我这女婿。现在百事不讲，赶快替你们驾雄预备行装，择日起程。至于路上一切的盘缠、到了四川一切的嚼裹儿，都由为父担任。"

屈侍郎一壁说定，一壁朝着廖氏夫人哈哈一笑道："夫人，你本该多替女儿操心的，你要晓得，非常之人，方做非常之事。至于这件事情，还非什么大难的问题呢！"

廖氏夫人听了笑答道:"只要女儿自己愿意,我自然是巴不能够。"

屈侍郎也不多说,忙一个人去写给彭筱潭方伯的回信去了。这里大家一面谈上一会儿,一面又将瘦春三郎庙屋子里的什物统统搬至。

这天晚上,瘦春却去办了一桌小菜,设在自己房内,一则算替驾雄饯行;二则因有一番重要言语,规劝丈夫。等得酒过三巡,她就开口向驾雄说道:"为妻自从嫁你这几年,所吃苦头,也好抵过了你从牢内救我出来的功劳了。现在既承宝山兄弟将我接到府中,又承二位老的留下我们长住,爹爹还怕你没有阅历,一时走了错路,因此将你荐到四川,你倒平心说说看,他们相待我们怎样?"

驾雄笑答道:"人非草木,焉得不知?"

瘦春听了道:"你既晓得好处,你此次到日本去,是替姓舒的讨债去的,现有多少谢仪?"

驾雄吞吐其辞道:"你本来劝我不必去的,我当时也为想望一点儿好处,方才一定要去。哪知石子里逼不出油来,白辛苦一趟了事,你快不要来挖苦我了。"

瘦春又说道:"并非为妻敢来挖苦你,只因你一向不肯听我相劝,所做之事都是那些损人不利己的玩意儿。为妻今天再奉劝你一声,你可不要见怪。"

驾雄笑上一笑道:"我是一向不敢怪小姐的,现在你有了好爹娘、好兄弟,我更加不敢怪小姐了。若有虚言,我便不得好死。"

瘦春因见驾雄已在发咒,便认为他业已醒悟,倒也私下暗喜,便又委委婉婉地劝上几句,方始撤席安寝。

这间东厢,本有两间,她的那个阿香小孩儿已由廖氏夫人拨了阿春、阿夏两名丫鬟轮流带着,所以瘦春的感激屈氏全家,完全都是真意。后来驾雄因为所求不遂,竟与屈府作对,甚至含血喷人,一口咬定瘦春和宝山公子有奸,这也是瘦春所不及料的。作书的因为驾雄即日就要入川,不能不安一个根子在此,若不声明一声,将来阅者便没线索可寻。

现在单说驾雄于第二天,持了屈侍郎的信件,多带川资,即日动身。且将此事放下,先叙瘦春在屈府里的事情。

屈氏二老自从瘦春打发驾雄入川之后,怕她一人冷清,便将芬、芳二人的早晚问安仪举暂免,只叫芬、芳二人陪着瘦春散心。

有一天的下午,芬、芳二人正和瘦春在她们花园里的念旧亭边闲耍,瘦春因见这座亭名取得新颖,即在亭边的石凳上坐下,却对芬、芳二人说道:"这座亭名念旧,爹爹取这名字的时候很有深意,但是'念旧'二字,对于旧事,似乎并没含着悲伤的事情在内,独我一见这个'旧'字,竟会引起无限的悲伤来了。"

漱芳忙劝慰道:"我们公婆因怕姊姊冷清,或是稍有悲伤的事情,所以命我们二人奉陪姊姊的。姊姊既是瞧见这个亭名不甚快活,我们快换一个所在散心去吧!"

瘦春听了,摇摇头道:"我此刻忽触旧感,不但心里只觉无限悲楚,连这身子仿佛也会瘫下去的样儿。二位妹妹,尽管请到别处去兜个圈子再来,且让我一个人在此略坐一会儿,再陪你们去玩儿。"

漱芬含笑说道:"我们姊妹两个乃是奉了公婆之命,专诚奉陪姊姊散心来的,姊姊叫我们去玩儿,姊姊自己倒在此地发愁。万一被婆婆知道,我们却吃罪不起。"

瘦春正待答话,忽见廖氏夫人同着宝山公子两个笑嘻嘻地走入园来,一见她们姊妹三个都在念旧亭边坐着,便一直来到她们那里。芬、芳二人慌忙起迎。

瘦春此时竟至身不由主,不能站起,急去一壁用手扶着二太阳穴,一壁向廖氏夫人说道:"女儿此刻不知怎么一来,身子有些不能支持,母亲请恕女儿不能站起。"

廖氏夫人一吓道:"这么可要快去请医生来瞧瞧呢!"

瘦春苦了脸地笑答道:"医生倒不必,只要多坐一会儿就得了。"

廖氏夫人便同大家坐下。瘦春因见宝山公子手上捏着一张《申报》,顺眼看见一段标题,不觉十分惊讶地说道:"此人怎会做了这里臬台的太太?真是奇事!"

不知瘦春所指何人,且听下回分解。

# 第八回

## 起黑心安排养瘦马
## 订白首要挟做乘龙

宝山公子忽听瘦春在说，"此人怎会做了此地臬台的太太？真是奇事"一语，便问瘦春所说是谁。

瘦春即指着报上所载的"新简浙臬孟廉访偕其常笑春夫人今日抵省"一段给与宝山公子看道："我从前落在良乡县牢内，不是这个姓常的替我前去证明，我此时不是死在牢内，便是办了罪名的了。"

廖氏夫人和芬、芳两个也接口问道："这么这位姓常的臬台太太既是旧时姊妹，可要前去见见她呢？"

瘦春点点头道："要的。"

廖氏夫人又说道："去见臬台太太不是今天之事，此刻左右没事，你且把你为什么事情落在良乡县牢内，讲给为娘听听。"

瘦春此时因见这位常笑春居然做了现任的臬台太太，倒也替她欢喜，心里一开心，她的精神也就提起来了，当下便说与大家听道："我自从跟着我们爹娘到了打箭炉任所，那座府衙门倒也很是考究。那时我娘因为只有我一个人，也不另请教书先生，由她自己教读。那个府缺，本是承上启下的衙门，我们爹爹也像在京一般清闲。不料没有几个月，一天，我正同奶娘在城外游玩，陡地听见枪炮齐发，一班老百姓便像潮涌般地由城里逃了出来。我那时虽然料不到是土匪攻城，但也知道地方上出了什么乱子，都是我们爹爹一个人的干系。正想同了奶娘回城，谁知那时早已喊杀连天，哭声震地，同时就有人纷纷传说'土匪已经进城，本府全家遇害'的说话。

"我当时立即吓得昏晕过去，及至苏醒转来，我已躺在一辆车上往前走着。奶娘就对我低声说道：'你快莫声张，我们两个逃命要紧！'我问：'我爹娘怎么样了呢？'她说：'他们也已逃出，我们此去正是到他们那儿去的。'岂知她的这句说话，明是怕我在路上吵闹，于她极有不利。说来说去，怪我那时太小，非但不知道这个奶娘是个坏人，还当不久就好和我们爹娘会面。因此一声不响，由着她去摆布。后来逢水坐船，遇旱坐车，一走两走，约莫有两三个月光景，方始到了天津。

"我在路上的当口儿，总问我那爹娘现在何处，奶娘起先只说就在面前，后来又说已到北京。谁知一到天津，奶娘就去找着她那男的，又骗我说，我的爹娘忽又回到四川去了，叫我且在良乡县的乡间去等候。我那时虽然已经瞧出奶娘夫妇常有鬼鬼祟祟的举动，所有一切的说话恐是假的。但已身入虎穴，没有法子抵抗。

"等得一到良乡县的乡下一所破房子里住下，奶娘夫妇两个倒说无缘无故、不问青红皂白就把我打个半死，打完之后，他们方才老实对我说道：'今天打你是给你一个下马威瞧瞧，你的爹娘早被土匪杀死，我们把你带到这家乡来，本是要你认赔是我们的亲生女儿，将来还得靠你过活。你倘稍有倔强，你的这条小命定送我们手中。'我那时既痛爹娘惨遭杀害，又怕奶娘夫妇的毒打，从此便同已判死刑的囚犯一般，莫说要想逃走万难办到，就是要想写一封信通知北京去，也是休想。

"后来我也知道，我倘一有信给北京，奶娘夫妇二人岂不是个死罪？他们既下这个黑心，怎肯让我通信给人？只好暂且顺着他们，既免当时的毒打，还好希冀机会。哪里知道就是这样的一等两等，一年一年地混了下去。转瞬之间，已过六个年头。

"有一天，奶娘夫妇两个又来对我说：'这几年里头，我们已经把你养得如此劈长劈大的了，莫说所有一点点的私蓄早已贴得精光，还得又要管你，又要防你，很也费了一番手脚。现在老实对你讲一声，只有两条路让你自己去拣。第一条是马上就到县城里去，联络一两位差人伯伯，就此开起弹唱门口，替你随便拣个梳拢的客人，我们两个靠着你招接客人，才算放了本钱，慢慢儿收回利息；第二条是把你卖到汉口或上海的妓院里去，我们得笔好好的身价，从此远走高飞，倒也不怕你去告发我们。你要知道，我们将本求利，这也是件天公地道的事情。'

"我当时本已防着他们有这一着的，当下一想，去到县城开设弹唱门口，无论如何，我便有和第三个人说话的机会，一有机会，就好设法控告他们。但是我尚是一个十五六岁的小姑娘，如何弄得过这两个老奸巨猾的东西？万一措手不及，失了我的清白，那怎样对得起我那爹娘？怎样对得起我自己？这样一忖，还是答应情愿将我卖到汉口或是上海的妓院里去，比较地略不危险一些。因为妓院里的人虽是出了一笔很大的身价将我买下，或者不致像那奶娘夫妇防范得这般严密，那时或去告发，或是逃走，相机而行就是。甚至一等奶娘夫妇走后，我就老实和他们说出我的家世，再叫他们将我送到北京，如数还他们的身价，并且保险不去追究。我想他们或者愿意，也未可知。所以我当时答应奶娘夫妇，是情愿让他们得笔好好的身价。

"哪知奶娘夫妇虽然依了我走第二条路，可是仍旧将我管得寸步不离，他们另外托人，分赴汉、沪两处，去和妓院接洽。后来因为价目一时不能说妥，正在往返磋商的时候，有一天，忽然来了一位女客。这位女客，就是现在的这位常笑春太太了。她从前本是天津一个富商家里的丫鬟，后来因为受不过那个富商夫妇的虐待，于是卷了不少的金珠，乘隙逃出。又因一时没有地方可走，想起奶娘的男的曾经当过富商的家人，有一点儿渊源，她便来投奔他们。哪知奶娘夫妇一见姓常的也是一个十七八岁的女子，身边既有许多金珠，又是来路不正，表面上虽是相待甚好，暗地里早已打定谋财害命的主意。我那时本被他们管得很严，无法去救这个姓常的。

"有一天晚上，姓常的偶尔来到我们房里取火，那时奶娘正在床后解手，我虽不敢和她说话，我急以目示意，叫她赶快离开这所险地。不料她一时不明白我的意思，因她只知道我是奶娘夫妇的亲生女儿，天下断无爹娘要想害人，自己亲生女儿反去宣布之理。她当时出房之后，本来也打算第二天要走的了，不料奶娘夫妇就在这天的三更天气，一面把我捆缚起来，关在房内，一面男的拿着一柄斧头，女的拿着一把菜刀，走去就向姓常的劈头砍去。幸亏姓常的躲闪得快，不过稍稍用手一格，已经砍去三只手指。姓常的那时早已吓昏，倒说不向前门逃跑，反向后面死路里走。可是她的命不该绝，刚巧有个小贼也是进来想偷她那些金珠的，当时那个小贼一见有个女子飞奔而至，还当她去捉贼的，那时那个小贼正在后面墙上，一吓之下，一个筋斗，早已栽出墙外，可巧又去跌在一个方在墙下拉野屎的人身上。那位拉野屎的陡见一个人从墙上跌在他的身上，便知此人是贼，立时大喊一声"捉贼"，四面邻居自然一齐奔出，就把那贼捉住。

"当时奶娘夫妇正在往后面追赶姓常的当口儿，冷不防地陡听得扑通的一声响，跟着又是大喊一声"捉贼"的声气，他们夫妇一时贼胆心虚，还当那个捉贼的声气是来捉他们的，顿时丢去手上凶器，反身就向前面开门逃跑。可巧捉贼的那一班人劈面经过他们门口，一见他们夫妇两个既是

48

神色慌张，又在逃跑模样，一把捉住之后，大众拥进他们家里。

"那时姓常的正捧着她那一只血淋淋的手，也在一壁大喊救命，一壁急向前面奔来。大众见她那种样子，一问所以，姓常的当然直告。

"我当时一见奶娘夫妇把我捆缚之后，关在房内，就知他们定去干那谋财害命的事情了。我又生怕祸及于我，我便急急地设法解脱身上的绳索。谁料我那时不解绳索，大众见我被缚，自然一目了然，知我不是同谋；既已解脱，反而自己跳入染缸，一时难得洗清。

"这个姓常的，她来取火的时候，明明见我以目示意，总是一片好心，就算她还当我是奶娘夫妇的亲生女儿，也该替我辩白辩白。岂知她起先因怕性命不保，所以大喊救命，及见大众已把奶娘夫妇和我捉住，她的性命既已保牢，她又想到一去经官，凶手尽管办罪，于她并没什么益处，官府倘若查问她那金珠来历，她岂非自投罗网？她那时只顾自己要紧，却对大众说谎道：'我先进城报案，你们诸位押着凶手就来。'她一说完这话，即匆匆而去。

"我对于以上的这些事实，都是后来才晓得的。当时我还当她真的前去报案，她一到案之后，自然要替我辩白的，所以我也没有当着大众向她辩说。

"及至大众将奶娘夫妇和我押到县里，县官已经睡了，值夜差役即把我们收押。第二天，县官坐堂，不见原告到来，因为证人很多，即把我和奶娘夫妇分别收禁。我那时一到监里，起初倒还比在奶娘家里安心，为什么缘故呢？我还以为姓常的一定会来到案的，此时不来到案，或是因伤卧病，不克前来，也是人情中的常事。不过望她伤处好得快些，等她一经到案之后，我自然无事，奶娘夫妇自然有罪。

"我那时的心理，也不想再去加那奶娘夫妇的罪名，只望早日回京，已是心满意足。哪知一等两月，姓常的影子也不见。我那时只好去对女禁子老实说，我并不是奶娘夫妇的女儿，我是一位知府的小姐，并将奶娘拐我逃出的始末统统地告知那个女禁子。谁知那个女禁子一句也不信我的说话，因她早已得了奶娘夫妇的使费。奶娘夫妇生怕女禁子一相信我的说话，他们便要罪上加罪，因此拼命地给钱与女禁子用。

"我当时既因女禁子不信我的说话，就想通信给北京去。哪知那个女禁子也是一个坏人，非但不准我通信，而且常来虐待我起来。

"那时县官因为原告不来到案，永不把这案子提案。我既不能见官，又无法子通信给人,只好日受那个女禁子的虐待了。

"这样地又过两个多月,方才碰见现在的他来到监里探望一个女犯,那个女犯本和他没甚直接关系,不过受人之托而已。他自从见我之后,他就向那个女犯打听我的案子以及身世。那个女犯便来问我。我那时因为并不认识他是谁,自然不将真实身世告知,单说他若能把名叫常笑春的原告找到,我一定可以出狱。出狱之后,可以从重谢他。那个女犯转告了他,好久没有信息。

"其时那个奶娘两夫妻忽然染着瘟疫,起初那个女禁子还看得过他们使费的分上,倒还罢了。等到后来,他们两个弄得尿屎满身,蛆虫遍体,哪里还像人形? 那个女禁子不但不去照顾他们,简直又在做他们的催命鬼了。奶娘住的女监和我隔开不远,奶娘的男的本在男监,我此刻因为说话便利起见,所以只拿他们二人说在一起,其实男的在男监里也和奶娘一般的了。这样的没有多久,总算天有眼睛,奶娘夫妇双双做了拖牢洞的死鬼。

"我那时虽未染着瘟疫,因被女禁子虐待不堪,也已奄奄一息,及见奶娘夫妇如此下场,真正是又吓又急。正在离那鬼门关上只差一线的当口儿,他又忽然而至,叫那女犯又和我来说,说是姓常的他已知其下落,不过有个条件,若能允他,他方肯办。我问那个女犯,可是他要先拿谢仪,但此刻身无分文,只好出狱之后,一并酬谢。女犯答称不是,又说,'这位范少爷,本是安徽省的一位世家子弟,现尚未娶,须要你肯答应他的婚姻,他才肯出这个死力。'我起初因为不知他的底细,自然未便贸然应允。后来那个女犯便常常地来劝我,又拿'一个人倘若病死在监内,一经拖了牢洞,几世的祖先便不能抬头'的说话来吓我。我当时听那女犯相劝的许多说话倒也不在意,只有听到'拖牢洞'的那句说话,想起奶娘夫妇的榜样,竟会吓得一身的毛发都竖起来。我又想前想后了许久,方始表示可以答应。女犯回复他去之后,他便花上一注使费,居然亲自和我来讲,连那个女禁子也在一旁撺掇。我当时仅不过说上一句'婚姻大事,容缓商量',并没十分拒绝。那个女禁子顿时已把她脸一变,那种怕人的样儿,此时回想起来,还会心怖。我一时被逼无法,同时又想到与其去拖牢洞,还是答应亲事稍好一点儿。

"自从那天说妥之后,他就出去送进药来。女禁子也待我不像从前了。不久,姓常的果然被他找到,来到县里,替我证明。

"出监之后,我就和姓常的住到一家饭店。我当时自然要问姓常的何以一去不来,害我几乎死在监内。姓常的方始说出她的苦衷,又说,现在幸亏那个富商也正在吃官司,否则她还是不敢前来到案。后由姓常的做了媒人,就在饭店之中草草完婚。完婚之后,他和我别了姓常的,就在湖北住了一年。我要他同到安徽原籍去住,他说他的家乡都是高亲好戚,他现在不甚得意,何必回去丢丑。我那时倒也并不嫌他清贫,只因自知命苦,方会受着这种意外之祸的。

"又过两年,就养下这个阿香女孩儿。直到去年的冬里,他有一个姓舒的同窗,因为老子做了此地知府,便替他在衙门里挂了一个名字,一月十二块钱的薪水,我们方始搬到三郎庙去。这回他到日本,也是去替那姓舒的做事去的,不料阴差阳错地竟会在船上遇见宝兄弟。"

瘦春一口气直说至此处,方才眼泪汪汪地望了宝山公子一眼道:"倘若是不遇见你,所有吃的苦头真是没有第二个人会知道了。"

廖氏夫人起先因为急于要听瘦春别后的事情,所以一句也不许大家去打她的岔。此时正待前去安慰瘦春,忽见小梅匆匆走来相请,说是老爷得了京电,叫请太太、少爷、两位少奶,连同大小姐快快进去。

不知屈侍郎接得什么京电,且听下回分解。

# 第九回

## 鸳鸯剑愤斩同根
## 姊妹花羞开并蒂

廖氏夫人方待前去安慰瘦春,忽见小梅匆匆走来相请,说是得了京电,不觉大吓一跳。你道为何?原来她那两位父母都是古稀之年的人了,平日虽然康健,但是做女儿的人总未免有些草霜风烛之忧。当下忙率大众,同了小梅,两脚三步来到上房。及至一到门口,从那低垂的那张竹帘之中望了进去,只见屈侍郎戴着一副老花眼镜,一个人怡然自得地却在案上练字,方始把心放下。小梅打起帘子,大家次第走入。

屈侍郎忽望着瘦春的脸,又跟着将他那个下颏往里一勾,同时把他那双眼皮一抬,目光射出眼睛眶外,盯着瘦春这人问道:"你的脸上,此刻怎么这样红法?"

大家一听屈侍郎这般在说,忙也去向瘦春脸上一看,果见瘦春双颊绯红,宛同喝醉一般。

不待瘦春答话,廖氏夫人先向屈侍郎说道:"她方才在园子里说那从前的事情给我们听,事情又长,一说就说上一两个时辰。不知她还是升上了火呢,还是有些寒热,她今儿本在不自在。"

瘦春便一面用手在摸自己的脸,一面接口说道:"女儿自己怎么反不觉得呢?"

屈侍郎听了,便把手向一张湘妃榻上一扬道:"瘦春女儿,你快往榻上去躺着,好听为父讲桩快人心意的事情给你听听。"

瘦春一被屈侍郎说破,果觉又有些不能支持起来了,急到那张湘妃榻上躺下,一面用手支作枕头。小梅赶忙送上一个绣花小枕,替她垫上,大家方始各自坐下。

廖氏夫人才对屈侍郎微笑道:"小梅这个东西,方才去到园里,轻事重报,什么京电不京电,倒把为妻吓上一大跳。"说着,又问屈侍郎道,"这么那份电报呢?"

屈侍郎听了,且不答话,先把那副所戴的眼镜慢慢除了下来,压在他面前写有一半字的纸上,方才答廖氏夫人道:"这个电报却是令兄打来的,内中也提起令尊大人、令堂大人身体很是康健。我因这份电报关乎子玖中丞的事情,早已差人送进城去了。让我来讲给你们大家听不是一样的嘛!"

廖氏夫人听了,一壁用手自去捶着她的腰骨,一壁含笑说道:"方才因听瘦春女儿讲那从前的事情,竟把我坐得腰痛背驼。"

瘦春慌忙坐了起来,向廖氏夫人说道:"母亲快到这榻上来躺。"

廖氏夫人忙笑答道:"你只管躺着,还是小梅来替我捶两下。"

小梅忙走至廖氏夫人身后,只是轻一记重一记地随便捶着,又把她那一对乌溜溜的眼珠望着屈侍郎的嘴,一动也不动。

此时屈侍郎已在向大众说道:"这件事情仍是为那过世的舒太尊而起,太尊的儿女亲家就是现任陆军大臣的那位褚锡圭,他本和子玖中丞早存意见。"说着,又向宝山公子说道,"你们姊夫倒很知道他们的内情。"

宝山公子答应了一声"是"。

又听屈侍郎接着说道:"子玖中丞既见舒疏月来电,见他家里陈尸不殓,知道事情闹大,便也电奏出去,自请议处。谁知褚锡圭倚仗他是太后面上的红人,立逼那班军机大臣,要将子玖中丞革职拿办,替他那位过世的亲家出气。哪里晓得,朝廷处分官吏本有一定例子,岂能因他一个人的恩怨坏了列祖列宗的成法?可是那班军机大臣既怕得罪这位太后面前的红人,又因无例可援,万难就将子玖中丞拿办。

"大家正在想不出办法的时候,不料褚府上又出了一桩天大的乱子。褚锡圭的为人呢,虽然很不纯正,平时所行所为早为廷臣侧目,但是他本人的坏处,却只有十分之四,他的那位莫本鸾夫人倒有十分之六。我从前在京的时候,就听见有人替这位莫夫人加上一个绰号,叫作什么莫长舌,这个绰号分明说她和那个撺掇害死岳武穆的长舌妇一样。她有一位幼弟,名字叫作莫本凤,号侣凡,从小就在他这姊夫家中。莫夫人因恶这位幼弟平日专喜使枪弄棍,又好专打不平等事,于是下了一个逐客之令,竟把她的这位令弟撵得不知去向。

"转眼一二十年,哪知这位莫本凤已经学成剑术,专替民间除害。从前东三省一带,向有马贼之患,那时忽然出了一个绰号鸳鸯剑的侠客,来和那班马贼作对,一时马贼之患,就此好了不少。于是那班老百姓就将那个鸳鸯剑称颂不置。起初一班老百姓只知道'鸳鸯剑'三个字,至于这位鸳鸯剑是男是女，是老是少，并没一人知道。直到现在，方始知道那个鸳鸯剑就是现任陆军大臣夫人的令弟莫本凤。老百姓们虽是万分崇拜这位莫本凤，可是他的姊夫和姊姊反而深以为患，生怕惹出祸来，累及他们两个。但又无可奈何，只好立誓不认他作至亲罢了。

"哪知这位莫本凤，忽于前几天，倒说夜入褚氏府中，人不知鬼不晓地竟把他那同根相生的令姊取了首级，还要临走的时候，恐怕他姊夫又去疑心那位郭鸣冈剑侠，便把他那除暴安良、大义灭亲的宗旨留字而去。他这一办，害得他那褚锡圭姊夫既痛爱妻死得凄惨，复怕他这位舅爷又来害他，只好闷声不响，匆匆将他夫人棺殓，推说急病身故。连那要害子玖中丞的心思，也就一并打消。哪知天下的事情，若要人不知，除非己莫为，他虽如此守秘，可是早已传遍京畿的了。却便宜了那班军机大臣，不必再事为难，只将子玖中丞罚俸一月，勒令严缉凶手而已。

"舒疏月日前业已来此，本要大有举动，今儿一听他的老丈府上出了变故，也就匿迹销声，不知所之。如此说来，驾雄入川，倒好少做一件事情的了。"

屈侍郎一直说至此处，满屋之人莫不同声说道："这件事情真个快人心意！可见这个世界，是非还有一点儿公论呢！"

屈侍郎又说道："话虽如此，可是舒家和姓郭的冤仇自然越结越深。疏月既在武当山练拳术，安知他的师父等辈没有胜过姓郭的呢？"

廖氏夫人听到此地，便叫小梅莫捶道："从前曹操读了陈琳之檄，头痛顿愈。我今儿的腰痛，也被这把'鸳鸯剑'这样地一闹，就闹好了，真是痛快！"

瘦春接口道："女儿起初果然有些寒热，此刻也会退热，岂非奇事？"

廖氏夫人一壁点首答复瘦春，一壁又将瘦春方才所说的事情简单地述给屈侍郎听了。

屈侍郎边听边在叹息不已，及至听毕，便对瘦春说道："那时你可惜没有遇见姓郭的和姓莫的两位剑侠，不然替你打他一个抱不平，你也不必吃此苦头了。现在这位常笑春既是做了臬台太太，你既在此，应该去拜她一趟，才是道理。"

瘦春答道："女儿稍过几天本要去的……"

瘦春还待再说，忽听漱芳在问她婆婆道："婆婆，你老人家说说看，姓郭的和姓莫的他们两位，谁的本领好些？"

廖氏夫人嘻开嘴答道:"你这小东西,这句说话倒把你婆婆问住了。你可知道我也和你一样,郭、莫二人面长面短,并未瞧见过一次,怎会知道他们的本领呀?"

漱芳被她婆婆这样一说,方始知道她这一问未免有些鲁莽,顿时红了脸地好没意思起来。

漱芬瞧见她的妹子不好意思,大有为难情形,便想弄句话来打岔,好解她妹妹之围,无奈越是着急越是想不出说话。后来好容易亏她想到一句说话,便也不再思索,即去问宝山公子道:"姊夫似乎走了好多天了,怎么还没有信来?"

宝山公子笑上一笑道:"你也问得古怪,计算姊夫的行程,此时恐怕还没有过巴东呢,就是有信,这几天也在半路上呀!"

漱芬忽被宝山公子这样一说,顿时把她那一张美人脸臊得通红。漱芳明知她姊姊要想替她打个岔子,便好混过她的不好意思,哪知反被宝山公子驳上两句,弄得没有收场,她便又去解她姊姊之围,赶忙向她姊姊说道:"公公也讲得吃力了,我们何不同了大姊姊去看看阿香,好让公公休息休息。"

此时瘦春也在惦记她的女孩儿,便同芬、芳二人来至她的房内。一进门去,就见阿夏抱着阿香,阿春正在逗她装笑玩耍,忙去一把接到怀内,又请芬、芳二人一同坐下。

漱芳便望着漱芬一笑道:"姊姊,你方才碰他的钉子,只好我来向你消气。我知道你本想替我打岔的,不料也弄得和我一般。"

漱芬连摇其头道:"这话本要怪我问得没有道理,他的说话,哪好算是钉子?"说着,忽又自己好笑起来道:"我这个人,真正有些呆笨,每逢一开口就错,仿佛带着一本错字经来的一般。"

瘦春起初并未留意此事,此时一听她们姊妹两个这样在说,方始明白,便对芬、芳二人笑道:"这是你们姊妹两个的要好,你瞧我,只一个人,倘然有时说错了话,谁来替我解围呀!"

漱芳笑着请问瘦春道:"我们两个不是大姊姊的妹子吗?"

瘦春连忙也笑着认错道:"是的是的,怪我说错,芳妹妹真会捉漏洞。"

漱芬笑着接嘴道:"真会捉漏洞,也被婆婆驳得一张小脸儿只是像个猢狲屁股一般。"

漱芳不依漱芬道:"你呢,你呢?"

瘦春也笑道："你们两个，大哥不要说二哥，都是一样好不好？还是让我叫阿春快去开饭，你们就在我这里吃了吧！"

漱芳听了，便叫阿夏前去通知宝山，叫他就陪两个老的吃，不必等她们。等得饭毕，她们姊妹三个又到廖氏夫人房里，一进房去，只见屈侍郎还在大讲其奇奇怪怪的剑侠，给与廖氏夫人和宝山公子二人听。廖氏夫人便向她们三个笑道："你们为什么不早来一步？"边说边用嘴努努屈侍郎道，"他今天不知怎么这样高兴，仿佛说大书的，说了好半天了。"

屈侍郎笑着拍拍他的肚子道："此中虽然无物，却有几卷残书，你们要听，就是三天三夜也讲不完呢！"说着，果又讲了起来。这晚上，一直讲到十二点钟，方始收场。

漱芬一瞧漱芳这人早已不知去向，便同宝山公子向二老请过晚安，又送瘦春母女回房之后，方回她的房内。一跨进门，只见漱芳正在她的房内和小竹、小菊二人揩拭杯筷，她那床面前的一张镜台上，早已点上一对极大的蜡烛，急问漱芳道："你可是在发痴了吗？今儿虽是我的小生日，此刻已经半夜三更，何必再闹这些排场？"

宝山公子轻轻拍着自己脑袋道："怎么连我也会忘记的呢？该打该打！"

漱芳却在一边摇头摆脑地笑说道："姊姊，你今儿是位寿婆婆，不过时候已至夜深，恕我和他一时衣帽未周，也不大礼相参的了。你快来坐下，吃碗长寿面再讲。"

漱芬吃惊道："怎么还去弄面？不要被公公、婆婆说上两句，那才没味儿呢！"

宝山公子和漱芳同声说道："他们二老自然也忘记了，不然，今儿真要好好地热闹一天呢……"

二人尚未说完，只见小梅、小兰两个，各人端了盘很精致的小菜，悄悄地走将进来，一壁在摆盘子，一壁同声向漱芬笑道："老爷、太太已经睡了，今儿是芬少奶的寿辰，我们不该忘记。幸亏芳少奶在十一点钟的时候忽然记起，厨子都已睡了，芳少奶又不叫去惊动他们，我们只好箍桶匠造屋，胡乱弄了几个碟子，芬少奶不要见笑。"说着，一将盘子摆好，便和小竹、小菊就向漱芬拜起寿来。

漱芬忙忙扶起她们四个，又对她们笑道："这么你们忙了半天，快来一同坐下吃点儿。"

小梅先笑答道:"芬少奶的长寿面,大家自然要吃的。"

边说边又去向宝山公子一笑道:"少爷快陪两位少奶奶喝起酒来,我们去放了面就来。"

漱芬只好先去坐下,漱芳和宝山公子含笑相陪。吃了一会儿,小梅、小兰已将寿面端至,漱芬一定要叫她们四个一同来吃,她们四个起初不敢,后由漱芳一个个地拉来坐下。

宝山公子也说:"你们忙了半天,应该多喝几杯。"

大家一见少爷吩咐,方敢开怀畅饮。芬、芳二人本没酒量,晚上因为是闺房私宴格外有趣儿,不觉已经多喝几杯。等得梅、兰、竹、菊四个收拾出去,带上房门,宝山公子也因业已喝醉,便想走到里间漱芳的房里去睡。

漱芳此时虽已吃得和醉杨妃的一般,但是酒在肚里,事在心里,赶忙一把将宝山公子拉住,笑问道:"你到哪儿去?"

宝山公子笑答道:"到你房里去睡呀!"

漱芳边笑边说道:"今天是姊姊的生日,你应该住她这里。"

宝山公子笑笑道:"我本随便。"

漱芬此时业已醉得横躺在床上,一见她妹妹在叫宝山公子睡在她这里,急忙撑了起来对她妹妹说道:"今儿晚上,他应该轮着你那里的呀! 你怎么好叫他睡在我这里?"

漱芳笑笑道:"今天是姊姊生日,哪能照这老例?"

漱芬一见她的妹妹又开话箱,恐怕嘴上失败之后,那就打发宝山公子不出去的了,只好趁那一点儿酒力,想将宝山公子推到她妹妹房里去。谁知她妹妹的酒力还要比她更大,推来推去,只把宝山公子夹在中间喊起痛来道:"你们姊妹二人忽然客气起来,且不说它,我虽是个军人,此刻反而对付你们两位娘子军不下,快快放手,让我一个人坐在那儿去。你们交涉办妥,再来请我可好?"

芬、芳二人哪里肯听? 仍是你推我让,只把宝山公子这人完全当作一样礼品一般。宝山公子生怕她们姊妹二人不要弄出呕吐情事出来,只好一力主张姊妹二人一同睡在漱芬床上。起初大家各红了脸地不肯答应,后来彼此都又嚷着"只要她肯,我也肯"的说话,但又因为首先的一个"肯"字,各人都又不肯先说,后来还是宝山公子做了那个首先承认那个"肯"字的人,方始一手一个,将她们姊妹两个双双拉入帏中。

不知拉入帏中之后,是否再有推让情事,且听下回分解。

# 第十回

## 做东道二春话旧
## 游西湖四美吟诗

漱芬、漱芳姊妹两个，这夜被那宝山公子拉入帏中之后，彼时作书的既未据她们的床公、床婆前来报告，此时又不便面壁虚构冤枉他们。幸亏作书的本有万能之术，赶紧把天一亮接叙。那位芳少奶奶仅穿一身贴肉衫裤，急急忙忙溜回她那闺房，免为小竹、小菊等人所见。这边的宝山公子和漱芬两个，一直睡至日上三竿，方才懒洋洋地醒来。

漱芬开眼一见宝山公子，不知怎么竟会微红其脸地瞪了宝山公子一眼道："都是你呀！你瞧，我今天的鼻子也发塞了，腰骨也发酸了，最好让我再躺一刻。你去把妹妹叫了起来，先到公公、婆婆那面去打个照面。"

宝山公子也微蹙其眉地答道："岂止是你一个？我也冻着了呢！"

漱芬一听，更加把脸一红，忙朝里床一睡，有意不睬宝山公子。宝山公子只好披衣下床，去到里间，轻轻地推醒漱芳。谁知漱芳也在伤风，似比宝山公子和漱芬二人还重。

当下宝山公子仍是皱着眉头，又像在笑，又像发愁地怪着漱芳道："都是你想出来的这种规矩，弄得你自己也伤风，我和你姊姊也在伤风……"

漱芳不俟宝山公子说完，即冲口道："我本是叫你一个人睡到姊姊床上去的呀！后来连我……"

漱芳说到这里，便又将话缩住，改问宝山公子道："这么姊姊和我两个都不能起来，公公、婆婆那面，又怎样办呢？"

宝山公子懒懒地说道："自然只有我一个人去了。"

漱芳听了，便催宝山公子快去，不要被他二老查问起来，那就不好。

宝山公子即把漱芳的被窝盖好，回到外房，隔着帐子对漱芬说道："你妹妹也在伤风，你们两个准定再睡一刻吧！我一个人到二老那边去就是。"

宝山公子说完，漱芬似在被窝里头答话。宝山公子因为急于要到他爹娘那里去,也不再去细听。及至到了对房,才知他的爹爹已经出门回拜新任臬台孟小浩去了;他的母亲也往东厢,在替瘦春打扮。他便追到东厢,问了娘和瘦春的早安之后,又对他娘说道:"今天两个媳妇都在伤风,不能起来,儿子特来禀知母亲一声。"

廖氏夫人此时正在帮同瘦春掠头,一听两个媳妇有病,连道:"快请医生去,快请医生去!"说着,又向瘦春在心痛她两个媳妇道,"你两个妹妹年纪虽都十八九岁了,其实都是娇养惯的,还不能离她娘呢!我又一时照顾不到的,这两个孩子真有些可怜巴巴的。"

瘦春尚未答言,宝山公子忙安慰他母亲道:"母亲放心,她们躺一会儿就会起来的。"

瘦春接口道:"单是伤风,只要熬杯午时茶,喝了就会好的。"边说边已装扮好了,便去换上新衣。

宝山公子便问瘦春,可是去拜臬台太太。

瘦春此时正在低着头束那罗裙。前清时候,本是小脚,凡是女人在穿裙子的时候,须将裙子盖住脚背,高一分不好,低一分又不好,作书的友人天虚我生,曾有"罗裙偶系频低首",作书的自己也有"罗裙碧似湖边柳,莲瓣红于水上菱"等句,都是咏小脚的香奁诗。瘦春这人本是全部书中的第一位美人,美人虽不假脂粉点缀,但对她的衣、裙、鞋、袜等等的装束,却也不肯随意。当时瘦春便仅答一声"是的",没有工夫多说。等得收拾已毕,又把阿香托付廖氏夫人带着,自己即率春、夏二婢以及四名男仆,坐上大轿,直向臬台衙而来。等得进了辕门,投过帖子,里边便大开其麒麟门,由那执帖管家高喊一声清而且脆、尾音极长的一个"请"字。轿子抬进二堂,瘦春出轿,即由春、夏二婢扶了进去。

那时常笑春太太早已含笑地等在花厅门口,一见瘦春这人,连说:"我们多年不见,你怎么知道我在此地?"说着,又不待瘦春答话,忙又笑道:"快快同我内房去谈。"

瘦春到了里边,方始和常笑春行礼。坐下之后,笑春先问瘦春别后的情形。瘦春并不瞒她,便从良乡县别后起,一直讲至现在止。

笑春听毕,自然很替瘦春高兴道:"妹妹既有这个屈府,理应早来找他们的。你说境况不好,不肯找人,这真正是自己在讨苦吃了。"

瘦春也笑道:"这回倘若不是遇见舍弟,我真没脸去找他们。"说着,也问笑春是几时嫁与这位臬台大人的。

笑春正待答话，忽见几个使女都在身旁伺候，便将她的手向她们一挥。等得使女们退出，笑春始微红其脸地说道："我们姊妹两个本是患难之交，我嫁我们老爷以及一切的事情，自然不用瞒你。但是这话很长，你须得在我这里玩儿到晚上去，我才肯对你说。"

瘦春笑答道："我在家里本也没事，只是打搅姊姊不安罢了。"

笑春佯嗔道："什么叫作安不安？做你姊姊的，做回把东道主人，却也做得起的。"边说，边请瘦春宽去外衣。

瘦春先答道："你们大人面前须得带我见过，我们方好脱去外衣长谈。"

笑春又笑道："你不能叫他大人，应该叫他姊夫才是。不过他今天很忙。"说着，忽然一愣道，"我想着了，他今天不是请你们尊大人和此地中丞游湖吗？"

瘦春答道："我单知道，今天家父是来拜大人的。"瘦春忙又笑着改口道，"来拜姊夫的，至于姊夫请家父去游湖，可不知道。"

笑春又催瘦春宽去外衣，瘦春只好脱去。笑春又等使女退出，方才低声说道："我自从和你别后，忽然碰见一个坏人，非仅糟蹋了我的身子，并把我的那些东西骗光。我那时弄得人财两空，也是不得已，只好落了风尘。"

瘦春很诚恳地说道："这很像大宋名臣韩蕲王，他的夫人梁红玉不也是风尘中人吗？一个人受了环境所迫，也没法子的。"

笑春点头称是，又接说道："那时我就在天津做此生涯，有一天，我们老爷偶和一个朋友前来游玩。后来和我定情之后，也过两年多，方才娶我到家。那时他的原配尚未去世，我是另外住开的。直到今年春上，他那原配逝世，将我扶正，做了填房。别样都好，只是年龄相差了十多年，稍有缺恨。"

瘦春摇头道："年纪大小，我说并没关系，姊姊现在是三品大员的夫人，难道还不称心如意吗？"

瘦春说至这里，又问笑春道："姊姊现在更是吐嘱斯文，难道反有心思用功吗？"

笑春点头道："我那时因为同院里头有个名叫樊美娟的结义妹子，她的人才也好，才学也好，又会作诗，我便跟她学学。后来你们姊夫，他本是一个进士，见我能够识字，他便用了全力教我。"边说，边乱点其头道，"你姊姊也可以称得起一个起码的诗婆了呢！"

瘦春因见笑春人还爽直，现又深通文墨，便笑说道："且俟闲一闲，我那两位弟媳也还算都有羞花的貌、咏絮的才，我们大家联个诗社，也好消磨岁月。"

笑春大喜道："我一定去附骥尾就是。"说着，又问："驾雄妹夫，现在不知可已安抵成都没有？"

瘦春答道："他只去了一个多月，大概还没有到吧！"

笑春也知那个郭鸣冈和莫本凤的事情，便又和瘦春谈了一会儿剑侠的故事，方始摆出酒席，也不另请陪客，只和瘦春二人对酌。

瘦春在席上忽向笑春笑道："姊姊真好福气。"

笑春忙问此话何解。

瘦春又说道："光看我们二人的名字，姊姊的'春'字上面是个'笑'字，何等富丽堂皇？我的'春'字上面却是一个'瘦'字，未免有些萧索。一个人取名之际，虽然未必关乎后来，但是就事言事，不觉便有些寒碜了。"

笑春忙笑道："你难道不好改的吗？那些香艳字眼儿很多，由你去拣就是。"

瘦春笑上一笑道："无缘无故去改名字，那是更加寒碜了。"

她们二人边吃边讲，倒也十分尽兴。

这天，瘦春真在笑春那儿吃过晚饭方始回家。哪知瘦春自从第二天起，忽然害起病来，后来竟至十分沉重，虽有她的二老以及宝山公子夫妇替她延医医治，终于一时不能起床。笑春也来看她几次，只因病榻缠绵，不能长谈。至于所说的诗社一层，自然搁起不用讲了。笑春既认瘦春做了妹子，便以伯父、伯母之礼见过屈家二老，又与芬、芳两个人才相仿佛，性格相同，就认了姊妹。

瘦春直到第二年的三月中旬，方始渐渐复原。

作书的虽已作到这个时候，也得将屈家这几个月之中的事情摘要地补叙几句。一样是芬、芳二人，那天的伤风之病，三两天后，便已脱然；一样是她们姊妹大被同眠之事，并没人知；一样是廖氏夫人本爱漱芬沉默寡言，既把她的生日忘记，便拣一个好日子，替她补做，很是热闹了一天；一样是驾雄直到这年年底，始到成都，那位四川藩台彭筱潭方伯，既见驾雄人极干练，又是屈侍郎的令坦，即委他做了总文案，并替他报捐一个候选知县的底官,瘦春得此信,自然十分感激屈府;一样是第二年的二月里,乃是阿香的四周岁,屈氏二老特为阿香大做其四周岁,以替瘦春解去年灾月晦;一样是宝山公子一见瘦春抱病,虽然未便衣不解带,亲侍汤药,却也心烦意乱,大为无趣;一样是漱芳瞧出宝山公子因为瘦春有病,竟是急得六神无主,不免前去取笑宝山公子几句,虽有漱芬代为解辩,宝山公子却也尝了一些情场小故的滋味。这些事情,次第一过,已是三月里了。

等得瘦春病愈,廖氏夫人主张去请常笑春太太游一天湖。好在屈府本有一只极讲究的画舫,闲泊着没用,议定之后,便发帖子去请常笑春,定于三月三十日那天游玩西湖。笑春本在惦记瘦春之病,一见瘦春痊愈,便于那天上午欣然而至。哪知廖氏夫人又于头一天的晚上小受感冒,第二天不能下床,单由瘦春、漱芬、漱芳三个陪同常笑春下船。及至开到湖中之后,笑春爱在湖中随便摇着,不必定在哪儿泊下,她是特客,三个主人哪有不遵之理?

等得午宴罢后,笑春忽笑问芬、芳二人道:"我曾经听说二位妹妹都是女词章家,此刻左右没有事情消遣,我们四个何不联起句来?我这不通监生,就好献丑了呢!"

芬、芳二人因见笑春这人大有《红楼梦》上那位史湘云的风味,都忙一口赞成,只请笑春出题。

笑春想上一会儿,岸上落红阵阵,这天又正是暮春末日,便对瘦春、漱芬、漱芳三个笑道:"我们应个景儿,就以落花为题,题目宽些,自然容易得着佳句。"

瘦春一壁点头,一壁笑答道:"这种天气,真是合着我的名字了。"

漱芳忽然带笑带说道:"我已有了一句了。"

笑春不知漱芳喜开玩笑,微失其惊道:"芳妹的诗才,怎么如此敏捷?"

漱芳不答这话,只自顾自地念道:"瘦春瘦春又瘦春……"

漱芳的"春"字刚刚离嘴,瘦春就接口念道:"漱芳漱芳又漱芳。"

笑春至此,始知她们姊妹二人各以名字打趣儿,便对瘦春笑道:"芳妹的名字没有你这'瘦春'两字能够刻尽落花,你的联句不好。"

瘦春将嘴一嘻地答道:"我的不好,这么且听你的妙句。"

笑春笑上一笑道:"我前几天和此地中丞的谈如小姐、小琬少奶奶也在联句的时候,谈如小姐说,'联句不及各自吟一律诗的项联或是腹联来得有趣儿。'……"

漱芬不俟笑春说完,接口笑道:"这个玩法,我在北京的时候,也常玩的。"

漱芳即朗吟道:"击鼓宫奴俱老大,种桃道士独归来。"

瘦春也接口朗吟道:"无端冷落成乌有,如此飘零唤奈何。"

漱芬摇着头道:"大姊姊从小就爱吟这些萧索的句子,我总不甚赞成。其实驾雄姊夫现在已是百里之侯,大姊姊正是父母官的太太,应该可以吟些富丽堂皇的句子了。"

笑春一壁点首称是,一壁也吟道:"吹还游鱼黏赤尾,蹴来舞燕点红襟。"

漱芬击节道:"这种句子,便很堂皇。"

瘦春笑上一笑道:"这么'最是美人新怨别,不堪孤苦独登楼。'又怎么样呢?"

漱芬未及答言,漱芳已在用手羞着瘦春道:"大姊姊真是不怕难为情的,人家刚才提起姊夫,你就吟出这两句句子来。"

瘦春微红其脸地笑道:"芳妹妹真会捉漏洞,一句说话,到了她的嘴上,便会使人哭笑不得。"

漱芳笑着道:"'红粉睡残犹带泪,翠娥妆罢不胜歌。'这两句的意思也和大姊姊的相仿,人家看了,就不会说你在想驾雄姊夫了。"

瘦春笑着道:"这么我就来作一联富丽堂皇的好不好?"说着,即朗吟道:"'金铃岁月常淋雨,彩树河山又致灰。'你们大家说怎样?"

笑春先大赞道:"这才真正是富丽的句子了。"

漱芳且不接嘴,又自顾自地吟着道:"绿肥波面鸳鸯老,香尽枝头蛱蝶来。"

笑春也赞道:"芳妹妹的句子,本来和她的人一样艳丽。"

漱芬又吟道:"荣枯自有天堪问,堕落曾无地可归。"

瘦春连点其首道:"这才是咏落花的好句子呢!"

笑春也吟道:"一生雨露随朝暮,三月沧桑阅古今。"

瘦春复连赞道:"好句呀,好句呀!"

漱芳指着瘦春道:"你自己怎么不作? 尽在这里称赞人家干吗呀!"

瘦春听了,始吟道:"才来水面无多日,一到沟头便断魂。"

笑春望了瘦春一眼道:"你怎么弄弄就是凄惨的句子出来了呢?"

瘦春听了,忽会把眼圈儿一红道:"连我自己也不知道,大概处境的关系吧!"

笑春不解道:"怎么叫作处境的关系?难道你现在还不称心吗?"

瘦春正待答言,忽见宝山公子手执一份电报,坐着一只小瓜皮艇直向她们的船上追来。

不知宝山公子追来何事,且听下回分解。

# 第十一回

## 接急电姑爷遭大难
## 出远门婢女做长城

瘦春忽见宝山公子执着一份电报,坐了一只小瓜皮艇,直向她们船上追来,赶忙站至船栏边去,指与芬、芳二人看道:"你们快看,宝兄弟手拿电报,向我们这里追来,莫非驾雄在四川出了什么乱子吗?"

芬、芳二人未及答话,宝山公子的那只小艇已经傍了大船。

漱芳忙伏出身去问宝山公子道:"哪里来的电报?怎么要你自己送来?"

其时宝山公子业已跳上大船,先和笑春略一点首招呼,便答漱芳道:"驾雄姊夫在四川出了事情。"边说边把手上的那份电报递与瘦春道:"这是他的朋友倪慕迁打来的。爹爹说,快请姊姊回去商量。"

瘦春此时早已吓得变色,急把电报接到手中一看,见已译出,上面是:

杭州西湖屈公馆宝山兄鉴:

令亲驾雄,奉委押饷赴马边县,途遇大股土匪,人、饷同时遭劫。次日,即由该匪首高大麻子出名,函知敝寓,限三个月,令范知县家属备洋十万元取赎,逾期即取性命等语。

盖土匪一面预伏中途,算定日期,人、饷被劫时,一面由该匪伙在省函知敝寓也。

特此飞电奉闻,如何办法,迅电示知,俾与该匪接洽。

倪慕迁叩

瘦春尚未看完,早急得浑身发抖地连说:"怎么得了,怎么得了?"及至看毕,反没说话,却把双目直注湖水,似有纵身投入之势。

漱芳在旁先已看出情形,不待瘦春有所举动,赶忙一把将瘦春的手捏牢道:"大姊姊且把神志清来,快快回去商量才是。"

瘦春一见漱芳把她的手捏住,知道一时不能寻死,始放声大哭道:"这样大祸,还有什么商量? 只有我陪他同死的了。"

宝山公子、漱芬、笑春三个同声接口道:"土匪要钱,还有办法。我们赶快回去,商量复电要紧。"

三个说完这话,也不俟瘦春答话,急命船役快快摇了回去。

瘦春此时仍在掩面痛哭,并没一句说话。及至船到门口,屈侍郎和廖氏夫人两个已在那儿等候,廖氏夫人一见瘦春这人,就要亲自下船劝解。屈侍郎一壁止住廖氏夫人,一壁又高声吩咐芬、芳二人赶快扶着瘦春上岸再说。

等得大众到了厅上,廖氏夫人就一把拖住瘦春道:"我儿切莫着急,为娘先和你说一声,十万块钱,你的爹爹已经答应,你好放心吧!"

瘦春尚未听完,就发急地甩开廖氏夫人的手,飞奔地去至屈侍郎跟前,扑的一声跪下,双手高拱道:"'十万块钱'这句说话,听着已经把人吓坏,爹爹为了你的苦命女儿,虽是一口答应这笔巨款。但是人心是肉做的,事实上面,断无如此办法。照女儿的意思,还是让女儿陪他同死,省得多在世上害人。"

屈侍郎一壁命芬、芳二人先把瘦春扶起,一壁始安慰瘦春道:"我儿快快不必心上过不去,为父连你一共只有三个女儿,你那两个妹子,十几年来没有信息,自然无望。现在只余你一个的了,快些不许再向为父说这种死不死的言语。"边说边又向笑春说道:"孟太太,你也以我的说话为然吗?"

笑春一面连连点头,一面也劝瘦春道:"妹妹,你有了这二位好爹娘,何必还要着慌,现在只要商量办法就是了。"

瘦春跺着她的脚答道:"姊姊,你莫再劝我,就是我们爹娘肯出十万块钱,把那闯祸坯赎了回来,还有一笔饷银,也是不能过去的。"

屈侍郎正待有言,又见家人送进一份电报,忙去接来一看,就是四川藩台打来的。便对瘦春摇手道:"我儿且莫多说,这份电报就是你那彭年伯打来的,先看了电报,再定办法。"

其时宝山公子已向屈侍郎手中把那份电报接去在译,等得译出,大家急去围着一看。只见是:

杭州西湖屈公馆淡然年兄鉴：

令坦押饷赴马边县，中途人、饷被劫，此事其咎在弟，不应委渠此差。然弟本为使渠得一劳绩起见，致肇此祸。现该匪首限三个月，以十万元取赎令坦，弟意请年兄担任赎款，至饷银二十万，容与制军商酌后再谈。

事分缓急，乞酌。

彭筱潭叩

大家尚未看完，宝山公子先向屈侍郎说道："彭年伯既说去和川督商酌，姊夫的公罪虽然难免，赔饷一层，似乎还不要紧。现在应先复彭年伯和倪慕迁两处的电报，赶紧说明承认如数取赎，也好使彭年伯放心，倪慕迁好去向该匪首接洽。"

屈侍郎连点其头道："这么你快拟电稿。"

宝山公子即命家人把纸笔取到，立刻写出是：

四川彭方伯筱潭年兄鉴：

来电敬悉。小婿肇祸，累及年兄，已抱不安，复承关切，益深感佩。赎款之事，义无可辞，自当勉凑其数；失饷一层，务乞年兄与制军斟酌一妥善办法，免予小婿赔累，于事始有补。否则，即使备款将渠赎回，饷款亦难弥补也。

年兄与制军商后，如何情形，仍乞电知为祷。

屈炳堃叩

宝山公子拟好电稿，呈与屈侍郎去看。

屈侍郎看毕，点头道："就是这样，先去发了这份再说。"

宝山公子吩咐家人去后，忙又对屈侍郎说道："十万现款，不是一月半月可以凑得齐的……"

宝山公子尚未说完，漱芬却来拦了话头道："我愿把我的首饰凑了进去。"

宝山公子连摇其首道："你的首饰值不了多少钱呀！"

漱芬被宝山公子这样一说,不禁红了脸地好没意思。

廖氏夫人插嘴道:"这也是她的好意……"

笑春不待廖氏夫人往下再说,便去对屈侍郎说道:"十万块钱确非小数,莫说十天八天万来不及,就是来得及,我却知道现在川汇不通,非得派人送去不可。让我马上回去,和我们老爷说说看,最好叫他先行挪借一笔公款,然后由府上慢慢地还他,也是一样。"

屈侍郎和廖氏夫人两个连连地同声答道:"孟太太肯帮这个大忙,还有何说?"

瘦春忙也接口道:"我们这个闯祸坯,累了我们二老,还要姊姊费心,怎么说得过去?"

笑春此时无暇说话,真的马上坐了轿子就走。

宝山公子一等笑春走后,忙又对屈侍郎说道:"孟太太那边就是有钱,这样路远迢迢的,哪里有妥当的人送去呢?"

瘦春即应声道:"自然我去。"

廖氏夫人听了,忙不迭地摇手对瘦春说道:"'老不入川,少不入广',这两句本是古话,你怎么能去呀?"

屈侍郎接口道:"我说只好让她去走一趟,路上呢,自然不便,但以事实而论,她去倒有几种便当。"

瘦春急接嘴道:"先父、先母既被土匪戕害,四川怎么没有奏报?我从前是没有盘缠前去,这叫无法,现在还不趁此走一趟,打听一个明白吗?"

廖氏夫人一听瘦春说出父母的大事,忙自点其首地说道:"这倒是桩正经事,为娘反不好阻止你了。"

宝山公子又问屈侍郎道:"姊姊既是亲去,姓倪的这份电报索性迟一两天再复怎样?"

屈侍郎想上一会儿道:"不管孟太太那边有没有公款可以移动,我们这里总得赶紧设法款子。现在既已决定你姊姊自己前去,姓倪的那里应该早些给他复电,让他好去接洽。"说着,自己就拿起笔来,拟了一份电稿。大家忙去一看,只见是:

四川华阳县署转倪慕迁兄鉴:

来电敬悉,舍亲人、饷被劫,阖家惊骇万状。赎款十万,只有勉力设法。惟川汇不通,一俟款有成数,即由家姊亲自携带来

68

川。何日能行，此刻犹无把握，务乞先与匪方接洽，承认数目，致宽限期为要。特先电复，容俟续闻，一有其他消息，仍乞电示，容后重谢。

屈启仁叩

大家看完，瘦春自语道："可惜彭年伯那里已经无了饷款，不然，请他暂垫，我们送去还他也是一样。"

漱芳接口道："彭年伯来电既是这般关切，他那边如果有钱可垫，岂不早对我们说了？"

屈侍郎点点头道："对呀，他大概在忙饷款，否则我相信他一定肯替我们垫的……"

屈侍郎尚未说完，已见一个皋台衙门的家人飞奔而至，口称："奉了太太之命，请这里的老爷、太太、少爷、少奶奶和小姐放心，款子明天如数送到。"

屈侍郎听毕，不禁大喜，一面命那管家回去代谢他们主人，一面即对瘦春说道："这么你快去收拾行李，明天就走。"

瘦春听了，正待进内前去收拾行装的当口儿，忽又听得廖氏夫人在问屈侍郎道："这样路远迢迢的，派谁送她去呢？"

她忙站定，且听屈侍郎怎么说法。

当下只见屈侍郎却大皱其眉地说道："这倒难极，昨儿报上，我瞧见万县以上水、旱两路，沿途都有土匪……"

廖氏夫人不俟屈侍郎说完，急说道："这么老爷方才又怎么一力主张我们女儿亲自前去呢？"

屈侍郎便大摇其头地答道："夫人怎么驳起我来了呢？我的主张，我们女儿自己送去，乃是对于驾雄面上，有种种便利之处起见，至于路上不靖，却是另一问题。夫人却把两件事情一齐并了拢来说，那自然觉得我的说话有些矛盾了。"

宝山公子接口道："儿子说，送姊姊前去的人，不是什么单是谨慎小心的人便好同去，一则路上既有匪警；二则入川以后，各方对付，姊姊也不能抛头露面地自去接洽……"

屈侍郎不待宝山公子说完，便望了宝山公子一眼道："这件事情，你去

69

倒也相宜,可惜你娘不放心你去。"

瘦春不俟廖氏夫人接腔,赶忙走去跪在廖氏夫人的面前道:"宝兄弟别了你们二位大人多年,现在刚从外洋回来⋯⋯"

瘦春说至这里,又把双眼望了一望芬、芳姊妹二人道:"现在又新娶两位妹妹未久,做女儿的自然不应该请求宝兄弟送我前去。但是宝兄弟是出过洋的人,爹爹方才也说他最相宜,女儿只好求着母亲允许的了。"

廖氏夫人一见瘦春跪着求她,不觉一时为难起来。因为她那宝贝儿子固是她心头的肉,这个宝贝女儿也是她心头的肉,既舍不得她的儿子身临险地,又怕她的女儿无人伴送。正在左右为难之际,忽见她那两个媳妇双双地也来向她下跪道:"姊姊亲往四川,除他伴送之外,实无相当的人。媳妇们本也不敢主张他去身临险地,不过方才公公说他相宜,媳妇们才敢求着婆婆答应。"

廖氏夫人听了,一面急命她们三个一同起来,一面忙又问宝山公子道:"你敢伴送你的姊姊前去吗?这件事情太大,不是说说玩的呢!"

宝山公子忙答道:"这件事情进出本大,但是姊夫既遭这件不幸之事,儿子不管有无办事的经验,也只好冒险一去的了。"

廖氏夫人一见她的儿子自己愿意,方始松口道:"就是你敢去,难道你和你姊姊两个就这样地好去了吗?"

漱芳接口道:"媳妇倒想着一个人,不过不敢说。"

廖氏夫人急问是谁。

漱芬插嘴道:"妹妹所说的人,大概是小梅。"

廖氏夫人连点其头道:"我倒把她忘了。"边说,边去问屈侍郎道,"老爷,你看怎样?"

屈侍郎点点头道:"小梅总算懂点儿武艺,四川又是她的家乡,她去很妥。"

此时小梅正站在她夫人的背后,一听大家都主张她同去,便走至老爷跟前说道:"丫头蒙老爷、太太豢养多年,莫说命丫头伺候少爷、小姐到四川去,就是要叫丫头赴汤蹈火,丫头敢说一个'不'字吗?不过丫头一走,太太身边没人服侍又怎样呢?"

廖氏夫人一听小梅说得很是忠心,忙接口道:"事有轻重,你只要好好地保护你们少爷、小姐前去,我这里不必你管⋯⋯"

瘦春不待廖氏夫人说完,赶忙向她爹娘磕头道谢。屈侍郎即命宝山公子、瘦春、小梅三个快去收拾行李。三个听了，各自赶忙回房收拾。

　　第二天大早，笑春果将十万块钱亲自押着前来。廖氏夫人一面谢她仗义，一面还想去请几个镖客保护同走。瘦春因怕误了限期，一力主张不必。屈侍郎也说，一请镖客，反事张扬，只命宝山公子扮作商人模样，并把十万块钱分藏十几担南货之中，以便混过歹人耳目。此时大家都没一定主意，都听屈侍郎一人安排。廖氏夫人虽不放心，但又无法，只好加派屈福、屈禄、屈寿、屈财、屈喜五个家人，一同前往。

　　瘦春又将她的阿香拜托芬、芳二人照管，大家一等午饭吃毕，也不能再顾什么离情别绪，廖氏夫人只含泪地说了一句"听天由命"的说话，瘦春、小梅两个早已各执她的两手，痛哭起来。屈侍郎到底老成持重，见理也明，并没多话，即催瘦春等人快走。笑春也说吉人天相，竭力劝解一番。此时芬、芳两个也与宝山公子说个不了。

　　宝山公子恐怕他娘还要变卦，赶忙装出一身勇气，首先拜别爹娘和笑春等人，坐上轿子就走。屈侍郎连点其头，暗暗称赞宝山公子有这勇气。及至眼看大家一齐上轿，抬出大门，始去劝慰廖氏夫人。

　　不知瘦春等人此去，平安与否，且听下回分解。

# 第十二回

## 争房舱当场忍气
## 送吃食暗地传情

廖氏夫人一等瘦春等人走后，重又伤感起来。笑春因与瘦春十分要好，早把廖氏夫人当作亲娘一般，她怕廖氏夫人伤感过度，弄坏身体，索性差人去关照她的老爷孟小浩，说是要在屈府多住几天，以便劝慰廖氏夫人。

孟小浩本来最钦佩屈侍郎道德文章的，非但叫他夫人尽管长住屈府，而且亲去告知余中丞，述及屈府出了不幸之事，要请余中丞也去安慰屈府。余中丞除自己去安慰屈侍郎外，又命他的淡如小姐和小琬少奶奶到屈府住下，好解廖氏大人的伤感。

廖氏夫人因见余、孟两家如此相待，不好过拂人家好意，始把她的离愁别恨渐渐地淡了下去。笑春、淡如、小琬三个，直等廖氏夫人屡次接到瘦春等人沿途的平安信息，方才珍重而去。屈侍郎也把孟小浩处的那笔十万公款陆续送还。

现在且将屈府这边暂且搁下，先来细叙瘦春等人出门以后的事情。

瘦春那天同了宝山公子、小梅两个，以及五个男仆，到了拱宸桥，叫了一只无锡快船，拖往上海。这天大家都已精神疲倦，下船稍坐即睡。

次日下午，到了上海，宝山公子因为三洋泾桥的那家长发栈一切都还便当，便命家人把那十几担的南货以及所有行李，押到长发栈去。他和瘦春、小梅几个先行离船进栈，拣上两间官房，分别住下。瘦春见宝山公子单身独住一房，虽然知道他在避那男女之嫌，但怕寒暖饮食那几个家人不及她们来得注意，便把宝山公子请到她的房内，诚诚恳恳地说道："宝兄弟，我和你两个本和同胞姊弟一样。这回承你的情，别了父母，抛下妻子，伴送我到四川去，大恩不谢，这些空话也不必说它。但是他们二老膝下亦有你这一位宝贝儿子，你又是一个娇养惯的身子。此去路远迢迢，并不是十天半月便好了事的，你倘若因为那些家人们一时照顾不到，稍稍弄点儿毛病出来，不要说到了四川之后，这些大事谁去担当，我又怎么对得过我们二老和两位妹妹？我的意思，你的饮食寒暖须让我和小梅二人前去照管，我始放心。"

宝山公子一直听至此地，方始正色答道："姊姊的好意，兄弟都很明白，不过兄弟这次伴送姊姊入川，一则是父母之命，二则是兄弟的私心，姊姊有了不幸之事，就和兄弟自己有了不幸之事一样，所以不问这样一件重大的事情，就冒冒昧昧地担任下来。兄弟此刻在愁的事情……"

宝山公子说至此处，又放轻声气说道："这笔现款，关乎姊夫的生命，倘能安然到达成都，立将姊夫赎回，兄弟回家，方有交代。姊姊怎么忽然注重兄弟的饮食寒暖起来了呢？不要说兄弟一个人也在日本住过几年，这些小小事情自己应该当心，就是因为姊姊的事情，一时饿了没有工夫去吃，冷了没有工夫去穿，哪好当桩事情？姊姊快莫这样，况且姊姊不比从前，现在是有了……"

宝山说到这里，便把眼睛望了一望瘦春，也不往下再说。

瘦春起先听得宝山公子对于她的事情说得如此郑重，心里已是感激万状，及见宝山公子说出"姊姊不比从前，现在是有了"，说到这句，又把那个"姊夫"二字缩住不说，顿时想起昔日的青梅竹马、两小无猜的情形起来，心里一酸，她那两个眼圈儿马上就红了起来。但又一时无话可说，即把宝山公子呆呆地望着出神。

此时，小梅本来站在旁边，她见她的少爷要避嫌疑，她的小姐要想不避嫌疑，而事实上又不能不避嫌疑，她便插嘴说道："少爷、小姐面前，本来没有丫头的说话，不过老爷、太太，以及两位少奶命丫头伺候少爷、小姐出来，现款固是要紧，少爷、小姐两位的身体也是要紧，丫头既和小姐同在一起，小姐的饮食寒暖，丫头自会留心。少爷现是另外住开，我们这五位大爷，他们一向在家只会跟着跑跑快轿，这是他们的本事，除此以外，若要叫他们去当心少爷的饮食寒暖，莫说小姐不甚放心，就连丫头也不放心。丫头的意思，小姐已有姊爷，再去照料少爷，似乎也有不便之处了。丫头本是出来伺候少爷、小姐的，少爷也不叫丫头前去伺候，将来回家的时候，太太岂不见罪？"

瘦春听到这里，急接口对宝山公子说道："小梅的说话不错，宝兄弟，你可不能再这样地执拗了。"

宝山公子仍是摇着头道："出门不比在家，伺候一层，哪好当桩正经？"

宝山公子说到这里，便问小梅道："现在的千斤重担只在你一个人身上，你有多少武艺，我本不甚知道。现在你要预备什么家伙，快些说出，好去置办。"

小梅听了，想上一会儿，始答宝山公子道："我说可以预备七支手枪，少爷和我各人一支，其余的可给他们五位大爷。"

宝山公子点头道："这便当，停刻我自己去买，还有呢？"

小梅又说道："最好去叫铁匠打几支袖箭。"

宝山公子又点头道："这也容易。"

瘦春等得小梅谈完军器，又向宝山公子说道："我们此去，所有一切的大事，自然要宝兄弟做主，不过宝兄弟个人身上的事情，须得我和小梅两个调排。"

小梅也接口道："小姐的说话很是，因为少爷这趟出门，本是负着元戎的责任，倘若元戎的身子偶有小小毛病，岂不贻误军情？"小梅说至此处，又恳恳切切地叫了宝山公子一声道，"少爷呀，你这身子并不只关乎去赎姑少爷的一件事情，家里老爷、太太、两位少奶，便指望少爷一个人呢！"

宝山公子听到这句，方始不再反对小梅前去服侍。

过了几天，手枪、袖箭都已办齐，宝山公子一面写了平安家报，一面就上轮船，直往汉口。上船之后，瘦春仍和小梅住了一间官舱，宝山公子独住对面一间官舱，五个家人都住统舱，所有行李货色统落货舱。等得到了汉口，宝山公子已经打听得这天正有轮船开往宜昌，便不上岸耽搁，只把行李货色全盘地搬到那只轮船上。谁知上船以后，那只船上的官舱房舱统统都被客人占满，寻来寻去，只有一间房舱空着。宝山公子赶忙指挥五个家人，快把小姐和小梅的行李搬了进去再说。

不料宝山公子正在监督家人们搬那行李的当口儿，忽见间壁一间房舱里跑出几个兵士，开口便向他大骂道："你这小子，瞧瞧你的形状，配不配坐这房舱？"

宝山公子自知身穿商人衣服，难怪那班兵士势利，便含笑答道："兄弟本是一个商贩，自然去坐统舱。"说着，指指站在他身边的瘦春、小梅二人道："因有两位女客，统舱间里，男女混杂，诸多不便，所以要让这两位女客坐这房舱。"

宝山公子刚刚说到这里，又见一个兵士不问青红皂白，顿时呸了他一

74

脸的涎沫道："老子们不知道什么女客不女客,你难道瞎了眼睛不成？这间房舱是俺们少奶奶留给俺们的小姐们住的。"边说,边把已经搬了进去的几件行李统统摔了出来。

宝山公子的五个家人因为早已奉了宝山公子吩咐,一路之上,无论对于何事,不准他们多嘴,就是有事,也须让他自己前去交涉,所以那班兵士如此地喝龙骂虎,五个家人只在一旁敢怒而不敢言。

倒是小梅看不过去,便去驳那班兵士道："你们几位总爷,不让我们住这房舱,我们不住就是,何必出口伤人,还要吐人口水？似乎过分一点儿吧！"

那班兵士忽见一个女子竟敢前来反驳他们,立时就像狗抢骨头一般地哄闹起来。

宝山公子此时正在揩他脸上的涎沫,忽见那班兵士来势汹汹,大有相打之势。正待上前劝止,同时又见对面一间房舱里面呀的一声将门一开,探出一个极标致的妇女面孔出来,在问那班兵士什么事情。

只见那班兵士一见那个标致妇人,都忙不迭地把手往下一垂,又将腰骨一直地说道："回少奶奶的话,不知哪里来了几个杂种,硬要霸占我们预定下的房舱。"

那个标致妇人接口答道："你们快快替我毁他这个杂种就是。"

哪知那个标致妇人的一个"种"字还未离口,已把她的脑袋回了过来在看他们,同时忽又露出很高兴的笑容,忙又回过头去对那班兵士说道："他们既有女客,这间房舱,就让给他们吧！"

那班兵士又向那个标致妇人说道："这间房舱,不是少奶奶留给我们的小姐们住的吗？"

那个标致妇人又说道："她们就在我这房内挤挤,也不碍事。"

小梅一见这位少奶奶肯将这间房舱让与自己,便走过去含笑地谢了那个少奶奶一声。

那个少奶奶倒也十分客气,又说："方才我们的兵士冒犯了你们,可看我的面上,不要生气。"

小梅自然客气一声,便同瘦春走入房舱。

那个少奶奶因见她们这里正在忙得不可开交,没有工夫闲谈,还说了一声"停刻"的说话,方才将她那扇房门关上。那班兵士一见他们的主人如此吩咐,也把他们房门砰的一声关上。

瘦春便对宝山公子说道:"这就叫作出门难呀!"

宝山公子笑答道:"幸亏兄弟早吩咐过我们这班大爷们呢,否则今天就有一场大打。"

瘦春一看这间房舱里面却有四张格子,便对宝山公子说道:"宝兄弟,现在虽是四月中旬,天气已经很热,统舱里那股汗味儿实在使人难闻,你哪能到那里去睡?我说你切不可再凿这个方眼儿了,就在这间房里挤一挤吧……"

宝山公子尚未听完,早同那五个家人直往统舱去了。

瘦春心里终是惦记宝山公子,生怕万一弄出毛病,她就担当不起,便叫小梅下去看来。如果那里可以将就,那就不说;倘若万难将就,千万要请少爷来此。

小梅听了瘦春吩咐,忙至统舱间里,找到宝山公子所住的地方。一见只有五个家人,各自坐在那只好像送礼用的抬匣格内,却不见她少爷,忙问大家道:"少爷呢?"

屈福将手朝船栏那面一指道:"那不是少爷?"

小梅急把眼睛顺着屈福所指的所在一瞧,果见宝山公子一只脚踏在船栏杆上,正在那里吹风,便一脚走至宝山公子的跟前道:"少爷既怕统舱间里烦热,一个人在此吹风,自然还是到房舱里去吧!小姐叫我来请少爷,说是一定搬上去,她才放心呢!"

宝山公子听了,皱皱眉头道:"你在老爷、太太身边这几年,难道这点点的规矩都不懂吗?我和小姐虽是姊姊兄弟,现在她已嫁,我已娶,真的住在一间房舱里,还成什么样子?你快去回复小姐,只说统舱里又通气、又热闹,比她那儿好得多呢!"

小梅听了,不敢再说,只好回至房舱,真照宝山公子所教她的说话告知瘦春。瘦春听说,明知宝山公子怕她不放心,特地诌出这些说话去安慰她的,心里虽觉过意不去,但又别无办法,只得一任宝山公子住在统舱。

单说宝山公子等得小梅走后,还怕瘦春亲自来叫他,连风也不敢再吹,赶忙睡到铺上,假装睡熟。谁知铺上真是热得发慌,还要加上众人的那一种臭汗味儿,害得他几次欲呕。可怜他自从出了娘胎以来,这种苦头还是头一遭吃呢!当时屈喜见他少爷热得翻来覆去不能安睡,便在网篮里去抽出一把扇子,要替宝山公子打扇。

宝山公子忙止住道:"老爷吩咐你们,不管船上岸上,都得当我商贩看待。你们自认伙计,此刻倘一打扇,岂不被人识破?"

屈喜听说,只好轻轻地应了几声"是是是",自己去扇去了。

宝山公子这一晚上自然未曾合眼,直到天将快亮,船已开出,始有江风频频吹至,他才沉沉睡去。

第二天早上,屈福等人因见他们少爷正在好睡,不敢惊动,等得午饭开出,方把宝山公子唤醒。

宝山公子正在洗脸之际,忽见两个俊俏丫鬟,各人捧着几样精致小菜,送至他的面前,含笑说道:"屈老板,这几样小菜,是我们少奶奶送来给屈老板吃的。"

宝山公子起初一呆,后来才想着大概就是那位让房舱的少奶奶了,便忙含笑答道:"我也带有路菜,这个小菜,还是请你们少奶奶自己用吧!"

那两个俊俏丫鬟又笑嘻嘻地说道:"我们少奶奶已在和你老板的令姊一起在吃,这一点点小菜,专诚送来请你用的。"

宝山公子再三不肯收下,那两个俊俏丫鬟再四不肯端去,弄得满统舱里的客人都把眼睛盯着他们三个。宝山公子没有法子,方始收下。

那两个俊俏丫鬟去后,宝山公子吃了少许,都给屈福等人吃了。

没有多时,又见那两个丫鬟,一个捧了一碟瓜子、一碟花生,一个捧了一碟茶点、一碟水果,走来摆在他的面前,仍是很殷勤地低声说道:"我们少奶奶生怕屈老板一个人坐着心焦,特地送些小吃前来,让你消闲。我们少奶奶还说,出门人本不必要客气的,屈老板如果没有事情,不妨到她的房舱里去谈谈。"

宝山公子正待答言,陡听得人声嘈杂,同时扑地扑地跳进不少的人来,不禁把他吓了一大跳。

不知跳进来的究是何人,且听下回分解。

# 第十三回

## 罗瘦春无心获消息
## 樊红玉满口保安全

那两个丫鬟一见宝山公子因为突然之间跳进不少的人来似有吃惊之状,便抿嘴一笑道:"屈老板,这是轮船停了码头,这班跳进来的人都是来抢挑行李的,屈老板难道还是头一次出门吗?"

此时宝山公子也已看见进来的人都拿了扁担、绳索,果是一班挑夫,只好笑辩道:"出门的人总宜小心为是,倘遇贼发火起,早有防备,自然好些。"

那两个丫头又连连地一壁称是,一壁又笑说道:"我们少奶奶听得屈老板的令姊说,你们是到四川去的南货客人。我们少奶奶最爱这些南货,你们这些货色,她一个人就可以全行买下。"

宝山公子因见这两个丫鬟尽在他的面前向他七搭八搭,生怕旁人看破他的行踪要误大事,便也不再客气,老实把那四样吃食全行收下,催着那两个丫鬟,快去谢了她们的少奶奶。那两个丫鬟一时哪里肯走,只是有要紧没要紧地瞎问。宝山公子没有法子打发她们,便对她们说道:"我本要去和家姊说话,我此刻就同你们一齐到房舱里去。"

那两个丫鬟不知宝山公子存心打发她们走开,还以为这位屈老板和他的姊姊说话之后,必定要去当面谢她们的少奶奶,顿时大喜道:"这么我们一起走呀!"

宝山公子就同那两个丫鬟一直向楼上房舱里而来,谁知一上扶梯,远远望去,就见那位少奶奶穿了一身艳装,坐在她的房舱门口,正和瘦春、小梅两个在那儿谈天,忙想停步退回。那位少奶奶已在向他招手,嘴上似在说话,但是隔得还远,一时听不清楚。宝山公子既被那位少奶奶瞧见,自然未便再回统舱,只好走了过去,先向那位少奶奶谢过所送的物品。那位少奶奶一见宝山公子在谢她,赶忙站起身来,一面连说:"屈老板,何必客气,何必客气!"一面又在和瘦春笑道:"你们这位令弟,长得如此清秀,哪

78

里像个生意人，简直胜过大家的贵公子呢！"

瘦春听了，只好含糊客气几句，便对宝山公子说道："兄弟，这位高少奶奶，她和笑春姊姊很是知己，这回从北京来，原想到杭州去看笑春姊姊的。因为急于要回府，没有工夫到杭州。高少奶奶的公公，就是现驻打箭炉的高从龙师长，我将来到打箭炉去，有了这位高少奶奶在那里，真是便当得多了。"

小梅又接嘴笑道："这位高少奶奶，还打算和我们小姐认姊妹呢！"

宝山公子一听这位高少奶奶既是高师长的媳妇，若与瘦春认了姊妹，确于瘦春有益，便含笑向高少奶奶客气道："我们是小小的商贩，恐怕高攀不上吧！"

高少奶奶忙笑盈盈地答道："屈老板，快不要这样说！现在做官的，哪及商家来得赚钱？"说着，因见宝山公子还是站在那里，急命一个丫鬟立刻移出一张凳子，要请宝山公子坐下，以便长谈。

宝山公子连说："不必不必，我就要下去的。"

瘦春接口道："兄弟下去左右没事，还是就在这里谈谈，我还有说话要打听高少奶奶呢！"

宝山公子只好坐下。

当下瘦春就问高少奶奶道："我们有位亲戚，从前做过打箭炉知府的，后来听说死在土匪手里，不知高少奶奶可知道此事？"

高少奶奶微红其脸地笑答道："我嫁我们少爷还没三个月，连我们二位公婆的面尚未见过，打箭炉的事情，我可不明白。"边说，边命一个丫鬟唤来一个老年的马弁，指着那个马弁对瘦春说道，"范家姊姊，你问问他看，他在那里好多年，或者晓得。"

瘦春忙问那个马弁道："你贵姓？"

那个马弁恭恭敬敬地答道："我叫文占标。"

瘦春又说道："我们有位姓罗的亲戚，在十年之前，做过打箭炉知府，后来听说被土匪戕害。这件事情，你可知道？"

文占标听说，便把双眉一皱，眼珠向上一轮，似乎想上一会儿始答道："这位罗大人，官印可是'秋镜'二字吗？"

瘦春忙站了起来答道："正是这位。"

文占标又说道："从前我也听说这位罗大人全家被土匪戕害，后来我又听见我们师长说过，似乎罗大人并没有死呢……"

79

瘦春不待文占标说完,忙不迭地问道:"这句说话,是几时的说话?"

文占标想上一想道:"大概也有三四年了。"

瘦春起先一听她的爹爹未死,心里也觉事出意外,及听文占标说出这句说话"有三四年了",忽又现出失望的神情问道:"你们师长怎么又知道这位罗知府没有死呢?"

文占标又说道:"这件事情,我们师长似乎有些知道。我因为事不干己,当时听过,也就忘了。"

高少奶奶插口对瘦春说道:"这件事情,既是我们公公知道,这还不容易打听吗?"

瘦春因见文占标不知底细,问也枉然,只好答高少奶奶道:"我这回到四川去,本待要到打箭炉去走一趟的,高师长那儿,还要高少奶奶替我介绍一下。"

高少奶奶听了,一面命文占标退去,一面又叫瘦春坐下道:"我既要和你认作姊妹,你的事情就与我的事情一样。到了成都,当然住在我们家里。我也本要到我们公婆那里去的,那时,一起走就是。"

瘦春听了大喜,忙朝宝山公子说道:"但愿这个消息的确,我们父……"

瘦春刚刚说到这个"父"字,已被宝山公子用话止住。哪知高少奶奶的耳朵最尖,早已听见那个"父"字,急把瘦春邀到她的房舱里面,先将房门砰地关上,然后很至诚地说道:"我与姊姊虽是初会,姊姊既和笑春姊姊要好,我们已和姊妹一般的了。"说着,又问瘦春今年贵庚多少。

瘦春答称二十一岁。

高少奶奶又说道:"我今年十九,姊姊长我两岁,我们准定就此认了姊妹,将来到了成都,再补帖子就是。"

瘦春因为急于要探听她那二老的事情,巴不得和高少奶奶认了姊妹,自然满口答应道:"这是愚姊痴长两岁,有僭妹妹了。"

高少奶奶又说道:"我的娘家姓樊,我名叫作红玉。"

瘦春一听高少奶奶姓樊,忙问道:"笑春姊姊曾经对我讲说,她在天津,曾向一位名叫樊美娟的学过诗的,高少奶奶可认识此人吗?"

高少奶奶将脸一红道:"我既是认了姊姊做姊姊,自己人也用不着相瞒。樊美娟就是我从前的名字,我既当姊姊是自己的人,姊姊怎么方才还叫我做高少奶奶呢?"

瘦春更是大喜道："如此说来,妹妹就是笑春姊姊常常说起的那位诗人了?"

红玉听了,连说："这些小玩意儿,此刻不忙提它,我要先问姊姊,姊姊起先对我说,娘家姓屈,夫家姓范,怎么方才对于这位罗知府,忽又说出一个'父'字出来的呢?我见姊姊的令弟,虽在阻止姊姊,其实我早已看出姊姊的令弟很像一位大家公子。照这样说来,你们姓屈都是假的了?姊姊何故忽要改起姓来,其中必有缘故。倘肯见告,做你妹妹的,凡可相助之处,也好尽我的绵薄呀!"

瘦春一见左右无人,便把她的身世,以及此次入川的事情撮要地告知了她这位新结义的樊红玉妹妹。红玉一听瘦春姊弟二人大有来头,她对于瘦春这人本来是做做幌子的,唯有对于宝山公子这人早已别存深意,此时既知他是一位侍郎公子,自然更加把他爱得无可不可起来了。当下也顾不得再和瘦春细谈,只问了一声:"令弟几岁?"

瘦春答称:"和我同年,仅小月份。"

红玉就把房门一开,急急然地走出房门外面,对着宝山公子笑嘻嘻地向她房里一指道:"哥哥,妹子已与你们姊姊结拜姊妹了,你们的底细,姊姊也已经告诉我了,哥哥快请进里面去谈吧!"

宝山公子未及答言,瘦春也在向他招手道:"宝兄弟,你又多了一位妹子,你就进来谈谈吧!"

宝山公子一听她们二人如此说法,一想既是认了姊妹,便非泛泛之交了。当下便含笑走进里面,单关照红玉道:"妹妹既已知道我们的底细,千万不可张扬出去,我们的姊夫现在还在匪窟之中呢!"

红玉笑答道:"哥哥放心,不是妹妹夸口,姊夫的事情,只要妹子去和我们公公一说,随便派出几营人去,就会把那些土匪打个稀烂,这笔巨款,何必白送人家去用?"

宝山公子摇首道:"这事还得斟酌,因为一经打仗,姊夫身处险地,恐遭意外,不可不防。"

瘦春也说:"我也情愿平平安安地把他赎回了事。"

红玉忙答道:"妹子也不过随便说说,这事自然要斟酌而行。"

宝山公子又问红玉道:"这么妹妹这里有多少兵士?枪械子弹都全的吗?"

红玉答道:"船上不过一排兵士,只要一到万县,那里还有两排兵士在接我。哥哥放心,这笔款子,妹子可以完全负责,平平安安地到达成都。"

瘦春大喜道:"我们第一桩担心的就是这样东西,妹妹这里既有这许多兵士,我们真好放一大半的心了。"

宝山公子又问红玉道:"妹妹大概是由万县起旱的了?"

红玉点点头道:"起旱来得快当,若走水路,没有三个月,休想到得成都。"

瘦春掺言道:"这么我们也准定跟了妹妹起旱。"

红玉又拍着胸道:"姊姊、哥哥万请放心,我们是现任师长的眷属,谁不知道? 那些土匪,到底惧一头的。"

瘦春一听,既有保险的人,而且又探听出了她那爹爹未死的信息,这一喜,还当了得? 可怜她自从在十岁的时候被那奶娘拐走以后,直到如今,第一桩开心的事情,就是无端地遇见她这宝山兄弟,第二桩开心的事情,就是算这回遇见这位红玉妹妹了。当下忙把小梅叫了进来,一面命她向二小姐行礼,一面又将所有的事情统统告知了她。

小梅这次出来一个人担着这样的重任,本在有些害怕,既见有三排兵士可以护送,自然也很高兴。

红玉因见瘦春命小梅向她行礼,她也吩咐她的丫鬟仆妇去向瘦春和宝山公子行礼。丫鬟仆妇等人行礼之后,红玉又命文占标连同那排兵士去向瘦春、宝山公子行礼。其余的兵士行礼之际,倒也不甚怎样,独有昨天吐宝山公子口水的那个兵士未免有些局促不安。宝山公子当然不记小人之过。

等得兵士退去,瘦春就笑对红玉说道:"统舱里究是怎么一个样子? 我要下去看看。"

红玉接口笑道:"那里味儿难闻,姊姊不可作呕。"

瘦春也不答话,便同红玉、宝山公子、小梅几个缓步来至统舱。走在半路上的时候,宝山公子笑对红玉说道:"我们统舱里的几个家人此刻不能向妹妹行礼,因为那里人多。不比房舱里,大家都把房门关上,瞧见的人还少……"

红玉不待宝山公子说完,忙笑答道:"哥哥真是一位彬彬有礼的君子,妹子是素不讲究这些礼节,总是马马虎虎惯的。"

瘦春却以宝山公子的说话为然道:"宝兄弟防得不错,我们一下去,他们行起礼来,统舱里的客人一定少见多怪,反而张扬。"

瘦春刚刚说至此地,已经来到统舱门口。

红玉一闻统舱间里的那种味儿,第一个不肯进去,早把瘦春拉至船栏边上站定道:"这种地方,我们哥哥昨天一晚上,怎么过的呀?"说着,不待瘦春回话,又接说道,"我此刻老远地站在这里,已经要恶心出来了。我们快到三层楼的甲板上去,吹风凉去。"

瘦春、小梅、宝山公子三个自然跟着她走,一时到了三层楼的甲板上,红玉、瘦春、宝山公子三个各移一张凳子,一并排地坐到栏杆边去。小梅便倚着栏杆,靠近瘦春的身边站着。

红玉先向宝山公子瞟上一眼道:"哥哥,你也是一位贵公子出身,那个统舱间里,亏你去睡得。"

宝山公子未及答言,瘦春先对红玉皱着双蛾道:"我们这位好兄弟,他在家里本是一只凤凰一般的。只因要伴送我这个背时的姊姊出门,吃了这般苦头,一句没有说话,真叫人过意不去。"

瘦春边说,边带笑地怪着小梅道:"还有我们这位梅大姐呢,倒说也来骗我,说是统舱里又通气又热闹,比房舱里还要好得多。我当时就晓得她在骗我。"

小梅听了,笑着指指宝山公子道:"少爷吩咐这样说的,丫头怎敢说谎?"

红玉抿嘴一笑道:"快不必争辩了!我说,还要怪我们这位哥哥自己不好。他昨天为什么不向我再要一间房舱的呢?"

瘦春笑上一笑道:"昨天你们的贵丘八不问青红皂白地就吐了我们这位哥哥一脸的口水,试问他还肯多事吗?"

红玉也笑道:"姊姊不要生气,停刻下去,让妹子叫他们那班不长眼睛的王八蛋统统滚了出来,把他们那间房舱让给我们哥哥住就是。"

宝山公子连说:"这倒不必,这倒不必。"

红玉一见宝山公子在和她客气,忽又情致缠绵地望望宝山公子一眼道:"此地到宜昌,还得两三夜,哥哥难道不怕闷出痧来的吗?"

瘦春忙点点头道:"妹妹这句说话不错,我们哥哥倘一生病,谁替我去办事呀?"

宝山公子便对瘦春说道:"妹妹既是要叫他们把房舱让给兄弟住,兄弟要请姊姊的示下,可否多赏他们几块钱,好让他们喝酒去?"

瘦春听了,抿嘴一笑道:"这等小事,兄弟尽管自去做主,何必一定要来问我?"

红玉望着瘦春、宝山公子二人道:"你瞧,你们姊弟二位,一个尊她,一个客气,多么说得来呀! 真是使人眼红。"

瘦春忙问红玉道:"难道妹妹家里没有亲兄弟不成?"

红玉正待答话,因见宝山公子在侧,有些说话似乎不好使他听见,便悄悄地咬了瘦春的耳朵说道:"妹子自幼就落风尘,那班龟爪子,怎么好算我的哥哥兄弟? 幸亏你们妹夫娶我到家,现在总算出了头,做了师长的少奶奶了。"

瘦春也轻轻地又问道:"妹妹可是续弦吗?"

红玉红了脸地答道:"不是续弦,倒是原配。因为你们妹夫是吃教的,他们教会里的人向来不准纳妾的。"

瘦春未及答言,忽见红玉的一个丫鬟走来请吃晚饭,他们三个同了小梅,便向房舱里而来。

不知宝山公子这晚上是否住在房舱里面,且听下回分解。

# 第十四回

## 单相思蓝田冀种玉
## 双讨论合浦望还珠

　　红玉同了瘦春、宝山公子回到自己房舱，一见桌上所摆的碗筷只有两副，便把她的眼珠向那班丫鬟一翻道："少爷也在此地吃，怎么三个人只摆两副碗筷，你们昏了什么头呀！"

　　宝山公子笑着接口道："妹妹，我本来要到底下去吃的。"

　　红玉急用手向宝山公子一拦道："那个统舱里，哥哥真是少去为妙，万一弄出痧来，岂不又害姊姊担心？准定就在此地随便吃了一口吧！"

　　瘦春也接说道："宝兄弟，出门不比在家，你也不要太事固执。"

　　宝山公子也知道此去既要起早，断不是三天五天的事情，一路之上，哪里能够一定分桌而食？便笑上一笑道："姊姊、妹妹都叫我在此地吃，我就在此地吃就是。"

　　红玉一见宝山公子答应和她同桌而食，不禁心花怒放道："这才对了，出门人只好将就一点儿的。"

　　等得他们三个吃毕，瘦春便叫宝山公子下去监督屈福等人快把行李搬了上来。红玉也吩咐丫鬟们传话出去，叫那班兵士快把他们的房舱让给屈少爷住。

　　瘦春一俟宝山公子走后，忙又去问红玉道："妹妹方才说，那些龟爪子不是妹妹的弟兄，这么妹妹是几岁进那院子去的呢？"

　　红玉听了，先命那班丫鬟、仆妇统统散开，把门关上，始答瘦春道："姊姊一问到这件事情，就使妹子有些难过。那个姓樊的鸨母，她总声声口口说我是她亲生的。我从前年纪小，自然一点儿不知道。后来大了，有人偷偷地告诉我，说我是那个鸨母花了几十块钱买下的。哪知为了此事，我改了这个'红玉'二字。我的为人，最是心高气傲，从前落在院中，这叫无可如何。我既做了师长的少奶奶，总觉得出身风尘，怕人家瞧不起我，你们妹夫替我改这个名字的意思，就是宽慰我的。他说从前那个梁红玉也是青楼中人,后来嫁了韩世忠之后,至今名标青史,千古流芳,谁不敬重?我见你们妹夫如此待我,我才把这件心事丢开。这回因为我们公婆急于要瞧瞧我这个新媳妇,你们妹夫又不能离开学堂,所以只好叫我一个人回去一趟,不料在这里遇见姊姊。我现在有了一位侍郎的小姐做姊姊,从此也好扬眉吐气的了。这些都是实话,没有半字瞒你。"

红玉说至此处,始朝瘦春一笑道:"我的身世,姊姊最好不要给我们哥哥知道,否则哥哥晓得我是青楼出身,难免不嘲笑我,我见了他呢,自然也有些寒碜。"

瘦春听到这里,不让红玉往下再说,一把将红玉拉到身旁,又去执着她那一只白而且嫩的纤手道:"我的好妹妹,你的出身,何必瞒你哥哥?我被那个死奶娘拐去的事情,我不是也把大略情形告诉过你了吗?你们二哥对于我,只有代我伤感,并没一丝轻视我的意思。我们现在的二老以及两位弟媳,都是最讲道德的人,你们这个好哥哥呢,尤其是最会怜惜娘儿们的。你现在既是做了他的妹子,做哥哥的岂会嘲笑妹子?我此刻巴巴结结问你的身世,我自然还有道理在内,此刻且不谈它,但愿我的希望成功,那时你自然会明白的。"

红玉忙问道:"姊姊可是等得赎回姊夫之后,就要到打箭炉去,寻找你那亲生的爹娘?只要这个希望成功,你就没有心事了吗?"

瘦春单点点头,也不和红玉多说。

红玉忽又郑重其事地问道:"姊姊方才说,哥哥'最会怜惜娘儿们的'那句说话,可是真的吗?"

瘦春不知红玉这句说话别有用意,不禁笑答道:"你这傻妹子,做姊姊的何必骗你?不过妹妹既是有公有婆,又有这位新婚好妹婿,难道还怕没人怜惜你不成?"

红玉绯红其脸地辩道:"妹子因为从未尝过姊妹弟兄的滋味,倘若有位哥哥能够怜惜妹子,岂不好得多吗?"

瘦春点点头,正待答话,忽听得小梅的声气在敲房门,即去将门开开,果是小梅,便问:"少爷的行李,搬上来了吗?"

小梅回头指着斜对面的那间房舱道:"少爷早已躺在那儿了。"

瘦春便同红玉走至宝山公子的房舱门口,对着宝山公子笑说道:"我们这回亏得碰见这位好妹子,方始都有房舱着躺。"边说,边又问宝山公子道,"你不是说,要给那些总爷们喝酒的钱吗,现在给了没有呢?"

宝山公子此时已经站起,忙笑答道:"早已给过了。"

红玉接口道:"哥哥真是客气,现在我们是自己人了,他们本应该让给哥哥住的,何必赏他们钱呢?"

宝山公子只笑了一笑,并不去和红玉多谈。

红玉因见瘦春站在门外,她自然不便一个人走进宝山公子的房去,只好想些说话,尽去敷衍宝山公子。

宝山公子虽然不好冷淡红玉,但已嫌她只是盯着和他讲话,总是问两句,方才答一句。

瘦春不知宝山公子业已瞧出红玉不甚正派,不肯十分招接,还当宝山公子连日辛苦,身体自然疲倦,便对红玉说道:"妹妹还是到我房里谈天去,快让你们哥哥早些躺下吧! 他本是一个娇惯身体,这几天下来,已经亏他支持的了。"

红玉此时哪里舍得离开宝山公子? 只因瘦春这般在说,她只好无精打采地跟着瘦春来到瘦春房间里。仅谈一刻,便推瞌睡来了,回她房内而去。哪知红玉一个人回到房内,躺在铺上,发咒也睡不熟,一心只在默忖,宝山公子这人,脸儿如何标致,体态如何风流,说话的声气更比黄莺鼓簧好听,举动的神情,还较孔雀摆尾好看。她在天津那座妓院里的时候,却也见过不少的漂亮王孙、无数的齐整公子,一经比较,那一班人真连粪土也不如了。红玉一个人东想西想的一阵,忽又想到瘦春这人,她和宝山公子本是异姓姊弟,从小已是要好,瘦春的相貌又在自己之上,这一对儿青年男女,恐怕早已发生暧昧情事的了,难怪宝山公子对于她这个人,只有客气的性质,并无亲昵的情形。

红玉一个人想至此地,险些要和瘦春吃起醋来了。后来一想,一则瘦春这人的举动还觉庄重,或者她错疑心也未可知;二则即使被她猜中,现在还不能够和宝山公子接近,倘一得罪了瘦春,岂非自己扳着石头压自己的脚? 当然应该先与瘦春弄得有了感情,方好去接近宝山公子。红玉这样一想,似乎只要一联络瘦春之后,宝山公子这人定是她的到口馒头,不禁自顾自地笑了起来。她心里一乐意,一双眼皮顿时就会沉重起来。这一夜的好睡,直至次日上午,犹未醒转。她的那班丫鬟、仆妇见她未升帐,照例不敢去惊动她的,仅不过时时刻刻站到她的房门外面去窃听,听得里面有了响动,方敢敲门。

其时瘦春因见她这位新结义的妹子睡至日已过午尚未起身,就知道她素来未受教训,还没有得着做人家媳妇的门径。但因事不干己,她早起来也罢,晏起来也罢,无须前去过问。

正在这个时候,船上的中饭照例开出,瘦春便把宝山公子请到她的房内,一同吃饭。宝山公子昨天既与红玉同桌而食,今天对于自己姊姊,更不必再凿那个方眼儿了。一时吃毕,便指指对面的房门,向瘦春轻轻地说道:"这位新结义的红玉妹子,睡到此刻尚未起身,到底像位师长少奶奶的排场。"

瘦春听了,正想去关房门,此时小梅刚刚泡茶进来,一见瘦春要关房门,她的一只脚本已跨进门槛,连忙退了出去。瘦春便笑怪小梅道:"你这小东西,我正想喝口茶,你怎么又退了出去?"

小梅也笑道:"我见小姐要关房门的样儿,所以不敢进来。"

瘦春一听小梅这样一说,忽会把脸一红道:"就是要关房门,我也没有避你这个小东西的说话呀!"

小梅听了,方才端进茶来,分送瘦春和宝山公子之后,她就去将门掩上。

瘦春一壁在吃茶,一壁就向小梅问道:"你说说看,对面这位红玉小姐有些像谁?"

小梅听了,把她眼睛望了宝山公子一望道:"我说很有些像我们少爷。"

瘦春笑上一笑道:"你这鬼丫头,眼睛倒还尖。"说着,又去对宝山公子笑说道:"宝兄弟,对面的这人,我有好几样事情疑心她有些像我们从小被拐两个妹妹之中的一个。"

小梅不待宝山公子接口,她已插嘴道:"我也是这个意思。"

宝山公子望着小梅问道:"你凭什么呢?"

小梅笑着道:"第一样,她的相貌举动活像少爷;第二样,我听大小姐说,她是风尘中人。"

宝山公子含着笑地接口道:"这句话就该打! 我们府里的小姐,无论如何不肖,何至去干这种营生?"

瘦春接嘴道:"宝兄弟,你可不要这样说法,我们两个妹妹被拐的时候,一个不过四岁,一个还只三岁。那班拐匪本来不存什么天良的,只要银子到手,不管什么地方都得卖的。我也和小梅一般理想,这件事情上,正是一个大大的关键呢!"

宝山公子仍是摇着头道："姊姊不可因为兄弟去拜望姊夫，无端地就遇见姊姊，这种事情，乃是一桩可遇而不可求的机会。现在随便碰着一位小姐，就要认她是我们被拐的妹妹，未免神经过敏吧！"

瘦春也摇着头道："天下凑巧的事情倒也说不定的呢！你要知道，爹爹、母亲世代忠厚传家，本来很有积德，爹爹从前做官，又是只知为国为民，这样一份人家，纵不三时三刻大发起来，又何至于弄得骨肉分离，酿成这个缺陷？这是凭天理而言。像我这个人，本来只想隐姓埋名，跟你姊夫吃苦一世，以了余生的了，谁知竟会无意之中，忽然碰见了你。大凡一个人的聚合离散，本人虽然不能预知，冥冥之中，却有道理在那里的。我既可以碰见了你，我们两个妹妹难道不许她们碰见我们的吗？这是指人情而言。对面这个，我已详细问过，她虽然没有捏着什么证据不是那个鸨母亲生的，据她说，那个鸨母死死活活地不许她查问这件事情，这就是不攻自破的一个铁证。她既不是那个鸨母亲生，当然是买下无疑，再加她的相貌举动又和你一模一样，天下哪有这般相像的人？至于那个拐匪，不将两个妹妹卖在一家，这也是桩极普通之事，不见得十个八个都要卖在一家的呀！可惜我们两个妹妹被拐的时候太小，恐怕身上没有什么记认，不然，只要一看记认，便明白了。"

小梅接嘴道："我知道我们二位小姐现在一位是十九岁，一位是十八岁，对面那人可巧一十九岁。"小梅说至这句，又望着宝山公子说道，"我们太太平生只有这件心事，我说少爷，宁可信其有，不可信其无的呢。万一当面错过，岂非打着灯笼没处寻了吗？"

瘦春笑骂小梅道："你这鬼丫头，起先几句说话倒还有些中听，后来这句，简直在放屁了。我们既已和她认了姊妹，何至打着灯笼没处寻呢？"

小梅一被瘦春提破，自己也知这句不成说话，不禁红了脸地别过头去，也在好笑。

宝山公子直等她们两个说完，方始微吁一声，对着瘦春说道："唉！姊姊呀，我们两位老的诚如姊姊所谓，平生只有这桩事情是个缺陷。兄弟一共只有两个妹妹，现在弄得一个无着，兄弟的心可惜不能够挖出来给姊姊看，平日盼望两个妹妹回来的心理，自己觉得还要比姊姊着急十二万倍。只因着急过度，反而弄得患得患失、疑神疑鬼起来。兄弟方才不肯相信她像我妹妹，只恐怕她不是我那妹妹，其实真巴不得她就是我的妹妹呢。现在姊姊和小梅都说有些相像，这么就让我去拍一份电报给我们爹娘去，让他们二老先好快活起来。"

瘦春摇头道："这倒不可，万一不是呢，岂非反而害得两位老的牵肠挂肚，这又何苦？且俟有了真凭实据，再给他们信息未晚。况且此人既和我们结了姊妹，就是不是我们妹妹，她的相貌既与兄弟相同，将来二老见了，也可以解嘲一半的了。"

宝山公子听了，连连点头称是，又向瘦春说道："这么务求姊姊快去替兄弟暗中调查，倘能真是我们妹妹，不但兄弟感激姊姊，连两位老的也要感激姊姊的呢！"

瘦春连摇其头道："这些客气说话兄弟不必向你姊姊来说，就是兄弟不叫我去调查，我也一定要去调查的。"

宝山公子还待再说，忽听有人敲门。

不知敲门者是谁，且听下回分解。

# 第十五回

## 凡事三思哥哥空谨慎
## 迟来一步妹妹被蹂躏

宝山公子还待说话，忽听有人敲门。小梅忙去开门一看，见是红玉，便含笑地问了一声："二小姐起来了？"红玉一边点头答应，一边也向瘦春、宝山公子叫了一声"姊姊、哥哥"。

瘦春请她坐下，又笑说道："妹妹今儿好睡，我们午饭都吃过了呢！"

宝山公子也问红玉道："妹妹吃过饭没有？"

红玉慌忙笑答道："妹子刚才起来，还没吃过。"

宝山公子就吩咐小梅道："这么你快去叫她们弄饭给二小姐吃。"说着，便站了起来，似乎要回他房舱里去的样儿。

红玉急阻止道："哥哥莫走，妹子还要和哥哥商量起旱的事情呢。"

宝山公子一听红玉这样说法，不好再走，只得仍旧坐下。

此时小梅已经出去招呼弄红玉的饭去了，瘦春问红玉道："万县起旱到成都，顶快要多少天？"

红玉却不答这话，反先去问宝山公子道："哥哥到过四川没有？"

宝山公子摇头道："我没有，我们姊姊倒来过的。"

瘦春微笑道："我来的时候还小，赛过没有来过一样。"

红玉带笑说道："妹子也没来过，我出京的当口儿，是他细细地告诉我，我才大略知道，万县到成都，至少要二十天。"说着，又去对宝山公子说道："后天便可到宜昌，我们准定雇他一只大船，大家在一只船上，又热闹又有照应。"

宝山公子点首答道："我们既附妹妹的骥尾，一切皆听妹妹的调排就是。"

红玉正要答话，她的丫鬟已来请她吃饭。红玉便问瘦春、宝山公子道："姊姊、哥哥，可要再用一点儿？"

瘦春笑答道："我们早吃过了，你快去吃吧！吃过我们再谈天。"

红玉听了，又和宝山公子殷殷勤勤地说了几句，方始过对面去。

宝山公子等得红玉走后，又和瘦春闲谈一会儿，才回房去。

红玉一吃完饭，又到瘦春房里闲谈。这天的晚饭，也开在瘦春这边。红玉只想趁此机会冷眼偷看瘦春和宝山公子两个究竟有无什么关系，后来看见他们姊弟二人亲昵之中，却带敬重的神气，方把她那吃醋的心思稍稍减去一二分。

这样一混两天，已经船抵宜昌。红玉忙过来对瘦春说道："妹子已命文占标去雇船去了，我们准在这只船上再过一夜，明天就此船过彼船去，省得再住栈房，那便麻烦。"

瘦春自然赞成。第二天，大家下了那只民船，瘦春就隐约想起她小的时候，跟着她的爹娘，似乎也是坐这样子的船。如今她已长大，她的爹娘转眼已有十年不看见了。想起此事，一个人早已掉下泪来。

宝山公子知道瘦春在想她的父母，忙去相劝。

红玉也劝道："姊姊快不必伤心，我们一到成都，赶紧办好姊夫之事，就好同往打箭炉去。我们公公既然知道你们二位大人的消息，这总容易打听的。"

瘦春因见宝山公子、红玉两个都在劝她，只好暂且丢开。

及到万县，文占标先下船去。没有好久，万县的县官要拍高师长的马屁，顿时送上一桌上等席来。酒席还未吃毕，文占标已回上船来向红玉说道："回少奶奶的话，两个排长已在岸上伺候，他们本要下船来向少奶奶请安，沐恩业已替少奶奶向他们道乏过了。轿子是县里办的差，少奶奶和屈府上的小姐、少爷都是四轿，其余只好将就坐小轿了。"

红玉听了，仅点其头，不说什么。

等得文占标退去，瘦春始向红玉说道："我们的人倒还不要紧。"说着，又放轻声气道："最要紧的就是这笔东西。"

红玉点头道："姊姊放心，我们现有三排人，个个又有枪支，还怕什么？"

宝山公子插嘴道："我临出门的当口儿，曾听爹爹说过，此地以上，水陆两路都有匪警，总是小心一点儿的好。"

红玉听了，便把她的嘴一撇道："土匪只能吓吓老百姓的，我们这里，哼哼！谅他们也不敢。"

小梅接口道："二小姐快不要这般说，丫头就是四川人。从前常听我们爹爹说起，有一次，他出差到西昌县去，眼见一营人都被土匪掳去的呢！"

红玉淡淡地说道："从前是绿营,现在我们的兵士都是新练的新军,哪好相比的呢?"

瘦春一听红玉说得这样硬法,总以为她有把握,便笑怪小梅道："你的胆子这样小法,幸亏我们碰见二小姐,否则怎么得了?"

小梅听了,只好红了脸地不敢再说。

第二天,大家坐上轿子,那十几担南货以及各人的行李箱子都归兵士押着前进,头几天总算还平平安安的。

有一天,过宿在红桃镇上,那镇适在万山之中,那山上都是弯弯曲曲的羊肠细道,形势非常险峻。

小梅便悄悄地告知瘦春道："今晚上,小姐、少爷可要十分当心。"

瘦春笑骂道："你这鬼丫头,不要又来吓我了。你在宜昌民船上的时候,不是说得活龙活现,仿佛那些土匪真在半路上等候我们一样?这几天过来,我也有些经验了,到底土匪也要性命的。他们既见我们有这许多枪支,何必定来寻着我们呢?"

小梅听了,却又不敢多说,只好一个人去布置一会儿。因见她的二小姐要舒服,一个人独住前面一带,那班兵士都露宿在饭店门口,小梅这晚上便不肯去睡,又走到宝山公子的屋里关照道："少爷,丫头今晚上不知怎的,只是心惊肉跳得不得了,最好请少爷不要睡,去到小姐房里谈天去,能够挨到天亮没事,那就一天之喜。况且,少爷和小姐在一起,丫头也好照顾。"

宝山公子笑问道："你难道已经瞧见歹人了吗?"

小梅摇摇头道："歹人哪里有被丫头瞧见?丫头因为今晚上这个地方实在有些不放心,少爷不必多问,快到小姐那里去就是。"

宝山公子一听小梅说得这般郑重,知道小梅何必瞎防,连忙来至瘦春房内。

其时瘦春正想安睡,忽见宝山公子同着小梅进来,忙问道："宝兄弟,你怎么还不睡,明天仍是要起大早的呢!"

宝山公子便把小梅方才所说的说话告知瘦春。

瘦春急把眼睛盯着小梅问道："今儿晚上真有土匪来吗?那是要把我吓死了。"

小梅正待答话,瘦春忽见小梅已把那支手枪插在腰间,又将那些袖箭藏在袖里,便抖索索地问道："这么可要把二小姐也请到这里来呢?"

小梅点点头道："丫头的意思,二小姐自然到这里来的好。"

瘦春忙又说道:"这么你快去请她来。"

小梅去了好半天,仍是一个人回来。

瘦春急问道:"她不肯来吗?"

小梅嘟着嘴巴答道:"二小姐不相信我的说话,她又睡得糊里糊涂地,只好让她去吧!"

瘦春正待再叫小梅去请红玉的当口儿,陡听得一声天崩地裂吆喝的声音,同时跟着又是一阵噼噼啪啪的枪声。

小梅此时的脸也已变色,急叫瘦春和宝山公子两个迅速卧到墙角边去。哪知瘦春、宝山公子两个尚未来得及卧下,早闻几排乱枪声中,前面一带已是喊杀连天、哭声震地起来。同时就跟着冲进一大群红眉毛、绿眼睛的土匪进来。幸亏小梅本是内行,早有防备,便一壁急用她的嘴巴乱指,在叫瘦春和宝山公子两个赶快卧下,一壁拔出手枪,就向为首的那个土匪放去。哪知这班土匪却当这间屋内也和前面一样没有准备,一个大意,那个为首的土匪早已应声倒地。其余的土匪一见他们的头目遇险,正拟朝这间屋里放那乱枪的当口儿,不料小梅早把那柄手枪向他们那里一扫,顿时一个个扑通扑通,犹同下汤团一般,挨排倒在地上去了。

小梅虽见一连被她收拾了十几个土匪,但知前面土匪太多,她一个人双拳难敌四手,正想去喊她的小姐、少爷起来由后门避了出去的时候,同时又听得前面的大股土匪似在退去样子,赶忙奔出房去,偷眼朝前面一看,只见那班土匪果已退去。她就大着胆子奔到前面,说也奇怪,不但所有的兵士一个不见人影儿,连她的二小姐以及丫鬟、仆妇等人,也已不知去向。

小梅此时一个人恍入无人之境一般,忙到红玉屋内一瞧,始见那班丫鬟、仆妇们也有从床底下钻出来的,也有从桌子底下钻出来的,她急问道:"你们的少奶奶躲在哪里?"

当下有一个稍觉大胆的仆妇哭丧着脸地答道:"少奶奶早被那班土匪掳去了。"

小梅忙问:"你在怎讲?"

那个仆妇忽又抖着说道:"少奶奶被土匪掳去了。"

小梅不及细问,急又翻身出屋,去看那十几担南货。一见那些南货依然好好地摆在那里,她还不放心,忙走将过去,把那担子摇上一摇,只见担子里边仍是十分沉重,便知洋钱并未失去,不禁更是奇怪起来,慌慌回至她的小姐屋里。却见她的小姐缩作一团在抖,她的少爷稍觉镇定一些,卧在地上,一动也不敢动。她忙一面把他们两个分别扶了起来,一面告知洋钱未失、红玉被掳的说话。

那时瘦春哪里还会答腔?宝山公子却发急地问道:"他们那班兵士呢……"

宝山公子尚未说完,已见那个文占标同了几个兵士慌慌张张地奔了进来,朝他乱嚷道:"屈少爷,不好了!我们少奶奶被土匪掳了去了。我们大家回去,也没性命……"

宝山公子拦了话头,又问道:"其余的弟兄呢?"

文占标跺着他的脚说道:"我们这班老总们真不争气,倒说一听见土匪的枪声,大家早已跑个干净。"文占标边说,边又指着一个兵士道,"据他说,这班土匪,他却有几个认识,都是我们师长的仇家,似乎专来抢劫我们少奶奶人的。所以那十几担南货以及许多行李箱子,并没有动。"

宝山公子正待答话,忽见外面飘然走入一位美少年来,朝他说道:"怪我来迟一步,累得你们受惊了。现在那班土匪已被兄弟撵走。"说着,又把他的手向后面一座山头上一指道:"此地有位贵眷,还躺在那儿,兄弟因为男女有别,不便将她弄了回来,你们快快前去。"

那位美少年说完这话,也不待宝山公子答复,即把他的手一拱,顿时飞身上屋,转眼之间,不知去向。

宝山公子此时忽被来人一混,弄得呆了起来。幸亏小梅在旁听得清楚,忙对宝山公子说道:"少爷此刻不要再管别的,赶紧同了丫头去找二小姐回来为妙。"

宝山公子一被小梅提醒,方始连道:"不错不错!"

当下也来不及再去通知瘦春,单同小梅二人急急忙忙走出后门,直向方才那位美少年所指的山头奔去。

那个文占标以及几个兵士仍旧没有胆量跟去,大家只在嘴上咕叽着,说是现在虽是贼出关门,可是我们少奶奶的行李箱笼都是很值钱的东西,万一再遗失了,那就益发吃罪不起了。边说,边装着去保护东西的样子,忙往前面去了。

宝山公子临出后门的时候,虽还带耳听见,哪里还有工夫再理他们?急趁那稀微的月光,一口气奔至那座山头之前。正在四处寻找红玉这人的当口儿,忽见小梅用手向远远的一块空地上一指道:"少爷瞧见没有?

那里有只像白羊的东西躺在那儿，莫非就是我们二小姐不成？"说着，也不等宝山公子回话，她便一个人先奔过去。

其时宝山公子也已瞧见，急跟小梅前进，谁知将近那个所在，早见红玉这人一丝不挂地死在地上。宝山公子一见红玉那般形状，忙将他身上的一件长衫脱下，一壁盖在红玉身上，一壁急命小梅快摸红玉可还有气。

小梅急将红玉胸口一摸，忙不迭地说道："还有救，还有救！"

小梅究是内行，在她说话之际，已经用着点穴法早把红玉救醒转来。

当时只听得红玉大喊一声道："闷死我了！"

红玉的"了"字刚刚离嘴，忽见宝山公子和小梅两个都在她的面前，可怜她那两只眼眶之中的眼泪直同雨点儿般地迸了出来，同时哀哀地叫着宝山公子和小梅二人道："哥哥、小梅，你们虽来救我，可惜已经来迟一步的了，你们快快走开，还是让我自尽了吧！"

宝山公子和小梅两个此时早知红玉遭了不幸之事，只好赶忙安慰她道："我们好容易把你救醒转来，真是一天之喜，怎么好说自尽起来？"

宝山公子又单独问红玉道："妹妹还能够动弹吗？快让我们先将你设法弄了回去再讲。"

红玉微摇其首道："妹子命在须臾，哪里还会动弹？就是哥哥能够把我弄了回去，我也没有脸活在世上。"说着，她的眼泪仍是簌簌地掉了下来。

此时宝山公子也顾不得再和红玉讲话，先把眼睛四处一望，有无歹人的踪迹。却见四面地方，不但寂静无声，而且连那野草山花也没风吹动。知道那班歹人真被那位美少年撵走，便吩咐小梅去四处找找看，可有红玉的衣裤在那儿。

红玉急接口道："我的衣裤早被那班天杀的土匪拿去做纪念品去了，哥哥真要救我回去，快叫小梅把这件长衫替我穿上。"

小梅听了，自然不待宝山公子吩咐，急把红玉轻轻地扶起坐在地上。宝山公子连忙背过身去，好让小梅去替红玉穿衣。等得小梅已替红玉穿好，宝山公子此时当然不能再避嫌疑，急把红玉这人反背在他背上，即同小梅二人，一脚奔回店里。进店之后，他要顾全红玉的颜面，一脚就把红玉背到瘦春的床上。谁知刚刚放下，忽听得又有多数的脚步之声直向店里奔来，不禁把他又吃一惊。

不知这些脚步之声究竟是谁，且听下回分解。

# 第十六回

## 忍耻含羞垂帏医丑病
## 知恩报德倚壁听觚声

宝山公子一把红玉这人背到瘦春床上,本已十分吃力,同时又听得有多数的脚步之声奔进店来,岂有不吓之理? 当下忙同小梅二人奔出外面去看,始知是那一班兵士老远瞧见他们的少奶奶业已安然回来,大家自然一齐钻了出来,前来归队。

宝山公子素来没有正颜厉色对过人的,此刻也会向他们发起话来道:"你们这些总爷们却也太难看了,怎么一遇匪警,竟会跑得干干净净的呢?"

原来这班总爷们虽是新练的新军,仍是那些绿营改编的,仅不过身上换上一套陆军的服式而已,其实你还是你,我还是我。四川的土匪本来动辄上万,又有很好的枪械,试问这些总爷们,一见土匪驾临,平心而论,怎敢不跑? 他们此刻马上能够回来归队,未至吓死的地步,已经要算久经训练、短中取长的人物了。宝山公子只知其一,不知其二,尽把他那日本士官学校里的程度前来相提并论,真所谓坐井观天、少见多怪的了。

当时那班总爷们一见这位屈少爷在向他们发话,总算念他是他们少奶奶的结义老兄,不来回嘴。大家默不作声一会儿,却又自顾自地前去检点他们的枪支有否遗失了去。

宝山公子说了两句之后,便同小梅回进里面,但不再进瘦春之房,单对小梅说道:"二小姐今天遇了这等不幸之事,我们须要替她严守秘密。此时她的那班丫鬟、仆妇若是进来伺候,人多口杂,难免没有瞧出破绽的事情,你快去阻止她们切莫进来。二小姐那里,须得你去服侍,我有种种不便,暂时也不进去。"

小梅听了,答应一声"晓得",先去吩咐过那班丫鬟、仆妇之后,急忙来到瘦春房里,一见红玉已在向瘦春数说被劫之事。她正想回避的当口儿,忽见红玉已在向她招手,她便走近床前,叫了一声"二小姐"道:"此刻身体怎样？丫头倒有一个简捷法子，能够使二小姐马上复原。"边说，边去向红玉咬了几句耳朵。

红玉红了脸地答道："我此时的小肚子正在痛得发慌，这么你就快些替我医治。"

小梅便请瘦春坐至一旁，一面放下帐子，一面坐进帐内，跟手抛出一件长衫。

直过好久，方听得小梅在帐子里面对红玉说道："二小姐，你快伏着身子，睡熟一会儿，停刻醒来，包你要好不少。"

小梅说完这话，始从帐子里面钻了出来，复去取了瘦春的一身衫裤送进帐内。

瘦春忙把手向小梅一招，命她走近身边，却轻轻地问道："你把二小姐治好没有？这件事情我曾经听人讲过，倘若治不干净，仍有性命关系的呢！"

小梅也悄悄地答道："小姐放心，丫头已用手法把那些肮脏东西全取了出来了，只要熟睡一会儿，养养精神，便会渐渐地复原。"说着，又红了脸地问瘦春道："到底怎么一回事，那些土匪竟把二小姐糟蹋得这般田地？"边说，边把嘴唇向床上一歪道："她告诉了小姐没有？"

瘦春忙去将门掩上，始对小梅皱着眉头地说道："倘若我也遇了这件事情，我晓得我当场一定早死了。亏她的身子比我来得结实，到底好些。她对我说，她一被那班土匪劫去，他们就把她弄到你们方才去的那个地方，一面把她洗剥个干净，一面又喝问她道：'你们的那个高从龙公公，这个老杂种，真是天下第一个的狠毒东西！他去剿土匪，为什么要把我们老百姓的村庄也用大炮轰去？我们村里虽然也有几个不肖子弟去充匪探，这是他们的不好，与我们何干？现在竟弄得我们的全家老小都做炮灰，房屋器具也变土堆。我们当时虽然逃出性命，直弄得无家可归、无饭可吃，只好也做土匪。我们的这班土匪，并不是一定要做土匪的，乃是你们那个狠心辣手的高从龙逼着我们大家做这土匪的。高从龙那个老杂种的所在，现有重兵把守，我们人少，自然一时没有法子对付他，将来且看吧！你既是他的好媳妇，我们大家只好委屈你一下子，要报这个不共戴天之仇。我们不抢东西不伤性命，正是要使高从龙那个老杂种知道，我们是为报仇，不是为来抢劫东西的，看他再有几个媳妇，还敢用着大炮去轰老百姓的村庄就是！'那班土匪一说完这话，就把她轮流糟蹋起来。她那时又羞又怕，又急又苦，但是没有力量抵抗，只好紧闭她的双眼等死。

"正在一刻不能再挨一刻的当口儿，忽然听得那班土匪陡地慌乱起来。她急把眼睛睁开一看，只见半空之中有道白光，已将一株十几个人围抱不下的大树砰的一声截作两段，同时那道白光就向那班土匪的头上飞去。

"当时那班土匪虽把她这个人丢下，大家拔脚飞逃，倒说还把她的衣裤抢去，说是要拿去做纪念品呢。

"那时她也被那道白光一吓，立刻就昏晕过去。及至醒来，方知她为你和少爷两个所救。"

瘦春一直说至此处，始问小梅道："你和少爷两个怎么知道她在那个地方，竟会前去救她的呢？"

小梅听了，不禁一怔道："怎么，小姐竟不知道方才有位侠客前来通知我们的吗？"

瘦春乱摇其头道："我那时正在这里发抖，几几乎要吓死过去的了，怎会知道外边的事情？"

小梅便把有一位标致少年，如何而来，如何而去，如何对他们说法，统统讲给瘦春听了。

瘦春听了太息道："这位侠客真的可惜来迟一步，否则二小姐也不至于受这惊吓、吃这苦头的了。"

小梅却摇着头道："这倒不能这样说法，一个人有一个人的事情。那位侠客他好早来自然就早来了的，不见得一定要让我们二小姐去吃苦头的。"

瘦春听了，便叫小梅守着红玉，她忙来至宝山公子房里。一进门去，就见宝山公子一个人正在那里长吁短叹。

瘦春忙叫了一声"宝兄弟"道："你今儿晚上起初受吓，后来又把这位妹子吃吃力力地背了回来，我说你自从出了娘胎以来，像这种的大惊吓，这是头一遭呢！"说着，又连摇其头道，"都是你那闯祸坯的姊夫不好，做姊姊的实在对你这位兄弟不起。"

宝山公子忙不迭地答道："姊姊快不要说这些空头说话，红玉妹子现在怎样？照这个样子看来，明天哪能上路？"

瘦春便把小梅已将红玉医治以及红玉说与她听的说话，简括地告知宝山公子。

宝山公子听毕,不觉正色道:"有这等的事情吗? 怪不得那班土匪不抢东西。"

瘦春边听,边在瞧宝山公子的神气,只见他的双颊通红,一切举止似乎受惊过分,有些失去常度的样儿,急问宝山公子道:"宝兄弟,我此刻看你不对,你自己觉得怎样?"

宝山公子却很快地答道:"兄弟并不觉着怎样,不过兄弟确是从未遇过这等事情,心里只在愁得姊姊这人,路远迢迢地,想个什么法子,才好平平安安地到达成都。还有红玉妹子,她既和我认了兄妹,况且姊姊还疑心她就是我们那个被拐的妹子,她竟遭此意外之祸,现在身体能否马上安全,将来万一事泄于人,如何还有颜面做人……"

瘦春不待宝山公子往下再说,忙接嘴道:"宝兄弟,我说你这个人,乃是我们二老以及两个妹子的性命,我只因没有出门出路的经验,竟去求着二老,要你送我来到四川。现在的路程,还不过仅仅乎走上十之二三,已经出了这件事情,累得你拼了性命地去把红玉妹子背了回来。我又因为要打听我那爹娘的消息,因此去把红玉妹妹结了姊妹,不然,她是她,我是我,我们既不会和她一起走路,就不会同住此镇,兄弟也不至担惊受吓。"

瘦春说至此地,又亲亲昵昵地叫了一声"宝山公子"道:"我的好兄弟,你快快不要再照顾我这个人了,你万一真的再弄一点儿毛病出来,我罗瘦春这人真就百死莫赎的了呢!"

宝山公子一见瘦春此时眼圈儿已红,声音已岔,不知什么缘故,他自己反先掉下泪来,又生怕瘦春瞧见,只好假作走到床上,去拿扇子打过此混。谁知瘦春早已瞧见,一个人忽去伏在桌上,闷声闭气哀哀地哭了起来。

宝山公子此刻哪里还会再去拿那扇子? 赶忙走到瘦春身边,摸出他自己揩汗的一块手帕,递与瘦春道:"姊姊快莫这样的伤感,兄弟一见姊姊一哭,我的一颗心似乎要碎下去了。"

瘦春一面抬起头来看了宝山公子一眼,一面接了手帕,边揩边说道:"宝兄弟,你姊姊此刻先有两句最要紧的说话关照你,你须依我。"

宝山公子听了忙答道:"姊姊只要说在理上,兄弟无不依从就是。"

瘦春又自己连点其头道:"我此时确有从未对人说过的说话想与你讲,无奈我的身子只是一个要沉下去的样子,没有这个勇气和你来讲。此刻和你讲的是,第一万万不可把今天晚上这桩事情写信回去,他们二老以及两个妹子一听这个信息，岂不将他们一齐急死？我们二人既然不能在家孝顺父母、爱怜妹子，难道还好去吓他们不成？"

宝山公子不待瘦春说完，慌忙答道："亏得姊姊关照，兄弟还想拍电回去呢！还有一句呢？"

瘦春又跟着说道："我想叫你从此不要把我的事情再去想前想后。"

宝山公子听了，似露出有些踌蹰的样子道："此次出门，一个千斤重担本在兄弟一人身上，姊姊既是叫我不要再顾姊姊的事情，万一沿途再出小小乱子，叫兄弟拿什么脸去见我们爹娘呢？"

瘦春忽摇其头道："今晚上的事情乃是仇人寻着仇人，我既与人无仇无怨，兄弟防他做甚？"

宝山公子微跺其脚地请问瘦春道："方才那十多个土匪进来干什么的呀！我们两个那时幸亏有这小梅，不然，岂不早和红玉妹子一样了吗？"

瘦春听了，一时无话可答，只好向宝山公子皱了一皱眉头道："兄弟赶快替我好好地躺下吧，我可要去看红玉妹子去了，不来和你抬这无谓的杠子。"

瘦春说完这话，便回她的房去。跨进门槛，只见红玉仍在帐子里头没有声息，小梅却倚在床挡上，在那儿打瞌铳。她忙轻轻地走到小梅身边，将她推醒道："二小姐醒过没有？"

小梅一壁揉着眼睛，一壁摇头答道："今晚上没甚事情，明天最好就弄一剂补药给她服下要紧。"

瘦春又说道："这趟出门，都为我一个人的事情，害得你和少爷两个这般受累，只好将来总谢的了。你快去睡吧，你真是一个要紧人呢！"

小梅一壁伸着懒腰，一壁笑答道："小姐怎么忽和丫头说起客气话来了呢？"说着，不待瘦春回答，忙又问道，"少爷可曾睡下吗？"

瘦春忙答道："少爷那儿我会去招呼的。就是二小姐这里，停刻醒来，要茶要水，有我在这里，你放心去睡吧！"

小梅也问瘦春道："这么小姐难道不睡吗？"

瘦春摇摇头道："我刚从少爷房里来，我见他的脸上犹同火烧的一般，我只怕他有病，哪儿还敢再睡？"

小梅听了，一壁走至她的床前，一壁说道："这么让我随便横一霎，不论这里和少爷那边，一有事情，小姐马上叫醒我就是。"

瘦春连点其头道："我知道，你赶快睡呀！不要多讲了。"

哪知小梅一横到床上去,马上就睡熟。瘦春即去把红玉的帐子轻轻地塞起一看,只见红玉穿了她的那身衫裤,伏着身子,正在那儿好睡。瘦春见她如此好睡,大概还不碍事,便将一床薄被替她盖上,放下帐子,忙又来到宝山公子房外,一见房门业已闩上。她却仍旧有些不放心,疾走至靠近宝山公子床的那道墙壁跟前,侧耳细细一听,宝山公子是否睡熟。听了一会儿,似乎微有齁齁的鼻息声气,她才略把心放下。正待回转房去,忽又听得宝山公子似有不宁之声,她赶忙又把脚步站定,听了许久,里面又没什么声响。她这一晚上,本来拼着不睡的了,索性倚壁而立,只把耳朵侧着静听宝山公子可还再有不宁之声,倘若真的睡不安宁,她就好立时打门进去,以便服侍宝山公子。

那时大约已是四更天气,里里外外都已睡得寂静无声,隔壁几家茅屋里,已有少数的鸡声。她因心里惦记宝山公子,一个人站着守在那儿。没有一会儿,忽又听得小梅这人糊里糊涂地在说梦话,她便想起方才那件土匪的事情起来,她想方才宝山公子说,那十几个土匪进来干什么,没有小梅这人,他们两个早也成了红玉第二,她想这句话,真是不错,既称土匪,哪里会讲道理?万一也用对付红玉的手段前来对她,她是只有一死而已。她也并不怕死,驾雄和阿香两个她也抛得下的,独有宝山公子这人,幼小就和她耳鬓厮磨,心心相照,当时虽然未曾明言"婚姻"二字,但是她的爹娘和屈氏二老无不暗中表示,她将来一定是姓屈的了。谁知她竟被那个黑心的奶娘一混,无端地嫁了姓范的,致把这位知心着意的郎君便宜了芬、芳二人。近来冷眼看看宝山公子对她这人,并没异于从前,不过因为一个业已有夫,一个业已有妻,只好偏重姊弟一面,但是她猜宝山公子的心里未必不和她一样,都有一种说不出的苦处。

瘦春这样一想,就知道宝山公子此次送她出来,不问是父母之命,不问是姊弟之情,总而言之,对她这人都是十二分的好意。她既想到宝山公子待她如此好法,顿时忆起前情,早又泪下如雨起来。

她正在一个人暗暗淌泪的当口儿,陡又听得宝山公子在梦中大喊一声道:"姊姊快快救我!"瘦春明知宝山公子也和小梅一样在说梦话,她又情不自禁地忙去敲着宝山公子的房门,急于要想进去。

不知宝山公子究来开门与否,且听下回分解。

# 第十七回

## 极诚款待新主妇留宾
## 不避嫌疑俏丫头侍疾

瘦春一听见宝山公子在梦中喊着"姊姊快来救我",她便忙去敲门。

此时宝山公子果已惊醒,一听瘦春在敲房门,忙问道:"怎么姊姊还没有睡吗?"

瘦春接口道:"兄弟快快开门,我要进来。"

宝山公子又说道:"姊姊,我这里没事,你快去睡吧!不要你也闹出毛病来,那就不得了呢!"

瘦春又答道:"我听见兄弟睡得不安宁,又在说梦话,快快让我进来,我才放心。"

宝山公子忙又说道:"我此刻略有寒热,倘一起来开门,吹了风更不好。姊姊放心,尽管去睡,一切说话明天再讲就是。"

瘦春又问道:"兄弟既有寒热,可要喝茶?"

宝山公子又答道:"我不想喝茶,只想捂出一身汗来,明天就会好的。红玉妹子平安的吗?"

瘦春又答道:"她一直睡到此刻还没醒过,大概可以没有危险了。兄弟既要让他出汗,这么我就不进来看你了。"

宝山公子连说:"姊姊快去睡,姊姊快去睡!我才放心。"

瘦春听了,重又叮嘱宝山公子须把被窝盖好,万万不可着凉。说完这话,方始回转自己房里。一进房去,只见两床上都有打呼之声,她始走至她的床前,和衣躺在外床,也就沉沉睡去。

第二天大早,仍旧是瘦春先醒,一见天还早,又知这天万难上路,便不去惊动红玉和小梅二人,单把她的身子轻轻地翻向里床,她见红玉仍在好睡,又见红玉的一张脸真和宝山公子一模一样,她又暗忖道:"此人倘若真是我们宝兄弟的那个被拐妹子,我这趟出来,便不白走了。"

她正在一个人转念之际,忽见红玉已将眼睛睁开望着她道:"姊姊,此刻什么时候了？妹子已觉稍可支持，我们还是赶紧到了成都再说。"

瘦春忙去执着红玉的手道："妹妹今天哪能上路？起码也得养息一两天呀！"

红玉不依道："我此刻的确可以支持，小梅说的急于要吃补药，此地又没药店。今天歇了正站，就好吃药。"

瘦春一见红玉如此说法，便将帐子一搴，唤醒小梅，告知她红玉主张上路。

小梅赶忙起来，走到瘦春床前，一面挂起帐子，一面看看红玉的脸道："二小姐可以上路吗？"

红玉皱着眉头答道："我只想赶快离开这个倒运地方，心里才觉好些。"

此时瘦春业已坐起，便接口对红玉说道："这么让我就去唤起你们哥哥，准定就走。"

瘦春说完这句，急急来到宝山公子那里，一见宝山公子也已起身，忙问道："兄弟退了凉吗？"

宝山公子点头道："已经退凉。红玉妹妹怎样，今天能走吗？"

瘦春也点点头道："红玉妹子不爱再耽搁此地，这么我们准定走吧！"

宝山公子听了，便去吩咐屈福等人预备起身。好在大家都不愿意再住此地，一切行李等件本已收拾好的，于是大家随便吃了一些东西，给过房钱，就此赶路。

哪知那天到了正站，可巧那里有两营兵士也要上省。文占标便自己做主，拿了他们师长的名片，前去见了两位营长，说是高师长的眷属，要想和他们同走，那两位营长自然一口答应。文占标一见办好此事，自己觉得很是能干，即去禀知他的少奶奶。

红玉既是吃过苦头，一见文占标说是可以跟着两营兵士一同上省，自然万分高兴。

宝山公子一听，可以跟着两营兵士上省，便对瘦春、小梅说道："这么快去抓帖补药给红玉妹妹服下，明天还要赶路。"

小梅答称："二小姐的药业已去抓，少爷可要也吃一剂发散药呢？"

宝山公子不愿服药，瘦春便自己做主，也命人抓了一剂发散药，连同红玉的药，分别煎好之后，各人服下。大家早睡。

第二天起来，红玉虽未马上复原，宝山公子可已大好。

自从这天起，沿途既有这许多人马保护，居然平平安安地到了成都。红玉现在是把瘦春、宝山公子、小梅三个当作大恩人看待的了，自然一力主张住到她的公馆里去。瘦春因要打听她那父母的消息，也不客气，一准住在红玉家里。

　　原来红玉的那位公公高从龙师长，本是成都省的首富，他由军功出身，一直做到今职，平时素以勇敢出名，他去剿匪，却是竟把老百姓的村庄常常轰去。百姓和土匪虽是恨他入骨，可是那位川督却把他这人倚作长城之靠。他仅一妻一子，子名文虎，就是樊红玉的丈夫。高师长现在驻在打箭炉，他的夫人随在任所，成都的那座公馆，只有几个男女仆妇守在那儿。这天，一见他们的新少奶奶到家，赶忙迎入，又见新少奶奶带有几位远客，忙去收拾客人住的房间。红玉乃是一家之主，她便住了内进的西首上房，东首上房让给瘦春和小梅二人同住，宝山公子住在东首侧厢，屈福等人同了文占标住在外进，那三排兵士因为公馆里住不下，便住到就近的那座城隍庙中。

　　红玉一见布置已妥，她的身子虽未大愈，她要款待瘦春等人，自然打起精神在忙，不肯卧床将养。瘦春、小梅再三阻止，她也不听，当天晚上，她就办了上等酒筵，去替她的姊姊、哥哥洗尘。

　　瘦春便在酒筵之上向红玉说道："今天这桌酒席，我们自然敬领，以后我们还得耽搁几天，妹妹须要拿我们当自家人看待才是。若再事事当作客人，我们既是过意不去，妹妹的身子怎么能够调养？"

　　红玉接口笑道："姊姊、哥哥和小梅三个都是妹子的大恩人，这点儿款待你们就要过意不去，这么叫妹子受了你们的大恩，怎么又过意得去呢？妹子的意思，且俟姊姊、哥哥稍稍休歇几天就去办理姊夫之事，一等姊夫的事情办妥，我们同到打箭炉去。我们公公既知姊姊二位大人的消息，倘能因此找到他们二位大人的下落，妹子也好聊报大恩于万一。"

　　瘦春忙答道："妹妹方才的办法，我都很是赞成，唯有什么大恩不大恩的说话，妹妹千万不可再挂在嘴上，不要说你哥哥和小梅两个对于妹妹身上并未尽着什么义务，即便稍事出力，自己的人也是应该的呀！"

　　红玉笑上一笑道："这么妹子当遵姊姊吩咐，姊姊怎样说，妹子就怎样依便了。"

　　瘦春听了大喜道："这才对了。"

　　一时吃毕，大家连日辛苦，当然早早安歇。第二天上午，宝山公子就要去拜那位彭筱潭年伯以及那个倪慕迂。

瘦春反而拦着道："宝兄弟，你别忙，土匪的限期本有三个月，我们这回起旱，总算快的。现在离这个限期还有个把月呢！你快替我好好地将息几天。"说着，又笑眯眯地说道，"你瞧红玉妹妹都听我的劝，你怎好不依你姊姊？"

宝山公子听了，也只休息了一天。第三天大早，不待瘦春起身，他已出门拜客去了。等得午后回来，连衣冠也来不及除去，就把瘦春请到他的房内，笑嘻嘻地向着瘦春道喜道："恭喜姊姊，姊夫不日就可回来了。"

瘦春听了一呆道："我们的洋钱尚未交出，那班土匪怎肯让你姊夫回来？"

宝山公子一面卸去衣冠，一面和瘦春一同坐下，又含笑地说道："姊姊莫忙，让兄弟慢慢地说与你听。兄弟方才去拜彭年伯，他已早接到了爹爹打给他的电报，说明这笔赎款已由我和姊姊随身带来。彭年伯一见款子指日可到，他就移动一笔公款交与倪慕迂，托他赶紧去赎姊夫。现在倪慕迂已经去了半个多月了，算起日子来，姊夫不久便可回省。我们这笔款子，明天送去还彭年伯就是。"

瘦春听至此处，方始笑逐颜开地说道："原来如此，他若能够安然回来，来生只有变牛变马地去报你们。"

宝山公子听了，便把眼睛盯了瘦春一眼道："姊姊不该尽和兄弟说这些生分话。"

瘦春听说，几乎感激得又要哭出来了，于是也把双眼望着宝山公子只在出神。

此时红玉和小梅二人一听得范驾雄有马上回来的消息，赶忙一同来至宝山公子房里，争向瘦春道喜。

瘦春本有无数心事趁此要和宝山公子细说，一见她们二人进来，自然不便再说，忙去问红玉道："妹妹，你怎么不去养息养息，巴巴结结地跑了出来干吗？就是你姊夫有回来的信息，也不是三两天的事情呀！"

红玉笑着道："姊夫有了喜信，妹子怎么还会在床上睡得牢？"说着，忽又去向宝山公子一笑道，"哥哥，妹子瞧你的脸上红光满面，并没一点儿风尘之色，这是什么缘故？"

宝山公子笑答道："连我也不知道，大概生就是个牛马精神吧！"

小梅也接口道："我们少爷和红桃镇上的那位侠客真正长得像个一胎

养下来的弟兄,可惜少爷那时来不及问他的姓名。丫头后来想想,那位侠客或者就是郭鸣冈,也说不定的呢!"

瘦春笑问道:"你又怎么拿得准他就是姓郭的呢?难道天下的侠客只有姓郭的一个不成?"

宝山公子接口道:"兄弟曾听爹爹说过,那位郭鸣冈侠士确是一位美少年。"边说,边指着小梅道,"她大概见他长得很是体面,故有此说。"

红玉忽红其脸地插嘴道:"妹子说他无论姓郭不姓郭,也只好称得一半侠客。"

瘦春不解道:"妹妹的这句说话,我们有些不懂。"

红玉接说道:"大凡侠客,一定专做那些扶危救困的事情,此人却等事后才来救人,妹子所以说他只有一半。"

瘦春含笑点首道:"我也这样说过。"说着,用嘴向小梅一指道,"她还说,人家也有人家的事情,倘好早来,岂有故意不来之理?"

宝山公子也点首道:"小梅说得不错,我们只该感激人家,哪好去怪人家?"

红玉听了,便把她那一张粉脸一红,低头不语。

宝山公子一见红玉这般样儿,始知他这说话太不留神,生怕红玉多心,慌忙去敷衍红玉道:"妹妹方才说我没甚风尘之色,我看妹妹也没什么病容。"

红玉一见宝山公子忽然称赞她起来,顿时又将她的邪心引起,哪里还顾她那未愈之身?忙暗暗地瞟上宝山公子一眼道:"妹子本是蒲柳之姿,不值哥哥的谬赞……"

红玉还待再说,瘦春不知其意,还当她在空谈,便插嘴对宝山公子道:"我看家里一定在那儿惦记得我们不得了呢,兄弟还是快点儿拍份平安电报回去。"

宝山公子点头答称:"早已拍去。"

瘦春又说:"这笔款子,最好今天就叫屈福等人送还彭年伯去,也好了去一桩心事。"

宝山公子又去照办。办好之后,回了进来,尚未坐定,陡然打上一个很大的寒噤,立时就觉他的身体万分不能支持起来。

瘦春、小梅两个同时一吓道:"怎么,怎么?可是寒热又来了吗?"

宝山公子一壁点头,一壁眼睛望着床上,似乎马上就想睡到床上去的样子。

瘦春皱着眉头对红玉说道："妹妹方才还在说你哥哥红光满面，没有风尘之色，哪知你哥哥那时已在升火。"

红玉不答此话，却去对宝山公子说道："哥哥，你快躺下吧！妹子命人赶紧替你去请医生去。"

此时宝山公子一刻不能再挨一刻，先向床上横下，忙又向瘦春说道："姊姊可陪妹妹进去坐坐。"边说，边又吩咐小梅："快命屈财、屈喜二人进来。"

小梅慌忙出去呼唤。瘦春便知宝山公子叫她们回避开去，或是要解手等事，只好赶忙同了红玉避了进去。

进去未久，就见小梅急急忙忙地奔了进来，对她说道："小姐，少爷的病势很重，一霎工夫，一连泻了几次。"

瘦春听了大吃一惊道："那么怎样得了呢?"

小梅接嘴道："只有且等医生来过再看。"

红玉为人本来没有经过什么风浪，一见她的这位心上人忽然大病起来，除了嘴上空自着急之外，自然一无办法。等得医生来过，瘦春、小梅二人方知宝山公子得了伤寒又兼痢疾，真的万分沉重。瘦春急把小梅叫到无人之处，不管三七二十一地，扑的一声就向小梅跪下道："小梅妹妹，我有一件大事求你，你千万不可推却。"

小梅吓得慌忙一把将瘦春拖起道："小姐有什么说话尽管吩咐，只要丫头做得到的事情，怎么敢说推却?"

瘦春急去拉着小梅的手，含泪说道："少爷为了送我出来，弄得得了重病。照我的意思，我自然想不避嫌疑地去服侍他，无奈他和老爷一样，不问事情的缓急，只知凿那方眼儿，一点儿不肯通融。我此刻求你的事情，要你替代我去服侍少爷。"

小梅一直听到此地，方才明白瘦春跪她的意思，赶忙红了脸地答道："丫头本在愁得我们老爷、太太豢养多年，没有一点儿答报之处，现在少爷既是有病，丫头理应伺候。小姐的意思，想是要叫丫头服侍少爷的时候，顾不得再避那些嫌疑。丫头既是充人使女，自然只好这样。"

瘦春一见小梅满口答应，心里又是感激又是有些过意不去，便去安慰小梅道："你这次在路上本有大功，你倘能把少爷服侍好了，由我做主，就叫少爷收你的房吧！"

小梅一听瘦春说出"收房"二字，心里自然万分感激，嘴上却说道："小姐怎么说出这等话来？丫头只晓得遵了小姐之命，前去尽心服侍少爷，其余之事，小姐快请莫提……"

小梅还待再说，忽听屈喜已在那儿大声喊她。她只好丢下瘦春，一脚奔了出去。

不知屈喜一喊小梅，是否为了宝山公子之病，且听下回分解。

# 第十八回

## 斗帐鸳魂梦中偿绮债
## 杯弓蛇影病里辟流言

小梅一听屈喜在喊她,赶忙来至宝山公子的房内。尚未走近床前,就见她的少爷两只眼睛已经陷了进去,不禁一吓道:"可是少爷在喊丫头吗?"

宝山公子一壁微喘其气,一壁低声说道:"你快去请小姐来,不要使二小姐同来。"

小梅听说,连忙飞步地去请瘦春。谁知瘦春正在和红玉说话,小梅只好把瘦春请到一边,叫她快快同她出去。瘦春一见小梅这般鬼鬼祟祟的神情,不觉也是一吓道:"少爷此刻怎样? 你为什么这般慌张?"

小梅方始说道:"少爷的两只眼眶不知怎么忽会陷了进去,神气很是疲倦,他叫单请小姐一个人出去,不要使二小姐同去。大约有什么要紧说话要向小姐讲呢!"

瘦春听完,索性去对红玉老实说道:"你哥哥有几句说话要和我说,我且一个人出去一趟。"

红玉听了忙说:"这么姊姊快去,姊姊替妹子代说一声,请哥哥好好地将养。"

瘦春不及再去回答红玉,仅把头连点几下,急同小梅来到宝山公子那里。宝山公子一见瘦春进来,便把他的手轻轻地向屈财、屈喜等人一挥,命他们退了出去。等得二人退出,始向瘦春叫了一声"姊姊"道:"兄弟这场毛病,不知怎么忽会如此厉害,此刻浑身骨头痛得没法再忍。"说着,又苦了脸地微摇其头道,"兄弟恐怕就此不能再见我那爹娘之面,也说不定了……"

瘦春不待听毕,早已滚出两股热泪道:"兄弟,不准乱说,吉人自有天相,一个人是吃五谷的,难免没有年灾月晦。你叫姊姊出来,难道光是这句说话吗?"

宝山公子忽将眼圈儿一红道："兄弟只想赶紧回去,但又连泻不止,不能上路,怎么是好?"

瘦春只好忍了悲伤地答道："兄弟既想回去,这么快些好好地将养病体。只要一好,你就先回去吧!"

可怜瘦春一个"吧"字尚未出口,早又用着手帕掩了她脸,哀哀地暗泣起来。

小梅慌忙接口道："少爷快请上心服药,只要一俟能够走路,丫头准定先送少爷回去就是。"

瘦春忙又一面揩着眼泪,一面接嘴说道："兄弟此刻最要紧的是,须有一个好好的人来服侍,姊姊本想亲自来服侍你的……"

宝山公子不待瘦春说毕,忙连摇其头地说道："这个哪里使得?"

瘦春又接口说道："姊姊也怕兄弟不肯答应,现在已经重托我们这位小梅妹妹了。"

宝山公子便把眼睛望了一望小梅道："她也似乎不便。"

瘦春听了,便发狠地说道："兄弟最要婆婆妈妈的只顾这等小节,这么只好索性让姊姊来服侍你。"

宝山公子正要答话,陡觉他的遍身骨节缝里犹同有万千的细钉子在钉的一般痛法,不禁紧咬牙关,只在那儿拼命忍痛。瘦春见了,心里也如刀绞一样,便不由宝山公子做主,急去把门掩上,又叫小梅赶快盘膝坐上床去,去替宝山公子快快捶着。

小梅听了,自然一面上床去捶,一面又关照瘦春道："小姐快去照料屈喜等人熬药,他们是只会跟跟轿子,这些婆婆妈妈的事情,他们弄不来的。"

瘦春听了,正待开门出去,却已听见屈喜在叫开门。瘦春忙去开开一点儿门缝,只见屈喜已经把药熬好。瘦春一面接进药碗,一面吩咐屈喜道："少爷这里已有小梅姑娘伺候,以后你们大家只在外边伺候买办东西,不许瞎闯进来。"

屈喜连称晓得,慌忙出去传话去了。

瘦春一面把门重行掩上,一面把那药碗端至床前。小梅正待去接,瘦春止住她道："你只替少爷捶着,让我来递给他吃。"

小梅答道："少爷吃药的时候,左右不能捶的。"

瘦春听了,始将药碗递与小梅,小梅端至宝山公子枕边,此时宝山公子急于要望病好，忙在小梅手中咕嘟咕嘟地把药呷下。瘦春忙去接了药碗，小梅仍旧去替宝山公子捶着。

瘦春问宝山公子道："兄弟，小梅替你捶着，觉得好些吗？"

宝山公子微点其头道："好得多了。"

瘦春忙又对小梅说道："这么我就去替少爷熬二道药去，你就在这里好好地服侍少爷。"

小梅连点其头道："小姐出去，把门带上。"

瘦春听了，赶忙把房门带上而去。

瘦春出去未久，宝山公子已被小梅捶得沉沉睡去。等得瘦春送进二道药来，小梅不叫瘦春惊醒宝山公子，说是且让少爷安静地睡熟一霎，瘦春也以为然。直等宝山公子自己醒来，吃过二道药，似觉稍微平静一点儿。

瘦春陪到半夜，始对小梅说道："我进去横一霎，再来替换你去睡。"

小梅点头答应。瘦春回进里面，只见红玉的房门早已闭着，她便虚掩房门，和衣横在床上。哪知倒下枕头，正在入梦的当口儿，忽见小梅匆匆地走来向她一笑道："少爷此刻好得多了。"说着，又和她咬上几句耳朵，就在她的床上一倒，早已打起呼来。

瘦春一见小梅已经睡熟，红玉的房门也已关上，里里外外，都各睡着，只好含着羞地来至宝山公子那里。一进门去，只见宝山公子神气之间果已好了不少，一见她去，赶忙拉她坐在床上，又嬉皮笑脸地问她道："我叫小梅来告诉姊姊的说话，姊姊可肯依了兄弟？"

瘦春绯红了脸地答道："兄弟呀，做姊姊的就是粉骨碎身也不能够报答府上的大恩，兄弟说要你姊姊的身子来医你病，姊姊为公为私，似乎都不好拒绝兄弟的要求。"边说，边又红起脸来，低下头去。

宝山公子即把瘦春轻轻一拉，横在铺上道："姊姊，兄弟十年的相思，直至今宵才能如愿。"

瘦春掩面含羞，没有言语。当下遂过宝山公子的心愿之后，瘦春正想回她房去，冷不防地忽见红玉走到她的跟前，用手羞着她道："怪不得姊姊起先不要我同来，原来恐怕我来打断你们姊弟二人的好事。"

瘦春一听红玉这般在说，不禁羞得没有地洞好钻。正在万分为难之际，幸亏小梅匆匆走来，一把将红玉推至一边，一把拉了她就走。瘦春一见小梅来解她围，心里一喜，陡地惊醒转来，方知做了一场很奇怪的大梦。

忙向脚后一看,小梅这人真就睡在那儿,忽又吓了起来,还疑方才之事不是做梦,连忙定下神来,悄悄地摸摸自己身上,方知并没干过甚事,始去推醒小梅,问她道:"你是什么时候睡到我床上来的?我不大该睡失了盹,未曾前去换你。少爷此刻怎么样了?"

小梅听了,揉着眼睛,一边连打几个哈欠,一边才答道:"少爷此刻总算睡熟,丫头因为捶得手也发酸了,人也倦极了,所以偷偷地来打一个瞌铳。"说着,一看东方已经露白,忙又对瘦春说道:"丫头此刻睡了一盹,似乎轻松了不少。小姐尽管睡,少爷那里,还是让丫头去吧!"

瘦春连连摇头道:"你的身子也是肉做的,又不是铁打的,你已替少爷捶了一天一夜了,快些再睡一霎吧!少爷那儿,此刻且让我去陪他一会儿,过一霎,你再来换我就是。"

瘦春说完这话,正待下床,忽又想起方才梦中之事,不觉心里一面哔剥哔剥地跳了起来,一面又微红其脸,暗暗地自问自答道:"我此刻一个人似乎不便前去,我真一个人前去,万一我的这位好兄弟真像我方才做梦的一样,有所要求起来,我那时还是拒绝的好呢,还是允许的好呀!我若拒绝了他,不要说我和他两个自小就这般地好法,单说他的这场大病,分明因为送我出来而得的,叫我如何拒绝得出口?若是允许了他呢,我罗瘦春已是有夫之妇,世上做人本来只在一个人格,就是屈氏二老以及芬、芳二人,都也是看重我这个人尚有一点儿人格,所以才如此爱怜我、卫顾我的,我又怎好允许他呢?此刻到他那里,与其去左右使我为难,自然还是不去为妙。"

瘦春一个人想到此地,正待不去,忽又自己失笑起来道:"我这个人,怎么竟会被这场断命的梦弄得发起呆想来了呢?我们这位好兄弟,他自从三郎庙把我领到家里起,一直送我到此地止,日子虽说不多,连头搭尾,差不多也有一年了,他对于我这个人,若有一点儿邪心,何必等到今朝?我此刻的这种瞎想,非但自己看低我的人格,岂不把我这位仁至义尽的好兄弟、亲兄弟的人格也污蔑了吗?况且他现有大病在身,此病又是为谁而起?就是真的要我拿这身子去医他病,衡情酌理,我也不好说个'不'字。"

瘦春想到此地,复又回头看看小梅,只见小梅早已睡得犹同死人一般。她便先用脚尖勾上鞋子,复用手去拔上,走至镜台前,就用那块冷手巾随便揩了一把脸。因为她长得白净,自小至长,从来没有搽抹脂粉过的,她虽然不搽脂粉,人家瞧她脸上,红是红,白是白,反比别个妇女标致一百二十万倍。

作书的曾经声明过的,罗瘦春这人乃是这部书中的第一美人,现在带笔述此,故不细细描写。

单说瘦春揩脸之后,便将房门轻轻地开开,这么她为什么要轻轻地开房门的呢?原来她平时的心中并没方才那个梦境,既是心里无挂无碍,她无论对于宝山公子如何亲昵,如何要好,并不怕人说她半句坏话。此刻心里因为有了这个梦境,一时瞻前顾后起来,就怕对面房里的那位红玉妹妹万一瞧见她,天还没有大亮,一个人单身走到她那兄弟房里,似乎就落了一点儿嫌疑。

当下瘦春一见对面房门还是紧紧地闭着,她忙闪身出房,就想一脚溜到宝山公子那儿。哪里知道她还没有走上两脚,陡然听得红玉的房门呀的一声开开,跟着又听得红玉的声音在喊她道:"姊姊慢走,妹子有话问你。"

瘦春此时本来一塌括子只怕红玉一人,偏偏红玉会去喊她,她又心里扑通一跳,脸上同时就像火烧起来一般,她那时明知她的脸已发赤,若被红玉瞧见,岂不无私有弊起来?她便索性只做没有听见,仍是自顾自地向前走去。哪知红玉这人非但是个久经风尘的促狭鬼,而且又是和她在暗中吃醋的人,一见喊她不住,自然两脚三步地追了上去,一把将瘦春拖住道:"姊姊,妹子尽在叫你,你怎样只装不听见的呀?"

瘦春既被红玉拖住,只好立定问她道:"妹妹有什么话问我?我此刻急要去看你哥哥,有话我们停刻再讲。"

瘦春嘴上说完这句,脚上又在走动。红玉仍旧拖住她道:"哥哥那里不是有小梅在服侍吗,姊姊何必这般急?"

瘦春摇着头道:"小梅替你哥哥捶了一天一夜,方才已经进来睡下了。我此刻就是照顾你哥哥去的。"

红玉盯了瘦春一眼道:"这么可能让妹子也同去呢?"

瘦春听了,连说:"妹妹不必,妹妹不必,你哥为人最拘谨……"

红玉一见瘦春尽在拦她,顿时引起她那醋劲儿,不待瘦春说完,便请问瘦春起来道:"姊姊也不必拦得如此厉害,在妹子想想,姊姊和哥哥无非也是异姓姊弟,和妹子有甚分别?要么别有道理,妹子那就不知道了。"

瘦春一见红玉说出"别有道理"四个字来,不禁把她气得发抖,本想就此放下脸来，只因还要打听她那爹娘的消息，不敢马上得罪红玉，只好忍着气地回答道："你哥哥和你客气，所以我不叫妹妹前去。妹妹既是一定要去，这么就请前去。"边说，边也看了红玉一眼，又轻轻地自语道，"其实与我何干呀？"

红玉一见瘦春的脸色不甚和婉，又已答应她前去，便笑上一笑道："这么不必多说了。"说着，即与瘦春来至宝山公子房里。

一跨进门，因见宝山公子一个人还睡熟在那儿，她也不敢前去惊动，只是默然不声站在一旁。此时瘦春因气红玉当面在糟蹋她，不肯去和红玉多说，也是一句不响，直立在地上。她们姊妹两个正在大家各无言语的当口儿，可巧宝山公子业已醒来，睁眼一见瘦春和红玉二人双双站在那儿，便有气无力地叫了一声："姊姊、妹妹，何为不坐？我觉得昨天那位医生的药还对，今天可再把他请来一诊。"

红玉一见自己所请的医生很有效验，心里一喜，忙答宝山公子道："这么让妹子快叫他们去请去。"边说，边已如飞而去。

宝山公子此时才瞧见瘦春的脸色不好，他还当瘦春忧他的毛病，才至如此，忙劝瘦春道："姊姊快莫急坏身体，兄弟今儿已经好了一点儿了。"

瘦春仍是气呼呼地说道："红玉妹妹说话真是没有轻重，她因兄弟不叫她来，她就怪起我来，还说我和你'别有道理'。"

宝山公子一听这话，心里虽很诧异，面上仍不改色地劝瘦春道："她本来没有受过教育，说话又是随便，她这'别有道理'四字，姊姊不能一定说她是糟蹋我们的。"

宝山公子刚刚说至此处，红玉早又匆匆地回了进来。

宝山公子便去敷衍她道："妹妹要来看视为兄，为兄本是感激不尽，只因病榻肮脏，妹妹的贵恙似乎又未痊愈，为兄生怕妹妹闻着这种肮脏味儿，更加不好，因此阻拦，其实并没有其他用意。妹妹既是一定要来看我，为兄只好生受的了。"

红玉一听宝山公子如此在敷衍，她忽又以为宝山公子大有垂青之意，这一高兴，还当了得？当下不但笑逐颜开起来，而且还去竭力敷衍瘦春。瘦春不好不理，只得去和红玉说话。

没有多久，医生已来，瘦春、红玉二人慌忙避了进去。

不知医生诊脉之后，宝山公子的毛病有否转机，且听下回分解。

# 第十九回

## 指天誓日甘遭不白冤
## 搔首弄姿误解垂青意

医生诊过宝山公子之脉，开好方子，方对屈福等人说道："你们少爷的毛病，只因他的身体向来是娇养惯的，此次远道入川，沿途起早，既是雨打日晒，受着极重的外感，心里再加上忧心过度，神不守舍，内外夹攻，便成此症。昨天所服之药虽有小效，我医生却不敢自居为功，且将此药再服两剂，还得大费周折呢。"医生说完这话，告辞而去。

医生一走，瘦春、小梅、红玉三个一齐赶忙出来，同问宝山公子道："医生怎样说法？"

宝山公子即将医生之言告知她们。

瘦春先说道："兄弟这场毛病本来不轻，这位医生说略有小效，不敢居功，倒是真话。兄弟因为浑身酸痛，自然万分难受。小梅替你捶上一天一晚，此是急则治标之法，真与医生毫不相干。"

红玉也忙接口道："哥哥既是有人捶着，便觉好些，这么我们家里所多的是丫头，马上叫她们大家都来替哥哥捶着就是。"

宝山公子听了，慌忙乱摇其手道："这倒不必，现有小梅在此，也可以对付的了。"

红玉又说道："小梅姑娘昨天替哥哥捶了一日一夜，哪里会有这样的长气力？"说着，又向小梅去说道："你虽是懂得武艺与人不同，但是一个人也只有个人本事的，长此以往，试问怎么吃得消呀！"

小梅点头答道："现在还是头两天，丫头倒也不觉怎样，且俟真的支持不下的时候，那时再看吧！"

瘦春此时已去照料煎药了，小梅仍是盘膝坐至床上，照旧去替宝山公子捶着。

红玉见没可做的事情，便去坐在宝山公子的身边，把她那张美人似的脸凑近在宝山公子的枕畔，先问宝山公子想吃什么东西，若要街上买的东西,她就叫下人去买,想吃自己弄的东西,她就自己亲自去弄。及听宝山公子回复一点儿都吃不下去,她又殷殷勤勤地在劝宝山公子。她说:"现在既是成了兄妹,这个家里便和自己家里一样,千万不要客气。"又说,她此次受了宝山公子的大恩,虽想报答一二,只是一时没有机会可报,最好是让她亲来服侍,既可替换小梅,又可使她心里也好过意一点儿。红玉只把这些说话说了又说,讲过又讲,似乎要逼着宝山公子立时立刻答应她的样子。哪知宝山公子此时泻得早已有气无力,再加浑身的骨节疼痛不可开交,虽有小梅尽力在捶,也不过止住十之一二,哪里还会和红玉去一问一答?只有不管听了什么说话,随便微点其头而已。不料红玉一见宝山公子只在点头,又误会了宝山公子已经答应她的要求,顿时心花怒放,马上就自走到小厨房里,去替宝山公子弄吃食去了。

小梅虽见红玉对于宝山公子借那报恩之话,只在时时刻刻地呈娇献媚,不像闺阁模样儿,但又不敢去和宝山公子多说,只好放在肚里。

此时瘦春已把药碗端来,小梅接与宝山公子喝下之后,便对瘦春说道:"小姐,你快休歇一下子吧!你瞧,你已瘦下一圈儿了呢!"

宝山公子接说道:"姊姊,你还有一身的大事情呢!兄弟万一一时不能起床,所有的事情都只有姊姊自己去办的了。姊姊万万不可因为兄弟这人又去拖出病来,那更不妙。"

瘦春一见宝山公子生了这般的大病还在惦记她的事情,不禁一阵心酸起来,又把她的眼圈儿一红道:"兄弟,你快自顾自地养病吧,不要再把你姊姊的事情放在心上了。你姊姊是自从碰见那个黑心奶娘以后,早已拼着一死的了,后来嫁了你这姊夫,起初还以为比较去拖牢洞总要好些,哪知你这姊夫又是一个不成器的东西……"

宝山公子忙问道:"姊夫怎么不成器?兄弟只知道他的家况不好,兄弟本待此次和姊夫见面的时候,就想告知他,叫他只管好好儿地干他差使,倘能扶摇直上,这也是大家的风光;倘说官途不甚得意,兄弟情愿把应袭的家产分一半给他,让他进可战,退可守,做起事来,便没那些患得患失的气象了……"

瘦春不待宝山公子往下再说,连忙摇着头道:"兄弟,你快莫多说,你在病中,没有精神呢!"

宝山公子却答道:"兄弟正为浑身痛得难过,借此和姊姊谈谈,便好混了过去。"

瘦春听了道:"兄弟既要和我说着混过心焦,这时我本有不少的说话急于要和兄弟说呢!"

宝山公子点头道:"姊姊,你只管说就是。"

瘦春便去将门掩上,始来对宝山公子说道:"兄弟方才说,想把你的家产分一半给你姊夫,天底下断没这种办法。就是兄弟自己愿意,我却不愿。"

宝山公子听了,大为诧异道:"怎么? 姊姊难道和姊夫分了家的不成吗?"

瘦春忽又含着泪珠道:"兄弟呀! 你姊夫安徽还有一个大老婆在那里呢!"

瘦春这话一出口,非但把宝山公子大吓一跳,连那小梅也会神色慌张起来。当下宝山公子竟会眼睛乌溜溜地望着瘦春道:"这么姊姊不是在做人家的小老婆了吗?"

瘦春早已哭出声来道:"谁不是这样说呢? 我因此事一给他们二老知道,岂不替我急死? 所以不敢告知他们。"

小梅接口道:"怪不得我们姑爷常常要到安徽去呢,原来是为这个。"

瘦春又对宝山公子说道:"兄弟呀! 他若是一个正派人,我就做了他的小老婆也罢,谁知他简直是个杀人不怕血腥气的东西,他只要有钱到手,就是杀人放火的把戏也要干干的。我也曾经屡次劝过,无奈他生成是这个坏子,还有何说? 我现在要和兄弟的说话,只要此次将他赎回之后,我姓罗的也算对得起他的了,我想只把我那爹娘打听出一个下落来,如果还活在世上呢,我就侍奉他们终身;如果真已不幸过世呢,我想兄弟随便给我两三千块钱,让我去吃斋念佛,以修来世。我也并不是要和他脱离这个夫妻名义,实在怕他再闯出祸来,带累我一个人倒还在次,倘有一点点风吹草动,带累了你们府上,那就把我这个人拿去粉骨碎身,也来不及的了。"

宝山公子听到此地,便知瘦春防得不错,他的父母本是一块金字招牌,万一因这女婿弄出事来,连累了二老,这是做儿女的万万讲不过去的。当下便对瘦春说道:"这个问题太大,兄弟没有这个担当来替姊姊乱出主张,且俟回去禀明二老再讲。现在单望姊夫能够痛改前非,便是大幸。"

瘦春听了,又说道:"兄弟现在病中,姊姊不应来对兄弟数说这些无谓之事。此时姊姊有件事情,千万要兄弟答应的,就算救了姊姊一样。"

宝山公子又一惊道："姊姊快说,姊姊大概也知道兄弟的对待姊姊的了。"

瘦春接口道："姊姊正是为此,兄弟的这场毛病,请问是不是为姊姊而得的? 姊姊委实心里过意不去。"边说,边又用嘴去指着小梅道："她一个人日夜这样地不睡,怎样能有这等精神? 兄弟只有也让姊姊前来服侍……"

宝山公子不待瘦春说毕,连摇其头道："兄弟已经长得劈长劈大,姊姊应避一点儿嫌疑才是。况且姊夫为人既难说话,这件事情万万不可。"

瘦春一见宝山公子不肯答应,她又哭了起来道："兄弟,你就未免不近人情了,你既可以抛下二老,丢了妻房,亲自这样路远迢迢地送我出来,你若是生龙活虎一般,一点儿没有毛病,姊姊也就不来和你客气。现在弄得这场大病,还要不准姊姊前来服侍。难道只许兄弟待姊姊好的,不许姊姊待兄弟好的吗?"

宝山公子又摇着头道："相待之情,不必要在这些事情上面,在兄弟说来,服侍事小,嫌疑事大。万一姊夫将来说些不好听的说话出来,姊姊岂不遭了不白之冤了吗? 兄弟是为姊姊计呢。"

瘦春听了,忽咬着牙齿说道："人为知己死,何况这一点点的名誉之事,现在姊姊情愿遭这个不白之冤。不过姊姊情愿遭这个不白之冤,兄弟还不肯答应,兄弟就未免有些太忍心了。"

小梅不待宝山公子接腔,便插口说道："丫头并不是躲懒,只因医生说,少爷的毛病还得大费周折,这就不是三两天的事情。丫头的意思,少爷就让小姐来替替丫头的手,偶尔替少爷捶两下,也不碍事。其余之事,自然仍归丫头伺候。少爷须顾病体,一等病好,赶紧办好事情,就好回去,省得老爷、太太在家里眼巴巴地望着少爷呢!"

宝山公子的不要瘦春服侍,本是一番好意,此刻一听小梅提起老爷、太太,他一想小梅这话甚是,赶忙肃然地答小梅道："我的不要小姐服侍,一则是为避嫌疑起见,二则也是敬重小姐。你既说到老爷、太太头上,这个题目重大,我自然只好容纳你的意思了。"

瘦春一见宝山公子业已答应,连忙叫小梅,让她去给宝山公子捶背。谁知尚未捶到两下,忽见红玉把门一推,手上捧着一盘又鲜艳、又精致的蒸粉做的梅糕,匆匆忙忙地走将进来。一见瘦春也在替宝山公子捶着,不禁一呆,忙将手上的那盘梅糕递与小梅,叫她送给宝山公子去吃,跟着就对瘦春一笑道："姊姊且去休歇一下，快让妹子前来换你。"

瘦春知道宝山公子不要红玉服侍，只好推说她不吃力，且让她去再捶几下再说。红玉哪里肯听？一把就将瘦春推开。瘦春还在挣扎不让，红玉的脸色马上就有些不豫起来。

宝山公子自思，红玉已见瘦春在替他捶着，若不也使红玉来捶，岂不是反而坐实了那句"别有道理"的说话了吗？只好忙对红玉说道："妹妹，并不是为兄一定和妹妹客气，实因妹妹贵恙尚未痊愈，为兄未便劳动妹妹。"

红玉嘴上只说了一句："姊姊却在服侍兄弟，妹子怎好不来服侍哥哥……"

这话未完，早已抢着捶了起来。小梅虽知红玉来路有些不正，但是若再拒绝红玉，红玉难免不造谣言，反而闹出意见。况且瘦春还有大事托她，更不好得罪她的。好在大家都哄在一起，也不怕红玉做出那些不要脸的事出来。

当下又去劝宝山公子道："二小姐既是少爷的妹子，又是此地的主人，少爷只好领领情的了。"

宝山公子也与小梅意见相同，只好一任红玉去捶。

红玉一面捶着，一面又对瘦春说道："姊姊，我看就在这间房里，叫她们来再搭上一张床铺，好让小梅姑娘睡在此地。不管白天晚上，她一倦了，马上好横，哥哥有起事来，也好便当得多。"

瘦春连连点头道："这样很好。"

红玉便命她的丫头、仆妇马上搭起一张铺子。照红玉的意思，还要挂上帐子，小梅连忙止住，方始不挂。

这天，红玉一个人最是起劲，边捶边说，大有那班举子考中头名状元之乐。红玉又主张瘦春担任白天，小梅担任上半夜，她担任后半夜。大家尚未赞成，她又认作已经说妥。

这天晚上，她一去吃过晚饭，就巴巴结结地到房里去睡，以为后半夜既是她的功课，她就好趁此相机行事，虽然也知宝山公子有病在身，不能马上如她之愿，但是一对青年男女，既在一床，总有不少的事情可做。谁知她一上床去，发得誓的，死也不能睡熟。她便起来，好好儿地洗上一个浴，复去重点胭脂，再抹宫粉。那时已是五月底边，她又去换上一身极鲜艳的亮纱衫裤，加上一双大红绣鞋。收拾已毕，自去照照衣镜子，见她虽非月里嫦娥，也像巫山神女。

　　红玉这样地闹了半天，总以为时已不早，正待去到宝山公子房里，偶尔抬头一看，猛见她那壁上所挂的钟上，已经三点钟了，她便忙不迭地自己咕叽道："不好，不好！误事，误事！"哪知她那"事"字刚刚出口，重又去把那钟仔细一瞧。原来她起先看错了，竟把那支长针误作短针，此时方知在三点钟上的乃是长针，短针呢，却还在十点钟，她便暗暗地骂上一句道："这架断命钟、死人钟，怎么今天晚上走得这般慢法起来？"她一个人骂上一会儿，忽又想着，不要这架钟或者走得慢了，也未可知。她忙走去打开一只箱子，拿出一只她平日最心爱的金钱表出来，细细一看，那支短针不是在十点钟上在哪儿呢？她又发恨地把那只表向箱子里使劲地一摔道："今儿晚上，连这只表也和老娘作起对来，真正岂有此理！"

　　她骂完之后，又去照照镜子、掠掠鬓角，东摸西弄地挨上好一会儿。再去把钟一看，只见那支短针还在十点半上，她不禁恨得只在叫天。实在没有办法，只好再到床上去躺。刚刚躺下未久，她又恐怕万一睡失了眠，那还得了？重又扑地坐了起来，走至地上，大似热锅上的蚂蚁，直在房内乱转。

　　这样地又转上了好一会儿，再去看看那钟，还是不到十一点钟。她一想，再像这样子挨命地挨下去，她这个人尚未去会那位楚襄，恐怕早已把她急死过去。她只好还是老老实实地去睡熟一霎，始好挨过这个磨命的辰光。哪知她此次上床一睡，因为她的身子已被她闹得疲倦不过，一到床上，早就沉沉睡熟。

　　等得一觉惊醒，急向钟上一看，这回的短针却真正地已在三点钟上了。她一见果真误事，可怜急得连头也没工夫再去掠，慌慌张张地奔出她的房门。不料一脚刚刚跨出门槛，陡见一条黑影忽然地在她眼前一闪，等她眼睛一眨，那条黑影早已不知去向。

　　不知那条黑影是否红玉的眼花，且听下回分解。

# 第二十回

## 两道剑光略儆私奔红拂
## 一支袖箭难伤出浴杨妃

红玉此时急于要去会她那个一厢情愿的意中人,对于所见的一条黑影,一则认作自己眼花,二则所谓色胆如天,她也不能再顾此等闲事。当下如飞地走至瘦春窗前,急急朝里一望,只见瘦春的那张床上,帐子已经放下,床前端端正正地摆上一双凤头绣鞋,床挡子上搭着瘦春白天所穿的那身衫裙。灯光虽已暗淡,幸有月色照得清楚。

红玉见此情形,知道瘦春已经睡熟,她便放心来到宝山公子的房外。她本知道门是虚掩的,随手轻轻推开,走将进去一看,只见宝山公子的帐子也是垂下,唯有睡得不宁之声。小梅早已横着身子,打着极大的呼声,睡熟在那张棚子上了。

红玉忙又悄悄地蹑足蹑手走至小梅床前,将她脚后的一床单被拿来,把小梅蒙头蒙脸盖得严严密密的,生怕她一醒转来,睁开眼睛就会瞧见宝山公子床上的事情。

红玉既把小梅盖好,又去将灯拨亮一点儿,急忙坐到宝山公子的床沿之上,脱去绣鞋,搴开帐子,悄悄钻了进去。她起先倒还盘膝坐在外床,似乎正经地算替宝山公子捶腿。及见宝山公子面朝里睡,她又赶忙爬了起来,一壁用她的两只臂膊支在床上,一壁先将她那左腿悄悄地跨过宝山公子的身上,方把那只右腿同时跟了进去。她一坐到里床,就见宝山公子蹙着双眉、紧闭双眼地睡熟在那里。她忙俯下身子,凑近宝山公子的脸上仔细一看,只见宝山公子的脸上虽有好些病容,面庞也消瘦了不少,但是他那俊俏的骨格尚存,洁白的皮肤犹在,非第不减他那风流态度,而且更显出一种多愁多病的神情,使人见了,益发平添了不少的怜惜。

红玉此时正在仔仔细细地赏鉴宝山公子的那张病脸,忽见宝山公子陡在梦中迷迷糊糊地喊骨头疼痛,同时忽又把他的身体扑地翻向外床去了。可怜这位红玉令妹,方才吃吃力力地爬到里床未久,宝山公子忽又翻身出去,红玉自然大不乐意。她便索性一不做二不休起来,忙去把宝山公子所盖在身上的那床薄薄棉被轻轻地揭起一看,哪知不看倒也罢了,这一看,只把红玉这人顿时看得心猿意马起来。你道为何?

原来这天傍晚的时候,瘦春和红玉两个都已进去吃饭,宝山公子身边仅有小梅一个。那时小梅仍替宝山公子捶着,倒说陡然之间,忽听宝山公子的被内冷不防地扑的一声,同时闻着一种奇臭不堪的臭味儿,小梅慌忙去问宝山公子道:"少爷可是泻在床上了?"

宝山公子顿时紧蹙眉头,微红其脸地点头道:"是的。"说着,就叫小梅快去呼唤屈福等人进来替他来换小衣。

小梅忙不迭地答道:"小姐再三重托丫头,本是嘱咐丫头来服侍这些事情。少爷病得如此田地,哪能再顾这宗小小过节?少爷且莫动弹,倘一动弹,就要弄得一被窝儿都是。"

小梅嘴上这样说着,手里已经把预备在脚后头的小衣一把取到手中,轻轻地揭开被窝儿,就替宝山公子去换。

宝山公子只好一壁去让小梅替他在换,一壁又忸怩地说道:"照理而论,少爷不应叫你服侍这些肮脏事情,无奈少爷此时身上既痛得百般难熬,而且浑身已像瘫痪,万万不能下床。你能如此忠心,只有等我回去,禀知太太,好好地重谢你了。"

小梅正待答话,不料又见宝山公子忽又扑扑扑的几声,复把刚刚换上的干净小衣弄得一塌糊涂。

小梅自然顾不得先答宝山公子的说话,只是微皱她的双蛾,急对宝山公子说道:"少爷既是连泻不止,我说只好索性不穿小衣,肮脏小衣事小,一睒又脱,一睒又穿,万一再受了凉,那就不是玩的。"

宝山公子此刻也没什么较好的主张,只得也皱着双眉地答道:"只好这样。"

小梅听了,一面忙把肮脏小衣丢至地上,一面又用多数的草纸垫在宝山公子的身下,等得盖好被窝儿之后,始下床去洗手。洗手之后,又把那两条肮脏小衣拾至一旁,以便次日叫人去洗。哪知小梅才离宝山公子一步,宝山公子又在痛得喊出声来。小梅赶忙上床,重替宝山公子去捶。

宝山公子很觉过意不去,又对小梅说道:"少爷叫作实在无法,幸亏你也忠心……"

小梅不待宝山公子说毕,忽然绯红其脸,忸忸怩怩地问宝山公子道:

"小姐没有和少爷提起丫鬟的事情吗？"

宝山公子微微一惊地问道："小姐提你什么事情？她没有和我讲呀！"

小梅仍是好没意思地答道："小姐没有和少爷说，将来总要和少爷说的。"

宝山公子一见小梅这般害臊的神气，略已猜知其事，但怕此时自己一经拒绝小梅，岂不使小梅当场难堪？只好假装喊痛，含糊混过。

后来瘦春吃毕晚饭出来，小梅即将她的办法告知瘦春。

瘦春连点其头道："早该这样，我有一次服侍你们姑爷的毛病，也是这个办法。"

这晚上，小梅和瘦春两个轮流替换去替宝山公子捶着，宝山公子方始略为平静。等得敲过一点钟，宝山公子即催瘦春去睡。瘦春也觉有些不能支撑，叮嘱小梅几句始去。

小梅一个人又替宝山公子敲了半天，及见宝山公子业已睡熟，她才和衣倒在她那床上去睡。所以红玉进来的当口儿，她已睡得糊里糊涂，自然一点儿都不知道。及至红玉偷偷揭开宝山公子的被窝儿，宝山公子也已倦极未醒。

那时红玉一见宝山公子未穿小衣，正想前去抚摩宝山公子下身的当口儿，忽见宝山公子睡得似乎痛不可熬的样子，扑地翻转身来。她只好忙不迭地先将宝山公子盖好，跟手就替宝山公子去捶。

宝山公子此时忽又翻身向里，睁眼一看，见是红玉，不是小梅，不禁一吓道："三更半夜，妹妹怎好来此？"

红玉故意装出羞人答答的样子，以手掩脸道："妹子在那红桃镇上，连赤身露体也被哥哥见过。此刻前来服侍哥哥的病体，有何要紧？"

宝山公子连一接二大摇其头地说道："妹妹既通文墨，难道连守经行权之仪都不懂吗？"说着，又催红玉快快下床。

红玉一见宝山公子一本正经地只在催她下床，她也只好老了脸皮地，扑的一声倒在宝山公子的身旁，一壁呜呜地哭了起来，一壁割肝沥血地向宝山公子说道："妹子阅人多矣，从未见过哥哥这般的人物，务求哥哥一俟病体痊愈，和我轧个知心朋友。"

宝山公子此时一见红玉无端地说出这样话来，本想唤醒小梅，又怕失了红玉的廉耻。若待当面驳她，又知不是三言两语能够使她走的。正在左右为难之际,忽然被他想出一句说话,忙对红玉说道:"结义兄妹,本已不好再做非礼之事,何况妹妹还是我的同胞妹子呢?"

红玉听了,不禁一惊道:"哥哥怎说此话?"

宝山公子急将瘦春、小梅两个疑她是他被拐的妹子之话,简单地告知红玉。红玉却很快地答道:"妹子生长樊家,决不是哥哥的同胞,快快不要拿这个题目前来推却。"

宝山公子一见红玉不肯认账同胞,知道一时无可理喻,正拟呼唤小梅的当口儿,同时陡见两道剑光飞进帐子里来,对准红玉头上只在乱绕。当下也来不及再叫小梅,又怕那两道剑光伤了红玉,万一红玉果是他被拐的妹子,将来如何交代得过他的父母?只好赶忙一壁用手护着红玉,一壁拼了命地大声向外说道:"外面何方来的侠士,快请收去剑光,鄙人和她确是同胞兄妹,她是来服侍鄙人的毛病来的。你这位侠士不可误会,伤了好人……"

宝山公子话虽未完,只见那两道剑光业已往外飞去,同时又听得忽有一个人在屋檐之上说道:"区区就是绰号叫作鸳鸯剑的那个莫本凤,只因曾听郭鸣冈同道说过,屈氏全家都是忠孝之人。今晚偶尔经过此地,特来看看尊驾可有暗室亏心之事。不图方才在此女房外,见她一脸邪气,此刻她又有这般的举动,因此略用剑光警诫警诫她一次。尊驾既说她是同胞,这就不致有那非礼的事情发生了,区区也不必在此多事了。"

那人的一个"了"字尚未离嘴,同时又见有道白光很快地一闪,便没声响。

此时的红玉早被那两道剑光吓得只是紧紧地搂着宝山公子,发抖不止。及见没有声响,始敢坐了起来,一壁揩着她额上的大汗,一壁急向宝山公子说道:"好险呀,好险呀!妹子方才不是哥哥推说是你同胞,妹子的这条小命恐怕早已断送了呢!"

宝山公子忙答道:"妹子怎么还在这样说法?快快不要管它是不是为兄的同胞妹子,赶快就认作为兄的同胞妹子才。不然,这位莫本凤侠士还要来寻你的呢!"

红玉此刻仍是吓得神未归舍,连忙诚诚恳恳地答宝山公子道:"妹子一准认哥哥是同胞哥哥就是。倘若这位侠士再来,哥哥须要仍旧承认才好。"

宝山公子急接口道:"只要妹子从此收去野心,为兄一定保护你便了。"

　　红玉既被这位侠士如此一吓，真的立时立刻归正起来，一则她因自小就堕风尘，自然没有受着良好的教育，因此才有这种举动，并不是一定不能归正的；二则她到底秉着生身父母的天性，骨子本来不坏，此刻马上就肯归正，正是她的根基。至于她的生身父母究竟是谁，下文自有交代，此时暂且不提。

　　单说宝山公子一见红玉一听他的说话，脸上顿时现出一股正气，便知孺子可教，忙又先搴开帐子看看小梅。只见小梅还在蒙头而睡，料定方才的事情，小梅一定未曾知道，便对红玉说道："方才之事，我和妹妹二人大家不必再提，我得要瞒大众。妹妹是聪明人，当然明白我的意思了。"

　　红玉不觉红了脸地答道："妹子一时糊涂，竟在哥哥面前做出这样禽兽的举动出来，万望哥哥替我保全一点儿廉耻。以后再有不好的地方，不必哥哥不认我做妹子，妹子自己也没脸来见哥哥的了。"

　　宝山公子连点其首道："妹妹放心，为兄从来不说假话，何况妹妹之前？妹妹以后只要跟着你姊姊学学做人道理，倒是要紧。"

　　红玉此时既被那两道剑光一吓，又被宝山公子劝上正路，自然也一壁连连称是，一壁想替宝山公子去捶。

　　就在那时，小梅一觉惊醒，赶忙把蒙在她头上的那条单被揭开，一听红玉已在和宝山公子讲话，忙不迭地走至宝山公子床前，搴起帐子，问红玉道："二小姐是什么时候来的？丫头睡得真像死人一般，不但二小姐进来一点儿没有听见，连一床单被也会不知道是几时抓去盖在身上的。"

　　红玉尚未答话，宝山公子先接口对红玉说道："妹妹你也在病中，不可太事劳动。小梅既已睡过一瞌，你快让她来捶，你去睡吧！"

　　红玉便听宝山公子的说话，自回房去。

　　红玉走后，宝山公子真的不将方才之事告知小梅。小梅既未知道此事，当然没有言语。

　　第二天，宝山公子略觉好了一点儿，瘦春、红玉二人都来替换服侍。

　　这天晚饭之后，小梅因见瘦春、红玉两个都在宝山公子身边，她便对瘦春说道："今晚上热得厉害，丫头想去洗个澡就来，免得一身臭汗，熏得少爷难受。"

　　红玉接嘴道："小梅姑娘，你要洗澡赶快到我房里去，我刚才洗过来的，恐怕那只澡盆，她们还没有收拾开去呢！"

小梅听了道："这么丫头就去趁个现成去。"说着，匆匆而去。

这里瘦春和红玉两个仍是替换着在替宝山公子捶着。直过好久，瘦春见小梅还没有来，便笑向红玉道："小梅这个东西，这两天你哥哥这里真的亏她。你瞧她这个死人澡，洗了这样的大半天还没有来，她的身上可见脏得不像样儿了呢！"

红玉正待答言，陡然听得她的房内似乎有人在争斗的声音，跟着又听见小梅在大喊道："你们快来，你们快来呀！我拿住一个刺客了。"

宝山公子此时也已听见，忙叫瘦春、红玉二人快去看来的是什么刺客。谁知瘦春、红玉二人还没有走近红玉房门，已见小梅寸丝不着地嘴上咬着一支袖箭，双手在把一个形似卖解的女子死命在拖，像个要把那个女子拖到宝山公子房里去的样儿。

红玉一见真有刺客，早已吓得呆立不动。

瘦春虽也胆小，因见那个刺客一壁拼命挣扎，一壁只想逃走，足见本领不及小梅，方敢远远地问小梅道："她就是刺客吗？你可受着伤没有？"

小梅摇摇头，仍在拖那刺客。

瘦春又问道："你可是要把这个刺客拖到少爷那儿去吗？"

小梅又点点头。

瘦春又说道："这么你得穿上衣服，这样光着身子，怎么好到少爷那儿去呀？"

小梅一被瘦春提醒，方知自己还是光着身子，但因手抓着那个刺客，不能放手去穿衣服。正在心上打算之际，忽见西厢房的门角里藏藏掩掩地似有几个人在那儿偷看她们这里。

不知那几个人是否这个刺客的党羽，且听下回分解。

# 第二十一回

## 知尽孝托妹寻亲
## 欲酬恩逼兄纳妾

小梅一见西厢房的门角里有人在偷看她们那里，便把她嘴上咬着的那支袖箭用力一甩，摔得老远，跟着就大声喝道："你们不要命的都来，老娘不惧你们人多！"

哪知那几个人一被小梅一喝，都忙钻了出来。小梅仔细一瞧，原来并非别人，都是红玉身边的几个丫鬟。

小梅忙对她们说道："你们何必这样胆小？快来替我穿上衣服，好让我把这个大胆的东西，请我们少爷发落去。"

可怜那几个丫鬟躲在门角里，已经吓得不成人形，怎么还有胆子走近刺客身边来替小梅穿衣？

红玉自己虽也和她的那班贵婢一般胆小，都在一旁说着现成话道："人家这样地抓着刺客却不害怕，仅叫你们这班东西替她穿穿衣服，你们都没胆子，还好算是人吗？"

那几个丫鬟一见主人发话，只好闷声不响，走一步退两步地去将小梅的衣裤取至，躲在小梅背后，慌里慌张地替小梅穿好，便去收拾澡盆去了。

小梅一等穿好，即把那个刺客横拖直拽地拖到宝山公子房里。

其时宝山公子正想挣扎下床，一见小梅已把刺客拖至，又见瘦春、红玉二人离得远远地也跟了进去，便对小梅说道："她身上可还有凶器？你须小心防着，不要伤了二位小姐。"

小梅一面答道："丫头在这里，少爷尽管放心。"一面又叫瘦春快寻几根捆行李的绳子给她。

瘦春听了，忙去寻了几根绳子，远远地抛与小梅。小梅就结结实实地把那刺客捆了起来，顺脚一踢，先将那个刺客踢倒地上，始对宝山公子说道："丫头刚巧洗完，正在想去穿衣服的当口儿，不防这个胆大的东西，她躲在屋檐之上，陡地送进一支袖箭。"

小梅说至此地,红玉的一个丫鬟可巧把摔在地上的那支袖箭送了进来。小梅接来放在桌上,一面叫那丫鬟退去,一面又对宝山公子说道:"就是这支东西。"

宝山公子忙问道:"你没有受伤吗?"

小梅摇头道:"丫头只有对于这个袖箭还有一点儿把握,因此没有受伤。"

宝山公子听了,便去问那个刺客道:"我们和你无仇无冤,你为什么事情要来行刺?"

那个刺客就在地上答道:"我和你们原是无仇无冤,只因我有一个名叫田大侉子的朋友,他本是打箭炉那里的老百姓,不料在前年冬天的时候,他的全家老小都被高从龙那个老贼用了大炮轰死。他既家破人亡,只好也去做了土匪,每想报仇,又没机会。上个月在红桃镇上,业已把高家媳妇劫到手里的了,不知怎么一来,无端地来了一道剑光,竟把他们吓走。一时心有不甘,特地托我前来收拾高家媳妇。哪知我也太觉马虎些,竟把你们的这个丫头当作高家媳妇。我的本事又不及她,既被你们捉住,要杀要剐,悉听尊便。但我死后,自然有人前来替我复仇的。"

红玉不待宝山公子答那刺客之话,急岔口对宝山公子说道:"哥哥,她既是那班土匪的党羽,赶快把她砍了再说。"

宝山公子也不接腔,又对那个刺客说道:"就算高师长误伤了老百姓,又与他的少奶奶何干?你既有此一身本事,何必代人牺牲性命?好在高少奶奶安然无恙,你只要肯就此改邪为正,我可以做主免你一死。"

那个刺客答道:"我们江湖上的人最讲义气,若是投顺敌方,便为众人不齿。况且我的年纪虽轻,江湖上也有一点儿小小的名气,万万不能投顺你们。"

小梅便去问她道:"你叫什么名字?何处人氏?我瞧你的箭法很像方氏一派。"

那个刺客盯了小梅一眼道:"你要问老娘的名字吗?老娘向来是行不改名,坐不改姓的。老娘就是方一箭的徒孙,龙泉驿的董珊枝便是。"

小梅大吃一惊道:"这么你岂不是我那天赐姑父的女儿吗?"

董珊枝也吃惊道:"你莫非就是我们寿康娘舅的女儿,小名叫作三娃子的那位表姊吗?"

小梅听了,早已挂着眼泪地连连点首道:"我正是三娃子。"

董珊枝未及答言，宝山公子忙对小梅说道："她既是你的姑表姊妹，你先把她解了绳子再谈。"

小梅听了，忙把董珊枝放了起来。

红玉见小梅替那董珊枝去解绳子的当口儿，她已躲到宝山公子床上。

瘦春忙对红玉说道："姓董的既是小梅的表妹，你又何必吓得如此？"

红玉仍是有些抖索索地答道："妹子素来胆小。"边说，边又去对宝山公子说道："哥哥可叫小梅快快领她出去讲话。"

宝山公子也劝红玉勿吓。

此时小梅已把董珊枝带到宝山公子、瘦春、红玉三个跟前，对她说道："这三位就是我的主子，你快叩见。"

董珊枝一面叩见他们姊妹三个，一面又向红玉求恕道："珊枝没有打听明白，就来惊动小姐，真是该死！"

红玉一见董珊枝已在向她赔罪，方始大着胆子地答道："只要我们哥哥肯赦你，我自然听我们哥哥的说话。"

小梅也向红玉打过招呼，把董珊枝领到一边，把她自入屈府为婢起，直至入川止，前后之事，简括地说与董珊枝听了。

董珊枝听毕，忙把眼圈儿一红道："我们爹娘已经过世多年，寿康舅父自从充发极边，至今也没信息，我们两家真可谓六亲同运的了。"

小梅忙问道："你既在江湖上走走，难道一点儿没有听见我爹爹的信息吗？照这样说来，我爹爹定已凶多吉少的了！"

小梅的那个"了"字尚未离嘴，已掩面痛哭起来。宝山公子急叫瘦春劝住小梅。

小梅忽向瘦春扑的一声跪下道："小姐，丫头有桩事情，要求小姐和少爷答应丫头。"

瘦春急把小梅扶起道："你有什么事情？只要我和少爷力量所及，岂有不肯答应的道理？"

小梅垂泪道："丫头现要伺候少爷和二位小姐，自然不能分身去找我那爹爹，丫头想托珊枝表妹去到边地走他一趟，打听我爹爹的消息。"

瘦春不待小梅说完，忙接口道："这是你的孝心，我们很是赞成。不过你们爹爹是个遇赦不赦的重犯，须得先从部里去设法才好。依我之意，你且暂时忍耐一下，一等我们回去，就请老爷办理你的事情。你看怎样？"

红玉也对小梅说道："大小姐的办法不错，你们二姑爷在北京很有几个朋友,我也可以叫他替你帮同办理这件事情。"

珊枝也说道:"姊姊的事情就是妹妹的事情,二位小姐的说话极是,我一个人去到边地,就是找见舅父,又不能够同他回来,也是枉然。况且我知道我那姓田的朋友已与蛮子联络,不久就要去攻打打箭炉。你的主子就是我的主子一样,事情要分缓急,我现在应该先顾着这里。"

宝山公子急把小梅叫至床前道:"土匪既与蛮子联络一气,这件事情却非儿戏,我和小姐一等姑爷回来,就要到打箭炉去的。况且二小姐的公公也是你的主子,你只有先顾这边,再办你的事情。"

小梅这人本能分别轻重,又见她的少爷这般地倚重她,当下便含泪答道:"少爷、小姐这里既有事情,丫头自然先顾这里。只求少爷一等这里事了,总得把我爹爹设法生还,丫头死也不敢忘记少爷的大恩。"

宝山公子忙点头道:"你放心,不要说这回出门全靠你一个人,你该知道,太太何等爱你,岂有不把你的事情放在心上?"

宝山公子说完这话,忙又去问董珊枝道:"高师长乃是国家的官吏,那些土匪怎么可以因为一点儿私怨,贸然攻打城池? 你能前去阻住他们吗?他们只要肯听我劝,我可以设法使这里的官府把他们招安就是。"

董珊枝摇头道:"他们那里,现在已经集合了一万多人,再加上那些蛮子,至少也有两三万的人数。他们既下这个决心,断非我一个人可以口舌争得过来的。少爷须得赶紧通知这里的官府,早为预备援兵才好。"

红玉忙问道:"高师长可知道此事?"

董珊枝又摇摇头道:"他们很是秘密,高师长未必会知道。"

红玉听了,便发急地问宝山公子道:"哥哥,这件事情怎样办法呢?"

宝山公子沉思了一会儿道:"那里既有一师人,暂时谅也无碍。"

红玉听了,又去对小梅说道:"你们这个表妹,既知那边的内容,最好叫她快快回去打探信息,随时报告我们。"

宝山公子连点其头道:"能够如此最好。"

董珊枝接口道:"珊枝也想这样,打算明天就走。"

大家同声道:"准定这样,倘一耽搁日子,那边便起疑心,这件事情大有进出。"

小梅因见董珊枝明天就要走的,急把她拉到一边,前去问长问短去了。

瘦春便问宝山公子道:"兄弟,你今儿晚上太劳了神了,此刻身上怎样？"

宝山公子皱眉道："兄弟起先忽被这件事情一闹，倒说竟把我的痛也忘了。此时一被姊姊提醒，身上仍觉有些疼痛。"

瘦春一面便叫红玉去睡，一面自己坐上床去，已替宝山公子捶了起来。红玉哪里肯走？只在宝山公子的身边坐着，以备替换瘦春。

红玉坐了一会儿，忽把她的脑袋凑到宝山公子枕畔，轻轻地说道："哥哥，我们三姊妹，此次全靠小梅一个，况且她又赤胆忠心，这样不避嫌疑地服侍哥哥过了。妹子的意思，要劝哥哥就收了她的房吧！"

瘦春恐怕宝山公子一口回绝，这事便难转圜，忙接口道："这事不必着急，得回去禀知两位老的，以及你那两个嫂子……"

宝山公子不待瘦春说完，已在大摇其头道："这句说话，你们两个便是妇女之见了，在你们的意思，以为小梅贴身服侍过我，便不能再嫁别个。殊不知我若收了她的房，那才坐实了这个嫌疑，此其一；小梅对于我们三个自然很有功劳，有功劳的人只该敬重她，不该辱没她，她本来又是一位武官的小姐，如何可以将她屈作妾媵，此其二；我在日本的时候，一有毛病就进医院，那家医院看护病人的都是女子，倘若因为一经服侍病人，便要嫁这病人，天下断无此理，此其三；我这个人，功未成，名未就，一娶已经两个，又非纳妾年龄，此其四……"

宝山公子还待再说，瘦春素知宝山公子为人大有父风，倘一发了迂性，就是把那快刀搁在他的项上，也不相干，所以一任他说，不敢驳他。独有这位红玉，她既不知宝山公子的性情，自己又急于要报小梅的大恩，便去驳宝山公子道："哥哥，你快莫要说个不了，妹子最不爱听这些迂腐腾腾的说话。"

瘦春忙向红玉做上一个手势，叫她讲得轻些，不要被小梅听见了去，万一心灰起来，那就不妙。红玉已经性起，说话自然重了一些，及见瘦春关照，慌忙回过头去，偷眼看看小梅。只见小梅却和董珊枝两个讲得正在起劲，哪有工夫去听她们那里的说话？当下便放轻了喉咙，又向宝山公子说道："哥哥既在讲理，妹子先请教哥哥一句说话。古人有两句老话，叫作'士为知己死，女为悦己容'，这是怎样讲法的？"

宝山公子听了，摇着头道："知己可死，不在乎嫁，悦己可容，又当别论。"

红玉又说道："小梅虽是哥哥的丫头，若照正理而论，做主子的也不能强逼这样的一个大丫头不避嫌疑地服侍病体,她既情情愿愿这样地服侍哥哥,她自然心里也有主见。哥哥在病中的时候,既叫她这样地服侍,等得病好,也得替她设身处地地想想,不要委屈人家,辜负人家的好心。一个女子自然以名节为重,我们自己人,岂有不知哥哥和小梅两个的为人,但是旁人不知底细。试问小梅再嫁何人?哥哥就不为酬恩计,良心上也要讲得过去才好的呢!"

宝山公子因见红玉只是偏于小梅一边说话,不在大处着想。又因自己身子疲倦,不能多说,只好向红玉一笑道:"妹子劝为兄的说话,无论是否在理,总之一句,都是好心。这件事情,就算为兄可以答应,也得我那二老做主。此刻不必提它,且俟回去再讲。"

红玉一听宝山公子的口风已松,心里不觉大喜,便对宝山公子笑着道:"哥哥既已答应,妹子也就放心。"

宝山公子便叫红玉去睡。红玉也觉有些困倦,即回房去。

小梅一见红玉已走,始知时候不早,忙至宝山公子的床前,对瘦春说道:"丫头今天忽然遇着我们这个表妹,问长问短,不觉说话就多。小姐快去睡吧!"

瘦春指着董珊枝对小梅说道:"她明儿就要走的,我看就叫她跟我进去,随便睡一宵吧!"

小梅听了,便叫董珊枝跟着瘦春进去。董珊枝即把桌上的那支袖箭取至怀内,真的随着瘦春进去。

第二天大早,大家都到宝山公子房里。宝山公子便吩咐董珊枝几句说话,董珊枝即向大家辞别而去。

董珊枝走了未久,红玉的管家送进一份电报。红玉接到手中一看,见是她公公打给她的。

不知此电究为什么事情,且听下回分解。

# 第二十二回

## 棋高一着恶贼遇元凶
## 计出万全蛮兵联巨匪

红玉急去译出一看，只见上面写着是：

电禀悉，尔此次回家，沿途既受屈氏全家大恩，既与屈世兄、屈小姐认为姊妹，甚慰，大恩不谢，予已另有办法。尔可伴同屈氏主婢，速行来此，此间土匪蠢动，经予迎头痛击，现已他窜。但据密探报称，彼辈与予，结怨甚深，似有大举。

新都史华月小姐为予寄女，彼谙技击，且知此间地理，尔亦约同前来，为予臂助。

何日起程，先行电知，以便派兵沿途接尔也。

屈府诸人先为致意，容后面谈。

予与尔姑身体尚健，尔夫日前来禀，在京亦安，毋须记念。

龙印

红玉看毕，即把电报递与宝山公子去看。

宝山公子看了道："照此电的口气，土匪那边即有举动，尚需时日。再等几天，我一能够下床，我们马上动身就是。"

红玉道："这么妹子明后天就去拜望史小姐一趟，请她先行预备起来，我们说走就要走的。"

宝山公子点头道："好在这里到新都县只有四十里，当天可以打来回的。"

宝山公子说完这话，又对瘦春说道："姊夫早晚回来，姊夫回来的时候，姊姊万万不可因为花了这笔款子，再说埋怨姊夫，这件事情倒也不能怪他。"

瘦春听了，心里自然异常感激，嘴上单说道："这么兄弟快快养病，等他回来，我们就好动身。但愿土匪那边既被高伯父击散，不敢再与官兵为难，那就一天之喜。"

宝山公子点点头道："兄弟也是这个希望。"

哪知没有几天，宝山公子的毛病仅仅乎好了一小半。彭藩台忽然派人前来，说有要紧公事商量，屈少爷可以过去就请马上过去，不能过去，他们大人自己过来。

宝山公子听说，便对瘦春说道："彭年伯和我有什么要紧公事商量呀？难道又是姊夫的事情不成？"边说，边想挣扎下床。

瘦春忙阻止道："兄弟病得这般模样，怎么可以前去？你姊夫身在匪窟，总不至于再闯什么乱子，或者彭年伯为了地方上的公事，要和兄弟斟酌斟酌也未可知。既非我们的事情，只好回复彭年伯一声的了。"

宝山公子摇手道："彭年伯明知兄弟有病，必是一桩万分要紧的公事，无论怎样，兄弟只好去走一趟。"说着，即命小梅扶他下床。

瘦春因见阻止宝山公子不住，心里也在惦记驾雄之事，只好和红玉二人去替宝山公子揩脸的揩脸，穿衣的穿衣。忙了一阵，已把宝山公子打扮舒齐，即命屈福等五个人一起服侍少爷前去。

等得宝山公子到了藩台衙门，彭藩台一见宝山公子满脸病容，大不如头一回见面时候的丰采，忙太息道："老侄的贵恙既未痊愈，这么何不让老朽到老侄那儿去谈的呢？"说着，就请宝山公子横在炕上，不必拘礼。

宝山公子勉强撑持坐着道："小侄尚可支持，不知年伯有何公事吩咐？"

彭藩台听了，又把他的手向宝山公子一挡道："老侄，我和你是自己人，我的说话又长，不是三言两语了事的。你快替我躺下，我们方好长谈。"

宝山公子本也不能长坐，只好老实歪在炕上。

彭藩台方才皱着眉头地对宝山公子说道："这桩事情，令姊丈做人，却有一些不是了。"

宝山公子忙答道："家父、家母对于瘦春家姊本和亲生一样，花了这笔款子来赎女婿，并不觉得怎样。"

彭藩台又摸着胡须，摇着脑袋道："老朽并非指此。方才得了一个信息……"

彭藩台说到此地，即命家人统统退下，始接说道："华阳县赵令刚才前来禀见,他说倪慕迁本是川省的一位名画家,他为慕他的艺术,因此交了朋友。到了后来,才知道这个倪慕迁简直是个大大的坏人。他说令姊丈不该去和此人共事,现在竟弄得如此下场。"

宝山公子吃惊道:"难道倪慕迁将这笔款子拐走了不成吗?这样家姊丈身陷匪窟,又不能回来了,如何是好?"

彭藩台又说道:"老侄且勿着急,令姊丈本来没有被匪劫去。"

宝山公子吃惊道:"怎么?难道家姊丈竟和姓倪的串通,要骗我们这笔款子不成?"

彭藩台又长吁一声道:"令姊丈的初意,诚如尊论,要想和姓倪的平分这笔款子。现在却弄得便宜了姓倪的一个人了。"

宝山公子一听范驾雄真会做出这样没有天良的事情出来,一想银子事小,他那瘦春姊姊将来如何跟他做人事大,不禁凄然不乐起来。

彭藩台不知宝山公子的意思,忙劝慰道:"老侄切莫伤感,这笔银子,譬如付了那班土匪,倒也不生问题。老朽急于要把此事告知老侄的意思,乃是一则请老侄以后留意此人就是;二则要请老侄千万关照他,不要四处再去找那姓倪的了。倘若姓倪的一把此事张扬出来,姓倪的本已远走高飞,没处捉他的了,此事倘被制军知道,或是京中的御史所闻,老朽便有通同作弊之罪。老朽与尊大人本是同年至好,令姊丈既出事情,老朽如何可以袖手不管?那笔公款自然不能随便报销,老朽颇费踌躇,设法为之弥补,这个干系,至今犹在肩上。

"谁知令姊丈真也荒唐,倒说一奉解饷的公事,便去和姓倪的商量,他们商量的结果是,一到半路之上,假说公款被匪劫去,身陷匪窟,还要十万洋钱赎他。这人当时除把公款提出十成之三分给押饷的兵士,以掩众人之口,其余款子都交姓倪的收着,要等府上款子到来,令姊丈方能出面。不料姓倪的还要比令姊丈恶毒万倍,他一等老朽把那款子交给他之后,他就一面假装携款去到匪窟赎令姊丈,一面又将全眷搬得不知去向。

"令姊丈现也知道姓倪的在逃,只在四处地找寻,后来有人说姓倪的现在躲在打箭炉地方。如果令姊丈再去找他,他就一面宣布此事,一面去做土匪。

"这件事情,赵令起初本也不知,后来有个押饷的兵士是赵令如夫人的兄弟,便把此事始末告知他的姊姊,他的姊姊直到现在才对赵令说了。赵令原是老朽一手提拔之人,自然急来秘密禀知。老朽哪知赵令刚刚走后,老朽果接到令姊丈由打箭炉发来一份电报,说是已出匪窟,正拟在打箭炉养病,不料土匪联合蛮子,已把打箭炉围得水泄不通,乞派大兵援救等语。制军那儿也已接到高师长的告急电报,因为省中一时没有知兵大员,老朽就想到老侄身上。现与制军商妥,要请老侄以行营营务处兼剿匪总司令的名义,统率一师人马,前往剿匪。老朽还知道老侄是炮科出身,复请制军加派一团炮兵。老侄虽在病中,然为国家计,为高师长计,为令姊丈计,万万不可推却。"

宝山公子一直听至此处,始答彭藩台道:"家姊丈做事荒唐,既负年伯的栽培,又负家父、家母的成全,自然很是错的。但是家母心爱瘦春家姊,犹同性命一般,倘若一知此事,银钱面上倒还在次,一定要愁家姊遇人不淑,岂不要将家母急死? 务求年伯瞒过此事,小侄也不告知家姊,免得使她不安。将来只要关照家姊丈一声,大家瞒过此事,便没问题。至于年伯恐怕家姊丈再去找寻姓倪的,以致闹出事来,小侄一等此地事了,本要把家姊丈约同回去,年伯可以放心。唯有年伯保举小侄剿匪一事,并非小侄不受抬举,实因小侄既无学问,又少经验,万一贻误军事,小侄一身固不足惜,岂不连累年伯……"

彭藩台听了,不待宝山公子说毕,即接嘴道:"老侄对于令姊丈的办法,真觉面面周到,老朽反而见不及此,岂非笑话? 即此一端而论,老侄此次出兵,必能胜任愉快,千万再勿客气。否则老朽拍电给尊大人去,也要逼着老侄答应的。"

宝山公子一见彭藩台这般发急,只得承认下来。

彭藩台送走宝山公子之后,一面即请制军去下公事,一面又筹出一笔特别军饷,好使宝山公子放手做事。

宝山公子回转高寓,瘦春等人替他卸去衣冠,睡到床上之后,始问什么公事这般要紧。

宝山公子果然瞒起倪慕迁吞款一事,单对瘦春说道:"姊夫业已出险,因在打箭炉将养,又被土匪围困,现有电报给彭年伯,要求救兵。彭年伯保举兄弟以行营营务处兼剿匪总司令名义,统率一师人马,前往剿匪。兄弟业已答应下来。"

瘦春听了,大为踌躇道:"他和高伯父既被土匪围困,自然很是危险,兄弟又在病中,怎能担任此事? 这倒叫我有些左右为难了。"

宝山公子急答道:"姊姊不必再顾兄弟,兄弟此来,本是为的姊夫这人。况且高伯父也在那儿，兄弟为公为私，自然不能再管这个毛病。此刻兄弟最要紧的事情是，应否电禀二老，倒要请姊姊替我好好地想一想。"

瘦春、小梅两个同声接口道："这事万万不能使家里知道。"

瘦春又单独说道："爹爹倒还罢了，倘给母亲知道，兄弟带病前去出兵打仗，那不把她急死？"

瘦春说到这句，忽又自怨自艾地说道："说来说去，总要怪我们这个闯祸坏不好，害得大家为他一个人受罪。"

宝山公子一见瘦春又在过意不去，忙对瘦春说道："姊姊不必再说这些已过之事，还是快快关照屈福等人预备行李，我们三两天之中就要起身的呢！"

红玉接嘴道："这么快让妹子派人去请史小姐去。"

宝山公子点点头。

小梅也说道："这样说来，珊枝的说话倒是实确的。"

宝山公子答道："我正为有她在那里，我们能够知道土匪的内情，不然我还不敢一定担任此事。"

瘦春一见一定要走的了，只好忙去照顾屈福等人收拾行李去了。

第二天，制台那里已把委札送来，跟着那些师、旅、团长都来拜见宝山公子，请示出发日期。宝山公子即定三天之后起身，等得史华月一到，就率人马浩浩荡荡地直向打箭炉进发。

第一天住宿，自有头站的办差人员已将宝山公子、瘦春、小梅、红玉、华月几个人的卧房预备舒齐，当下瘦春主张她和红玉、华月三个住在一房，宝山公子那里，仍叫小梅前去侍候。

小梅微红其脸地说道："少爷为行军主将，和一个女人住在一起，传了出去，恐怕不大好吧！"

红玉不待众人接腔，急把小梅拉至一边，告知小梅，说是宝山公子业已答应收她做妾，叫她不必再避什么嫌疑。小梅听了，更加忸怩起来道："丫头是为少爷的军纪起见，丫头究是一个下人，哪里再好顾我？"

红玉又说道："少爷病体未愈，谁不知道？王道不知人情，何致有人说话？"

瘦春也怕小梅因为出门人多，不肯前去服侍宝山公子，也去悄悄地和小梅说上一会儿。小梅听完，只得去到宝山公子那儿，照旧服侍。谁知宝山公子因为连日劳碌，病又加剧，若非小梅前去照旧服侍，几乎不能起身。

这样地走了约莫有半个月,已据探子报告,说是高师长那儿已很危险,蛮子的首领统率两万五千蛮兵,联合匪首高大麻子、田大侉子,也有一万五千悍匪,险将高师长的阵地攻破。幸亏高师长死命守着,但也只有十天八天可以支持的了。

宝山公子即命探子退去,拿出军用地图,细细看了一会儿,便将炮团团长请至,秘密和他计议一会儿。

炮团团长立刻欣然而去,自去办理。

这里宝山公子始将瘦春、红玉、华月请到他的房内道:"方才探子的报告,你们都知道了吗?"

红玉先答道:"妹子一听这种危险信息,早把妹子急得要命。"边说,边问宝山公子怎样办法。

宝山公子却很镇定地答道:"妹子放心,为兄既已担任此事,倘没一点儿小小的把握,岂不误了伯父和姊夫那里?"说着,又轻轻地说道,"我已布置妥当,若无意外之事,第一条计策,或者有些效验,也未可知。蛮子和土匪尽管以为他们联合起来是个万全之计,在我看来,正是大大的一个弱点。"

瘦春只知宝山公子平日的做人,却未知道宝山公子的军事学识,又因眼见宝山公子在红桃镇,一见几个土匪进来,已经吓得躲在一边。当下便问道:"兄弟,你真有把握吗? 你们姊夫以及高伯父的全师人众都交给你一个人了呢!"

宝山公子微笑道:"姊姊尽管放心,姊姊此刻的心理,必定以为我们十天八天赶不到那里的,一定误事。可是兄弟却有别种办法。"

宝山公子说至这句,忽然连喊两声"哎哟哎哟",边喊,边已倒在床上去了。

此时小梅可巧出去熬药,不在宝山公子身边。瘦春只好不顾华月在侧,急去替宝山公子捶着。

红玉只发急地说道:"哥哥这样痛法,明天怎能上路?"

宝山公子连摇其手道:"妹妹不必着急,为兄无论如何痛法,明天哪好不走?"

红玉听了,也去帮同瘦春捶着。华月到底客气,她便托故出去。哪知第二天,宝山公子虽是痛得无法可熬,仍旧忍痛前进。

又走几天,红玉不知在哪里听了一个坏信,只去对着宝山公子蛮哭。

不知红玉究竟听了怎样一个坏信,且听下回分解。

# 第二十三回

# 取火攻宝山初用兵
# 断水道华月陈奇计

红玉不知在哪里听了一个坏信,只向宝山公子蛮哭。瘦春、华月、小梅三个也被红玉吓得要死,急问红玉听见了什么消息。

红玉见问,始带哭说道:"刚才文占标来说,有几个逃难的老百姓对他说,他们临走之际,看见前面几处都是一片火光,但不知还是高师长那面,还是蛮子和土匪那面。总之这一场大火,至少总得烧死几千人呢!老百姓既是如此说法,我们公公那里乃是被困的阵地,凡有不幸之事,想来总在我们公公那面。"

宝山公子听说,顿时现出很高兴的神情对红玉说道:"妹妹不可瞎听谣言,战地里的火光乃极平常之事,何以一定知道伯父那面有了不幸之事的呢? 照为兄说来,难道土匪那面不作兴有不幸的事情吗?"

瘦春、华月两个瞧见宝山公子仍是很觉镇定,便问宝山公子道:"行军之事,应该严守秘密。现在我们此地没有一个外人,你那葫芦里究竟是卖的什么药,也得告诉我们一声,好让我们放心。"

宝山公子皱着眉头一笑道:"兄弟是个病鬼,葫芦里果有什么妙药,兄弟也不至于痛得这般田地的了。"

小梅一见瘦春、华月两个只在盯着问她少爷,又见她的少爷只在说些不要紧的闲话,便知她的少爷内中必有道理,当下即对瘦春说道:"小姐,少爷既叫小姐放心,丫头说,小姐只管放心就是。你瞧,丫头从来不问少爷这些说话。"

瘦春却盯了小梅一眼道:"你的男……"瘦春刚刚说出一个"男"字,陡觉这句说话太觉不雅,慌忙又把话头缩住,改说道:"你是懂得武艺的,自然不大害怕。我是一支针戳破指头已经吓得要死的了。"

此时宝山公子仍是痛得十分厉害,大家只好停住说话。

第二天一早,照旧进发,没有几时,大军已经将近阵地。这天营盘尚未扎定,就见那个炮团团长急来禀见宝山公子。哪知宝山公子那时正在痛得不可开交,只好请华月同了小梅两个代表接见。等得华月、小梅两个回进里面,宝山公子却忍着痛地劈口问道:"土匪那面烧死多少?"

华月先笑答道:"这把火,土匪和蛮子真的死了七八千。"

小梅也对瘦春、红玉笑道:"丫头本说请两位小姐不要害怕,是不是?土匪那面经了这场大火,他们的气焰已经馁了不少了。"

瘦春笑怪宝山公子道:"兄弟,你的嘴真紧呀!"

宝山公子微蹙其额地笑道:"姊姊不能怪兄弟嘴紧,因为行军之事全在一个秘密,兄弟若把这种秘密告知你们,你们虽然替我守着秘密,但是神色之间,多少总得露些出来。你们总以为我们的军队都是自己人,给他们知道,也不要紧,殊不知我们的军队之中,至少也有几个土匪的探子在内。"

瘦春、红玉两个一吓道:"怎么我们的军队里竟有匪探吗?"

华月连点其头道:"屈公子真是一位主将之才,真正防得不错。不过现在已是过后之事,可以把这个计策说与我们听听的了。"

宝山公子方始说道:"我那天一听那个探子报告,说是高师长那面只有十天八天可以支持的了。我当时一想,我们的军队十天八天之中万万不能赶到阵地,即使兼程前进,就算赶到,以这班远行疲乏的军队去挡那些土匪和蛮子,也是于事无济。我便细细看了地图,算定土匪和蛮子个个都是打着胜仗的骄兵,大凡有骄气的队伍,他们只顾敌方那面,不防自己这面,因为料定敌方固守阵地总来不及,哪里还有偷营劫寨的工夫?这是普通的道理。土匪和蛮子究竟也是一个普通的人类,再加上既是乌合之众,蛮匪合并,命令不能统一。我就趁此机会,急令我们炮团由小路连夜前进,趁那土匪和蛮子只顾前方的当口儿,纵起一把大火,烧他们一个不防。土匪和蛮子虽然自恃人数众多、地理熟悉,但是子弹枪械到底不及官兵,他们要避炮火,无不躲在深林岩穴之中。那深林岩穴不怕,现在还是初秋天气,只要一着了火,顷刻就会延烧起来的。我又命炮团团长,一俟火起,乘他们人心慌乱之际,赶紧冲锋过去。这场战争,只怕这火不能烧着,便没指望;倘一烧着,我们这面便可以一当百,那面尽管人多,断无还手之力,仅不过仗着地理熟悉,各逃性命罢了。现在炮团团长的报告,还在史小姐和我们小梅的肚里,我却一字未曾入耳。不过以我揣度,土匪和蛮子只死七八千,还是他们熟悉地理的便宜之处呢!"

141

大家一听宝山公子这般说法，方知行军主将的确要有特别才能，方可当此重任。

瘦春既见宝山公子有此本领，心里自然更加高兴，当下却去笑问宝山公子道："兄弟，你既具此运筹帷幄的本事，何以在那红桃镇上，只见几个土匪，便会吓得不成人形的呢？"

宝山公子此时既见军事占了胜利，连他的疼痛也会好了不少，当下也笑答瘦春道："姊姊只知其一，不知其二，兄弟在那红桃镇上，既未预备调度兵士，又没有小梅的武艺，与其去白白地牺牲性命，于事毫无益处，不如躲在墙下，避过子弹的射击。我那时也知小梅一个人对付几十个土匪绰有余裕，又知小梅的放枪绝不会像那班土匪随便瞎来的，只要开头打死几个，那班土匪自然气馁，不敢前进。我在当时的时候，还以为小梅一定要和他们大打一阵，并不知道他们目的不在我们，一被小梅打死几个，早已逃之夭夭的了。"

华月不知此事，忙去问红玉道："嫂子，那班土匪的目的，是为谁呀？"

红玉一被华月这般一问，顿时通红其脸，忸忸怩怩地答不出来。

瘦春接口对华月说道："那班土匪的目的，只在银钱，我们那十几担南货之中虽有不少的洋钱。可是那班土匪并不知道南货担里藏有洋钱，闹了一阵，空手而去，还白送掉十几条性命。"

华月听了，自然相信不疑，便又去向小梅说道："小梅姑娘，你有这等本领，我倒瞧你不出。且俟几时空的时候，我得请教请教。"

小梅连谦逊道："丫头本来不懂什么，不过仅恃几斤蛮力。红桃镇上的事情，一则也是那班土匪的晦气，二则也是丫头的侥幸，史小姐竟因此要和丫头比试起来，真是用那月亮比起萤火虫来了。"

华月又与小梅客气几句。宝山公子正待说话，忽见有人禀报进来，说是师、旅、团长要进来和他说话。

原来此地已离阵地不远，宝山公子住的乃是行军帐篷，瘦春、红玉、华月、小梅等人自然只好与宝山公子住在一起。此时宝山公子的痛已经好了一点儿，赶忙坐了起来，即将那班师、旅、团长一齐请进。那班师、旅、团长进来，先向宝山公子行了军礼。

宝山公子便指着瘦春对大家说道："这是家姊。"又指着红玉、华月对大家说道，"一位是高师长的少奶奶、一位是高师长的寄女小姐。"

宝山公子说完，大家便与瘦春等人分别行礼。行礼之后，大家随意坐下。

那个师长先向宝山公子恭维道："总司令的这一把火真是痛快之至，现在土匪和蛮子已经死了十之三四，我们何不连夜前进，再打他们一个措手不及！"

宝山公子也客气道："兄弟本在病中，我们那位彭年伯他一定要把一只狗捉来耕田。幸亏各位都是久经战阵的宿将，兄弟不过担任一个虚名而已。"

大家又客气道："总司令如此虚怀接物，足见胸中早有成算。我见大家有了这位司令，真个便宜不少。"

宝山公子又说道："兄弟的理想，那班土匪和蛮子虽被我们这边的一把火烧得受了一个打击，但是他们的人数究竟还比我们多上一倍，与其此刻前进去和他们凭着实力去打，不如找个较巧的法子，似觉事半功倍。"

有位旅长说道："不过这个巧妙法子，恐怕一时不容易找。"

宝山公子微点其头道："尊论固是不错，但是兄弟料定，那班土匪和蛮子今天晚上必定仍旧集合，大概不待天明，他们一定要向高师长的阵地进攻。我们只要晚饭以后，尽管慢慢地前进，至迟不到明天的丑正，便好到达那儿，那时那班土匪和蛮子必在那里和高师长接仗。高师长既知援兵已到，一定预备反攻那班土匪和蛮子，一去连攻他的阵地，岂有不再还击之理？那时我们就趁这个时机，前后夹攻起来，或者便宜一点儿，也未可知。"

大家听了，连声称赞道："总司令连时候都已算定，这是那班土匪和蛮子的末日到了。"

宝山公子微笑道："即使兄弟猜不准他们的时候，迟几个时辰前进，于事也无碍处。"

大家听了，都又狗颠屁股似的恭维宝山公子一阵。宝山公子等得送走他们之后，便对瘦春、红玉二人说道："史小姐和小梅两个，她们懂得武艺，不必顾虑她们。姊姊和妹妹两个若到阵地，你们恐怕要有些害怕的呢！照我的意思，你们两个就在此地住了下来，不必随同我们前进。"

瘦春先问宝山公子道："难道兄弟也到战线上去吗？"

宝山公子摇摇头道："兄弟有病在身，哪能亲临前敌？单在后方指挥，也就可以的了。"

瘦春道："这么我们只跟着兄弟就是，我们离开兄弟这人，反而更是害怕。"

小梅接口道："少爷要把两位小姐留在此地，丫头第一个不放心，她们自然同在一起的好。"

宝山公子又说道："只要姊姊、妹妹不怕炮声，自然是一同前进的为妙。"

红玉道："我都不管，总之哥哥走到哪儿，我要跟到哪儿的。"

宝山公子微笑道："这么我到战线上去呢？"

红玉道："哥哥能去，我也能去。"

华月插嘴道："好在屈公子又不到战线上去，准定大家同走吧！"

议定之后，大家吃了晚饭，仍旧随同大军前进。哪知未到半夜，已经听见前面的炮声。大家都还坐在大轿之中，红玉就第一个发起慌来，急问前面的一乘轿子是谁。轿夫答称是小梅姑娘，红玉一听小梅在她前面，稍觉放心一点儿。谁知愈走愈近，那些炮声愈觉听得清晰。

红玉虽在轿内发抖，但又与那班轿夫无话可说。正在没有办法的当口儿，只见小梅的轿子已经歇了下来，她的轿子也就同时歇下。她忙叫人去把小梅叫到轿前，抖索索地问着小梅道："你可听见炮声没有？"

小梅正要答话，只见宝山公子、瘦春、华月统统都到红玉这里来了。

红玉一面慌忙跨出轿子，一面拉住宝山公子问道："哥哥，我们到哪儿去呀？"

宝山公子不及答话，便同红玉以及大众来到他的行帐之中，笑向红玉、瘦春二人道："你们此时大概有些懊悔，不该跟了来的了。"

瘦春虽是抖索索的，还能硬撑一句："还好。"

红玉在旁，早已像个要哭出来的样子道："还好些什么？我是吓得要瘫下去了。"

原来，那时的行帐，照例不设床铺，因防前方一有不利，便好立刻迁避，倘设床铺，岂不累赘？红玉那时说"要瘫下去了"，正因为没有床铺之故，不然早已躺到铺上去了。

哪知瘦春一见红玉更加比她胆小，正待安慰红玉两句的当口儿，陡然听得"轰隆隆"的几声，不但那座行帐早已震得咯吱吱地响了起来，可怜连她的身子几乎也要抛了起来的样子。同时又听见那些排枪之声，简直似放百子小炮一般，急去问宝山公子道："这里离开战线，只有几里路呀？"

宝山公子摇着头道："姊姊勿吓，至少还有十四五里呢！"

瘦春一听还有十四五里，胆子稍觉大了一些。再去看看红玉，只见红玉早已歪在小梅的身上，面色吓得死白，哪儿还成一个人形？

就在此时，忽又听得隆隆的大炮声气，似乎愈加近了拢来。她也不好意思再问宝山公子，却去问华月道："你听见了没有？怎么大炮的声气越弄越近了拢来了呢？"

华月悄悄地说道："你莫吓，前方战事正在得手，这个炮声并非近了拢来，乃是在向那班逃匪追击的声气。"

宝山公子一听"逃匪"二字，忙问华月道："史小姐既是熟悉此地的地理，可知土匪和蛮子的粮道到底有几条路可通？"

华月一听宝山公子问及粮道，忽然想起一件事情，急问道："屈公子可是要想截断他们的粮道吗？"

宝山公子连点其首道："是的，是的。"

华月又说道："与其去截断他们的粮道，何不截断他们的水道？"

宝山公子踌躇道："此地山多，恐怕截断不了那么许多。"

华月急答道："此地只有东西两条水道，若在交汇之处截断，其余便没点水可取。"

宝山公子又问道："这么高师长那面呢？"

华月又说道："凡守打箭炉的军队，早防蛮匪截断他们的水道，所以早已预备官井。"

宝山公子大喜道："如此，我计成矣！"说着，即把师长请至，附耳说了一会儿。师长边听边点其首，听毕，即行出去。

没有多时，据外面报进，土匪和蛮子业已溃退，统统都躲到那些不便追击的山洞里面去了。

不知宝山公子听了这个报告，如何办法，且听下回分解。

# 第二十四回

## 半分钟金莲高举
## 一张凳玉体横陈

宝山公子一听土匪和蛮子都已溃退,慌忙传令,即与高师长的队伍会合。高师长便一面派队追击,一面先将宝山公子等人迎到他的寓所。

其时,那位高太太前因援兵未至,他们的阵地屡次又入危殆状况,早已拼着和高师长两个一同尽忠的了。不料宝山公子忽从天外飞来,一把大火既将土匪和蛮子烧得焦头烂额,再加上前后一阵夹攻,居然转败为胜。不要说宝山公子等人路上已经救了她的媳妇,使她感激不尽。即此一仗,既是保全他们的性命,而且替他们抓回面子,哪里还肯再用普通的客礼相待? 当下一见宝山公子等人到了她的寓所,忙不迭地亲身迎了出来,先向宝山公子含笑说道:"屈公子,你既和小媳认了兄妹,老身倒不好用客礼相待你了。"

一面说着,一面又不及再等宝山公子回答,急又去问华月哪位是瘦春、哪位是小梅。等得华月指给她看了,她便将瘦春、小梅二人一手拉着一个道:"快快且到里边,我们再谈。"

瘦春、小梅两个一见高太太如此亲昵,也就含笑跟着进去。

红玉和华月一个是新媳妇,一个是寄女,自然用不着高太太招呼,一同跟了进去。独有宝山公子,因思他和高府虽已成了通家,但是究是初会,一个男客,怎好一同进去? 当下只好站定下来。哪知高太太一到里面,一看不见这位屈公子,慌得急奔了出来,硬请宝山公子去到内堂叙话。宝山公子客气几句,始行跟着进去。一到里面,先以子侄之礼叩见高太太,瘦春也以侄女之礼见过。

小梅正要上去叩见,高太太忙不迭地一把将小梅拉住道:"小梅姑娘,我们这个媳妇不是你去救她,试问她还有命吗? 我早和我们师长商量过的了,一定得认你做女儿,你快不用这等礼节。"

那时大家正在忙作一团,哪里还容小梅细细答话。小梅只好匆匆一拜,好让红玉、华月见礼。

当下红玉还是头一回见她的婆婆,高太太又不待红玉拜完,忙又一把将她拖到怀内,宝贝她道:"你这次可受了罪了。"说着,又去摸摸红玉的脸道:"你瞧你这个娇惯身子,怎么禁得起这般的吓法呀?"

华月趁空随便向高太太一拜,就接口说道:"干妈,我们这位新嫂子,她在东大道上,女儿可不知道。不过这回却同路走着。"说着,又抿嘴一笑道,"她的胆子,这才叫作最小没有了呢!"

高太太听了,先去请宝山公子、瘦春、小梅坐下。小梅哪里敢坐。

红玉便去和高太太咬着耳朵道:"小梅姑娘,哥哥已答应认她做姨奶奶了呢!"

高太太忙笑着哦了一声道:"这是你的姨嫂子了,怎么可以不坐?"

红玉忙去把小梅撅在椅上。小梅还要挣扎,瘦春笑着向小梅道:"这么恭敬不如从命,你就坐下吧!"

小梅听了,只得忸忸怩怩地坐下。

高太太正待叫红玉、华月一同坐下的当口儿,已见高师长着人来请宝山公子出去商量公事。

瘦春、小梅都说:"我们该先出去叩见。"

高太太急急地催着宝山公子且去商量公事再说。等得宝山公子去后,忙又向瘦春、小梅笑着道:"大小姐、姨少奶奶……"

瘦春慌忙含笑阻止高太太道:"此事还未禀知家父、家母,请伯母暂且不用这个称呼。"

高太太又连说:"不错,不错,我一时也慌昏了,这么左右是我的女儿,你就叫她二小姐吧!"

小梅一见高太太先称她作姨少奶奶,此刻又叫她作二小姐,心里虽觉十分满意,脸上仍是露出不安之色,正待站了起来声明几句,哪知高太太已在向她们笑说道:"你们伯父此刻恐怕连屁也忙出来了,实在没有工夫前来招呼你们。"说着,又问红玉、华月道,"你们快把你们这两位姊姊府上的事情以及此次路上的事情,简单地说给我听,让我也好明白。不然,我还糊里糊涂的呢!"

红玉即将瘦春等人之事大略告知了高太太。

红玉还没说完,高太太早又把她眼圈儿一红地向瘦春、小梅二人说道:"你们二位这般地救了我们一家,叫我怎样报答你们呢?"

瘦春、小梅二人自然竭力地谦逊一番。

高太太还待再说，忽见一个马弁进来对华月说道："师长方才和屈总司令会审一个匪妇，那个匪妇说她和史小姐是同学，要求赦她一死。师长请史小姐快快出去一趟。"

华月听了，便同那个马弁出去。没有一会儿，华月已同一个极美貌的少妇走将进来，又叫那个少妇叩谢高太太。

高太太忙问华月道："她就是你的同学吗？可是被土匪携了去的吗？"

华月便把那个少妇的历史告知高太太，因为此人的历史独长，有些事情连华月也不知道，且让作书的先叙一叙她的事情，免得华月细说。

原来此人姓平，名字叫作淡烟，现年还只一十九岁，原籍浙江钱塘县，寄籍四川新都，乃父曾任四川提标守备。父母亡后，因与史华月是邻舍，便跟着史华月一同学了几年武艺。因相貌娇艳，性格风流，学得半途而废，就嫁了一个向充体操教习名叫邓保生的为妻。嫁了之后，就到打箭炉的乡下，也充体操教习度日。

上次少数的土匪来攻打箭炉的时候，他们夫妇两个便至高师长那里投效，原想讨个出身，以便光耀门楣。那时高师长正在用人之际，便命他们夫妇二人充作游击队员。

及至此次的土匪和蛮子联合之后，高师长这面连吃几场败仗，他们夫妻二人因见不是头路，推说有病，仍旧回去充当教习。谁知那里学堂早被土匪烧个精光，他们夫妻二人只好躲在家里。她家还有一翁、一姑，翁、姑之外，仅有一个十六七岁的大脚丫头，专司厨下之事。不料那班土匪一见高师长死守阵地，一时不易攻破，便至四处的村庄，分头奸淫掳掠起来。

有一天，他们夫妻二人一见土匪这般厉害，正想乘隙逃往别处的当口儿，突然闯进十几个土匪，为首的一个土匪瞧见这位平淡烟既是美貌，又极风骚，即将他的手一挥，命那一班小匪全行退出。小匪尚未走完，那个匪首就把平淡烟的翁、姑、丈夫统统用了手枪击毙，她的那个大脚丫头幸亏躲得快，总算躲到楼上，未被那个匪首瞧见，保了性命。

平淡烟这人原是那匪首的目的物，如何肯被她逃走！当下就把她一把拖到炕上，实行强暴起来。那时那个大脚丫头正躲在楼上的壁角里，忽听她的小主妇似在和人挣扎，同时又在破口大骂道："你这个亡命土匪，尽管不讲人道，若要糟踢我的身体，万不能够。"

那个大脚丫头一听她的小主妇这般在骂,知道一定不肯屈辱的了,既是不肯屈辱,性命自然不保。那个匪首等得取过她的小主妇之命,一定要到楼上,左右都是一死,正想去找一根绳子前去上吊的当口儿,陡见楼板上面有个大洞,一见有个现成的大洞在那里,不由得她不去看了。她急轻轻地伏下身去,把她的一只眼睛凑在那个洞口往下看去,哪知不看倒也罢了,这一看,却把她看得目瞪口呆起来。你道为何?

原来她见她的小主妇起先确在挣扎,嘴上还在大骂,及被那个匪首揪至炕上,用起强来,倒说还不到半分钟的工夫,她的小主妇不但陡然停了骂声,同时竟会将她的那双小小金莲扑的一声,很快地高高举起,早已情情愿愿地从了那个匪首的了。

那个大脚丫头便一个人呆呆地暗忖道:"一个女子被人糟蹋乃是一桩没有法子的事情,怎样可以不到半分钟的辰光,竟会心甘情愿地这般模样?如此说来,我们这位小主妇真要算是天底下第一个不要脸的东西了。"那个大脚丫头一时越想越气,她就仍旧悄悄地立了起来,找着一根绳子,真去吊死过去。

不知过了多少时候,她的耳朵之中似乎听见她的小主妇忽在喊她,连忙睁眼一看,始知她已被她小主妇救醒。同时又见那个匪首也笑嘻嘻地向她说道:"你的主妇现在已经嫁我,她因欢喜你做事素不躲懒,要我也把你带了同去。我们一上楼来,见你已经吊死,幸而你的胸前还有微微的一点儿热气,我们才把你救醒转来。"说完,便叫她一同出门。

那个大脚丫头没有法子,只好跟了他们两个走路。及至下楼,陡见她那老小主人三个,眼珠突得有茶杯般的大,嘴巴翘得有夜壶般的高,满身血淋淋地死在地上。一见这样可惨的形状,心里不禁伤心起来,忙对她的小主妇说道:"少奶奶就是嫁人,也得把我们老、小主人的尸首葬了再去呀……"

谁知她的说话未完,她的小主妇忽然突出一双眼珠子向她喝道:"死了就得了,葬不葬管你屁相干!"边说,边把她狠命一把,拖着就跟那匪首而去。

及到一个岩洞里面,只见也有铺盖什物,也有吃食东西,又用一张篾笆,当中一隔,分作两间,外面便算他们的新房,里面一间,还有掳来的几个妇女。

那几个妇女一见那个匪首同了她们进去,虽然忙不迭地都来服侍,却

149

是愁眉深锁、面色惨白,大有无可奈何之势。内中还有一两个较清秀的女子,走起路来,一跷一拐,似已遭着蹂躏过的。那个大脚丫头早已知道那个匪首的厉害,只好也杂在那几个妇女之中,一同做事。

到了晚上,等得那个匪首和她的小主妇睡下,她也到她里间睡觉。睡了一会儿,不能睡熟,她又想起她那老、小主人平日相待的好处,忽又暗暗地伤心起来。哪知她正在伤心得不得了的当口儿,忽觉她的两只耳朵里面陡然钻进她那小主妇极肉麻的一种笑声。她一气之下,即将被窝儿罩在头上,不爱再听,便也睡去。

第二天早上醒来,她的小主妇和那个匪首早已出去。那几个妇女一见她已起来,都忙不迭地来服侍她起来。她却一吓道:"我也是一个下人,你们诸位怎么也来服侍我起来? 快快不要折死我了。"

那几个妇女一听她说得如此和气,知道她是一个好人,便一齐求着她道:"你可否做做好事,请你替我们大家求求你们少奶奶,向大王说一声,放了我们回去吧! 我们家里都有公婆、父母,都有丈夫、儿女。自被这里的大王掳来之后,日当使女,夜当老婆,被他糟蹋得也够了。"

那个大脚丫头苦了脸地回答大众道:"你们诸位却把我看错了,我们少奶奶说的说话,大王肯不肯听,我不知道。不过我的说话,我们少奶奶却半句不肯听的。我在昨天出门的当口儿,瞧见我那老、小主人都被大王枪毙,想叫我们少奶奶葬了我那老、小主人再来,她都不听。"说着,又叹上一口气道,"她的公婆、丈夫死了,她都不管,怎肯来管你们的闲事?"

这几个妇女一见没有指望,未免口出怨言起来。内中有两个激烈一点儿的,竟在咬牙切齿地骂那匪首。那个大脚丫头忽被她们骂起性来,一时不顾前后,便把她少奶奶那桩高举金莲的丑史也就告知大家。谁知她还没有讲完,她因坐的是背朝外,陡见坐在她对面的一个女子忽然扑地站了起来,同时脸变其色,现出一种犹同囚犯问斩去的样子来。她急回头一看,只见她的小主妇同着那个匪首早已站在她的身后,只是哼哼地在那儿冷笑。她当时就在懊悔,不该宣布她小主妇的丑史。谁知她虽在懊悔,已是来不及了。

当下只见她的小主妇一把将她抓到外房,铁青其脸,咬着牙关,用手指向她额上,狠命一触道:"你这个没有良心的死东西,你还是我带来的人呢,你都在这里嚼舌头地糟蹋我,别人自然更要瞧不起我了。你既可以糟蹋我把两只脚举得老高,我也可以给你一个榜样。"说着,便逼那个匪首立刻把那个大脚丫头剥得寸丝无存,仰面朝天地缚在一张凳上,同时又用一根杯口般粗的铁条,烧红之后,就向那个大脚丫头的下身捅了进去。可怜那个大脚丫头,只听得嗤的一声响,早已晕死过去,好半天才回过气来。她的小主妇跟手又是照样的一下,那个大脚丫头倒也苦头吃满,就此归天去了。

她一死之后,淡烟犹未气完,又把那几个妇女统统如法炮制。内中只有一个较为标致的,总算被那个匪首留了下来,未伤性命。那个匪首也姓平,名字叫作智础,原是一个花旦出身,不知什么时候,被那高大麻子掳了来的。高大麻子爱他长得宛同女子一般,便将他列作男妾。淡烟爱他比较前夫还要美貌,所以不到半分钟之久,便从了他了。智础也爱淡烟既美且骚,当场和她说明,尚未娶妻,要她嫁他,跟到匪窟同享荣华富贵。淡烟本已情情愿愿,自然一口应许。及至弄死那个大脚丫头以及另外的几个女子,智础即拿淡烟当了大老婆,又将那个留下性命的女子取名阿二,做了小老婆。智础有此一妻一妾,倒也不想再做高大麻子的男妾了。

他们夫妻三个刚把抢来的金珠首饰分藏三人身上,要想逃走,不料宝山公子的那一把火已经放起。他们三个就在火光之中,一同逃走,走还未远,却被高师长的部下拿住。淡烟在高师长和宝山公子会同审她的时候,也是她的命不该绝,忽然想着她的同学史华月起来,当下就求高师长,念在史华月面上,免她一死。

那时高师长正在高兴之际,随便放了一个女匪本不算事,即命华月将她带去了事。所以华月只知道淡烟是她的同学,淡烟推说被匪掳去,她更深信不疑。

等得华月将淡烟带去叩见高太太,高太太问过淡烟的历史,淡烟忽又向华月大哭起来。

不知淡烟此哭为何,且听下回分解。

# 第二十五回

# 重孝道公子怕成名
# 爱才郎丫鬟甘做妾

华月一见淡烟又朝她哭,急对她道:"你已保牢性命,还哭什么?"

淡烟听说,不但哭得更加厉害,还去扑的一声向华月跪下,双手高拱道:"华月姊姊,求你好人做到底,我们男的,以及还有一个侍妾,也求姊姊设法赦了他们吧!"

华月吃惊道:"怎么?你的全家都被土匪掳去的吗?"说着,却也不敢答应,急将眼睛望望高太太。

高太太本是软心肠的人,今天又是喜不胜喜的当口儿,反向华月说道:"救人一命,胜造七级浮屠,这么你快去和你们干爹说呢,万一迟上一步,岂不枉送两条性命?"

华月听了,即将淡烟一把拖了出去。没有多久,华月便一个人进来,高太太忙问事情怎样。

华月一笑道:"我推干妈说的,干爹自然一齐放了。"

高太太便去向瘦春、小梅两个说道:"这些土匪真是害人不浅,你们瞧,这个姓平的三夫妇,倘没你们华月妹妹在此地,还有命吗?"

瘦春忙点头道:"被逼入匪,固是很多,甘心做匪的,却也不少。伯母如此慈善为怀,真是万家生佛。"

高太太正待答话,忽见高师长和宝山公子,又同了一个脑后见腮、刮骨脸儿的少年进来。当下就见高师长指着那个少年向她说道:"这位就是屈世兄的姊丈,范驾雄明府。"

高太太一听是瘦春的男人,慌忙含笑地慰藉驾雄道:"我们这里内有军事,又不知道姊夫就耽搁在此地,姊夫也太客气,早该住到我们这里来的呀!"

驾雄一面客气几句,一面就与高太太行礼。行礼之后,宝山公子又介绍他去见了红玉、华月二人。

此时瘦春、小梅忙去叩见高师长，高师长掀须大笑道："不必见礼，不必见礼！"边说，边又向瘦春说道，"姊夫身陷匪窟，出来又困此处，你们夫妻两个也算是隔世重逢的了，快快去谈谈吧！"

瘦春红了脸地答道："他虽保了性命，怎么有脸去见上司？还得伯父帮忙呢！"

高师长因为急于要去敷衍小梅，只好连连点头道："那自然，那自然。"说着，又向小梅说道，"拙荆既已认你做了我们女儿，为父就不能和你说客气话了。话虽如此，我们还得想出法子补报你呢！"

小梅正待客气，红玉已来叩见公公。

高师长将腰一弯，受了两礼，命她起来道："你的性命全靠你们哥哥和二位姊姊，你须放在心上，不要忘了人家的大恩。"

红玉听了，先答应了几声"是"，然后又把董珊枝行刺，又亏小梅之事，告知她的公公。

高师长听了，不觉又是一怔道："怎么还有此事呢？这是报不胜报了。"

高太太忙对高师长笑道："老爷，且莫说这些空话，报恩之事，不在乎挂在嘴上的，你快同了屈世兄出去，先把要紧公事办好，等你开席呢！我这里且陪着二小姐谈谈。大小姐既是夫妻相会，人家脸嫩，你在这里打什么岔？"

高师长听了，哈哈一笑道："太太说得极是，我和屈世兄真有天大的公事还没有办呢！"说着，真的拉着宝山公子出去。

高太太忙又追了上去道："屈世兄还有贵恙在身，你是一个武夫，不要这样拉拉扯扯，他可受不住的呀！"

高师长又连连地说道："真亏太太提醒，我今儿真也高兴得忘其所以了。"

高师长说着，已经出去。

高太太回了进来，因见瘦春已在和驾雄两个唧唧哝哝地在那儿数说家常，不敢前去岔散他们，急把她的手轻轻地向小梅、红玉、华月三个一招，自己先行走进西面房里。三个跟了进去。高太太便对她们三个用手掩着嘴巴，悄悄地说道："我们娘儿四个快来谈我们的心，且让你们姊姊和姊夫多谈几句去。"

小梅又把瘦春为人知书识字、多情多义，细细地说与高太太听。高太

153

太很快活地说道："我起先一见你们这位大姊姊，真把我吓上一跳，我也是个四五十岁的人了，从来没有见过这般标致的人物。再加上她这样聪明、这样好心，我只好把她当作仙女看待的了。"

小梅因见红玉说她们的事情还不十分详细，她又仔仔细细地重说一遍。高太太和华月两个一听屈氏全家差不多都是圣贤之人，不禁又惊又喜，恨不得马上就去见他们一面。

哪知瘦春在堂前正和驾雄一问一答的当口儿，偶然抬头一看，忽见那么一座内堂，走得一个人都不见，单剩他们夫妻一对儿，才知大家是让他们在谈秘密说话。一时不好意思起来，忙对驾雄说道："你快到外面和宝兄弟一起去，高府上既是瞧得起你，你也得凡事留神才好。"

驾雄听了，连称晓得而去。

瘦春一瞧，只见大家都在西面房里，她急走了进去，笑对高太太道："伯母，侄女和他也没什么说话，伯母何必避开？"

高太太笑嘻嘻地答道："你们少年夫妻，这样的久别重逢，自然有些体己说话。我怕大家哄在一起，害得你们不便，所以把她们领了进来。你们莫非就谈完了不成？何不多谈一会儿的呢？"

瘦春红了脸地微笑道："伯母真会体贴小辈，其实侄女和他真没什么事情。"说着，就把屈氏全家待她的好处全行告知高太太。

高太太尚未听毕，又见高师长和宝山公子、范驾雄一齐走了进来。高师长的脚步尚未站定，就向高太太笑道："快快开席，大家一定饿了。"

高太太听了也笑道："酒席是早已预备好了的，不过屈府上的诸位都是彬彬有礼的人物，似乎要分坐两席吧！"

高师长便朝宝山公子说道："我们既属通家至好，至于你的两个妹妹，你本是同路来的，快快不要这样固执。老夫是个武夫，只晓得遇事爽快。"

宝山公子已知出门应该圆通，况且真的都是自己人，忙笑答道："伯父这里就是小侄家里一样，小侄应该一同侍宴承欢色笑才是。"

高师长听说，便把他那只比牛腿还要粗的大腿向地上一顿道："屈世兄这才对了！"

此时瘦春、小梅两个本在急得宝山公子不要仍旧板板六十四地起来，弄得高府上的人扫兴。一见宝山公子忽然这般圆通，真是喜出意外。

一时入席，高师长忽向高太太说道："太太，你今天须得让我多喝几杯，也好使我出出这两个月里头的乌气。"

高太太一面点头答复，一面又忙对大家笑道："不是我不许他喝酒，因为他有桩最不好的脾气，一喝醉了，就要杀人。"

高师长不待众人答话，他又抢着连声说道："哪有此事，哪有此事？"边说，边令使女取过大杯，已和大众吃了起来。

高太太又问高师长和宝山公子两个道："你们的公事都办好了吗？"

高师长只顾喝酒，哪有工夫答话？

宝山公子忙答道："现在最要紧的事情，就是那些躲在山洞里的余匪。"说着，又朝华月一笑道："好在有了史小姐那一条截断水道的妙计，纵不把他们饿死，也得干死。"

高太太听说，忙念上一声"阿弥陀佛"道："这班土匪真也太觉残忍，我们的兵士死了好几千，倒还在次，那些老百姓们死得真是遭殃。"边说，边望了华月一眼道："你的这条计策虽然毒了一点儿，但是他们自作自受，也是应该。"

高师长直至此时方始停了杯子，对高太太说道："这场战事，本是我们这位屈世兄一个人的功劳，倒说他方才偷偷地就打上一个电报给彭方伯去，把这功劳一半让给他的那几位师、旅、团长，一半让给我们华月寄女和我两个……"

华月不待高师长说完，急向宝山公子抢着说道："没有这种办法，没有这种办法！"

高太太也接嘴连说道："岂有此理，岂有此理！老爷怎么不先发这个电报的呢？"

高师长皱着眉头道："我哪里会知道屈世兄有这个让功的意思呢？我方才本要再打电报去声明，谁知屈世兄不但不让我去发电，尽着向我打躬作揖，说是他并不是沽名钓誉，只等此地事情一了，急于回去侍奉双亲，深怕此地制军见他能够剿匪，不放他走，那就爱之适以害之的了。我见他的这个题目太大，反而不好说话。"

瘦春接嘴道："伯父、伯母，舍弟这话倒是实情，他的此次出来，本为护送侄女。万一真的此地的制军不放他走，侄女怎么对得起我那二老？"

小梅也说道："我们少爷……"

高太太忙笑阻道："二小姐，你既做了我们女儿，可得改口才是。"

宝山公子便对小梅一笑道："二妹，伯母如此好意，你应该听伯母的吩咐。"

小梅一听,宝山公子一口就称她作"二妹",面子上虽在微点其首,心里却在大不乐意,这么为什么缘故呢?难道一个丫头忽然升了小姐,还不是桩喜事吗?

原来小梅这人,自从宝山公子卒业回家,她就越发服侍得她们那位太太忠心得了不得。她的忠心对付她们太太,原也一半是报答她们太太待她的好处,一半却在宝山公子身上。当时只因宝山公子初娶两位少奶,屈侍郎的家教又严,如何可以贸然说到纳妾的题目?因此只好闷在肚里,不敢略有表示。

及至宝山公子到了高家,忽患重病,瘦春托她贴身服侍宝山公子,又对她说明白,将来由她做主,叫宝山公子收她的房。她这一喜,真是"固所愿也,不敢请耳"!所以在服侍宝山公子的当口儿,不但双手捶得尽管酸痛得要命,并不叫一声饶,而且将宝山公子屙脏的裤子也不肯让人去洗。至于在被窝儿之中换那脏裤,自然更是不避什么嫌疑,再加红玉此次在路上,又去老实和她说明,宝山公子业已答应收她做妾的说话,瘦春也去证实其事。她自听了此话,心里早已一块石头落地,竟以宝山公子的姨奶奶自居的了。此刻忽听宝山公子很爽快地叫她作"二妹",她就防得宝山公子不要借此题目,就把她那苦心孤诣、不避嫌疑的一场大功一笔勾销。她的心里再不稀罕这个什么短命二小姐的虚名,她只要做宝山公子的姨少奶奶,那才心满意足。

当时小梅一面勉强微点其首,答复宝山公子,一面重又向高太太说道:"我们哥哥,不要说我们二老膝下只有他一位宝贝,如何可以长在四川做官?单说我们那两位嫂子,也是新婚未久,我们二老又在望孙情切,寄女说,我们哥哥这件事情办得真是不错,还要望寄父、寄母成全我们哥哥的志愿,不必和他客气吧!"

小梅说完这话,高师长虽是一位武夫,不过稍觉直爽一点儿罢了。其实他也是位身经百战的宿将,对于一切的世故人情,岂有还不烂熟之理?此时一听小梅说得头头是道,不禁心里暗暗佩服屈府的家教。当下反去劝着高太太道:"屈世兄既有这般孝心,出去打仗的事,本又万分危险,万一此地制军真的不放屈世兄走路,这真是爱之适以害之的了。至于说到我们对他过意不去,也只有慢慢想法图报的了。"

高太太听了,也知宝山公子原是世家,他的外公、娘舅都是现任大官,何在这点儿小小的劳绩?当下便恳恳切切地向宝山公子说道:"屈世兄,这么这件事情,我们准定依你,不过你也得依我们一桩事情。"

宝山公子含笑答道:"伯母有事,小侄怎敢不依?"

高太太听了道:"我也并没有什么太为难的事情要叫屈世兄依我,不过我们一家,上自老,下至小,哪个不受着你们的好处? 你们须得在我们这里至少要住他一年半载,好让我们想出一点儿法子报答你们。"

宝山公子又笑答道:"伯母这话,小侄一定遵命。"说着,又望了瘦春一眼道:"家姊本有一件大事,要来求教伯父、伯母的,倘若这件事情没有办好,莫说一年半载地打搅府上,就是两年三年,也得打搅下去。不过'报答'二字,以后万万不可再提……"

宝山公子这话尚未说完,高师长、高太太先已笑了起来道:"屈世兄真是一位爽快人,我们方才听见文占标来说,竟把屈世兄说得不知怎么一个难讲话的人,倒把我们好一急呀!"

瘦春忙插口道:"先父官讳上秋下镜,曾任此地府缺。侄女那时还只十岁,一天正同奶娘在城外游玩,不料土匪已把城池攻破。百姓纷纷传说,先父、先母都已遇害。侄女那时又被那个黑心的奶娘拐去,吃了五六年的苦头。"

瘦春说到这里,用嘴把驾雄一指,又接说道:"嫁他之后,又因环境关系,无法前来此地打听先父、先母的真实信息。但听现在的家父说,此地并无奏报到京,却是一桩奇事。此次路上遇见红玉妹妹,方才说起伯父、伯母知道一点儿先父母的消息,务求详细示知,好让侄女安心。"

瘦春边说,边已眼圈儿红了起来。

高师长一直听到此地,方接口道:"大小姐,今天是我们屈、高两姓,由万把里路地碰在一起,须要好好地快活几天才是。但是女儿关心父母,也是一桩大事,我先送个喜信给你,以后之事,还得等你们舒舒徐徐地休息几天,才能详细地告知你听。至于这个喜信,令尊、令堂二位还是好好地活在世上,大小姐快不要这样先父、先母地乱叫的了……"

高师长话未说完,不但瘦春一人听了又惊又喜,连满座的人无不喜形于色。

不知高师长此话是真是假,且听下回分解。

157

# 第二十六回

# 东翻西辩恶讼行为
# 蜜语甜言乌龟性质

瘦春一听她的父母尚在人间，这一喜还当了得？赶忙问她的伯父道："这么我们的父母现在哪儿？伯父快请说出，以便侄女好去相见。"

高师长连摆其手道："大小姐，令尊、令堂既在世上，自然有你相见之日，目下却还不能。"

瘦春忽失惊道："既在世上，如何又说不能？莫非伯父骗骗侄女的吗？"

高师长又摇着头道："大小姐，这样大事，伯父怎么好来骗你？真的你且休息几天，好办此事。"

瘦春听到好办此事这句，始知她的父母虽在世上，但得好好地一办，方才能够见面，一时又发起愁来。

高太太也劝瘦春道："大小姐，你快不必这般发愁，你得退一步想，你的来意，不是当令尊、令堂不在世上了的吗？现在既有这个大喜的消息，你只要忍耐几天，就好相见。并不是你们伯父故意要迟几天再办，内中尚有一番情节，似乎不能性急。"

瘦春听了，只好再去叮嘱高师长道："这么伯父且过几天，一定要替侄女就办的呢！"

高师长连连答道："那个自然，不消叮嘱。"说着，又一连喝上几个大杯，并且逼着瘦春和大家都各喝三杯。

谁知高太太是从来滴酒不入口的，一被高师长也逼下三杯，顿时把脸红得犹同关老爷一般起来。当下一壁手摸她脸，一壁向大家笑道："我是不会喝酒的，你们大家须得自己尽量，否则我就冤枉喝这三杯的了。"

红玉含笑说道："大姊姊、二姊姊和哥哥，媳妇知道他们都不会喝的，至于华月姊姊和姊夫两个，却不清楚。"

驾雄起先因为插不进嘴，只在把他一双乌溜溜的贼眼望着大家，此时一听红玉提到他的酒量，赶忙说道："我也不会喝的，我这回跑来跑去的这几个月，真是吃苦死了，还幸亏平日素不喝酒，不然，这几个月之中，不要说从来没有走过一家酒店，有几天真连一点儿水也没得喝呢！"

宝山公子深怕驾雄一时话不留神，万一稍稍露出破绽，岂不要带累他的姊姊淘气？连忙用脚在桌子底下暗暗地去踢驾雄。哪知瘦春既和驾雄做了夫妻，岂有不知丈夫的为人？这桩事情一出的时候，她就有些疑心，后见屈侍郎夫妇，以及宝山公子等人无不急得要命，她想他们都是有大见识的人，他们既不疑虑，或者驾雄不敢做此丧尽良心之事，也就不定。此时忽听驾雄说出"跑来跑去"的这句，不觉又引起她的疑心起来，便去盘驳驾雄道："你不是不久才从匪窟里头出来，就在此处养病的吗？怎么又会'跑来跑去'的呢？"

驾雄一见瘦春这般地盯着他在问，便知自己的说话露了马脚，幸亏他有恶讼之才，当下面不改色地强辩道："亏你问得出这句话来，我在匪窟里头，这许多日子，何尝在一处地方长住过十天半月？他们本怕官兵前去捉拿，所以今天迁到东，明天搬到西，没有一定地方，这才好使人无所捉摸的呀！"

瘦春一听此言尚在理中，方不再问，却又去笑问宝山公子道："兄弟，你今天一早闹到晚，身体倒可以支持吗？"

宝山公子微皱其眉地答道："虽是勉强可以支持，此刻也觉有些疲倦了。"

高太太一惊道："这要怪我不是，我因喜欢过度，竟把屈世兄还是一位病人忘记得无影无踪。"说着，又对高师长道："幸亏我已把他们住的房间预备妥当，赶快吃了就睡。"

高师长便问怎样住法。高太太指着楼上道："东边正房，请大小姐夫妻两个去住，西边正房，请屈世兄和二小姐去住，我们媳妇和华月女儿，就让她们住在楼下吧！"说着，即向西面一指，望着红玉、华月二人道："你们停刻歇在那儿去就是。"

宝山公子一等高太太吩咐已毕，急向高太太说道："小侄不论住在哪里都好，不过小梅妹妹现已是我妹子，怎么还好和我同住一房？"

瘦春不待高太太接腔，忙不迭地对宝山公子说道："兄弟，你的毛病又没有好，不叫小梅妹妹去照料你，又叫谁去呀？"

高师长和高太太也一同说道："屈世兄，我们家里就如你的家里，一则万不可客气，二则二小姐又是照料你惯的，此时如何能够离她？"

华月这人本极聪明,她已猜透宝山公子的心理,她即插口说道:"做妹子的服侍哥哥,本是正理,况且小梅姊姊又知药性,遇事便当得多。就是我同我们新嫂子两个,照理也该都去服侍的呀!"

　　华月这几句说话,乃是特地避开姨少奶奶的名目,好使宝山公子安心。谁知宝山公子起先答应,同在一桌吃酒,倒还有些圆通,独有这桩事情,无论如何不肯答应。后来大家说来说去,说到小梅白天前去服侍,晚上睡在红玉、华月一房,他始勉强应允。

　　等得宝山公子这边刚才说妥,瘦春却又不肯和驾雄同房起来。

　　高太太便笑着指指瘦春道:"大小姐,你就随和一点儿吧,你和姊夫两个生儿育女,总得算是老夫老妻的了,快快不要使我为难。"

　　瘦春无法,只好含羞不答。

　　宝山公子即在席间拟上一份平安电报,单说驾雄业已出险,他们安抵打箭炉,暂住高师长家里。闻瘦春父母确在世上,不过稍费一番手脚,便好见面,一俟办妥,即行回家。家中是否安好如常,立赐回电,以便放心等语。高师长即命文占标拿去拍发官电。

　　等得席散,已是月上花梢,时已不早。高太太因见大家连日辛苦,宝山公子又在病中,即催大家各去安歇,次日再谈。

　　小梅不俟宝山公子上楼,一个人先奔到宝山公子房里,看了一遍。因见事事舒徐,她才放心,正拟下楼,已见宝山公子走上楼来,她忙将宝山公子服侍睡下,又腼腼腆腆地叫上一声"哥哥"道:"哥哥还有什么事情没有? 妹子要下去了呢!"

　　小梅一见宝山公子没什么说话,她又关照道:"大姊姊就在对房,姊夫虽在一起,哥哥夜间有事,只要就近叫她一声,她就会过来的。"说着,又用她的脚点点楼板道:"妹子就在这个楼下,哥哥喊得稍响一点儿,妹子即会听见。"

　　宝山公子一面微点其首,一面连扬其手,是叫小梅快快下去,不要在此耽搁的意思。

　　小梅一见宝山公子对她一无说话,只得替他放下帐子,又把恭桶端近床边,复将四周看了一转,实在一无可做之事,方始虚掩房门,无精打采、慢腾腾地走了出去。及过东边房门,只见驾雄一个人站在那儿,她始笑问一声道:"大姊姊还没有上来吗?"

　　驾雄点首不答。

她才下楼，来到红玉、华月的房里。跨进门槛，只见房内仅有两张大床，她便笑问道："我和哪一位睡呀？"

红玉笑答道："你和我睡，我还有话和你谈呢！"

红玉和小梅所说的，无非总是叫小梅尽管放心，宝山公子现已满口答应，绝不至于变卦的那些说话。

且把她们按下，先说瘦春那边。瘦春一待席散，先让驾雄上楼，她还想去向高太太敷衍一会儿。哪知高太太一见她去，哪里还容她去闲谈？忙不迭地亲自把她送至扶梯边，眼看她上楼之后，方才放心回房。瘦春一上扶梯，就见驾雄站在房门口等她，她也不去理睬驾雄，先至宝山公子房门口立定，听听里边可有声响。及见毫无声响，料想宝山公子业已睡熟，她才回到东边房里。她刚跨进房门，就见驾雄砰的一声，已把房门关上，顺手闩好。

瘦春一怔道："你为什么巴巴结结地就把门去闩上？"说着，急去把那门闩拔去，对驾雄说道："宝兄弟只有一个人睡在对面，小梅妹妹又在楼下，半夜三更，宝兄弟倘若有起事来，作兴过来叫我，我也好过去照料。"

驾雄却不待她说毕，忽然扮着一个鬼脸道："你待你们宝兄弟真是要算特别，我见你嫁了我这几年，从来没有这般当心过我。"

瘦春一壁就向床沿上一坐，一壁又盯了驾雄一眼，始说道："他有病呀！你一向又没有生过大病，快不要说这些空话。"边说，边把手在床沿上轻轻地拍上两拍道："你来坐下，我有正经话问你。"

驾雄听了，忙去挨身坐下。瘦春急把她的身子一让，驾雄又用屁股挨了过去。

瘦春恨恨地说道："你今儿怎么尽管寻着我呀！"说着，又把身子让过一边。

驾雄急去探着瘦春的手，满脸现出油腔滑调的神气说道："谁来寻着你呀？我不过因为九死一生地从匪窟之中逃出性命，我们老夫老妻，挨身坐坐，也不要紧。"

瘦春听了，一壁甩开驾雄的手，一壁微哂一声道："白天我已和你说过，这十万块钱又不是切的萝卜片，我和你两个一身之外，屁也没有一样，怎样报答人家？你得替我想想。"

驾雄听了，方始假装着极为难的样子道："好在你们府上，王府所有金银，这十万块钱赛过牯牛身上拔了一根毛，容我慢慢地补报你就是。"

瘦春听了，又气又笑道："你难道在见鬼不成？我要你补报做什么？我不是他们的亲生，你难道还不知道不成？就算是亲生，拿着十万块钱去赎女婿，现在世上，也是绝无仅有的事情。一个人做人，总要凭着良心才好。"

驾雄又装着苦脸道："我的良心，我自己说说，真也不坏，不过时运不好，受了人家好处，每想补报，实在力不从心，也没法子。我方才说要补报你的说话，真是出于一片真心。你倘若不相信，我姓范的如果将来忘了你的好处，哪怕逃到半空之中，也被乱剑砍死。"

瘦春嫁了驾雄这几年，从来没有瞧见驾雄这般相待她过，心里正在默忖："此人大概已在匪中受过劫磨，良心居然发现。"方待趁驾雄改邪归正的当口儿，前去安慰几句，所以驾雄在发那个风凉咒，她只听见下半句，她倒一吓道："只要你肯从此学好，谁不相信你呀，又何必发这样血淋淋的咒呢？我此刻最着急的事情，就是宝兄弟这个人，你也该知道他是我那二老的一个命根。他此次丢了白发苍苍的父母，抛下红颜绿发的两个妻房，万里迢迢地伴送我出来，就是平平安安，我已对他不起，还要为了我的事情害了这场大病。"说着，又朝驾雄望了一眼道："你在匪中，自然不知道他的毛病厉害，可怜我和小梅两个，一夜替他捶到天亮。小梅是懂得武艺的，还觉好些，我本是疲得不成人形，风吹吹都要跌倒的。我在替他捶着的当口儿，吃力得一身的冷汗，正像下雨一般，还要不敢给他知道，怕他心里不安。他倒本是一定不许我去替他捶的，但我见他为我得病，实在过意不去，只好尽我所能为他做点儿事情。"

驾雄拦了话头道："这么你也好算报答他过了，何必还要这样地过意不去呢？"

瘦春听了，便向驾雄微瞪上一眼道："你这个人，真是不知轻重，我受了他这样天大的大恩，怎么捶上几捶，好算补报了呢？"

驾雄又假装皱皱眉头道："这么又用什么法子前去补报他呀？"

瘦春道："我可没有法子了，只问你呀！这笔款子，到底是谁去断送的呀？"

驾雄似乎想上一想道："法子却有一个。"说着，又向瘦春一笑道："我们且到被窝儿里去讲。"

瘦春半恨半笑地说道："你有说话，尽管大大方方地说就是，怎么要到被窝儿里去说？"

驾雄指指桌上的摆钟道："你瞧，差不多一点钟了，我的身子也在不好。"

瘦春一听驾雄身子不好，始去脱衣上床。

驾雄赶忙跟入被窝儿，哪知驾雄一到被窝儿之中，便要抄那久别胜新婚的老文章起来。瘦春起初自然不肯应允，后来禁不起驾雄甜言蜜语地苦苦哀求，瘦春始红了脸地说道："你不是身子在不好吗？"

驾雄又贼秃嘻嘻地一笑道："这也顾不得的了。"

瘦春便叫驾雄将靠近床前的那张保险灯扭得暗暗的，放下帐子，方始如了驾雄之愿。一俟事毕，就问驾雄道："你那个补报我们宝兄弟的法子，不是说到床上来讲的吗？现在你总好讲了。"

驾雄道："这么你把灯且去弄亮，我的话长呢。"

瘦春即将她那一只雪藕般的臂膀伸出被窝儿，褰开一角帐子，将灯弄亮，放好帐门，缩回手去。

驾雄话未开口，又在赌起咒来。

瘦春忙去掩着驾雄的嘴道："我今晚上听你的说话，似乎有些学好了，要想做人了。你有什么说话，只管说，不必婆婆妈妈地只是赌咒，不要万一碰上一个恶时辰，那就不是玩的。"

驾雄听了，又装着诚诚恳恳的样儿说道："大恩不报，天也不容。"

瘦春连连地接嘴道："谁不是这般说？"

驾雄又说道："这么我说下去了，就是说错，你可不要生气。"

瘦春蹙着双蛾，又白上驾雄一眼道："你快说，谁有这许多闲气向你来生？"

驾雄又低声说道："你们宝兄弟幼小就和你说得来，此次送你出门，我以小人之心度他君子之腹，一半固是完全的好心，一半恐是为你的身体。"

瘦春听到这句，冷不防地呸上驾雄一口道："你真在放你十七八代的狗屁了，你既知道我和他幼小的历史，莫非还瞧不出他的为人吗？他真是一位柳下惠转世。"

驾雄接嘴道："你难道业已向他表示过了吗？不然，又怎样知道他是一位柳下惠转世的呢？"

瘦春一听这句轻薄说话，顿时将她的无明大火引起，早把她那伤心的眼泪溅满了驾雄的一脸。

不知瘦春还有何种举动，且听下回分解。

163

# 第二十七回

# 假捉奸姊夫辱大舅
# 真凑巧荡妇救贤媛

　　瘦春一见驾雄说出这等轻薄话来，顿时引动她的真火。同时就迸出一股伤心之泪，溅满了驾雄的一脸。正待去与驾雄拼一拼命的当口儿，忽见驾雄早又忙不迭地逃出被外，光着身子，跪在里床，向她连拜连说地哀求道："我的好妹妹，我的亲妹妹，我起先本已打过你的招呼，这也是我急要报恩，一时又想不出什么好法子，才有这个下作思想，你快不可动气。我姓范的无论如何不肖，不见得自己情愿做乌龟的。"说着，似乎也在伤心起来。

　　瘦春这人本来最是和婉，起先还当驾雄在糟蹋她，自然动起气来，及听驾雄说得却也可怜，一想人家情愿将妻子的身体去报大恩，这也十分可惨的了。若是再去怪着人家，似也说不过去。瘦春一面在想，一面已在恨恨地说道："只怪你自己说话不知轻重，天底下也没有拿自己的老婆去报恩的。"说着，又见驾雄还是光着身子跪在那儿，忙又轻轻地喝道："你还不快替我滚进被窝儿里来，你是不是还要闹得加上一点儿毛病，好叫我这个背时的人受累呀？"

　　驾雄一听瘦春如此说法，连忙装出如逢皇恩大赦的形状，连连钻进被内道："好妹妹，你只当我放了一个狗屁就是，总之我的说话虽是讲错，好心总是好心。"

　　瘦春不待驾雄说完，又咬牙切齿地说道："这等的好心，真是辱没你们姓范的祖先。"

　　驾雄忙又说道："这话不必再说，这么你且说说看，只要我姓范的做得到的事情，我连老婆都肯给人家，大概没有再不肯办的事情了。"

　　瘦春一壁拭泪，一壁又在暗泣道："我有法子，方才的这一场气，也用不着淘了，只为我想不出什么报恩的法子呀！"

　　驾雄听了，一想诱不出瘦春的口风，只好另想别法。当下即对瘦春咬着耳朵道："我们方才有过事的,你快养息养息,慢慢地再想法子就是。"

瘦春听了,只得狠命地瞪了驾雄一眼,也就闭眼睡去。

驾雄一俟瘦春睡熟,他又在自己打算道："这个淫妇,嘴巴倒紧! 宝山那个坏蛋,他因霸占我的老婆,所以白天对我说,肯把这件串骗十万块钱的事情瞒起。总算前来见好于我,殊不知我姓范的也是一个顶天立地的奇男子,如何一文没有到手,肯把老婆白白地给人行乐? 况且我的老婆虽然有点儿姿色,这个姿色不是永远不会衰败的。宝山那个东西,本来不是好人,不要一等我的老婆色衰的时候,他又来向我倒算账起来。那时我非但弄得人财两空,甚至去吃官司,我何犯着?"驾雄想至此地,急暗把眉头一皱道："我只有牺牲我的这个淫妇,自然就有办法。"驾雄想完,方始安睡。

第二天一早,瘦春一觉惊醒,一见驾雄还在好睡,一面自己起身下床,一面忙把驾雄推醒道："你快起来到前面去,能够帮同这里的伯父和宝兄弟两个办些公事,那就最好。否则你或是到外面去逛逛,不可常常地跟在我的身边,你须留我一点儿脸。"

驾雄听了,一壁起身连连答应,一壁又用嘴指指对面,向瘦春说道："我一定听你的说话,你也不可因为我昨晚上的言语,避起嫌疑起来,一步不到你们宝兄弟那儿去。宝兄弟倘因少人服侍,加重毛病,我的罪孽那就更重了呢!"

瘦春听了,自然是当驾雄真是好意,连说："你放心,我无论如何要去服侍他的,因为小梅妹妹一个人本也忙不开。宝兄弟的脾气又来得古板,除我和小梅妹妹二人之外,谁也不准前去服侍。"

瘦春说完,匆匆地就向宝山公子那面而去。

驾雄一见瘦春头也不回地去了,即把牙关一咬,暗暗地骂道："你瞧,这个淫妇,她只拿冠冕说话,支使我出去,好让她去陪伴奸夫。"说着,又把脚轻轻地一顿道："我早晚总有法子对付你们这一对儿淫妇、奸夫就是。"驾雄说完,恨恨地下楼而去。

瘦春一到宝山公子房里,挂起帐子,就见宝山公子双眼望着帐顶,早已醒在那儿。又见宝山公子面色更加憔悴,身体也觉疲乏,便向床沿上坐下,急问道："宝兄弟,你既早醒了,为什么不喊我的呢?"

宝山公子很沉着声地答道："兄弟早被浑身骨头痛醒,只因时候还早,姊夫又在房里,兄弟怎敢去喊姊姊? 小梅妹妹又在楼下,兄弟也没气力喊她。"

瘦春连连怪着宝山公子道:"宝兄弟这就是你的不是了,姊夫尽管在房里,你喊我碍什么?"说着,又忙问道:"兄弟可是要出恭吗? 兄弟肯让你姊姊服侍,你姊姊就服侍你,一定不让你姊姊服侍,我就去喊小梅妹妹上来。"

宝山公子摇摇头道:"兄弟不是会出恭的事情,只因想望一个人来,传话给高伯父去,叫他快将所有未了的公事,请他一个人做主办了就是。再问一声,此地哪位医生有名。"

瘦春听了,本想下楼去唤小梅,又因不放心宝山公子一个人在房里,便走至楼窗口,伏出头去,向着西首房里喊着小梅道:"小梅妹妹,你起来没有? 你起来了,就上楼来一趟。"

谁知小梅昨晚上和红玉睡在一起,红玉只把宝山公子业已答应娶小梅做妾的说话,虽像炒冷饭的炒过又炒,倒说小梅并不讨厌,而且非常愿听。两个人没有清头,一直讲至大天白亮才睡。幸亏小梅对于宝山公子的事情还算当心,所以瘦春只喊了她一声,她已惊醒,连忙爬了起来,哪里还有工夫梳洗? 一脚奔出房门,站到堂前门口,昂着头地答瘦春道:"可是哥哥醒了吗? 我就上来。"

说着,翻身正待上楼。忽见高太太已站在房门口向她道:"二小姐,你上楼去,可替我带个信给你们哥哥,你说我说的,这几天之中,你们哥哥千万就在楼上将养将养,所有公事,你们伯父已去办理去了。况且也没什么大事,请你哥哥放心。你再对你们哥哥说一声,我就不上去瞧他,省得他要拘礼,反而累他。"

小梅急于要上楼去,高太太又尽在长篇大页地讲个不了,不好就走,只好一等高太太住口,她就连称晓得晓得,如飞地上楼而去。一进房去,只见瘦春已在替她哥哥捶着,她也瞧见哥哥今天的神色不对,早把高太太叫她所带的信忘记得干干净净,单去问她哥哥道:"哥哥可是骨头又在痛了吗? 为什么早不喊妹子一声的呢?"

瘦春接口道:"你哥哥说,我有姊夫在房里,不肯喊我。你又在楼下,他没有气力喊。照这样看来,今天晚上,只有你搬上楼来的。"

宝山公子轻轻地摇手道:"且挨两天再讲。"

瘦春道:"还挨什么?"

宝山公子不答这话,单叫瘦春把他方才的说话述与小梅听,好让小梅下去关照。瘦春便对小梅述了一遍。

小梅尚未听完，就连声哎哟哎哟地说道："我真是忙昏了头了。"说着，即将高太太的说话也述了一遍给宝山公子听。

宝山公子道："这么快问医生去。"

小梅忙答道："照妹子的主意，还是服那成都医生的原方好。"

瘦春连道："不错。"边说，边又对宝山公子道："兄弟在路上服这方子，不是很有效的吗？"

宝山公子道："这么且吃两剂再讲。"

小梅忙又下楼，去到她的房里，寻出方子，命人抓药，自己去熬。

宝山公子等得小梅下楼，便问瘦春："姊夫可有什么说话？"

瘦春微笑着答道："你们姊夫这趟回来，说出来的说话，倒比从前好了一些，他也口口声声地要想报答你呢！"

宝山公子摇摇头道："只要他能好好地相待姊姊，兄弟哪里要他报答？"

瘦春道："这也是各人的心，你且莫管。"

瘦春因见宝山公子精神疲乏，便也不肯和他多讲。等得小梅端上药来，跟着有人送上午饭，于是宝山公子吃药，瘦春、小梅两个吃饭。

晚饭之后，瘦春和小梅正在一同替宝山公子捶着的当口儿，忽见驾雄轻轻地走将进来。瘦春就对驾雄说道："宝兄弟今天更不适意，连公事也不能下楼去办。"

驾雄忙装出吃惊的样子道："这么为什么不多请几位医生来看呢？"

宝山公子一听驾雄在说话，忙答驾雄道："我现在在服成都医生的方子，且吃两剂再看。"

驾雄听说，即将衣袖一卷，连叫瘦春、小梅走开，让他去捶。

瘦春却别过头去，扑哧一笑道："你快不要来现世，我们宝兄弟不要被你越捶越痛。"

瘦春还没说完，连宝山公子也笑了起来。

驾雄又扮上一个鬼脸道："病人能够开心，真比服药还要有效。你们既不让我替宝兄弟捶，这么我就来说些笑话给宝兄弟听听。"

瘦春又连摇其头道："你们宝兄弟怕烦，哪有心思来听笑话？你还是此刻快去睡一瞌，等到后半夜来陪着我们，伴个热闹，倒是正经。"

驾雄听了，连说："这样也好。"说着，真回他的房里去了。

宝山公子一等十二点钟打过，便叫小梅下楼去睡。小梅哪里肯去？

宝山公子皱皱眉头道:"我的毛病,看来不是三两天就会好的,你倘拖出毛病,那就不好,快听为兄说话,明天一早上来就是。"

　　瘦春也劝小梅快去睡一睡,又说:"这里有我和你姊夫陪着,你尽管放心。"

　　小梅忙了一天,也觉有些乏力,只得下楼去睡。

　　小梅下楼未久,瘦春忽见驾雄殷殷勤勤地端了四碗莲子羹进来,便问哪儿来的。

　　驾雄笑答道:"我怕你们熬夜肚子饿,特地去买了新鲜莲子,我一个人在鸡鸣炉上煨的。怎么小梅妹妹已经下去了吗?"

　　瘦春望了驾雄一眼道:"人家的身子又不是铁打的,这样地忙了一天,又加上大半夜了,怎么不去休息一会儿?"说着,又微笑道:"我此刻真的有些饿了。"

　　驾雄忙拣上一碗送给瘦春,又拣一碗,硬要宝山公子也吃一点儿。

　　宝山公子为人最讲礼节,一见驾雄这般要好,又不知道驾雄藏有坏意,便也随便吃了一点儿。哪知驾雄早把一种闷药倒入三碗之中,只有他自己的一碗没有。这种闷药,性最激烈,一到口内,只要一两分钟,便会将人闷倒。宝山公子虽然吃得少些,因为有病,先已闷过去。瘦春那时尚在吃着,一见宝山公子晕了过去,正想前去唤他,哪知她自己也不由自主,早把手上的那只碗掉在被窠上面,同时闷倒在床。

　　驾雄一见宝山公子和瘦春二人都已闷倒,他就朝他们二人狞笑一声道:"你们这一对儿不要脸的淫妇奸夫,老子索性让你们亲昵一下。"说着,急到他的房内,将那早已预备好了的几根绳索、一柄小小的尖刀拿了,又回宝山公子房里,顺手把门关上,又闩得牢牢的,又把绳索、尖刀一齐放在床上,把床上的两条被头抓来丢在地上,便去脱宝山公子和瘦春两个的衣裤。那时还是七月底边,宝山公子和瘦春两个无非仅穿一身纺绸衫裤,驾雄自然不必费力,早把二人脱个干净。即用绳索,先把二人各自捆好,还要一不做,二不休地去把宝山公子抱来伏至瘦春身上,重又加上几道绳索。可怜宝山公子和瘦春两个,早已脸对脸、嘴对嘴地叠在那儿了。

　　驾雄一见布置妥帖,侧耳听听楼下,幸无声响,便把那柄小小的尖刀取至手中,再去呷上一口凉水,向他们二人的脸上一喷道:"你们这对儿淫妇奸夫,快快醒来,好听老子吩咐!"

　　此时宝山公子和瘦春两个既被驾雄喷醒转来,一见各人身上早已寸

168

丝不挂,且被绳索捆得这般模样,不禁又羞又吓。正待大喊救命,同时又见驾雄手执一柄亮晶晶的尖刀,向着他们二人脸上一晃道:"你们二人,既是瞒着老子干了这种把戏,老子先和你们说一声,你们不要性命,只管喊了起来就是。"

宝山公子一见驾雄已在行凶,急向他道:"我和姊姊二人简直和同胞姊弟一般,断不做这禽兽之事,姊夫快不要冤枉我们。"

瘦春也急向驾雄说道:"你就不顾宝兄弟府上相待你的好处,你也得念我和你做了几年患难夫妻,快快先将我们放了绑,穿上衣服。你要怎样,无不依你就是。"

驾雄听了,冷笑一声道:"老子把你们一放,你们还不叫人来绑老子?老子不是傻孩子,放心些。"说着,又把那柄尖刀向宝山公子的太阳穴上悬空地试上一试,喝声道:"你要狗命,快快听老子的吩咐。"

宝山公子连连答道:"姊夫,快请吩咐。"

驾雄又把眼珠一突,喝声道:"什么姊夫?老子再要这个淫妇来做老婆,一条老命还不送在她的手上?现在老子对你说,你赶快写一张三十万银子的笔据给老子,老子就把这个淫妇卖给你吧!"

宝山公子急答道:"你要银子,何不早说?不要说三十万的数目也不算多,我在成都,早和姊姊说过,我愿把家产分一半给你。"

驾雄急不可待地说道:"不用想挨时候,快快写下,老子就要走路。"

宝山公子连连答道:"这么我写我写。"

瘦春一见宝山公子要写,她忽拼了命地别出头去吐了驾雄一脸的涎沫,大骂道:"天底下有你这个畜生,连这等的事情都会做了出来,就是我们兄弟肯写,我也不准他写。"

驾雄一见宝山公子倒肯,瘦春反而不肯,一时怒气攻心,急用那柄尖刀就对瘦春的咽喉戳去。

宝山公子自然吓得没有性命,正要大喊起来,说时迟,那时快,只听得那柄尖刀当的一声,早被一块瓦片打得抛在里床,同时又见那个平淡烟不知从何而入,扑地蹿近床前,一把就将驾雄辫住。又见驾雄死命地挣脱身子,就向对床的那个窗口跳了出去。跟着一阵乱步之声,似已去远。那位平淡烟,也就跟着追了出去。

不知平淡烟如何会来援救,追了出去,是否能将驾雄追着,且听下回分解。

169

## 第二十八回

小侠女话不留神

老剑仙法能役鬼

宝山公子一见那个平淡烟也从窗口追了出去，正待去向瘦春商量，设法解去绳索。陡见瘦春紧闭双目，早已吓死过去，可怜他本有重病，起初既被驾雄一绑，后来又被驾雄一气，如何再禁得起瘦春这人死过去的呢？总算他还有一点儿镇定功夫，恐怕一闹起来，声闻楼下，万一有人上来，岂不把他们姊弟二人臊死？所以他只好轻轻地凑着瘦春耳朵在喊，谁知越喊越是不醒。他真没有法子，不觉一壁掉下泪来，一壁又用他的额角去撞瘦春的额角。

这般连喊带撞地又闹了一阵，始见瘦春悠悠扬扬地回过气来。睁开眼睛，苦苦地望着他道："宝兄弟，你又何必巴巴结结地喊你姊姊醒来做什么？倒不如就让你姊姊趁此脱离苦海，免得你姊姊多在阳世受这般的苦恼。"

可怜瘦春边说，边已泪如泉涌。

宝山公子一见瘦春这般形状，一听瘦春这般言语，早也伤心得只把两行热泪向着瘦春脸上直流。

瘦春此时顾不得再劝宝山公子，单问道："那个畜生呢？"

宝山公子急将平淡烟忽来相救，已追了出去的事情告知瘦春。

瘦春不待听毕，瞧瞧宝山公子仍旧压在她的身上，不觉又羞又急地说道："兄弟不该让姓平的先去追那畜生，自然先叫她把我们的绳索解去要紧。"

宝山忙又答道："姊姊你不知道，那时匆遽之间，兄弟哪里喊得她住？现在但望她快快回来，我们不但可以叫她解去绳索，还好叫她不要张扬。"

瘦春不俟宝山公子说毕，连说几声"不好不好"。宝山公子急问何事不好。

瘦春很是着急地说道："我们快快想法解去这个绳索才好。兄弟难道忘了这个姓平的,她是被华月妹妹救下性命来的吗?她此去无论是否拿住那个畜生,她一回转来,岂有不先向高家去献功的呢?甚至正要留着我们这个形状,证明她的功劳,也说不定。"

宝山公子听了一吓道:"这是只有赶快想法解开绳索。"说着,又朝自己身上看了一看道:"我们双手绑得这般紧法,又用什么法子来解?"

瘦春略将身子动了一动,想将宝山公子推下身去。谁知只和蜻蜓撼石一样,哪能动得分毫?她又对宝山公子说道:"这么快喊小梅妹妹一个人上来,好在她非别人可比,这也只得让她瞧见的了。"

宝山公子连连地答道:"就算让她瞧见,这个房门早被那个坏蛋闩上,如何是好?"

瘦春听了,只在暗暗地叫苦。哪知就在此时,忽见窗口早又蹿进一人,急将那人仔细一看,不是别个,正是小梅的表妹董珊枝。不禁一喜,只好红了脸地喊道:"珊枝姑娘,请你快快先来替我们解开,再说别的。"

珊枝一见他们姊弟二人这般形状,自然羞得也红了脸,略略现出有些为难的样子。

宝山公子也向珊枝说道:"事到如此,珊枝姑娘不好再管别的,请你快来替我们解开再讲。"

珊枝无法,只好羞怯怯地前去解那绳索。不料解了半天,一点儿不能解开。

宝山公子忽然想着那柄尖刀还在里床,急向珊枝说道:"里床有一把刀在那儿,你快取来割断就是。"

珊枝听说,即将那柄尖刀取来,方将绳索一齐割断。哪知宝山公子一经滚下瘦春的身子,哪儿还会动弹一点儿?

瘦春到底不是病人,拼命地先去抢了她的衣裤,忙不迭地胡乱穿上,又把宝山公子的衣裤寻着,急也替他轻轻地穿好,又将摔在地上的那两条被头抱至床上,去替宝山公子盖上。等得忙上一阵,始觉痛定思痛起来,忽向宝山公子大哭起来道:"宝兄弟,今天的这场飞来横祸,都是你姊姊害你的,你姊姊倘不叫那畜生前来陪夜,那个畜生便没机会送进这个害人的莲子羹来。我们不吃这个东西,便不至于闷倒。兄弟呀,做姊姊的原是想报答你的一点儿大恩,谁料反在害你,这也是我前世的命了。"

宝山公子此刻仅剩奄奄一息,哪儿还会答话?只是微摇其头答复瘦春而已。

珊枝对于此事，本来莫名其妙，当下又在问瘦春道："小姐、少爷，究为何人所害，弄得这般苦恼？"

瘦春听了，正待去和珊枝说话，忽听那扶梯上已有多数的脚声，还没有来得及把门开开，早听得小梅的声音，只把那门打得犹同播鼓的一般。

这么小梅尚未知道这事，怎么又这样发急的呢？

原来小梅在那睡梦之中，陡然听得瘦春的哭声，还当她的哥哥病体有变，早把她急死急活地一骨碌爬了起来，拉着红玉、华月两个，一同跌跌撞撞地就向楼上奔来。一见房门还是紧闭，所以打得这般急法。

及见瘦春把门开开，她头一句就问道："姊姊为什么事情这样的哭呀？"

瘦春一见小梅在问，她仿佛又见了一个亲人，想起她方才的苦楚，话未开口，早又那泪直流起来。小梅这一吓还当了得？料定她的哥哥必是凶多吉少，她的姊姊方有这等模样，哪里还有工夫再听瘦春讲话，急忙奔到宝山公子的床前，定睛一瞧，只见宝山公子虽是疲倦万分，但那神色之间，不像病体有变。回头忽见她的表妹珊枝也在房里，她就冒冒失失地怪她道："你怎么一去便没影踪？此刻谅是又来报什么断命的坏信，竟把我们哥哥吓得这般样儿，什么道理？"

珊枝一见小梅无缘无故地怪起她来，急于要去辩明，一时话不留神，她也不顾，她只急向小梅说道："表姊怎么怪起我来？我虽有急信要报，可是还在我的肚里，我起先一纵进窗子，就见少爷和大小姐赤条条……"

此时瘦春已随红玉、华月二人回了进来，一见珊枝突然说出"赤条条"的三个字来，慌忙要去阻住，已是不及。只把她羞得双手掩面，重又哭了起来。

珊枝一见瘦春这般发急，方知她的讲话太没遮拦，急忙说了半句，把话截住。但又一时改不过口来，只得把她那双乌溜溜的眼珠呆呆地望着小梅，没有下文。

红玉、华月二人忽听珊枝说出这话，又见瘦春羞得在哭，因为宝山公子和瘦春两个都是她们的恩人，生怕臊了他们两个，只好丢开此话，单劝瘦春莫哭，有话好讲。

岂知就在此时，那个平淡烟忽又从窗子外面跳了进来。华月见了很觉诧异，就让红玉一个人在劝瘦春，她却去一把抓住淡烟，问她半夜三更从窗外跳进来何事。

原来淡烟自被华月救下性命，又把智础、阿二一同救下，可是她感激华月的心理还敌不过她看上宝山公子的心理。只因她与宝山公子素昧平生，怎么贸然好来移樽就教？她便挖空心思地瞒了智础、阿二两个，把智础抢来有桂圆般大的一颗精圆新鲜珠子藏在身上，等到夜静更深的时候，料定高府的人早已睡熟，宝山公子那儿纵有人在陪夜，她总可以见景生情，随机行事。她就悄悄地来至高府，飞身上屋，先在东边的窗外一瞧，只见房内有人在鸡鸣炉上煮东西，她本不知道驾雄要去闷倒宝山公子和瘦春二人。她又走到西边的窗外，蹲着身子，悄悄地向里看去。起先瞧见瘦春、小梅都在替宝山公子捶着，后来小梅下楼而去，她想，既是还有一个人在那儿，且等一霎再看。

　　哪知就在此时，忽见驾雄端进几碗点心进来。及见宝山公子、瘦春二人一吃这碗点心之后，马上各自闷倒，她才知道驾雄要害他们姊弟二人，她便暗暗地大喜道："这真是老天给我的机会，我倘若把他们二人救了性命，宝山公子无论如何古板，断无有恩不报之理。"

　　她在这般地边想边瞧，又见驾雄已把宝山和瘦春二人脱去衣服，捆了起来。及见驾雄把他们二人用水喷醒，说出这样言语，她又暗忖道："原来宝山公子也是一位风流人物，早和他的姊姊有过暧昧。如此说来，我就不必把他当作古板的人看了。"

　　她刚刚想罢，又见驾雄已把一柄尖刀正向瘦春的咽喉戳去，她想，就是纵将进去也来不及的了。她急揭起一块瓦片，照准那柄尖刀打去，她虽学得半途而废，这点点的本领，还是家常便饭。她就在当的一声之中，跟手纵进窗去，捉住驾雄。驾雄挣脱身子逃出窗口，她也追了出去。哪知追了半天，不能追着。

　　在她的初意，却被瘦春猜着，本要去向高家献功去的，后来一想，倘到高家献功，万一因此臊了他们姊弟二人，岂非好意变了恶意，自断门路？因此回了转来，正待去向宝山公子有挟而求，不料华月一把将她拖住，问她何事。她就把她方才所见所做之事统统轻轻地告知华月，又说，她因为明天一早同了智础、阿二两个要到杭州有桩急事，深夜不能前来拜别。边说，边把那颗大珠子从身上拿了出来道："我因这颗东西是拙夫的家传之宝，带在路上，恐被土匪抢去。此地的宝山公子将来回杭，谅有队伍护送，我想请他代为收藏，将来由我再去向他取回就是。不图因此反而救了他们二位性命，倒是我不防之事。"说完，又把珠子藏了起来。

173

华月听毕，自然很是见淡烟的情，对于余外之事，也没工夫去想。当下便留她道："你能稍缓几天再走吗？最好是就帮我几天的忙。"

淡烟忙不迭地一口允诺。

此时瘦春因见淡烟已在和华月悄悄地说话，料想定在说他们的事情，况且珊枝既把"赤条条"的一句说话说出，倘不趁此言明，不要弄得大家误会起来，反而不妙。她就索性叫小梅去把高师长和高太太二人请了上楼，即将此事从头至尾地讲给大家听了。

高师长尚未听完，早气得把桌子很重地一拍道："这个姓范的还是人吗？"

高太太连忙阻止道："老爷不能生气，这件事情须听大小姐的支派，他们到底是夫妇。郎舅至亲，没有说不开的事情。"

宝山公子起先几乎真要瘫了下去，此刻养了一会儿神，方觉好上一些。及听瘦春已在告知大众，他便不去插嘴。后来一听高太太这般在说，他始忙着插嘴道："姊夫这事虽然做得荒唐一点儿，伯母说得极是。姊姊要怎么办就怎么办，小侄无非受了一点儿虚惊，毫不要紧。不过因我这人连累姊夫和姊姊闹出这事，我倒过意不去。"

瘦春不俟宝山公子说毕，就气愤愤地接口道："兄弟，你不要还在姊夫长地，姊夫短地这般尽讲，难道你还要逼着我这个苦命的人再去死在那个禽兽手上不成吗？"

高师长忙来插嘴道："这事倒也两难。老夫说，连大小姐一时恐怕也没什么主意，最好赶快拍份电报回府。我们淡然先生，他是一位博古通今的人物，又在刑部多年，自然有个妥当办法。"

高师长话尚未完，满屋的人，除了瘦春一人以外，无不连称这个办法最妥。

瘦春还要不依，高太太早已一把将她拉到怀里，一面带骗带劝地把她拦住，一面又问宝山公子可有气力拟这电报稿子。宝山公子因见此事关系他姊姊的一世，只好硬撑着在拟电稿。

高师长此时忽见淡烟也在这里，倒还不以为奇。顺眼瞧见有个形似卖解的女子站在一边，忙问小梅："此是何人？"

小梅一壁忙叫珊枝见过高师长夫妇以及大众，一壁又将珊枝在成都的事情老实告知了高师长。珊枝不待小梅讲毕，急又去向高师长赔罪。

高师长连道："不知不罪，快快不必如此！"

174

小梅忽然想着珊枝起先说过，她有急事报告，忙问什么急事。

珊枝听了，始对小梅说道："妹子自从成都回到此间，那个田大侉子和高大麻子一见了我，连我已否将高少奶奶刺死都来不及问，单托我替他们去到昆仑山，求那昆仑子下山，前来帮助他们。因我走路功夫略胜别人一筹，又曾见过那位昆仑子的，我一想那位昆仑子，他本居昆仑、峨眉、崆峒、岩峣四山之首，大家都尊他为老剑仙，非但剑术厉害，除了呼风唤雨、倒海移山之外，还有法术役鬼，无论什么恶鬼，莫不听他命令。他俩一来，这里的大炮快枪便没一点儿用处。我当时一想，我若不去，他们也要另叫别个去的，大不了日子久些罢了。我想我一去，或者还能打听出一点儿内容，前来报知你们。那座昆仑山，就在西藏里边，此去也不甚远。等我一到，见了那位昆仑子，说明来意，他就对我说道：'我本要到你们那儿去走一趟，此事可以答应你们。'便问他有何贵事要到打箭炉去，他又对我说道：'北京有位褚锡圭，他和他的女婿舒疏月，因受莫本凤和郭鸣冈两个的欺侮，业已托着崆峒子、岩峣子来此，请我约了峨眉子，一同去除莫、郭两个小子，以及浙江的余抚台、屈淡然父子等人。'"

珊枝刚刚说到此地，宝山公子正将电稿拟好，一听那个昆仑子要来害他父子两个，不禁大吃一惊地问珊枝道："此事的确的吗？"

珊枝急急地答道："若不的确，珊枝也不这样急急忙忙地赶了回来报信了。"

珊枝话犹未完，宝山公子早已急得晕了过去。

不知宝山公子能否醒来，且听下回分解。

175

# 第二十九回

## 三卫玠忙煞平淡烟
## 一文君驱回史华月

瘦春一见宝山公子急得晕了过去，她就拼命地跳下高太太的身子，一脚奔至床前，伏于宝山公子的枕畔，含着一包眼泪，急喊兄弟醒来，兄弟醒来。小梅也去一壁喊着哥哥，一壁又怪珊枝不该说得这般率直。其时，大家都已一哄到宝山公子的床前。

高师长对小梅道："二小姐，这件事情的确不是玩的，老夫正在称赞珊枝姑娘有胆有识，方敢跑来报信。"

小梅忙答道："寄女略知一点儿武术，也知剑仙的厉害，不过我们珊枝表妹说得太觉率直。"说着，又拿嘴指指宝山公子道："寄父瞧瞧呀，我们哥哥倘若不能回过气来，那还得了！"

高太太一见宝山公子似有回过气来的样子，忙向小梅摇摇手，叫她且莫高声讲话。小梅一见宝山公子鼻孔之中已有微微的呼吸，始把她心放下一半。及至宝山公子回过气来，微睁其眼，对大家流泪道："我方才的晕了过去，并不是为的是我，我急的是我们爹爹，我想我们爹爹活到五十多岁，从来没有一个冤家。现在为了姓郭的事情，仅不过在子玠中丞面前曾经说过几句公话，那个褚锡圭翁婿两个就要请了剑仙前去害他，天下还有公理可言吗？"

高师长接口道："屈世兄且莫着急，这种没有法子的事情，急也枉然。我的愚见，不如快将此事写在这份电上，通知令尊大人一声，倒是正经。"

宝山公子此时也没主张，就照高师长的意思，真把这事附在电上，命人连夜拍发。

宝山公子又把珊枝叫至跟前，叫她快讲下去。

珊枝听了，只好接续说道："我当时就装着不认识少爷这里的样儿，又问昆仑子道：'老剑仙去除莫本凤和郭鸣冈二人，这也不必说它。我说杭州抚台和屈家父子，这件事情，与他们文绉绉的官儿有何相干呀？'他又说道:'姓余的和姓屈的,听说都是莫、郭二人的死党,像这样助纣为虐的东西,何必把他们留在世上?'我又问他:'几时可到打箭炉去?'他却气哄哄地和我说道:'说起这事,真要使人生气,现在天下的剑客,除了我们昆仑、峨眉、崆峒、岩峣四子,没人可执牛耳。哪知我那峨眉子师妹接了我叫她来此会齐、一同下山的信,她不但一口谢绝,还要将复我的信上大大地教训了我一顿。她说郭、莫二人都是后起之秀,做他们长一辈的,应该在旁赞助,哪好听了无理之话,反去自伤同道之理。我接了她的信,本想不再约她,难道我们昆仑、崆峒、岩峣三个男子,不及她这个女子不成?后来想想,我们四子究属同道,何必因为他人之事自己失了和气?现在又去约她去了,她倘就来,那就最好;仍旧不来,我们三个即日就到你们那里。一等除去莫、郭二人,那些官兵本不算事。你先回去就是。'

"我当时还问:'怎么知道莫、郭二人一定会到打箭炉地方的呢?'他却笑而不言。我也不敢再问,就此兼程回来。一到半途,已经听人尽说,土匪和蛮子先被官兵打败,后又断了水道,统统都已逃散。我本不想给他们回音的,所以一直来到此地。因为时已深夜,不便惊动这里,正想明天再来,忽见这里窗子开着,我就飞身上屋,纵了进来。"

瘦春在旁听到这里,恐怕珊枝再提他们被绑之事,听了使人多得生气,便插口道:"你和淡烟小姐两个,今天都是我们姊弟二人的恩人,现在只好先顾我兄弟这边,且俟事情舒徐,从重酬谢你们。"

珊枝和淡烟两个同声谦虚了几句。

高师长因见天已将亮,即向小梅、华月、珊枝、淡烟四人说道:"你们四个都懂武艺,虽然不能完全抵敌那班剑仙,屈世兄此地有了你们随时保护,总觉放心一点儿。此刻天将亮了,一切之事,明儿再商量吧!"

高太太也说:"快让屈世兄睡熟一霎,此刻匆匆也谈不出什么道理。"说着,便同高师长和红玉两个下楼去睡。

瘦春、小梅仍替宝山公子捶着。华月、珊枝、淡烟三个,大家轮流在打瞌铳。

宝山公子因为实在疲乏不过,一直睡到次日午后,方始醒转。睁眼一瞧,各人都还直挺挺地坐着陪他,正待慰劳华月、珊枝、淡烟三个的当口儿,忽见高师长、高太太和红玉三个又已上来。因见高师长手中捏着两份电报,忙问可是家父的回电。高师长一壁点头,一壁即将两份电报递与宝山公子。宝山公子接到手中,见已译出,一份是他爹爹复他头一次的电报,内中没甚说话,仅不过叮嘱"诸凡小心,事了速回"的字样。及看到第二份电报,却和头一份的寥寥数语大不相同,简直在像写信一般。只见写着是:

宝儿入目:

晨间复尔之电,收览否?顷阅续电,殊出意外,尔此次伴送尔姊入川,沿途卫护尔姊,在有学问者视之,原属应尽之责。惟范婿久为环境所迫,彼之情性似失和平,复由匪窟归来,益增愤懑。尔暨尔姊,早该因势利导,不宜太事密切,以启其疑。范婿未获证据,贸然即施野蛮行为,亦属非是,此事之出,仍是尔之不学无术、少不更事,有以致之。为父前阅尔之函电,方谓尔此次出门,大小事件,虽未事事得体,尚称可取,不图对此小小问题,竟致手足无措。远隔万里,责尔已迟,现在唯有拜托高伯父,迅将范婿追回,先由尔向范婿服礼,再由范婿向尔姊服礼,并传谕尔姊,闺房口角,孰曲孰直,事极细微,不能以法律衡之也。为父责成尔速将此事办妥,随时禀知,俾安为父暨尔母之悬念。

至褚、舒二氏,欲托剑仙加害子玖中丞及吾父子一事,衡情度理,自是谣传。即有其事,亦所谓横逆之加,唯有听之而已。尔毋徒作杞人之忧也。

高伯父母处,代为致意。

父泐

宝山公子看毕,忙递给瘦春去看道:"爹爹对于姊夫之事,已有处置,唯对那班剑仙,仍抱一个理字说话,怎么好法?"

瘦春看毕电报,放在桌上,始摇着头答宝山公子道:"那个禽兽的事情,爹爹不知内中细情,做大人的自然只有这种办法。我却极不为然,宁居不孝之名,决不再与那个禽兽再居夫妻的名义。一俟见了我那爹娘之面,我就茹斋念佛,侍奉他们终身了事。"

高太太连连说道:"大小姐这话太觉激烈,轻轻年纪,怎好就去茹斋念佛起来?且等我们把姊夫找了回来,我们一定办得将你消气便了。"

瘦春正待答话,忽见高家的使女走来向高师长说道:"外面来了两位

178

客人,一个姓郭,一个姓莫,要见屈少爷,说有紧要话讲。"

宝山公子听了,不禁大喜,急对大家说道:"定是郭鸣冈和莫本凤二人到了,他们既来找我,我就不至于坐以待毙的了。"

大家一听郭、莫二人真的到来,这一高兴,还当了得? 急对宝山公子说道:"这么只好快把他们二位请到楼上来谈。"

高师长一面既命使女去请,一面又同大家暂时避到东边房内。

大众走不多时,宝山公子只见那个使女已将两个美少年导入,一眼瞧去,内中一个,果是红桃镇上所见的那个,赶忙高拱其手地向二人道歉道:"晚生是个病躯,不能起迎,还求二位侠士原谅。"

二人同声笑答道:"宝山兄千万不必拘礼,兄弟等因为有人作对,无端牵及贤乔梓起来,特地过来赔罪。"说着,已经随意坐下。

宝山公子听了,微蹙其眉道:"晚生一人倒还在次,他们还要牵及家父,似乎太觉残忍。二位侠士既已光临,未知对于此事,如何处置,可否见示一二?"

郭鸣冈先答道:"宝山兄但请放心,尊大人那里,他们若不先除我们二人,决不会到浙江去的。不过兄弟浪迹江湖,这几年来,也曾收拾了不少的贪官污吏、恶霸土豪,前因两宫要将兄弟拿办,亏得令太岳廖祭酒代为求下。尊大人又因舒家的事情在旁很替兄弟说些公话,府上如此相待兄弟,做兄弟竟来累及府上,真是说不过去。所以特偕我们莫师兄两个,一则专诚晋谒,并申歉忱;二则拟在此地暂作居停,就和他们见个高下。倘若兄弟的本领真个不及他们,那时我们同归于尽,也是天命。"

郭鸣冈边说,边将他那两道弯弯的凤眉早已竖了起来。

莫本凤跟着把手向宝山公子一拱道:"兄弟在成都,曾经冒犯令妹,不料宝山兄真是一位不欺暗室的鲁男子,使人油然生敬。"

宝山公子急回礼道:"那是舍妹,莫侠士快不要如此谬赞。"

宝山公子还待再说,忽见淡烟亲自端进茶来,分摆郭、莫二人的面前,并不退去,只在把她一双极玲珑的眼珠子盯着他们三个,左右在看。

宝山公子见了这种情状,虽觉有些诧异,也没工夫前去深思,单去问淡烟道:"这些事情怎么要小姐亲来照料?"

淡烟又朝着他们三人各做一个笑脸,始答宝山公子道:"高太太说,这两位侠士既来帮助公子,生怕丫鬟、使女或有失礼之处,我就讨下此差,这也是大家敬重两位侠士的意思。"

郭、莫二人连打淡烟的招呼道："小姐快快不要这般，我们二人还得打搅几天呢！"

淡烟一听见这两位美男子这样在说，更加忙不迭地含笑答道："两位侠士能够住在此地，保护我们这位屈公子，大家真是感戴大恩不尽。"

郭鸣冈又道："小姐千万不必招呼，最好是能够找间和宝山兄就近的房间，让我们住下，这倒要紧。"

宝山公子忙答道："外面一间，本来空着，不过草草不恭，有屈二位罢了。"

郭、莫二人听了，很是满意。淡烟即去禀知高氏夫妇，命人收拾外间。等得收拾舒徐，郭、莫二人又叫宝山公子只顾养病，不论日间夜里，倘闻什么声响，不要害怕。说完之后，他们二人就到外间休息去了。

他们走后，大家就一拥地奔进宝山公子房内。宝山公子即将郭、莫二人之话告知大家，大家无不称是救命主菩萨到了。

高师长又很高兴地去对瘦春说道："大小姐，他们二位侠士一到，不但令弟可以安然无恙，连你那令尊、令堂也会和你相见了。"

瘦春有些不解，急问什么缘故。

高师长先叫大家坐下，始对瘦春说道："令尊、令堂也被一个自号文君的女侠拘禁在那儿。"

瘦春更是不解道："家父、家母怎会被这女侠拘禁？"

高师长又说道："令尊少年时候，一年上京会试，忽在清江浦地方相与了一位年轻寡妇，此人姓文，那时还只十七八岁。令尊大人和她有了相好之后，便答应她是否中式，回来即行娶她，她也就把令尊当作司马相如看待。不料令尊在京忽娶令堂，便把此人置诸脑后，她就赶到京都，情愿降而做妾。令尊因有他种关系，未曾允她，她便一怒而去，削发为尼。后来遇着一位剑仙，收她为徒，待她学成，她就想报此仇。她的师父倒也阻止，无奈她总哭哭啼啼，不肯甘休。她师父方始允许她，只能警戒令尊，不得伤着性命，因她自己也有一半不是在内。她就打听得令尊放了此地府缺，那天土匪可巧攻破城池，她即把令尊、令堂二人弄到距离此地三十里的着帽岭上，虽然遵着师命未曾加害，她说也要使令尊、令堂受他二十年的软禁之罪。令尊、令堂力不可抗，只好住在那里。

"我那时尚是营长，驻守此间，一天，有个樵夫偶将此事告我，我就去和文女侠交涉，请她放了令尊、令堂。她只把一柄宝剑朝我扬上几扬道：

'我倒肯,可惜它不肯。没有办法,你能找个剑仙前来将他们二人劫去,我就无话。'我那时又没剑仙认识,只好怅怅而回。及至日前,接到小媳电报,始知你来寻找父母,我又去和文女侠说:'现在转瞬已有十一年了,二十年已过大半,可否让我将他们夫妇带了回去,好使他们父女相见?'那位文女侠仍是从前的说话,不肯通融,所以我一见你面,就说须得有个办法。又因一时找不到剑仙,怕你发怒,只好将你缓了下来再说。现在既有郭、莫二位,岂非你们父女就有相见之日了吗?"

瘦春听完,未免一喜一忧,喜的是真有二位剑侠到来,忧的是这二位剑侠不知能胜文君与否。

哪知就在这天晚上,倒说史华月小姐忽然不知去向,大家虽是万分着急,但又无处去找。慌乱半夜,直到天将快亮,始见华月一个人无精打采地走了回来。

高师长瞧她神情,已知其事,忙问她道:"你可是一个人到那着帽岭上去了一趟吗?"

华月只好老实认账道:"寄女去虽去过,可是被那个文女侠用着她的剑光撵了回来,这种劳而无功的事情,快快不用提它。"

瘦春急问道:"华月妹妹,可曾瞧见我那爹娘?"

华月连摇其头道:"我一到岭上,还没有进她那个仙洞,就见一道剑光,直朝我的头上飞来。我只吓得反身就跑。幸亏那道剑光似乎只在守着洞门,并未向我追击,不然,我还有命?"

瘦春听完,连连安慰华月道:"妹妹单身而去,本来太觉不顾危险,然而你的一番好意,我总没齿不忘的。"

华月正待客气几句,陡见刚才所见的那道剑光突然又从窗外发现,不禁吓得连喊二位侠士救命。

不知这道剑光究是谁的,且听下回分解。

# 第三十回

## 郭鸣冈私劫老夫妇
## 莫本凤暗护女同门

华月一见刚才的那道剑光又从窗外发现,她还当是文女侠追了前来,直吓得大喊两位侠士救命。

其时,宝山公子也已瞧见,又当是昆仑、峨眉、崆峒、岩峣四子来了,自然吓得手足无措。不料郭、莫二人一听华月在喊,急在外房高声答应道:"你们诸位不必惊慌,这个剑光乃是我们二人趁这天将要亮,将我们的剑光呼吸清空之气。"说着,又似在好笑道:"我们因见诸位谈得正在起劲,故未预为知照。"

大家一听这道剑光是郭、莫二人的,方都镇定下来。

华月却一喜道:"这两位侠士的剑光既和那个文女侠的一模一样,大概不至于敌不过四子了。"

大家都说,但愿如此。说着,大家仍照昨晚的办法,只有高师长夫妇下楼去睡。红玉因见有了剑侠住在外房,她也要在这里陪她哥哥,宝山公子只好由她。

这样地又过几天,宝山公子见无动静,即拟一个电报,告知他的父母妻小,说是郭、莫二氏已来保护,或者不碍,家里尽管放心。发出电报,又请高师长办一公事,打发他的一师人马回省销差。

高师长听了,哎哟一声道:"昨天彭方伯本有电来,我竟忘记告诉世兄。"

宝山公子忙问电上讲些什么。

高师长说道:"彭方伯说,他也知道世兄不能久留川省,不居此功,倒是一个办法。又说,制军业将我和我们华月,以及各师、旅、团长的劳绩电奏出去,不日即有优奖到来。又说,他忽然得了重病,叫世兄此地的事情一了,回府时候,须去见他一面,他有大事相托。"

宝山公子不待高师长说毕,即皱了眉头道:"彭年伯怎么也害重病,又有什么事情托我?"

瘦春接嘴道:"彭年伯真待我们不薄,我们应该亲去谢他一谢。"

宝山公子忙答道:"这个自然。"

那时郭、莫二人已与大家混熟,宝山公子又深佩他们的义侠,常将他们二人请至里间闲谈。此时正待与瘦春再说,忽见郭、莫二人含笑而入,随便向大家一点首,即行坐下。

瘦春忙悄悄地叫宝山公子,可将她那父母之事先行告知他们,以便此地事了,就好去办这事。宝山公子的陪同瘦春来到此地,大半本为瘦春父母之事,便将瘦春的事情告知郭、莫二人。

二人听毕,即朝瘦春说道:"罗小姐如此孝心,真是可励薄俗,我们应得效劳。"说着,郭鸣冈就对莫本凤道:"文师姊,就是你那师叔的徒弟,你何妨就去叫她卖个人情,快把罗老先生夫妇放了回来,也好使罗小姐早些放心。"

莫本凤却皱皱眉头道:"我和她虽是同一师祖,却未见过,但知她的为人性子最是执拗,我去一定要闹得伤了和气,不比你和她没甚师谊,无论文来武来,都可随意行事。"

郭鸣冈听了,连说不错不错,当下又朝宝山公子和瘦春说道:"我就此刻请史小姐陪我去走一趟如何?"

瘦春忙答道:"这么此地呢?"

郭鸣冈将嘴向莫本凤一努道:"有他在此,谅不碍事。"

瘦春又说道:"我们这个弟弟对我曾有大恩,我把他这人也和我那父母并重,好在我那父母尚没性命之虞,稍迟数日,还不要紧。"

郭鸣冈微摇其首道:"罗小姐放心,令弟之事,我们自会当心,我准定此刻就走一趟。"说着,又对高师长、高太太二人道:"可请预备两乘轿子同去,无论文来武来,我定把罗老先生夫妇接了转来就是。"

高师长、高太太喜道:"轿子容易,郭侠士能够这般仗义,真是万家生佛的了。"

华月一壁吩咐快快预备轿子,一壁又向郭鸣冈说道:"郭侠士,这么我们就走。"

郭鸣冈即同华月来到着帽岭上,且叫华月避过一边,让他一人进洞。刚刚走近洞口,忽见一道剑光向他脑门飞来。他却不慌不忙,张口吐出一道剑光,把那剑光敌住,顺眼一看,始知那道剑光不甚有力,即知那个文女

183

侠不在洞内,这道剑光无非保护洞门,免得豺狼虎豹进洞,伤了罗氏夫妇的意思。他便收了他的剑光,走入洞内,四处一瞧,仅有三四个十多岁的女徒,都在那儿各打瞌铳。他便喊醒她们问道:"你们师父呢?"

那几个女徒本没什么剑术,仅不过采采果食,侍奉文女侠和罗氏夫妇三个而已,一见一个面生之人闯进洞来,早已吓得目定口呆,哪会作声?见郭鸣冈和和气气地问她们的师父,方始答道:"家师前天出洞访友,大概今天可以回转,不知你这位师父有何贵事?"

郭鸣冈道:"你们师父既不在此,你们等她回来,可说华阳郭鸣冈前来拜访。"说着,又问罗知府夫妇现在何处。

有个答道:"他们就在后面,你这位师父问他怎甚?"

郭鸣冈道:"你们莫问,好好地领我进去,我要将他们接了回去。"

那几个女徒都失惊道:"这么我们家师回来,我们吃罪不起。"

郭鸣冈便用他的剑术立将一张石桌劈作两片道:"你们可怕?"

那几个女徒一见姓郭的剑术厉害,始将他引至后面另外一个石洞之内。郭鸣冈一走进去,只见一个三四十岁的男子正在那儿看书,还有一个徐娘风韵的妇人方打午睡,便向那个男的一拱手道:"尊驾可是罗秋镜太尊吗? 令爱瘦春小姐托我来接你们回去。"

那人把他望着,忽现惊喜之色道:"可是小女拜托你这位壮士前来救我们的吗?"边说,边把嘴向前边洞里指指。

郭鸣冈不待罗秋镜说完,即对他说道:"此时姓文的不在洞内,你们贤夫妇快快跟我出洞。"

那时那位徐娘早已惊醒,不及问话,即随秋镜,同了郭鸣冈出洞。

华月一见郭鸣冈同了一对中年男女出来,知道他已得手,急把停在一边的两乘轿子招至跟前,就请罗氏夫妇坐上,即行下岭。华月也跟着郭鸣冈,同在后面保护。因有三十里的路程,不是一时可到,便去笑问郭鸣冈,还是文来武来。

郭鸣冈也笑答道:"既非文来,又非武来,姓文的不在洞内,却是偷来。"

华月听了,忽失惊道:"只是那个文女侠定要寻上门来的,如何是好?"

郭鸣冈摇摇头道:"尽管让她寻来就是,我们连那四子一同到齐,也拟抵抗抵抗,何在乎她一个?"

二人谈谈说说,已到高家门口。

瘦春一听郭鸣冈真的已将她的父母接回,这一喜还当了得? 哪里还有工夫再和众人说话,她只一人犹同一只麻雀一般,喳喳喳地奔下扶梯,抢步至前,一手一个,抓着她的父母,早已放声大哭起来。

那时秋镜夫妇几乎当在做梦,及见高师长夫妇率着一大群女子也已迎了出来,他们夫妇二人本与高师长是熟人,方始明白过来,并非做梦,确已重到世上。同时又见他们的这个爱女转瞬之间已是十一二年不见的了,此时长得劈长劈大,若非声音笑貌还与幼时相同,真的不会认识。当下也顾不得去问救他们这位壮士的姓名,也顾不得去和大众叙话,只是各人捏着瘦春的一只手痛哭道:“我们的亲心肝,好女儿,我们真会还有见你之日吗?”

瘦春此时哭得哪会答话?还是高师长夫妇越步上前,对着秋镜夫妇两个说道:“罗太尊、罗太太,快快不必伤感,且先揩一把脸,你们父母女儿慢慢地细谈就是。”

秋镜夫妇只好一面先行劝住他们女儿的哭声,一面答高师长、高太太道:“我们夫妇两个今天见着你们,真是隔世重逢。”说着,自有使女递上手巾,他们父女三个揩过之后,一同坐下。

罗太太此时早把瘦春辖到怀内,对于别后之事,不知从哪一句说起。还是瘦春的神智稍觉清楚一点儿,对她娘道:“母亲和爹爹的事情,此地高伯父曾和女儿说过大概,母亲快快定一定神,最好同爹爹先吃一点儿东西,好在你们二老既被郭侠士救了出来,我们慢慢地说就是了。”

罗氏夫妇一被瘦春提醒,赶忙去找那位郭侠士,先行叩谢,容后补报。哪知郭鸣冈正怕罗氏夫妇要去谢他,早已一个人溜到楼上去了。

瘦春便对她的父母说道:“郭侠士在此地还有几天耽搁,你们且过一会儿,上去谢他未迟。”

高师长一面开出酒席,一面又叫大家分别拜见罗氏夫妇。瘦春又在旁边把大家的姓名一个个地说给她父母听。罗氏二老一时也记不清楚,只在含笑答礼而已。

等得坐上席去,高师长夫妇又叫大家一同坐下,罗太太指着席上的酒肴向大家说道:“我们在那洞内天天只吃一点儿果品。”说着,又指指秋镜道:“我瞧他反而丰厚了。”

高太太笑答道:“足见不吃烟火食,确是养生的一法,可惜我们现在还不能够。”

红玉悄悄地对瘦春说道:“我瞧姊姊母女两个简直像个姊妹。”

瘦春听说,见她父母果与十年前头一样,并不显老,心里也很高兴。

罗太太此时要想问她女儿别后之事,以及女婿的姓名。瘦春却拦着她娘,不许就问这等事情。等得席散,始把她父母领到她的房内,从头至尾,一情一节地讲给他们去听。谁知瘦春尚未说完,忽见郭鸣冈忙不迭地走来,叫她同了她的父母,赶紧避到宝山公子房内,说是那个文女侠已经寻上门来,现在楼下,马上恐有争斗情事,好让莫本凤保护他们。

瘦春父女三个不待郭鸣冈说完,早已急急忙忙地躲入宝山公子房内去了。

郭鸣冈一面急叫莫本凤保护大众,一面下楼去会那个文女侠。

那个文女侠一见了郭鸣冈,即竖起双眉问着道:"你就是华阳郭鸣冈吗?"

郭鸣冈将手一拱道:"师弟正是郭鸣冈,方才为了罗太尊夫妇之事,前去晋谒师姊,适已公出。师弟不俟师姊回洞,已将他们夫妇接了回来,实在有些冒昧,还望师姊恕罪。"

文女侠听了,却把她的足一顿道:"我一女子尚不肯做此背人偷劫之事,你是一位男子,怎么这般无礼?"边说,边又冷笑了几声道:"真是有玷贵师门了。"

郭鸣冈又赔不是道:"师弟因悯他们的女儿一点儿孝心,所以迫不及待。"

文女侠不待郭鸣冈往下再说,即拦着话头道:"不必多说空话,快把罗氏夫妇还我。"

郭鸣冈又说道:"师姊软禁了他们十一年,似乎也可以消师姊之气的了。"

文女侠忽将眼圈儿一红,同时又盯上郭鸣冈一眼道:"姓郭的,你再不把他们放出,这就不要怪我鲁莽。"说着,立即朝后退下三步,跟着将手一拱。

原来剑侠斗剑的老例,各须退后三步,表示虽将用武,仍在退让之意。将手一拱,乃是知照对方请先之意,后来出了不肖分子,早把此礼等于告朔饩羊的了。这个文女侠,她本是一位良好的剑侠,只因一股愤气不肯消灭,以致进功较迟,她能仍守这个老例,足见还不坏到哪儿。

当下郭鸣冈一见文女侠用那老例,虽知她要用武,但仍不慌不忙地说道:"师姊的功夫,不久便能登峰造极,如何还不保持这点儿天和,竟至怒气横生?"

文女侠瞧见郭鸣冈只在好言相劝,明知她自己的这种举动,凡为剑侠,不应有的,无奈不能养气,也没法子。只好不再多说,即将她的剑光吐了,直向郭鸣冈的头上击来。郭鸣冈始将身子纵出庭心,口吐剑光抵御。他们二人,各施剑术,忽上忽下,忽进忽退。战了一阵,起先却也不分高低,等得后来,文女侠的剑光渐渐地只有招架之功,已无还兵之力。谁知莫本凤站在楼上窗口瞧得清楚,恐怕他的师姊有失,即将他那两道鸳鸯剑光吐出,去迎郭鸣冈的剑光。

郭鸣冈陡见莫本凤忽来助起文女侠起来,不觉很是诧异,同时又见莫本凤在劝文女侠道:"文师姊,师弟就是莫本凤,因为不肯让郭师兄伤着师姊,特地用了我的剑光拦着,务请师姊念在我这师弟面上,讲和了吧!"

文女侠一见莫本凤虽来保护自己,却在口口声声地主张讲和,她就咬牙切齿地对莫本凤说道:"莫师弟倘肯帮我,除了这姓郭的,我自然感激不尽,否则我情愿与我之剑同归于尽,决不讲和。"

郭鸣冈却趁此时,慌忙收了他的剑光,又在一旁向文女侠深深地一揖道:"师姊万请恕罪,师弟冒犯师姊,师弟已在此地赔礼。"

莫本凤一见郭鸣冈收去剑光,已在向文女侠作揖赔罪,可是文女侠的那道剑光偏要去伤郭鸣冈,他又把他的剑光抵住文女侠的剑光道:"师姊,郭师兄既在向师姊赔礼了,师姊也好消气了。"

文女侠此时也知莫本凤是郭鸣冈的一党,倘不答应他们,他们万一两打一起来,如何是好?又见郭鸣冈只在一旁赔礼求恕,也算抓回面子,始含着眼泪地向莫本凤说道:"既然如此,须叫那个负心人率领他的妻女也向我来赔个不是,我才甘休。"

郭鸣冈连连答道:"一定遵命,一定遵命。"说着,急往楼上,见着罗氏父女三人,告知此事。

秋镜有些害怕,不敢一口答应。瘦春已知郭鸣冈的本事足胜那个文女侠,不得她那父母的同意,即把他们两个拉着,跟了郭鸣冈下楼。

哪知那个文女侠一见秋镜之面,忽又想起前情,顿时蹿至秋镜面前,大喝一声道:"我就和你这个负心人拼了!"说时迟,那时快,文女侠的剑光早向秋镜头上击去。

不知秋镜能否保住性命,且听下回分解。

# 第三十一回

## 润仙丹二女抢功劳
## 嘘正气一人除怪异

秋镜一见文女侠的剑光直向他的脑门击来,慌忙以手向空拦着,急又扑的一声去向文女侠跪下道:"以前之事,原是我的不是。但你已成剑仙,何必再记此种仇恨?况且承你的情,我们夫妇二人在那洞内十有一年之久,你都留着我们的性命。此时既有郭、莫二位替我求情,你也可以高抬贵手的了。"

瘦春起先一见文女侠的剑光陡向她的父亲头上击下,这一吓,深悔自己不应主张拉着她的父母来见文女侠的。及见郭、莫二人各吐剑光,同将文女侠的剑光拦住,又见她的父亲已向文女侠下跪求饶,她也去向文女侠跪下,双手高打一拱道:"文女侠,我罗瘦春照理应该叫你一声母亲,只因你老人家已成剑仙,不敢亵渎。此事千不是,万不是,都是我的父亲不是,但求你老人家悯他十有一年没见他的女儿,他的女儿万里迢迢茹辛吃苦、担惊受怕地来到此地,像这样的生离罪孽,更比死别还要悲惨,因为死别,只在一时,这个生离,只要一气犹存,真是五中崩裂。你老人家何必为了这点儿小愤,竟忘了你从前待他的好处呢?"瘦春边说,边在磕头,竟至把她额角上的皮肉都磕破了。

文女侠的剑光既为郭、莫二人的剑光拦住,一时不能击下,又见秋镜父女二人尽在向她磕头求饶,实在也无法子,却也流下几点伤心之泪,复把她的脑袋摇上两摇,始将剑光收回,扑的一声,纵上屋檐,她的影子闪了几闪,便无踪迹。

瘦春一见文女侠已去,急将她的父母扶到宝山公子那里,先请父母坐下,始将文女侠之事告知大众。

宝山公子正待向秋镜夫妇二人讲话的当口儿,陡然听得庭心之中又有呼呼的斗剑之声,同时大家也见莫本凤重又吐出他的剑光,立时一分为二,一道剑光飞向空中,一道剑光顿时已把大众罩住,大众既被莫本凤的剑光罩住,伸手不见五指,哪里还会瞧得见人？现在且让大众被莫本凤的剑光罩住再说。

单讲文女侠她的影子一闪,正想回她的洞内而去,忽见那个崆峒子和峁峣子二人也向高家屋上飞来。她和他们二人原是熟人,急问二人来至高家何事,崆峒子先答她道:"文师姊,你大概已被郭、莫那两个小子击败,岂有这样忘恩负义的贼人,你好放他过门的吗？不要走,快快和我们一同去杀那两个小子去。"

文女侠一见崆峒子、峁峣子二人是来杀那郭、莫二人的,这一喜非同小可,连连答应道:"二位师父,先要将郭、莫二人除去,我才可以和姓罗的说话。不过郭、莫二人的剑术很是厉害,姓郭的那个更加有些功夫。二位师父快快下去,我乃败军之将,恕不奉陪。"

文女侠言毕,她便站在屋上监阵,倘若崆峒子和峁峣子二人胜了郭、莫两个,她自然还想将秋镜夫妇二人捉至洞内,再去软禁他们九年,否则自己再回洞去。料定郭、莫二人不为已甚,或者不来加害于她,也未可知。

哪知郭鸣冈这人真有八九玄功,他正待回上楼去,陡见半空之中又有两条黑影飞至,他就知道昆仑子等人到了。他即吐出他的剑光飞起空中,迎了上去。其时崆峒子、峁峣子二人正拟飞身下屋,一见郭鸣冈的剑光连那老例也不遵守,竟想先行下手为强,他们二人自然立刻各吐剑光,就在空中搏击起来。

莫本凤本站楼窗口边,他一见郭鸣冈的剑光又向空中飞去,也知必是昆仑子等人到了,哪里还敢懈怠？即把他的剑光同时分作两边,一道保护大众,一道前去助阵。他们这四道剑光真好说是棋逢对手,将遇良材。战了许久,双方都没一点儿弱点。

文女侠站在屋上瞧得清楚,她又一个人在转念道:"我还以为郭、莫二人都是年轻后辈,剑术也不十分深奥,我的不能胜了他们,原是我自己走入魔道,功夫不能上进,不必说它。崆峒子和峁峣子二人乃与我的师父齐名,现在连他们二人立时也难战胜郭、莫二人,照这样说来,我哪好再不立即逃出魔道,快快回至我们师父那里,谢罪修炼,还好补救从前之误。"文女侠想到此处,马上回洞,携了她的几个女徒,真的到她师父那儿去了。她的师父见他徒弟已经明白过来,虽不当面责备,却吩咐文女侠从此不得单独下山。作书的就在此地,将她结束,后不再提。

再说崆峒子一见郭、莫二人的剑术并不弱于他们两个,已在懊悔,不应去和峨眉子赌气，先行来到此地讨个没趣。崆峒子想到此地，即叫岜峣子和他暂退，且俟昆仑子到来再讲。岜峣子此时本与崆峒子同一心理，便即收回剑光，保护身体，仅将他们的身子一闪，早已不知去向。

郭、莫二人一见崆峒子、岜峣子已退，他们却也不敢追赶，急将剑光收回。郭鸣冈上得楼来，便对大众说道："崆峒子和岜峣子二人到底是个老辈，我们二人真的不能胜他。"

宝山公子先被莫本风的剑光罩住，倒也糊里糊涂，此刻一听郭鸣冈如此说法，他先发急起来，急问郭、莫二人道："崆峒子、岜峣子既有这般本领，只是那个昆仑子，他是四子之首，倘和峨眉子一齐到来，如何是好呢？"

郭、莫二人听了，却也一时难得接口。原来剑侠最讲诚实，不作兴说假话哄人的。郭、莫二人此刻既经领教过崆峒子、岜峣子二人的剑术，自知就算峨眉子是位好人，不来寻着他们，就是昆仑子一个人再来加入，他们二人也已凶多吉少。此刻若去仗宝山公子之胆，这就在说假话的了；若是老实说出他们力有不及，岂不立时就把宝山公子吓死？他们原是前来救宝山公子的，这样一来，岂非他们反来害宝山公子了吗？他们二人既在呆呆地不能作答，满房里头的男男女女、老老小小，谁不把他们二人倚作泰山？此时一见连他们二人没有说话，便知此事不妙，于是宝山公子在急他的老父，大家又在急宝山公子这人。急了一阵，一无善法，只好各以眼泪洗脸起来。

大家正在哭得一塌糊涂的时候，郭、莫二人忽见半天之中又有一个女子，呼呼呼地直向他们那里飞来。郭、莫二人正待吐剑拦住，那个女子早已飞进窗内，立在地上，连摇其手道："二位不得无礼，我是前来帮助你们的人。"

那个女子不待郭、莫二人答复，忙又奔到宝山公子床前，喊着道："我的亲哥哥，你的碧城妹子来了。"

宝山公子一听见"碧城"二字，立刻拼命地坐了起来，一把抓住碧城说道："我莫非已被昆仑子的剑术害死，到了阴间来会妹妹不成吗？"

碧城一见宝山公子这般在问，即知他的神经业已错乱，也不和他多说，急将他手甩开，又回头问大众道："此地哪一位是我的瘦春姊姊？"

瘦春起先虽已听见碧城说出名字，她也弄得呆了起来。及见碧城指名问她，她方始忙不迭地接口答道："我正是罗瘦春，你难道真是我们的碧城妹子不成？"

190

碧城一壁乱点其头，一壁又在问道："这么还有一位我的水云姊姊呢？"

宝山公子和瘦春两个此刻又见碧城在问水云姊姊，这一喜，还当了得？不但知道此人真是他们的碧城妹子，而且又知道红玉就是他们的那个水云妹子，慌忙指着红玉道："这不是你的水云姊姊吗？"

红玉听说，直至此时，方才明白，她果是宝山公子的胞妹，顿时扑了过去，拖着碧城说道："我的亲妹子，你若迟来片刻，恐怕不会瞧见我们了呢！"

碧城又不及答话，急向身上摸出一粒丹丸，递与宝山公子道："这粒丹丸，乃是我们师父命我送来救哥哥性命的。"说着，忙又去向瘦春、红玉二人说道："我们师父吩咐，此丹须得一位业已出嫁的少妇，用她涎沫做引，口哺口地润了下去，便能立时见效。"

碧城尚未说毕，瘦春慌忙奔至床前，对宝山公子说道："快让我来服侍兄弟咽下此丹。"

红玉不待瘦春说完，忙也奔至宝山公子床前，抢着说道："哥哥，这粒丹丸快让妹子来服侍你咽下。"

瘦春急又对红玉说道："妹妹现有妹夫在北京，似乎总觉不好。我们那个禽兽，他还好再来管我不成？"

红玉也急接嘴道："我是我们哥哥的同胞，姊姊须得让我。"

瘦春也发急地说道："我和我这兄弟，真比同胞还属亲些，妹妹须得让我。"

高太太忙来对红玉说道："少奶奶，这是你的家里，你姊姊到此地，总算是客，你得让你姊姊。"

罗秋镜夫妇也来对瘦春说道："你是姊姊，她是妹子，你就让了你妹妹吧！"

瘦春因见她的父母如此吩咐，方不再争。

红玉忙又对大众说道："这么请大家都到外房稍坐，且俟我服侍哥哥咽下此丹，再来相请。"

郭、莫二人忽接口道："大家出去，宝山兄此地又叫何人保护？他们那边已起杀心，我们须得刻刻提防才好。"

红玉听了，倒又为难起来。高太太、罗太太一同走了过来，急将帐子放下，就叫红玉快快进去。红玉刚刚钻进帐子，大家忽听得红玉、宝山公子两个同时大喊一声："吓死我们了!"

大众急去搴起帐子一看,陡见一个矮脚的大头鬼,张着一张血盆般的大嘴,正在床上东跳西跳地对着宝山公子和红玉二人傻笑。碧城急将她的嘴一张,吐出一股丹田之气,就向那个大头鬼嘘去,那个大头鬼竟会立时不见。

大家急瞧宝山公子和红玉二人,早已吓死过去,不禁大为着慌起来,忙问碧城:"可还有救,可还有救?"碧城点头不答。大家见她略把丹田之气一运,又向宝山公子和红玉的脸上各嘘一口,宝山公子和红玉二人也就回过气来。

红玉忙问道:"我们哥哥此刻还能服这丹丸吗?"

碧城连说:"可以可以。"

红玉仍把帐子放下,正待用她涎沫去润那粒丹丸的当口儿,忽又瞧见一个兽首人身的怪物,不知从何而入,直向他们身上扑来。急又大喊道:"妹妹快来,鬼又来了!"

碧城急又搴起帐子,果见一个兽首人身的怪物,正向宝山公子和红玉二人身上扑去。忙又对着那个怪物嘘了一口她那丹田之气,那个怪物忽又无影无踪。碧城一面放下帐子,一面也进帐内,以防怪物再来。

红玉始将那粒丹丸如法炮制地服侍宝山公子咽下。谁知红玉尚未出帐,只见宝山公子的毛病不但真像立时抓去一般,而且面色红润,精神百倍,简直胜过未曾害病以前。红玉自然大喜,便将帐子挂了起来,告知大众。大众无不连称:"这才是仙丹,这才是仙丹!"

宝山公子一面双手合十,望空拜谢,一面早已跳下床来,急问碧城道:"妹妹,你的师尊究是哪位,如何有此仙丹?"

碧城忙答道:"我们师父就是峨眉子。"

郭、莫二人听说,忙向碧城一拱道:"这么尊师是否也来帮助我们?"

碧城连摇其头道:"怎么能来?"说着,又朝宝山公子说:"我们师父已知有人要到杭州去害爹爹,她到杭州只要三天,我由峨眉山到此地却走了四天四夜呢!"

宝山公子和大家一听,有人去害屈侍郎,忙问碧城道:"这么你们师父三天准能赶到杭州的吗?"

碧城连点其头道:"哥哥放心,我们师父她的法号虽然列在四子之二,其实她的剑术已和真仙一样。"说着,又去和郭、莫二人说道:"家师叫我

192

带信给二位师兄，倘若昆仑子师伯前来，我们须守小辈之礼，哪怕万不得已的时候，也只许自卫，不准还击。"

郭、莫二人听了，连称："师尊吩咐，敢不遵命？"

宝山公子一见他这妹子既有如此师父，本领定已不凡，否则她的师父何必叫她前来？一面把心稍放，一面又问碧城道："妹妹从前被拐之事，想已知道？"

碧城忙问："什么被拐？妹子毫不知道。"

瘦春、红玉同声问道："妹妹，难道你们师父未曾对你说吗？"

碧城摇着头道："不曾不曾。"

宝山公子又问道："妹妹既未知道被拐之事，这是其余的更不知道了？"

碧城又摇头答道："妹子只知道跟了我们师父学这剑术，多年以前，偶尔也曾问过我的来历，我们师父只说日后自知，此刻说了反而分心。在四天以前，我们师父忽然回山，单给了我这粒丹丸，对我说道：'为师限你四天，你须赶到打箭炉高师长家中，帮助郭、莫二人搭救你的宝山哥哥。'又说：'高府上的少奶奶就是你的水云姊姊，还有一位罗瘦春小姐，也是你的同胞姊姊一般。'妹子还待再问，我们师父忽然将眉一皱道：'不好不好，为师立刻要往杭州，救你父亲去了。'"

碧城说至此地，忽听得半空之中一个晴天霹雳，同时风雨大作，顷刻之间，平地水涨数丈。可怜高府上的一所房子，哗啦啦的几声，早已倒入大水之中去了。

不知诸人性命如何，且听下回分解。

# 第三十二回

## 屈碧城撒娇求长辈
## 高师长请假托亲家

碧城一听哗啦啦的几声巨响，那所房屋已向水中倒去，她急把她的身子一纵，早已飞起空中，同时就将那水连连嘘退。又见郭鸣冈、莫本凤、小梅、珊枝、华月、淡烟这六个人都能识得水性，分头已把高氏夫妇、罗氏夫妇、宝山公子、瘦春等人救起，一瞧幸没受伤。至于高氏的男女仆役，以及屈福等人，个个头破血出，肚皮膨胀，她也顾不得的了。她又见左右四邻的房屋均未带累，仅坍高家一家，她忙叫小梅等人保护大众，暂避邻家，她即同了郭、莫二人，就在空中去会那个昆仑子。

谁知昆仑子一见峨眉子的女徒屈碧城竟敢破他法术，这一气，也非小可，正拟用他剑术来伤碧城的时候，已见碧城同了郭、莫二人前去会他，他即命崆峒、岩峤二子，去战郭、莫二人，他自己即向碧城大怒道："你这叛徒，胆敢自恃你们师父已把全身本领传授与你，你便目无尊长，破起我的法术来了吗？"

碧城忙把手一拱，行了一个后辈之礼，始行答道："师伯千万恕罪，女徒并不敢目无尊长，只因奉了家师之命，前来援救家兄、家姊等人。女徒知道家师业已奉劝过师伯的了，师伯可否仍听家师之话，高抬贵手，放过郭、莫以及家兄等人，以存上天好生之德？"

昆仑子不待碧城言毕，也不答话，即把他的手指向空一指，顿时飞出青、黄、赤三道剑光，又将黄、赤两道剑光去助崆峒、岩峤二子，单把青色剑光来击碧城。

哪知碧城因与峨眉子有缘，峨眉子有年路过南京，忽见两个拐子各抱一个三四岁的女孩儿向人求售。峨眉子即睁眼一看，便知那个稍大的女孩儿一身媚骨太重，将来须吃点儿风流小苦。还有一个较小的女孩儿，长得满身仙骨，若带回山去，只需十年工夫，便能传授她的衣钵。当下不管那个稍大的女孩儿，仅把那个稍小的女孩儿花了几十两银子，带回山上，从此就将剑术授她。

峨眉子本是一位剑仙，来去如风，毫不繁难。后来先到北京，再赴杭州，于是打听出来，此孩儿名叫碧城，乃是屈侍郎的爱女，又知屈侍郎是位世代忠厚传家的好人。回山之后，更把碧城爱护周至，但不肯把碧城的来历给她知道，恐分其心，所以碧城一到十五岁的时候，她的剑术已和峨眉子一样。峨眉子又知碧城尚须去到世上享受二十年的艳福，生怕屈侍郎是位古板先生，还要疑她女儿虽知剑术，行为倘有不端，也失父女的感情，峨眉子即用一点儿守宫砂，刺在碧城的左臂之上，以坚屈侍郎之信。这次知道昆仑子几个要去加害郭、莫、屈氏父子等人，且知郭氏与碧城将来还有一段关系，她所以自己去到杭州搭救屈侍郎，即派碧城来救郭、莫、屈三个。临走之际，又怕碧城年轻无识，万一破了昆仑子等人的剑术，便伤同道之谊，故又传话与郭、莫二人，只准自卫，不许还击。

碧城既奉师命，当时一见昆仑子一指就发出青、黄、赤色的三道剑光，她也急把她的手指向空一指，同时也发出青、黄、赤色的三道剑光，她把黄、赤两道剑光，去助郭、莫二人，抵御崆峒、岩峣二子，单留青色那道剑光去拦昆仑子击她的那道剑光。昆仑子一见碧城的剑术真和她的师父一样，心里也觉一惊，急又将他右足向空一踢，他的足上也会同时发出青、黄、赤、白、黑的五道剑光，又向碧城击去。碧城真有能耐，倒说不慌不忙地也将右足一举，也有同样的五道剑光飞出，又把昆仑子的那五道剑光拦住。

昆仑子到底是位四子之首的领袖，岂有这点儿风头还会瞧不出之理？当下即喝声道："你这不肖女徒，你想怎样？"

碧城忙答道："女徒并不想怎样，只想求着师伯，何必帮着那褚、舒翁婿二人来伤我们后辈？家师尝说，师伯现在已是四子之首，只要再过几时，便会寿与天齐。可惜性子稍事偏急，只准原告，不准被告，其实世间很多诬告的原告呢！"

昆仑子听到这里，也知峨眉子知道他的短处，但因一位四子之首的长辈竟至降伏不下一个小小后辈，如何再执剑仙的牛耳？正在有些为难之际，却被碧城看出他的心理。碧城一面仍把剑光拼命拦住昆仑子的剑光，一面就用她们娘儿们的拿手好戏，忽向昆仑子撒起娇来道："师伯，你老人家就饶了女徒吧！可怜女徒好容易学到这个程度，倘被师伯将女徒的剑光击散，女徒如何是好？"边说，边又向昆仑子甩上一把眼泪鼻涕。

原来昆仑子这人真是只信原告,不信被告。他见褚、舒二人托了崆峒、岩峣二子前去请他,他便把郭、莫两个,以及余抚台、屈氏父子诸人当作坏人。其实他的本心,也无非要除暴安良而已,何尝真与诸人有仇?此刻一见碧城忽然向他撒起娇来,还当碧城已经被他降伏,心里一乐,便对碧城说道:"你这叛徒,你既向你师伯撒娇,你的师伯也可念你师父面上,不与你较。不过郭、莫二人,可要他们从此改邪归正,不准仗那血气之勇,再去滥杀好官儿。"

碧城听了,慌忙连称:"女徒一定传谕他们知道,谨守师伯之教就是。"

碧城尚未说完,可巧崆峒、岩峣二子,正在那儿无法奈何郭、莫二人,郭、莫二人忙也向着昆仑、崆峒、岩峣三子赔了不是。说也好笑,如此一场大祸,竟被碧城的一个娇,撒得风平浪静。当下昆仑子又吩咐郭、莫二人,须向褚、舒二人也得去打招呼。郭、莫二人自然一口答应,一等送走三子之后,他们三个赶忙回到那家邻家。

宝山公子一见他们三个平安回转,先将他心一放,方始问道:"事情怎样?"

碧城含笑答道:"我那师伯,真也好笑,起先对于妹子和郭、莫二位侠士,真像和他有杀父之仇一般,嗣被妹子用了一个苦肉计,倒说只被妹子的一把眼泪鼻涕弄得没有法子,只好了事。"

大家听了,自然个个欢天喜地起来。

宝山公子忽向高师长深深一揖道:"姻伯为了姻侄的事情,弄得屋宇被毁,东西损失,仆役受伤,姻侄如何过意得去?"

高师长忽大笑道:"老姻侄,你不该再向老朽说这些话了。现在诸事已了,老朽第一桩要紧的事情,就是急于要想先见我那淡然亲家一面。"

高太太忙接口笑道:"老爷,为妻本想带了我们少奶奶去见见亲家母的,只怕老爷一个人在此地,叫我不甚放心。老爷既要同走,那是最好没有的了。"

高师长捻髯大笑道:"这回的事情,简直像是一出忠孝节义、悲欢离合的文武好戏。我们既没房子可住,索性明天大家回省,让我去向制军请他一年半载的长假,也让我去和我们亲家……"说着,又指指秋镜道:"以及罗太尊几位,好好地游玩几个月的西湖。"

秋镜也说道:"兄弟无端受了这十一年的特别牢狱之灾,本也急行要见我们淡然年兄，这么我们最好是快快收拾收拾就走。"

高太太摇摇手道："方才据我们家人报告，我们家里的东西，除了首饰银钱尚能保存外，其余一草一木，无不损失完了。既要上路，一切的行李什物，须得连夜去办。"

高师长皱着眉头道："太太，怎么这样小气？这些身外之物，算些什么？"

高太太又笑道："现在转眼就是中秋，此地进省，少说些也得走上一二十天，难道大家光着身子，好在路上睡觉的吗？"

高师长不答这话，一面即命家人连夜赶办行李，预备车轿，一面又对高太太说道："华月女儿，她们娘老子过边的当口儿，不是把她这人托付我们的吗？我想南边人有才情的到底比我们这里多些，她须同去。"

华月一听在提她的姻事，只羞得躲在一边，不敢作声。

高太太点点头答高师长道："她的事情，为妻将来自会拜托我那亲家母的，老爷不必着忙。"

珊枝忙对小梅说道："妹子本在浪迹江湖，家中又没甚人，我要跟了姊姊去的。"

小梅尚未接腔，宝山公子和瘦春二人同声说道："珊枝姑娘此次先来报信，本有大功，当然同我们去。"

淡烟自恃对于宝山公子和瘦春二人也有大功，急接口道："我和拙夫，还有那个侍妾阿二，本要赴杭有事，我们也要结伴同走。"

华月抢着接口道："你原是我把你留下来的，岂有不让你们三夫妇同走之理？"

高太太又问高师长道："这么范姊夫没处找寻，如何是好？"

瘦春发急地说道："姻伯母倘若再要把那个禽兽找回，我就一个人去到省中，找座庵堂，情愿削发修行，决不和那禽兽同走一路。"

此时罗氏二老已经知道驾雄的事情，便对瘦春说道："这件事情，且俟回南之后再说，我们决不让他和你同走就是，何必提到修行等事起来？"

宝山公子道："我看范姊夫现在决不会一个人再在四川的，要么他比我们先到家中，倒说不定。"

高师长道："既没地方找他，我们也没法子。郭、莫二人去打褚、舒翁婿二人的招呼，我们想想，彼此这样地闹下去，弄得两败俱伤，也非善策，不如就瞧昆仑子师伯的办法，我们去到北京一趟。"

碧城忙说道:"二位就是要到北京,我们也是同路。"

郭鸣冈道:"我还想出广元关,由汉中绕道陕西,直到北京,自然较水路快些。"

宝山公子听了,哪里肯让郭、莫二人起旱? 郭、莫二人本是无可无不可的,便也应允同走水路。

红玉又问碧城道:"妹妹,你呢?"

碧城想上一想道:"照理而论,妹子就是回家去见爹娘,也得回山禀告我们师父一声。不过一则姻伯说明天就要起身,我倘回山一趟,至少也得十天;二则我们师父,她是很爱怜我的人,说不定她老人家还在杭州等我,也未可知。"

瘦春急接口说道:"妹妹,我说准定不必回山,你们师父,她也明知你要跟我们走的,大不了先写封信回山去,通知一声就是。"

碧城听了,便写了一封信,连夜派人亲送。

宝山公子便将此间前前后后之事,除了驾雄串骗十万块钱,瞒了不提外,其余的,都详详细细拍了一份电报去到杭州,禀知他的父母。

这天晚上,大家草草地住了一夜,次日黎明,高师长即将他的参谋长请至,委他代拆代行。那个参谋长还要约同旅、团、营长替高师长钱行,高师长哪有工夫? 当下别了那个参谋长,就和大众起程。沿途虽也碰见那些小股土匪,既有碧城和郭、莫二人一路同走,自然平平安安地到了成都。

大家住入高家之后,高师长便去向制台请假,宝山公子也去拜他的彭年伯。哪知高师长先行回家,就对高太太和大众说道:"彭方伯已经出缺。"

瘦春忽将眼圈儿一红道:"我们虽知他也有病,怎么竟至不起?"

高师长叹上一口气道:"他和我的交情本也不薄,我听见制军和我说,他还亏空五六万的公款,我想替他代还了吧!"

高太太连点其头道:"这个应该,不知他有几位少爷?"

高师长摇摇头道:"没有少爷,仅有一位十七八岁的小姐,怎么好法?"

高太太又问道:"这么你自己的事情呢?"

高师长皱眉道:"制军死也不准请假,还要叫我兼那里的镇台呢!"

高太太听了,连说:"老爷不走,我一个人也要走的。"

高师长道:"亏得我打听出来,制军与我们亲家的泰山廖祭酒很是要好,我已发了急电,拜恳我们亲家,转电他的泰山,再发电给制军,或者可准此假。"

高太太正待答话,忽见宝山公子匆匆地走了进来,对瘦春、红玉、碧城、小梅四个说道:"彭年伯已于前天出缺,我已把他那位素梅小姐同了来了。你们快快出去迎接。"

高太太听说,忙也同瘦春等人一同接了出去,跟着同到里面。彭小姐先向高师长夫妇叩了丧,始与大家分别见礼。

宝山公子又指着彭小姐对大众说道:"彭年伯留下遗嘱,叫我带着这位世妹回南,将来婚姻等事,均由我们二老做主。"又说,"他还亏空六万公款,要叫爹爹替他代还。"

瘦春接口道:"这笔公款,大概还是我们带累彭年伯的呢!"

彭小姐道:"先母过世很早,家中所有事情都是先父经手,妹子直到先父临终的时候,方始知道。妹子因知家中没钱,自然要怕制军押缴公款。后见先父的遗嘱,业已拜屈年伯了,方始放心一半。"说着,又朝宝山公子说道:"这样一笔巨款,要累府上,妹子只有慢慢地图报的了。"

高太太插口对宝山公子道:"这么我们和我们亲家,各出一半吧!"

宝山公子忙答道:"这事须得请示家父,姻侄不敢做主。"

彭小姐便很感激地对高太太说道:"侄女冒昧,最好是求伯父、伯母设法先行垫出,将来由屈年伯那边奉还。不然,这笔公款未清,侄女恐怕还不能动身呢!"

高师长连摇其手道:"彭小姐,你莫问这事,我们是为替你办妥。"

彭小姐急又谢了高氏夫妇,正待说话,忽见高家管家送进一份急电,说是由打箭炉专差送来的。高师长急去接来一看,见是屈侍郎直接打给他的。正待译出来看,又见制台来请。

不知制台来请高师长何事,且听下回分解。

# 第三十三回

# 有情人都成眷属
# 无耻妇又酿风波

高师长正想译那电报,忽见制台派人来请,料知北京廖祭酒的电报断无这般快法,便吩咐家人回复出去,说他感受风寒,须得请假三天,假满即去禀见。家人听了自去照办,高师长急将电报译出一看,只见是:

从龙亲家师长赐鉴:

顷据小儿详晰电报,始知当年被拐之水云小女业适令郎为室,复知同时被拐之碧城小女曾蒙峨眉子剑仙收作女徒,此次并遣其来府,帮同郭、莫二侠士,劝回昆仑子等人,又承郭侠士已将敝同年贤伉俪迎归,史小姐、平小姐暨珊枝姑娘均属此次有功之人,以上诸事,皆出弟之意外,亦弟之薄德所召,致有六亲同运之不幸。若非我亲家之盛德感召天和,化凶为吉,此时谅不堪设想矣。感喟之余,唯有临深履薄,借以自儆。

亲家既率全眷,偕同小儿等人来杭,扫径以俟,盼望之至。小儿又提及峨眉子剑仙,预知寒舍有难,发其扶危救困之慈悲,远道来援,阖家感戴。方愧无可报答,不图昨夕亥刻,果有一道剑光从空而下,其势汹汹,正拟入室,同时幸被另一剑光击退,事后发现峨眉子剑仙遗给碧城小女一函,现为保存,容其归家自展。

除另电彭方伯外,知关廑注,特此飞电奉闻,乞传谕小儿等为祷。惟范婿未能追回,殊深忧虑,不知近日有消息否?念念,把晤匪遥,余容面罄。

姻弟堃叩

高师长看毕,一面即将电报递与罗氏夫妇去看,一面就向碧城说道:"令师果已到了杭州,救了阖府,可惜不肯久待,仅仅乎留信而去。"

碧城不待高师长说完,忙接口道:"家师既不在杭,侄女只有见过父母,即行回山。"

宝山公子、瘦春、红玉、小梅四人同声说道:"这事且俟回家再说,现在只有望北京的电报一到,我们大家好走。"

罗秋镜说道:"我料此电早晚可到。"

高太太便请男客住在外书房,女客住在里边,又对大众笑道:"好在日子不多,大家只好委屈几天。"

大家自然客气几句,各去安歇。

第二天,高师长已把六万公款代为缴出,彭小姐谢过一谢。

直到三天以后,制台那儿方才接到廖祭酒的电报,准了高师长半年之假。高师长连同寅之中的行辞,也顾不得去,急雇一只大船,直放宜昌。沿途并无停留,下水虽快,也到十一月中旬方抵上海。大家住的仍是长发栈。高师长便发了一份电报到北京,叫他儿子文虎,可于年假期内,赴杭叩见岳父母,并在北京先去叩谢廖祭酒父子。宝山公子也发一份电报到家,说明二十那天准到。哪知大家无不归心似箭,十九下午,已经到了杭州。

那时屈侍郎夫妇,以及漱芬、漱芳姊妹两个,早已迎到拱宸桥,就在船中相见。这一来,可不好了,他们亲家的亲家,同年的同年,父子的父子,夫妻的夫妻,再加两位侠士,连同素未见过的史小姐、平小姐、彭小姐、珊枝姑娘等等,他们大家因是热闹得一塌糊涂,又是把我这位作书的人竟弄得无从叙起。幸亏那位屈侍郎帮了作书的一个忙,说是在川之事,他已大概知道,一切说话,且俟到家细细再谈。这样一来,总算省去作书的不少笔墨。

到家之后,他们所谈之事,阅者已经知道,不必细叙。

单说瘦春一见她那阿香女儿,顿时想起她和驾雄两个,弄得如此结局,自然大为伤心起来。

廖氏夫人对于瘦春这人,真的比较罗氏夫妇爱他们的女儿还要胜过一二分,当下就怪那个文女侠起来道:"文女侠既成剑仙,何必还来吃这等寡醋?不然,我们瘦春女儿何至于如此?"

罗太太也在怪秋镜道:"都是你去惹出祸来,你瞧,岂不害了我们女儿?"

秋镜无可答辩,只好连叹其气。

瘦春便对廖氏夫人说道:"照女儿说来,那个黑心奶娘真是万劫不得超生的东西,没有她,女儿怎会去嫁这个禽兽?"

廖氏夫人忙劝瘦春道:"现在木已成舟,你也只好看破一点儿的了。我们已经登了找他回来的广告。"

瘦春大惊失色地道:"母亲,你老人家是不是真的还想找那禽兽回来吃人呢?"说着,就一头撞到罗太太的怀内,只是口称情愿寻死。大家自然都来相劝。

此时宝山公子正在把郭、莫二人,以及平智础这几位外客安置在外书房,陡闻瘦春的大哭之声,忙又赶到里边,也来帮同相劝瘦春。谁知瘦春早下决心,寻死觅活,万万不肯再与驾雄重做夫妻。

碧城本是一位直性子的侠女,当然有些侠性,她便大声说道:"范姊夫既是没有天良,姊姊倘要处置他,妹子一定效劳。"

廖氏夫人忙笑喝道:"你这孩子,总算有点儿屁大本事,三句就不离本行起来。你们师父,难道连三从四德的古训都未曾教你不成?"

屈侍郎忽然想起峨眉子留给碧城的信,急命人取至,交与碧城去看。谁知碧城尚未看到一半,立时绯红其脸地连说:"我们师父这话不对,这话不对。"

廖氏夫人又笑喝道:"你真是一个妖精了,怎么你连师父也在埋怨起来了?"边说,边把碧城手中之信抢到手中。

碧城一见她的这封信已被她娘抢去,她便更是羞得没有地洞可钻。她急四处一望,只见后面似有一所花园,她急把身子一纵,早已不见影踪。大家本已知道她的剑术,倒还罢了,独有屈侍郎和她们婆媳三个,早惊得目定口呆起来。

宝山公子忙对他的父母、妻子说道:"我这妹子,连那四子之首的昆仑子都奈她不得,这点点的轻身之术,算不了什么事情。"

廖氏夫人咋舌道:"她真有这个能耐吗?"说着,又笑了起来道:"这是我们几家,不怕人家欺侮的了。"

屈侍郎也笑道:"太太且看她师父的信上究竟说些什么,怎么将这痴孩子臊得这般模样?"

廖氏夫人听了,急将那信一瞧。只见写着是:

尔与郭鸣冈，本有姻缘之分，速即禀知父母，成就此事。为师限尔二十年之后，回山再行修炼，尔应孝顺父母，敬重丈夫，和睦姊妹，是为至要。至于除暴安良等事，可由尔夫任之。

师白

廖氏夫人看毕大悦道："原来如此，这又何必臊得这般模样？"

漱芬、漱芳二人忙将那信一看，便同声说道："这么我们快办此事。"

屈侍郎含笑点首，即托罗氏夫妇做了男媒，高氏夫妇做了女媒，这一来，一个个喜形于色。连那瘦春也会止住悲伤，要想帮同办理喜事。

廖氏夫妇又笑道："你且莫忙，还不知道人家可要我们这个痴孩子呢！"

罗氏夫妇接口道："这么就让我们和郭侠士去说。"

罗氏夫妇走后，瘦春、红玉二人便趁宝山公子不在身边，忙将小梅此次之功不小，她们已经允她做宝山公子之妾的事情，低声禀知屈侍郎夫妇。

廖氏夫人一听此话，心里虽很愿意，只怕屈侍郎不允，急去问道："老爷你瞧，此事可以行吗？"

屈侍郎摇头微笑道："这等闺房琐事，应该你去安排，我怎么过问？"

廖氏夫人一见她的老爷一口答应，真觉喜出望外，便与芬、芳二人耳语几句。芬、芳二人听了，连称："婆婆放心，媳妇等自会办理。"

她们婆媳的说话甫了，罗氏夫妇早已笑嘻嘻地走了进来，向屈侍郎夫妇道喜道："恭喜年兄、年嫂，你们这位新贵人满口答应，毫无二话。只说那位莫侠士也尚未娶，托我们也替他做一个媒，将来一同迎娶最妙。"

廖氏夫人此时心花怒放，连说："我已意中有人。"说着，悄悄地用嘴将华月一指道："她最合宜。"

罗氏夫妇也极为然。

廖氏夫人便将碧城的新房做在瘦春对面的西厢。又叫瘦春暂时跟她爹娘住到楼上东边的里外正房，腾出东厢给与莫本风做了新房。楼上西边的里外正房，就让高氏夫妇和红玉暂住。素梅、小梅、珊枝、华月、淡烟、阿二等六个，暂住楼上西厢。碧城暂住屈侍郎的外间。廖氏夫人布置已妥,等得大家都到各人房内安顿行李去了,她又命宝山公子去把碧城找到她的房内,母女两个密谈一会儿。

碧城一见房内无人,始含着羞地将她那只左臂上的守宫砂给与她娘看道:"师父原怕女儿或有不端行为,特地将此做了记认,女儿怎么忽又嫁人?"

廖氏夫人微笑道:"你这痴孩子,这是正式婚姻,周公之礼,哪好废的?否则你们师父也不叫你敬重丈夫了。"

碧城仍是有些为难,尽把她的这粒守宫砂痴痴地望着。

廖氏夫人又笑道:"这粒东西,现已表明你的行为,你还瞧它怎甚?"

碧城红了脸道:"女儿不是这个意思呀!"

廖氏夫人听说,方知其意,便又微笑道:"这碍什么?传宗接代,本属人伦大事,你只要把这粒东西莫给大家瞧见,将来大家便不会取笑你的。"

碧城听了,方不再说。

廖氏夫人忙又拜托罗氏夫妇和平淡烟夫妇三个去向莫本凤做媒,莫本凤也就应允。廖氏夫人又和屈侍郎商酌,定了十二月初一,做了郭、莫二人的喜期。

哪知芬、芳二人奉了婆婆之命,去将要纳小梅做妾的事情告知宝山公子,宝山公子却偏不答应起来。漱芳便发急地说道:"宝郎,你不答应,婆婆岂不怪我们两个?"

宝山公子连摇其头道:"她已经是我的妹子,如何好干此事?不关你们之事,我自己会和爹娘去说。"

漱芬也忙驳道:"你不是在四川亲口答应了的吗?你此时忽又变卦,如何对得起小梅姊姊呀?"

宝山公子道:"我的不允此事,正是对得她起。"

漱芳一见没有办法,便将宝山公子拖到屈侍郎面前道:"公公,宝郎不允收小梅姊姊的事情,只有请公公吩咐。"

屈侍郎一壁摸着胡子,一壁对宝山公子说道:"避嫌事小,酬恩事大,她既贴身服侍你过,只好一办的了。"

宝山公子不敢违他严父之命,只得不响。

屈侍郎又吩咐漱芳道:"他们也在初一那天吧!"

漱芳听说,只是在朝宝山公子偷偷地暗笑。宝山公子也只得好没意地退了出来,一面顺脚走去,一面在转他的念头道:"小梅这人,对我本有

204

十足大功,在我的初意,不想委屈她做妾,最好是将她配与鸣冈,我方对得她起。哪知我们漱芳,因要表示她不吃醋之心,竟叫爹爹前来压我,现在是不必再说的了。不过使我好没意思。"宝山公子边想边走,谁料不知不觉,竟走到花园里去的那道腰门之前。

那时已是暮色深沉,寒月初上,他正待反身回转来的时候,忽被一个人匆匆地走来,对头冷不防地将他撞了一个满怀。他便哎哟一声,忙将那人一看,原来是那个平淡烟。他一面忙不迭地在打招呼,一面又问可曾撞痛哪儿没有。那个平淡烟本来杭州并无屁事,用不着跟他们结伴来的,只因瞧见郭、莫二人虽和宝山公子同等美貌,后来又嫌郭、莫二人略带赳赳之气,不及宝山公子来得万分温柔。她所以又把爱上郭、莫二人的心思统统移到宝山公子一个人的身上。她此时一见宝山公子无意之中被她撞了一个满怀,她就急转一念,立将双手掮着她的胸前,假装皱着双蛾喊痛道:"屈公子,你撞痛我的奶子了。"说着,又不待宝山公子接腔,急又一把将宝山公子拉到园内站定道:"屈公子,我有一桩小事奉求,要你千万允我。"

宝山公子忙答道:"平小姐,你是救我和我们姊姊二人的恩人,凡我力之所及,无不如命。"

淡烟忽又装出十分害臊的神情道:"你既说我是你们二人的恩人,你此刻也得救我一命才好。"

宝山公子失惊道:"这是什么说话?"

淡烟又情意缠绵地睃了宝山公子一眼,以手掩口道:"我爱你,你知道吗?"

宝山公子吓得倒退几步道:"平小姐,怎么说此戏话?"

淡烟又去死命地拖着宝山公子道:"什么戏话?我只要你和我好上一好,就算报了我的大恩。"边说,边似乎要用强的模样。

宝山公子一壁甩开淡烟的手,一壁急正色道:"平小姐放得尊重些。"

淡烟就将嘴巴一撇道:"尊重些,也不至于赤条条地捆在一起了,你们姊夫所说的话全在我的耳内,你此刻倘若依了我,那就没话;不然,我就要将你们姊弟二人的把戏详详细细地告知大众。"

其实淡烟此言无非吓吓宝山公子而已,哪知暗簇簇之中,陡地走出一个人来,却向淡烟冷笑了一声道:"这成什么样儿?有恩只管有恩,怎样调戏我的男子?还又诬蔑我的姊姊?"

205

淡烟急将那人一瞧,原来是漱芳。她一时恼羞成怒,只好硬咬一口,说是宝山公子调戏她的。当下也不与漱芳多说,一脚奔至里边。可巧廖氏夫人同上一班女客正在堂前找她吃晚饭,一见她到,便吩咐小兰、小竹、小菊、阿秋、阿冬等人道:"平小姐来了,不用找了。"

淡烟却怕漱芳做了原告,立时就把面孔板得铁青地,对着廖氏夫人说道:"你们府上的少爷,真是大家公子,居然恩将仇报,此刻竟在花园里,硬要强奸我。"

廖氏夫人一听此言,气得不会开口。漱芳已同宝山公子走了进来,一听淡烟竟在含血喷她丈夫,她也一时不顾前后,便气哄哄地把淡烟调戏宝山公子,以及诬蔑瘦春的事情和盘托了出来。

瘦春此时正在怨命的当口儿,一听淡烟这样地糟蹋她,顿时一脚奔到楼上,寻出她那带了回来,驾雄刺她的那柄尖刀,就向她的喉管一刺。

不知瘦春性命如何,且听下回分解。

# 第三十四回

## 要求亲姊硬卖交情
## 打扮新娘偏多趣剧

瘦春正把那柄尖刀朝她喉管一刺的当口儿,早被房外冲进二人,一面忙把瘦春手中的刀扑地一下打落在地,一面又在大喊道:"大家快快上来呀,大姊姊在寻死呢!"

此时罗秋镜本在外边吃饭,一听里边人声嘈杂,早已同着屈侍郎、高师长两个奔到里边,忙问罗太太什么事情。罗太太尚未来得及答话,陡听得小梅的声气在楼上大喊,说她女儿已在寻死,赶忙同了罗秋镜奔到楼上,一跨进房,就见一柄亮晶晶的尖刀掉在地上,连问小梅:"你姊姊可曾受伤,可曾受伤?"

小梅未及答言,瘦春早又扑到罗太太的怀内乱嚷道:"你这苦命女儿,被人如此糟蹋,还有什么颜面活在世上?"

罗太太急安慰道:"好女儿,真金不怕火,快快不要这样地寻死觅活了。可怜我们二老总算你这孩子还有一点儿孝心,万里迢迢地把我们二老弄了回来。你倘有个长短,我们两个岂非仍是一死?"

小梅也劝道:"大姊姊,你快不要这个样子,天底下疯狗咬人很多,你若为了此事寻死,岂不自己看轻自己了吗?"

罗太太也说道:"小梅小姐,这话不错,周公是位圣人,当时有流言,是这件事情,日后总会见分晓的。"

小梅还待再劝,只见廖氏夫人同了红玉、碧城等人早又急急忙忙地走上楼来安慰瘦春,罗太太忙问平小姐那边有谁在劝。廖氏夫人一壁自己反手在捶前心,一壁上气不接下气地答道:"我们亲家母在劝她。"

小梅忙去替廖氏夫人捶着道:"太太,今儿吃力了一天了,快快歇歇吧!少爷何致做这种事情?太太千万不要生气。"

廖氏夫人听了,不答小梅,单去对瘦春说道:"我的好女儿,你是个聪明人,不该与你芳妹妹……"说着,把头回过去,看了一看小梅,又回过头来说道："和她两个一样糊涂，你们宝兄弟，别样事情，我做娘的就算不知道他，他的人格，我岂有不知之理？只因这位平小姐，她总算救过你们姊弟二人性命的，况且又是头一天到来的远客，我怎好当面去驳她？哪知你那芳妹妹一见我在敷衍平小姐，她只把一个脖子涨得通红，连眼泪水也气出来了。小梅还要劝我不要生气，我怎么会气你宝兄弟呀？"

瘦春接口道："母亲，你老人家要顾大局，原也不错，不过你的儿子和女儿，任人这般糟蹋，一个人活在世上，无非只凭一点儿人格，这样一来，母亲呀，又叫女儿拿什么脸去见人呢？"

廖氏夫人忽被瘦春这样一驳，方才想到，单是敷衍人家，自己的儿子和女儿便受不白之冤，他的儿子究是一个男子，到底尚差三分，她这女儿，妇人本以名节为重，哪好直受诬蔑？她一想到此地，正在为难之际，突见高太太忽然带着平淡烟，喈喈地走进房来。她还当平淡烟不肯就此甘休，还要来和瘦春证明赤身被绑这事，不禁心里一吓。幸亏就在此时，已见平淡烟走至瘦春面前，福上一福，算在赔礼道："瘦春姊姊，你可不要误会，我不该话不留口，说出范姊夫捆了你们姊弟之事，这是我的不是。至于别样说话，乃是此地芳少奶奶错听的，况且你的事情，珊枝姑娘也是目睹，这等又受委屈又可怜的事情，难道我还好糟蹋你们不成？否则我又何必当场救你们呢？"

瘦春听到此地，方将面色和婉稍许，也不答腔，仍在低头暗泣。

原来平淡烟初见漱芳帮着宝山公子和她翻脸，她一想，这样一闹，她便不能再住此间，既然不能再住此间，她的希冀便没指望，自然只好恼羞成怒，一口咬定宝山公子去调戏她的。还怕没有证据，她又诬蔑宝山公子和瘦春有染，方才被人赤条条地捆绑。哪知廖氏夫人反去竭力敷衍她，她那时已在深悔得罪漱芳和瘦春二人，都还不要紧，大不该得罪宝山公子的。后来高太太又去再三劝她，并说屈家还要报了她的大恩，才让她走，她就自己转篷，情愿去向瘦春赔礼。此刻虽见瘦春并不理她，好在她只要还有和宝山公子勾搭的机会，就是瘦春打她两下，她也绝无二话，所以瘦春只是不理，她却只是告饶。

罗太太、高太太、廖氏夫人都有些瞧不过去，又劝瘦春："就与平小姐讲了和吧！"

瘦春无法，只好向平淡烟说道："你是我的救命恩人，换一样事情，你若打我两下，骂我两句，我自然直受不辞。方才这些说话，你虽无心，人家听了却是有意。现在话既说明，你们大家还是快快下楼用饭去吧，只把刀拾给我，我要保留着的。"

廖氏夫人道："这么你呢？"

瘦春道："我哪里吃得下？要么停些叫人舀碗稀饭我喝吧！"

罗太太道："我也吃不下，我在楼上陪你吧！"

罗秋镜道："我也在此地陪女儿。"

瘦春恐饿坏她的爹娘，只得拾起那刀，交与她娘收藏，一同下楼，随便吃了一口，便将阿香带到楼上去了。

罗氏二老不敢放瘦春一个人在楼上，忙也跟了上去。

廖氏夫人便对高太太说道："亲家母，你万万不可和我客气，彭方伯的那六万块钱，明天由我们拨还你。"

高师长连连接口道："亲家太太，我和彭方伯也是朋友，这点儿小事，快快不必再提。"

屈侍郎摇首道："亲家，这话不是这样讲的，我那亡友指名托我，我怎好失信于亡友呢？"

高师长听了，方才不再客气。彭小姐忙去谢过屈氏夫妇。

屈侍郎大笑道："素梅侄女，你快不用和我们再闹这个礼节，你的终身大事，令尊都已托了我们了呢！"

素梅听到提到她的终身，方始红了脸，蹩索蹩索地退了开去。

廖氏夫人又和高太太说道："彭小姐现有孝服，她的姻事自然只好缓一缓再讲。还有这位珊枝姑娘，既是此次有功之人，又是小梅的表妹，也得把她终身有托才好呀！"

珊枝在旁一听，也提到她的终身，一见彭小姐和她同病相怜，忙也躲到彭小姐那边去了。

高太太瞧见珊枝已经走远，方与廖氏夫人咬上几句耳朵。

廖氏夫人点点头笑道："好是好的，不知本人的意思怎样。"说着，便唤小梅近前道："姻伯母的意思，将你们表妹配与我们文虎女婿做妾，你瞧她可愿意？"

小梅道："我就去问来。"

不到一刻，小梅就来笑着回复廖氏夫人道："她肯的。"原来高太太因为红玉曾在风尘出身，生怕不能养育，她们又在望孙情切，故有此举。此刻一见珊枝一口答应，自然十分欢喜。后来红玉知道此事，更与珊枝亲呢。

第二天大早,罗太太红肿双眼地跑来,对廖氏夫人说道:"老年嫂,你快去劝劝你们女儿吧!"

廖氏夫人一吓道:"难道昨儿之事,还没有消气不成?"

罗太太摇摇头道:"不是这件事情,我想我那女婿这样,终非了局,我想我们二老也去登个广告。哪知你们女儿一听到此话,只是寻死觅活。"

廖氏夫人微喟一声道:"老年嫂,我说我们这位驾雄女婿真的太弄伤了她的心。"边说,边又低声道:"这种野蛮举动,当时真亏她受的呢!"说着,芬、芳二人来请早安。漱芳便问在谈什么,罗太太即将方才之话又述了一遍。

漱芳笑上一笑道:"法子倒有一个,不过要公公、婆婆硬逼着我们宝郎去办。"

罗太太急问怎样去办。

漱芳道:"大姊姊口口声声在说,这趟出门,若没我们宝郎,她这个人,一百个也死过的了。她既在对于我们宝郎有些过意不去,所以我料定只要宝郎去苦苦地求她,她多少总得卖点儿交情的。"

漱芬接嘴道:"妹妹这话不错。"

廖氏夫人便命漱芳传谕宝山公子速去办理。漱芳慌忙告知宝山公子。

宝山公子既至瘦春那儿。可巧只有瘦春一个人横在床上,一见宝山公子进去,忙坐了起来道:"宝兄弟,再过几天,姊姊又要喝你的喜酒了呢!"

宝山公子蹙眉道:"我们二老正在怪着兄弟,哪有心思再顾这等喜事?"

瘦春听了,大吃一惊道:"二老何故怪兄弟?"

宝山公子先把房门掩上,就扑地向瘦春跪下道:"这件事情,只有姊姊成全兄弟的了。"

瘦春忙将宝山公子拖起道:"兄弟,到底为了何事,这般样儿?"

宝山公子微叹一声道:"姊姊在怪姊夫,本是应该,不过我们二老,都怪这场乱子是兄弟一个人闹出来的,兄弟想想,真也不错,此次兄弟倘若不送姊姊出门,便不致闹这乱子。兄弟想求姊姊,再卖兄弟一个交情,姊姊不要再拦他们登报找寻姊夫的事情了。"

瘦春苦了脸地答道："兄弟呀，你为姊姊的事情如此吃苦，如此害病，如此受气，还要被二老见怪，姊姊真真对你不住。不过那个禽兽，兄弟也得替我设身处地想想，怎么还好让他回来？"

宝山公子无话好驳瘦春，只是蛮求，无论如何，再卖一次交情。瘦春不忍宝山公子为难，方始允了准其登报，驾雄倘真回来，她也另有办法。宝山公子不便再说，只好回报他的父母。

大家既见瘦春已有一半应允，一面急去恳恳切切地由罗氏夫妇出名，登了几天广告，一面就忙喜事。

等得月底那天，诸事都已舒徐，素梅、漱芬两个前去打扮华月，淡烟、阿二两个前去打扮小梅，瘦春、漱芳、红玉等人前去打扮碧城，其余之事，都还容易打扮，唯有小梅、碧城两个，都是一双六寸圆肤。前清规矩，碧城须得凤冠霞帔，小梅也得披风红裙，红裙之下，例须一对儿瘦小金莲，走起路来，才会裙风不动，有那忸忸怩怩之态；若是像个绰板的一双大脚，必致贻笑贺客。

当时淡烟、阿二打扮小梅，叫她装上小脚，她却百依百顺。独有碧城，她是一位登山涉岭，如履平地；上岸落水，来去如风的剑侠，自幼至长，从未受过脚上的拘束。她一见要她装起小脚，她就大笑起来道："这种玩意儿，我受不惯。"

瘦春忙轻轻地笑着阻止道："妹妹现在是位新娘，照例不能高声说话，怎么可以大笑？"

碧城大蹙其眉道："这真正要我的命了。"

红玉出身风尘，本是打扮人的好手，急将她那一双瘦不盈握的红菱小足也悄悄地笑着向碧城一跷道："妹妹你瞧，我为这双断命脚，幼时不知道吃过多少苦楚。现在只要你装着高底，并不疼痛，你快不许倔强。"

碧城无法，只好红了脸地一任大家替她装上小脚。装好之后，叫她先走几步试试。哪知她一踏到地上，就觉万分难受，她便忙不迭地把她右足悬空一甩，那只小脚鞋子早已飞到屋顶，跟着扑的一声，不偏不正地落在红玉头上，掉在地下。

红玉带笑带说道："这真是我的运气，偏会落在我的头上。"

大家到了此时，实在不能再熬，无不捧腹狂笑。

廖氏夫人不知何事，连忙赶了进来，一见碧城正在甩那左足的小脚鞋子，忙笑喝道："你这孩子，莫非得了神经病吗？怎么这样瞎来？"

碧城又皱其眉道:"娘呀,装上小脚,不但使人怪不舒服,我的脚后跟上被这劳什子的硬木头顶得真痛。"

廖氏夫人又气又笑道:"这是没有法子的事情,谁叫你们师父从小未曾替你缠足的呢?"说着,急去拾起鞋子,自己去替碧城穿上。

碧城不敢倔强,只好忍痛坐着。谁知不到一分钟的时候,她又因为双脚踏在地上,她的脚尖点地,脚后跟犹如扶梯式的跷得老高,她急一面把她那只大腿驾在二腿之上,一面又在把她脚尖轻轻地向空乱摇道:"这个怪形状,有什么好看呀?"

廖氏夫人也皱着双眉,恨恨地向大家笑说道:"你们听听,她又在嫌憎不好看了。这样傻法,怎么好做新娘娘呀?"

漱芳含笑道:"婆婆莫急,妹妹从未装过小脚,确是有此难受。只要多过一会儿,便会舒服。"

碧城听到这句,始将双脚放平地上。红玉便来替碧城搽粉,先将一小瓶宫粉倒了稍许在她掌心,又用水去调和。刚将双掌向碧城脸上一抹,尚未抹匀的当口儿,碧城一照镜子,忙又一把将红玉推得老远,自己伏在妆台之上,忽又好笑起来。

廖氏夫人无可奈何,便命瘦春、漱芳分捉碧城的双手,自己倒了宫粉,去替碧城匀抹。碧城一见她娘亲自动手,方始不敢动弹。但是她的爱笑却不能免,幸亏碧城的皮色还白,不用多搽,也可敷衍。

廖氏夫人此时已知这位魔王断非瘦春、漱芳、红玉等人可以降伏,索性样样由她动手。等得拍好胭脂,碧城一照镜子,果觉比较平时妩媚好些,始没言语。

廖氏夫人又去替碧城卷起袖管,替她用了香皂搓臂。

红玉忽见碧城左臂之上有块形似鹅眼钱大小鲜明夺目的红斑,忙指与瘦春、漱芳二人在看道:"这是什么东西?"

瘦春吃惊地问碧城道:"妹妹是几时点上的守宫砂?"

碧城起初只顾让她娘在搓臂,并未留意。此刻一见她的那点儿守宫砂已被大家瞧见,这一急非同小可,正想前去放下袖管,已是不及。她便去怪她娘道:"都是娘要搓这个臂膀,害得大家瞧见了去。"

廖氏夫人笑着拦了碧城的话头道:"自己姊妹,瞧见也不碍事。她们将来不会来取笑你的。"

瘦春便问廖氏夫人:"可是峨眉子替妹妹做上的记认?"

廖氏夫人点头道："你们爹爹本在防她既做剑客，男女一定混杂。后来我将此事告知了他，他始高兴。"

红玉冒冒失失地说道："我曾听人说过，这个东西，一碰男子，便会遁走。"

碧城本在害怕此事，不待红玉说完，她急扑地站了起来道："我决……决不做这个新娘。"

大家见了，自然一吓。

不知廖氏夫人是否能将碧城劝住，且听下回分解。

# 第三十五回

## 触霉头绣履高飞
## 听壁脚毛巾被窃

廖氏夫人一见碧城逃了开去，知她是怕这个守宫砂，一待合卺以后，便会失去，这个害臊，尚在情理之中。当下便笑喝道："你还不乖乖地快来坐下，好让为娘替你打扮？为娘还有很不少要紧的事情没有干完呢！"

碧城听了，仍是摇头不肯过来。

廖氏夫人发急道："你再不过来坐下，我就去喊你老子来了。"

碧城陡红双腮地连连说道："我见着爹爹，更没意思。"

廖氏夫人便去一把将碧城拖来，揿在凳上道："你既怕见你老子更没意思，这么快让为娘替你打扮好了，还得让你姊姊、嫂嫂来教你做新娘的礼节。"

廖氏夫人刚刚说完这句，忽见小兰笑嘻嘻地奔了进来道："太太快些出去，北京的高姑爷到了。"

廖氏夫人一喜道："他倒赶上这场喜事。"说着，便对瘦春、漱芳二人笑道："这么你们快来替她收拾，再好好地教她一番礼节。她倘闹出笑话，我可寻着你们！"

瘦春、漱芳同声笑对碧城道："妹妹听见没有？你可不能使我们为难的呢！"

碧城不答此话，忙对红玉笑道："既是姊夫来了，我得出去见见。"边说，边已扑地站了起来。

廖氏夫人急又把碧城揿下道："这个淘气孩子，怎么好法？你今天是新娘娘，不能出去的。"说着，恐怕碧城和她麻烦，误了正事，忙带了红玉来至堂前。

其时高文虎已经见过屈侍郎父子以及大众，专在那儿衣冠楚楚地等着叩见岳母。一见廖氏夫人出去，慌忙大拜四拜，口称："女婿不知红玉小姐就是岳母的二令爱，一切失礼之处，还要岳母原谅。"

廖氏夫人一见文虎的人才也还不差什么，一切举动也不失大家子弟的体统，受了两礼，就命红玉将她姑爷扶起道："小女幼年被拐，未娴礼教，还要姑爷包涵。"说着，又笑道："姑爷倒来得凑巧，正赶上这场喜事。"边说，边问红玉："姑爷喜欢吃甚点心，你快去招呼他。"

红玉和文虎也别了这几个月，一见她娘这般说法，她就借此问问别后之事。文虎瞧见红玉容光焕发，大胜于昔，心里很是高兴，忙也简单地和红玉说上几句。

此时瘦春和漱芳两个教了碧城一番礼节，便也出来和文虎见礼。文虎见了漱芳，倒还罢了，一见瘦春，顿时暗忖道："我方才见着我们芬舅嫂，已经惊为天人，怎么这位瘦春大姨子，真是当年的西子王嫱，想也不过尔尔。"文虎正在暗暗惊奇的当口儿，瘦春已在向他寒暄。文虎起先本已弄得如醉如痴，哪里再禁得起瘦春呖呖的莺声和他敷衍？只好按定神志，规规矩矩地对答几句。

瘦春和文虎谈上几句，她又同了漱芳二人，先到华月这边，后到小梅那边，一见她们两位新人都已打扮舒徐，低首含羞地坐在那儿，把心一放，仍旧回转碧城房内。一跨进门，便见碧城一个人捧了一把大茶壶，在那里狂喝。漱芳慌忙去把茶壶抢下，又轻轻地对碧城笑说道："妹妹，你这两天须要禁绝茶水，因为新娘本是坐着，不能寸步走开的。倘一喝茶，便多小便，那就不妙。"

碧城听了，微踩其脚道："这不是在做新人，简直在做犯人了。"

漱芳尚未答言，廖氏夫人忽又走将进来。

碧城就向她娘诉苦道："娘呀，芳嫂子连茶也不准我喝，你瞧难过不难过？"

廖氏夫人一见她这女儿，此刻打扮舒徐，虽赶不上瘦春和漱芳二人，却也十二分的娇艳，心里一乐，便宝贝碧城道："我的乖孩子，你芳嫂子说得不错，你倘多喝了茶，天下岂一个新娘娘，停不停去上恭桶的呢？"

碧城恨恨地说道："我这回做过这个断命的新娘，下回发咒也不再做的了。"

廖氏夫人听了，也会熬不住起来，便大笑道："你这孩子，又在放屁，这个新娘娘，一个人自然只好做一回的，怎么说到再不做了的说话？"

廖氏夫人还待再说，外边有人又在找她。她忙丢下碧城，急又奔了出去。

瘦春仰体廖氏夫人一向爱怜她的心思,她便尽管伴着碧城,寸步不离。碧城一见房内没人,便悄悄地问瘦春道:"大姊姊,我明天和郭侠士说些什么言语?你们方才还没有教我。"

　　瘦春听了,好笑起来道:"我又没有你们师父那个未卜先知的本事,新郎要和你说什么说话,我怎会知道?怎么可以预先教你?不过你是新人,只好让他问你几句,你方始轻轻地答上一句。"

　　碧城忽问道:"这么姊姊和姊夫也是这般的吗?"

　　瘦春只好红了脸地点点头。

　　又过一会儿,漱芬、漱芳一同走了进来,对瘦春道:"婆婆也将珊枝姑娘的喜期定在明天,又将楼上东厢收拾出来给二姑爷夫妇三个住。"

　　瘦春微笑道:"这真叫作喜事重重,他们二老,为了我们小辈,可也操了一世的心了,也得让他们大乐一乐。"

　　大家说上一会儿,天已黑了,一到半夜,便是郭屈、莫史两对夫妇花烛的时候,结缡既毕,送入洞房。

　　屈府因是侨寓杭州,亲戚虽不甚多,故旧也觉不少。余抚台全家、孟臬台全家,还有新放的杭州府知府赵仕纶全家,都来贺喜。这位赵仕纶太守,就是曾任四川华阳县的,到杭之后,因慕屈侍郎的风骨,时常过来请教公事。屈侍郎见他是位能员,却也知无不言,言无不尽。余抚台、孟臬台、赵杭府,因有公事,只好道过喜就走。所有三家的家眷,个个留而不去。常笑春本已认了廖氏夫人作义母的,一见两位被拐的义妹都已合浦珠还,碧城且是剑仙,又和瘦春久别之后,她便代为知宾,闹了一天。

　　晚席一散,大家都拥到新房吵房,大家又因为碧城是位剑仙,更加少见多怪,闹得益发厉害。余抚台的少爷本是一位淘气包,他明知碧城是双大脚,他却假酒三分醉地硬要去瞧新娘的那双金莲。那时小兰、小竹两个大丫头在做伴姑,一见抚台少爷闹得厉害,她们只好老实说道:"我们三小姐是位剑客,对于裙下双钩,原不注重。余少爷见了,多得见笑,免了吧!"

　　哪知这位余少爷,不待小兰等人说毕,他却冷不防地已把碧城的右足扳了起来。碧城总算忍耐,含羞不睬。余少爷还要去扳她那只左足,倘若扳得轻些,倒也罢了,却又扳得太重。不防他的双手可巧触着碧城的脚踝,碧城起初倒还微缩其脚,躲避而已。哪知余少爷尽管纠缠不休,弄得碧城忍无可忍,始把她的脚轻轻地一甩。这一来,竟将那只绣履宛同落霞与孤鹜齐飞的一般,早将那只绣履抛至半空之中。同时那只绣履之中的那块有二寸许的木头高底,砰的一声,可巧落在余少爷的额上,击起一个小块。余少爷经此一击,方始收兵。

当时小兰虽把那只绣履抢至手中,只因碧城的尊足太大,那只绣履太小,非得高跷其足,用那多数的带子扎而又扎,缚而又缚,方才能够穿上。那时满房中都是男女宾客,一位簇新新的新娘,怎好高跷其脚,这等放肆的呢?

小兰正在万分为难的时候,幸而来了两位救兵,一位就是宝山公子,一位就是新贵人的连襟高文虎。他们二人一到,一见小兰手执一只绣履,那位新娘也会羞得只把一只大脚缩得老高,不敢动弹。宝山公子和高文虎二人急将满房的宾客邀到莫本风的新房里面去了。

小兰一等大众出房,她忙用出九牛二虎之力,始替碧城穿上。此时瘦春、红玉、芬、芳等人已知其事,连忙奔来,埋怨碧城,怎么一位新娘可以动武?碧城忽把双眉直竖,正待大声发话,忽见新郎适来取物,她始把她那股火气憋在肚里,闷声不响。

瘦春等人正待再劝碧城几句,忽听得那位余少爷又在莫本风的新房之中闹得尤其厉害,连忙奔到那边去看。

原来余少爷因见史华月不是剑客,一时胆子更大,硬要逼着新娘连干三杯。后来总算是宝山公子打的圆场,新郎代吃,大家方始了事。余少爷还要率领大众去闹宝山公子和高文虎的新房,宝山公子和高文虎二人只好领了大众,先到宝山公子那儿。余少爷一眼瞧见,小梅的新房就在漱芳的套房之中,他又要逼着宝山公子请出芬、芳两个老新娘来闹。宝山公子无法,只好命芬、芳二人向余少爷行了一个礼始退。余少爷还要再闹珊枝,还是大众瞧见时候不早,方才出去安寝。

郭鸣冈一见客散,他便去到新房。小兰等人忙将碧城伺候先睡,请过新姑爷的晚安,掩门而出。

郭鸣冈闩上房门,略坐一霎,也就脱衣上榻,去和碧城共枕卧下。碧城本是一个天不怕地不怕的人物,说也奇怪,这天晚上,起初的当口儿,也会一颗芳心吓得哔剥哔剥地跳个不止。后见郭鸣冈睡下之后,并没其他举动,仅不过规规矩矩地问她道:"三小姐,我这回原是约了莫师兄去救宝山令兄去的,不图同到此间,你们师尊竟地提到我们二人的姻事,这真是使我们做后辈的感戴不尽。"

碧城听了之后,总算守着瘦春等人所教的礼节,只轻轻地答上一句:

"师恩本是难报。"

郭鸣冈又想出些冠冕堂皇的说话,尽来和她谈着,她起先倒还听了几句,答上一两句。哪知后来郭鸣冈仍在和她说话,她老人家倒说早已呼呼呼地入她的香梦之中去了。郭鸣冈一见新娘业已睡熟,早就沉沉睡去。

且将这边按下,单说漱芳这人,本最淘气,她一等她的公婆睡下,她便拖着漱芬,要去听郭鸣冈和碧城两个的壁脚。还是漱芬笑阻道:"三妹子她是一位剑侠,本来不拘小节,她在闹房的时候,已经弄出笑话,上床之后,她和三姑爷又是同道,难免没有笑话闹出。与其去腺了她,弄得婆婆不高兴,还是去听史小姐去,那倒无碍。"

漱芳一面还在笑她姊姊,怕惹剑客动气,胆子太小,一面已经悄悄地来至华月房外,一见不但是双扉紧闭,而且灯火全熄。听了半天,除了鼻息齁齁之声外,毫没动静。

漱芳不耐烦起来道:"这倒有些无趣。"

漱芬微笑道:"要么我们还是听小梅的壁脚去。"

漱芳却微笑着摇摇头道:"她和我们这个业已一房住过半年,虽然不至就有这些事情,总之去听熟人的壁脚,没有听生人的来得有味儿。"

漱芬又笑道:"我正要听听他们两个今天晚上讲些什么。"说着,即将漱芳拉了就走。及至漱芳的房里,悄悄地放轻脚步,去把那扇套房门一推,虽已关得紧腾腾的,却听见小梅似在微喘其气。漱芬忙朝漱芳连摇其手,关照她不可响。漱芳便把耳朵贴在壁上一听,果听得宝山公子低声在问小梅道:"你和我同年,仅小月份,怎么还有这般……"

漱芳急想听底下半句,却又听不清楚。忙悄悄地问漱芬道:"姊姊听见没有? 他们讲的,什么叫作还有这般呀!"

漱芬红了脸地和漱芳咬上一句耳朵,漱芳听了,又羞又笑,但是不敢出声。她们二人又听了一阵,不但从此没有说话,而且没有声响,急再提高了耳朵细听,方才听出极轻微的笑声。又过一阵,听得宝山公子又在笑怪小梅道:"你把这块毛巾藏到垫被底下去干什么?"

又听得小梅仍是低声说道:"两位少奶奶这间房里,又不是不进来的,这块东西,摆在别处,倘被她们两位瞧见,岂不将人腺死? 我所以藏在垫被底下,谁又知道这里有这东西呢!"

漱芳听到此地,也与漱芬咬着耳朵道:"姊姊不要响,让我明天去偷去。"

漱芬笑着指指漱芳道:"你这淘气孩子,这块肮脏东西,偷来有甚用处?"

漱芳又轻轻地笑道:"臊臊他们二人,也是好的。"

漱芳还待再听,漱芬将她一把拖走道:"你还是和我一床去睡去,你睡在这里,你的床仅和他们隔了一重板壁,害得他们事事不便。"

漱芳听了,真的跟了她姊姊去睡。第二天一早起来,漱芳就趁宝山公子和小梅去请早安的当口儿,她便急急忙忙走了进去,果在垫被底下翻出一块毛巾,一见毛巾之上真有猩红点点,方知他的丈夫和小梅二人同住一房半年,真个冰清玉洁,使人可敬。漱芳从此以后,并不以妾礼相待小梅,仍与姊妹无异,一半也是因此。当下即将那块毛巾携到漱芬房里,也去塞在垫被之下。

哪知当天晚上,宝山公子忽来向芬、芳二人笑脸央求道:"那块毛巾本是肮脏东西,你们两个倘若拿了,倒也罢了;倘被别人拿去,岂不臊人?"边说,边又笑上一笑道:"小梅是急得几乎要哭了。"

漱芳起初自然不认,宝山公子便指指她们姊妹二人道:"她的房内,除了你们二人,没人去的。"

漱芳忽然佯嗔道:"这是你这位新姨奶奶,以后无论少了什么,不是都要问我们二人吗?"

宝山公子忙把漱芳辫到怀内,带哄带说地央求了半天,漱芳方始笑着将嘴指指垫被底下道:"那不是你们的宝贝毛巾吗?谁要你们这块肮脏东西?我拿了出来,还在懊悔怕触霉头呢!"

宝山公子忙把那块毛巾取出,送去还了小梅。小梅一见是她们两位少奶奶拿的,更把她羞得没有办法。宝山公子正待有话,陡听得芬、芳二人在外房发急地大喊道:"不好了,不好了,那道可怕的剑光又来了!"

不知那道剑光又是何人来害何人,且听下回分解。

# 第三十六回

## 乘兴而来禅师几授首
## 移樽就教蠢仆独开心

宝山公子和小梅两个陡听得芬、芳姊妹发急大喊,慌忙一同奔出外房。一眼瞧见碧城房内发出两道白芒芒的剑光,直向东厢屋面飞去,他们跟着再向东厢屋面一瞧,不禁吓得三魂落了二魄,急忙躲至芬、芳姊妹一起,四个人只在抖个不已。

原来褚锡圭、舒疏月翁婿二人,当时一面聘了崆峒、岩峣二子,去到昆仑山邀请昆仑子和峨眉子两个下山,去除郭鸣冈、莫本凤、宝山公子等人,一面又请舒疏月的师祖天山禅师下山,去害屈侍郎和余抚台。哪知天山禅师本与昆仑、峨眉、崆峒、岩峣四子齐名,他岂肯亲劳大驾,去到杭州,除那屈、余两位文绉绉的官儿? 当下即命他的大徒弟,名叫子和尚的,前去随便收拾完事。不料峨眉子闻知其事,因为川、浙相隔,程途万里,纵命碧城马上前往救援,也已不及,生怕误事,她就亲自来到杭州,保护屈侍郎。她又料定那个子和尚必先来害屈侍郎的,所以她只在屈家隐身防备。

就在当天晚上,果见那个子和尚将他的剑光正在飞入屈侍郎房里,她即随便发出她的神剑一挡,早把子和尚的剑光挡了回去。那个子和尚一见峨眉子亲来保护屈家,他如何敢与峨眉子放对? 只得赶忙逃走。峨眉子一见子和尚已经逃走,她是素抱人不犯我,我不犯人那个慈悲宗旨的,便留一信,仍回她的山上。

那个子和尚逃到天山,禀告他的师父天山禅师,天山禅师因见子和尚失了他们天山派的面子,立即率领子、丑、寅、卯、辰、巳、午、未、申、酉、戌、亥十二个入室徒弟,直到杭州,要和峨眉子见个高下,谁知峨眉子已经回山。天山禅师因见峨眉子的得意徒弟屈碧城就是屈侍郎的爱女,又见郭、莫二人也在那里,始知昆仑子等人不能奈何屈、郭、莫三个,他更气上加气,要将屈、郭、莫三个立时除去,以显他们天山派的本领。当下就和他那十二个徒弟站在屈家的东厢屋面,对准碧城的卧房,用他飞剑,要先伤他们夫妇两个。

碧城和郭鸣冈二人本是行家，一见空中陡地飞下一道剑光，他们两个急急吐出各人的剑光前去迎住。宝山公子和小梅所见东厢屋面的人物，正是天山禅师师徒一十三个。

现在单说碧城、郭鸣冈两个，一发出他们的剑光，立即纵至庭心，对着天山禅师师徒大声喝道："你们来得越多越好，省费我们的手脚。"

天山禅师本是指名前来找他们夫妇的，岂肯当面错过？跟着，就率领他那十二个徒弟，飞身下屋，并不答话，就和碧城夫妇斗起剑来。

此时莫本凤正在房内和史华月谈心，一见庭心里面忽有多数的剑光，他一个人急忙蹿至屈侍郎的窗外，吐出两道鸳鸯剑光，一道保护屈家等人，一道也去助战。哪知碧城真有能耐，一个人力敌天山禅师之外，还能分敌那十二个徒弟。郭鸣冈因睹他的这位爱妻，一个人敌住十三个，生怕寡不敌众，他赶忙只在照顾碧城。

天山禅师起初还当碧城纵有本领，究是一个年轻女子，又是后辈，只要他随便一来，碧城便要死于非命。及见碧城的剑术，凡他所能，碧城无有不能，方始一面暗暗佩服碧城这人确是后起之秀，一面又忙知照他那十二个徒弟，不可轻视这个女子。哪知就在那时，他的徒弟顷刻之间，已被碧城连伤六个。

天山禅师到了此时，自然更是吃惊，一时动了无明真火，便大骂碧城道："你这叛徒，胆敢伤我徒弟至六人之多，我今天一定和你拼了就是！"边说，边又把他的剑光一抖。

那道剑光顿时竟会以一化十，以十化百，以百化千化着，当下只见万道剑光，呼呼呼地俨同雷轰一般，直向碧城、郭鸣冈、莫本凤三个的脑门击来。

郭鸣冈和莫本凤的剑术本逊碧城一筹，一见同时有万道剑光击来，却也有些暗暗吃惊，一壁用出全力敌住，一壁急又关照碧城，不可再守后辈规矩，大家性命要紧。

碧城听了，反而微微地一笑道："你们不必害怕，今天正是我们峨眉、天山两派在分高下的当口儿。"边说，边也将她的那道剑光使力一抖，同时也会和天山禅师的剑光一样，不到半分钟的工夫，早有万道剑光，一把把地去将天山禅师的剑光敌住之外，她还举起她那一双大脚，跟着向空一踢，立即飞出青、黄、赤、白、黑的五道剑光，就向那万道剑光堆中击去。当时只听得犹同天崩地陷的一声巨响，可怜天山禅师修了百十年的剑术，早被碧城这五道剑光击坏。

原来这五道剑光，就和说唐代那个秦琼的回马铜、罗成的回马枪、欧战时代德国的绿气炮一样，非到万不得已的时候，不肯轻易用的。当时那班剑侠，除了峨眉子、昆仑、碧城三个有此剑术以外，连崆峒、岿峣二子都不能够，那个天山禅师更不必谈了。

当下郭、莫二人一见天山禅师的剑光已被碧城击坏，正待去伤他的性命，碧城连忙喝住道："我们不为已甚，且留他们师徒七个，好好地回去。"

天山禅师此时要顾性命，哪里还管别的？不等碧城说完，他已同了他那留着性命的六个徒弟，早已一溜烟地逃之夭夭的了。

碧城一见他们师徒七个已逃，即用她的剑光向那六个尸身一晃，那六个尸身立时化作一汪血水，见风即干，哪里还有一丝形迹？碧城始同郭、莫等人来到她的父母房里，话未开口，大家都已赶了拢来。

屈侍郎却先朝碧城连连点首道："尔可谓神乎其技者矣，以后快快不得辜负师恩。"

碧城虽与郭鸣冈尚只一夜夫妻，却已十分恩爱，她忽顾起她那丈夫的面子起来道："爹爹不要这样说法，女儿若没你老人家的女婿竭力帮助，那个天山禅师未必就会被我击败。"碧城这话尚未说完，她忽又想到单单夸她丈夫，莫本凤便要多心，忙又接着说道："又亏莫姊夫，一面保护大家，一面又来助战，他的功劳真是不小。"

莫本凤忙也笑答道："三小姐不必客气，我也不怕鸣冈兄动气，我们二人的剑术，再去练习一百年，恐怕还赶不上三小姐的脚后跟呢！"

碧城一听见"脚后跟"三个字，急向小梅脚上一望，只见小梅仍旧装着那双小脚，除了身子高了一些，裤管低了一些之外，真和瘦春等人的小脚一模一样。她再瞧瞧自己的那双尊足，不但把那双小脚鞋子早和她的尊足脱离关系，还在其次，又因那时正待安睡，早已赤了一双大脚，不禁涨得通红其脸地赶忙逃回房去。

廖氏夫人此时一见她这女儿真有这般剑术，也是她的肚皮争气，正待当着大众夸奖她这宝贝女儿几句，忽见她这女儿一听到莫本凤说到"脚后跟"三个字，顿时红了脸地逃回房去，便对高太太、罗太太二人笑着道："亲家母、老年嫂，你们瞧瞧我这痴孩子，淘气不淘气？今天还未曾过三朝，她竟会光脚板地闯了出来。"说着，又不待高、罗二位太太回话，她又去朝郭鸣冈笑道："三姑爷，好在你们都是一对儿剑侠，你可不能笑她的呢！"

郭鸣冈忙笑答道："岳母怎么这般说法？三令爱的剑术真是令人五体投地，至于别的上面，女婿毫不注意。"

高太太插嘴道："观音娘娘也是大脚，况且现在各处都在闹着放足，我们老爷还声声口口闹着叫我放脚呢！"说着，又向廖氏夫人笑道："我说亲家母的福气真好，少爷能文，小姐能武，你们的老夫妇又极和气……"

高太太刚刚说至此处，漱芳最爱说话，她此时就借高太太的说话，要去恭维她的婆婆，忙在一旁笑着接口道："是的是的。"

及至高太太又往下说道："再等两位少奶奶马上养出孩子，岂不是儿孙满堂，更是福气？"

哪知漱芳"是的是的"说顺了口，又未去细听高太太底下的说话，她又在一旁连说"是的是的"起来。

此时漱芬刚巧站在漱芳的身边，忙轻轻地将漱芳一拉，笑着说道："人家在说你养孩子，亏你还在顾前不顾后地尽说'是的是的'，我倒要请教你，是些什么呀！"

漱芳一被她姊姊这样一说，方才红了脸地躲了开去。幸亏那时大家都在嘈嘈杂杂地闹不清楚，有谁留心这事？漱芳总算逃过这关。

大家又谈论了一阵，也就各去安歇。

三朝之后，漱芳偶见碧城那只臂膀上的守宫砂仍旧鲜红点点的，便趁没人之际，告知她的婆婆。

廖氏夫人听了，却也一愣道："这个孩子害臊，也难怪她。但是我做娘的怎么好管这桩事情？你们姑嫂淘气，倒不要紧，你得闲须要关照她一声才好。这个痴孩子，世故未深，自然不知道什么。"

漱芳笑上一笑，当她婆婆之面，虽也没有推却。退了下来，又去告知漱芬道："这种没意思的事情，我才不去说呢！"

漱芬也笑道："谁叫你爱管闲事？这些事情，本来用不着去向婆婆说的。"

又过几天，廖氏夫人仍是有些不甚放心，也在无人之际，私问漱芳，这几天，可曾瞧见碧城的臂膀。

漱芳点点头笑道："媳妇今儿早起，似乎还瞧见我那妹妹的臂膀上，仍是红喷喷的。"

廖氏夫人也明白,这些事情漱芳不肯去说。当下一瞧左右没人,便笑着道:"这么你且把这个痴孩子去找来。"

漱芳忙把碧城找至。廖氏夫人冷不防地忽把碧城的左边一只袖管扑地往上一勒,果见碧城的那只臂膀之上,真的红斑未退,仿佛还大了一些。

碧城一见她娘,当着她的嫂子,忽然检查她那守宫砂起来,不禁羞得只想逃走。廖氏夫人哪儿肯放?碧城不能逃走,又想放下她那袖管,她们娘儿两个拉拉扯扯地闹了一阵。

廖氏夫人忽见碧城臂上的那块红斑越闹越拓了开来,不禁大骇,连忙执住碧城之臂,再细细地一瞧,不觉失笑起来,轻轻地问着碧城道:"你这痴孩子,你把这许多胭脂抹在臂上干什么?"

漱芳不待碧城答话,忙也抢着一瞧,忽也扑哧扑哧地,只把她的脑袋别了过去笑个不止。哪知碧城因见她的嫂子越笑,她便越羞。

原来碧城既是嫁了丈夫,自然难免夫妻之事。她有一天早上,忽然瞧见她的守宫砂真会逃走,她就瞒着人去将胭脂照样地抹在她的臂上。其实漱芳第一次告诉廖氏夫人的当口儿,碧城臂上的东西早已成了赝鼎的了。碧城这天既被她娘识破机关,索性洗去胭脂,不再装假。

这天晚上,郭鸣冈一见碧城的那块胭脂已经揩去,却笑问她道:"你对于你的尊足既然不肯装假,这么你的尊臂本也不必装假。"

碧城听了,微瞪了她的丈夫一眼道:"都是你,还要来说人家呢!"

哪知他们夫妇二人正在闺中戏谑的当口儿,可巧被那平淡烟和阿二两个听了壁脚去。原来平淡烟自从向瘦春告饶之后,宝山公子因奉母命,只好也和平淡烟交口。平淡烟一见仍有机会,忙又用出全副精神敷衍宝山公子。这天晚上,她和阿二两个只为多喝了几杯酒,便和阿二两个商商量量,要去窃听宝山公子和小梅二人的壁脚,又因宝山公子和小梅二人尚未上床,她们二人便先去窃听碧城和郭鸣冈的壁脚,不料郭鸣冈正在向碧城取笑,自然便被她们听见。她们听了之后,再去听听小梅和宝山公子二人。

作书的因为没有赶得上跟去,所以她们二人究竟听了些什么壁脚,委实无从报告阅者。只有接叙她们二人听了之后,平淡烟却红喷其脸地对阿二悄悄地说道:"这所屋内,老的老,小的小,谁不是成双搭对儿?独有我和你二人,赛过在此地守活寡。我们智础,他本是一个人睡在外书房,我和你二人此刻何不趁这夜静更深,人不知,鬼不晓地溜到他那儿去一趟?"边说,边和阿二咬上几句耳朵。阿二听完,也会满脸生春,极端赞成。她们二人真的悄悄地蹑手蹑脚来至外书房,轻轻将门一推,见是虚掩,更加欢喜无限,赶忙推了进去。瞧见床上有个人蒙头而睡,似有鼾声,她们一想,这张床上除了她们丈夫,绝不会有人去睡的。当下先将各人的衣服一脱,复将那灯吹灭,也防旁人听壁脚。及至钻入被中,自然不虚此行。哪知事了之后,重行点上那灯,她们二人见了床上那人,忽会同声一咦道:"完了完了,你不是文占标吗,怎么竟敢不声不响地糟蹋我们二人? 我们只好前去禀知你们师长的了。"

文占标慌忙一把将她们二人拖住道:"平小姐、阿二姨奶奶,你们二位怎么怪起我来? 到底是谁钻进被窝儿里来的呀?"

阿二先问道:"这么我们少爷呢? 他又到哪里去了,你怎么会睡在这张床上,岂非怪事!"

文占标却贼秃嘻嘻地答道:"二位不要见怪,你们少爷,他也早和我有了相好的。"

平淡烟呸了文占标一口道:"放你的屁。"

文占标又笑上一笑道:"你们二位不要不相信,你们只要想一想,今天晚上,难道我会预先知道你们二位竟会送上门来,特地等在此地不成? 足见我姓文的睡在这张床上,自然有个道理。"

不知文占标究竟讲出什么道理,且听下回分解。

# 第三十七回

# 平地起风潮缇骑夜至
# 满门尽忠孝奉法朝行

平淡烟一听文占标这般在说，便知她的丈夫原是花旦出身，想来或有其事，便问文占标道："你快快将你和我们少爷的事情说给我们两个听，也好使我们放心。"

文占标就老实告知她们道："平少爷在我们师长讯问他的当口儿，"文占标说着，望了平淡烟一眼道，"他见你已被史小姐讨下人情，他就暗中拜托我去找你，也要请史小姐救他的性命。后来他果被史小姐救下。有一晚上，他办了酒肴谢我，我就一壁和他对酌，一壁和他开玩笑，问他拿什么谢我。他那时酒已上脸，便露出可以身报的意思，于是我就和他有了相好。到了此地，他因这间书房只有他一个人睡，夜夜叫我前来陪他。此地有喜事的那一天，杭府赵大人也来道喜，哪知这位赵大人前在四川华阳县任上，本和你们平少爷有过交情的，赵大人便悄悄地约他到杭府衙门里去叙旧，他就原夜住在那边的时候也有，到了半夜里回转的时候也有。否则，我又何必虚掩这道房门呢？"

文占标说着，又朝平淡烟扮上一个鬼脸道："平小姐，我姓文的，一则也与你们三夫妇有缘，二则你平小姐也姓平，平少爷也姓平，天底下断没同姓可以配夫妇的。你们的内幕，自然不用瞒我，我说，我和你们二位，今天晚上也是天缘凑巧，大家省些事吧！"

平淡烟正待答话，忽见平智础忽已走了进来，一见她们二人也在此地，陡现惊惶之色地问道："你们二人在此何事？"

平淡烟因为平智础的性命是她的功劳救下来的，本不惧怕智础，当下还要恶人先做大，不依平智础，怪他一位堂堂的少爷，反去失身仆役。后来幸亏文占标打了圆场，从此他们夫妇三个，都给了文占标一个人享受。平淡烟又因宝山公子一时想不到手，借此解嘲，也就了事。等得她们二人回到里面，天已将亮，赶忙偷偷睡下，幸亏没人知道。

这样一混，已是大年初一。这天白天，屈、高、罗三老夫妇，因为各人闹着拜年，未免过事劳顿，一到晚上，大家早早安睡。哪知屈侍郎睡到半夜，还在好睡的时候，忽见屈福等人慌里慌张、满脸忧色地打门而入，抖索索地说道："老爷、太太，大事不好，北京已派钦差来拿我们！"

屈侍郎未及答言，早见孟臬台、赵杭府二人，不待通报，早已匆匆地直闯进来，一同执着他的手，紧皱双眉地说道："老先生且勿着忙，我们特地先比钦差早赶来一步，好让老先生有个准备。"

此时高太太早已吓得神志不清，没有一句言语。屈侍郎到底曾经身为大臣，而且平时很有镇定功夫的，当下便问孟、赵二人道："我家究犯何罪，怎么朝廷要派钦差前来拿办？"

赵杭府先叹上一口气答道："老先生府上，相待你们那位范驾雄令坦不薄，他在四川和那个倪慕迁两个，串骗了你们那十万块钱还不够。"

屈侍郎急拦了话头问道："怎么怎么？难道他那十万块钱竟是串骗我们不成吗？"

赵杭府听了，又似很诧异地问道："莫非老先生还不知道此事吗？我在四川的时候，业将此事禀知我那恩上司彭方伯。宝山世兄早也知道，怎么没有告知老先生的吗？"

屈侍郎便回头对廖氏夫人说道："宝儿不敢把此事告知我们，大概是怕我们生气。"

廖氏夫人此时气得只在喘气地答道："这事他既不来告知我们，一定也将瘦春女儿瞒过。"

屈侍郎不答这话，忙又去问孟、赵二人道："难道姓范的还会出首去告我们不成？"

孟臬台连摇其头道："岂止告老先生一家？竟连高、罗、廖、余几家，也告在内，他若告在司法部里，或者还有手脚好做，倒说他竟去投顺褚锡圭，真也大胆，竟去告了御状。太后本宠姓褚的，立时就放上一位姓王的内监，带了四十名内廷校尉，直到此地。又因中丞也在拿问之列，所以我们二人且让钦差在办中丞那面之事，特地一面赶来通知，一面就在此地伺候。"边说，边又含泪说道："听说中丞全家似乎业已服毒。"

孟臬台刚刚说到此地，只见他那夫人常笑春也已赶来，早和瘦春等人一脚奔入房来。

瘦春急去跪到屈侍郎面前大哭道："这个禽兽，告了爹爹全家，还要告高、罗、廖、余诸家,这事总要怪女儿不好,怎么不长眼珠,竟会嫁着这种枭獍?"

屈侍郎此时哪有工夫再和瘦春细讲,仅仅乎连摇其头道:"此事我不怪你。"边说,边见高氏夫妇、罗氏夫妇,以及大众人等,统统哭哭啼啼地奔了进来,一时人多口杂,哪里还能个对个地讲话?

又见宝山公子带着芬、芳姊妹,连同小梅,奔来伏地道:"爹爹、母亲,如此年纪,怎么好去吃苦? 儿子率领媳妇等人,情愿去替父母顶罪。"

屈侍郎此时已经匆匆问过孟、赵二人,知道范驾雄第一款告的是私藏钦犯郭、莫二人;第二款是纵容婿女,谋为不轨;第三款是枪杀天山圣僧的徒弟六人;第四款是告宝山公子霸占其妻罗氏瘦春;第五款是高、罗、廖、余、孟,这几家的大大小小,都与叛贼串通行事。幸亏孟臬台曾经送过李莲英的重礼,李莲英只把孟臬台的名字摘去。

屈侍郎一见题目太大,便朝宝山公子连摇其头道:"我们二老本与你同一罪名,如何还在讲这替代我们的痴话?"

屈侍郎尚未说完,忽又见碧城奔来,向他气哄哄地说道:"爹爹、母亲,你们不必害怕,不要说来了一个内监和三四十个校尉,就是连北京城都搬了来,有你女儿在此,试看他们能不能动你们的一根毫毛?"

屈侍郎大怒道:"你这逆女,这是什么说话? 为父世代忠孝传家,怎么好干犯上之事?"

廖氏夫人急去抱着碧城道:"我的苦命女儿,这件事情,你的本领可一点儿也用不着了,你难道'连君要臣死,臣不得不死'的话都不知道吗?"

碧城也抱着她娘大哭道:"照女儿说来,这是乱命,也得分别清楚,与其送去徒死,我们须得另想别法。"

屈侍郎听到这句,便去对孟、赵二人说道:"寒家数代单传,你们二位既是好意前来,可否就让小犬逃出性命,以传屈氏一脉。"

孟、赵二人连连答道:"我们二人早来一步,本是此意,这么快请宝山世兄就走。倘迟一刻,那就来不及了。"

宝山公子不待孟、赵二人说毕,急向他的爹娘大哭道:"爹娘知道殉忠,儿子难道不知殉孝?"

廖氏夫人忙又丢下碧城,急去拉着宝山公子狂哭道:"我的儿子,快快逃生,你要殉我们二老,这孝不大。你能留下屈氏一脉,那才是对得起祖宗的事情。"

宝山公子听了,哪里肯走? 谁知就在此时,屈福等人早又上气不接下气地奔了进来叫喊道:"钦差同了几十名校尉已在大厅,吩咐老爷、太太,以及高、罗几家的男女人众,统统出去接旨。"

　　孟、赵二人一听钦差已到,他们只好奔了出去伺候。

　　屈侍郎便将脚一跺地怪着宝山公子道:"此刻要走也不能了。"说着,一面吩咐家人去摆香案,一面急命大众快穿官服。自己穿好之后,率着大众来至厅上。只见那位钦差手捧谕旨站在上面,四十名内廷校尉个个虎势昂昂地分立两旁,他就率领大众挨排跪下。那个钦差匆匆宣读一过,即命拿下。那班校尉顿时摩拳擦掌地一齐围了拢来,要剥大众的衣服。高师长仅不过说了一声"慢慢"二字,已被一个校尉手起一掌,打得他的脸上火星乱迸。

　　屈侍郎一见那班校尉已在动武,忙对那个钦差说道:"犯官等未经廷讯,罪案尚难确定,况且士可杀不可辱,务请钦差大人传谕他们不得动武。"

　　那个钦差便打着京腔答道:"咱们奉旨前来捉拿叛贼,别说他们动武,就是咱们要将你们这班叛贼动刑,也不算什么事儿。"

　　此时,那班校尉一见这许多年轻女犯个个都是长得如花似玉,无不暗暗欢喜,这趟差事真是便宜,沿途之中,大家都可随时寻乐。及听他们的钦差这般说法,倒说不先去剥男犯的衣裳,都去先剥女犯起来。不料内中有个触霉头的校尉,刚刚碰着碧城,碧城一见那个校尉要去剥她的外衣,她顿时把她两道凤眉一竖,仅仅乎把那校尉轻轻地一推,可怜那个校尉早已跌出两三丈远,倒在地上,七孔之中,血已冒了出来。

　　那个钦差一见有个女犯胆敢拒捕,忙又打着京腔大喝道:"反了反了,罪犯既在拒捕,你们大家准定格杀勿论!"

　　那班校尉不待那个钦差说毕,早已各拔佩刀,就向碧城头上乱刀砍去。碧城到了此时,也不管她的严父在前,即将她的手指向空一指,立时飞出一道剑光,去将那班校尉的乱刀敌住。同时又关照郭、莫二人,快快保大众。

　　屈侍郎一见他的女儿又在用她的飞剑,赶忙喝止道:"你这逆女,莫非还要使你父母罪上加罪不成吗?"

　　宝山公子也劝碧城且将剑光收了再讲。哪知碧城早知她的父亲是位忠臣,怎肯让她去杀钦差。但又料到若不稍稍拿点儿厉害给他们瞧瞧,将来在路,不免要受虐待,她就趁她父亲在喝止她的当口儿,只把她的剑光轻轻地向钦差和那些校尉脸上一扫,她的手段却也有些滑稽,倒说虽未伤着他们,可是已将他们各人的那副眉毛剃个干净。

此时那个钦差尚未觉得他的尊眉被剃,但见这道剑光犹同闪电一般,呼呼呼地在发怪声之中,全将那班校尉的眉毛剃去。这一吓,还当了得?只好忙不迭地去向屈侍郎打躬作揖地央求道:"屈老先生,请快命令爱小姐先将这道剑光收去,容咱责罚他们就是。"

屈侍郎自然先命碧城收去剑光,方答那个钦差道:"小女冒犯大人,千万不要见罪。"

那个钦差忽在摆在两边的着衣镜中瞧见他的两道尊眉也被剃去,哪里还敢动气?连连地苦脸答屈侍郎道:"怎敢见罪?怎敢见罪?不过咱是奉了咱们老佛爷的懿旨前来,并非和诸位有什么私仇,屈老先生若没什么家事安排,咱们就得连夜起程。"

屈侍郎答道:"犯官等人,此次押解进京,倘蒙恩赦,那便没事。否则即难生还家乡,可否请钦差大人再让犯官等人回进里面,处置一切后事?"

那个钦差连连答应:"可以可以。"说着,又朝孟、赵二人一拱手道:"可请二位大人陪同他们诸位入内。"

孟、赵二人也知这个钦差这是要他们负责的意思,即将诸人陪入内堂。屈侍郎又请孟臬台去向那个钦差讨出一张名单,细细一瞧,只有彭素梅小姐和董珊枝二人榜上无名。

原来素梅、珊枝二人,她们是在驾雄逃走之后始到高家去的,驾雄既不知道她们二人,所以没有告在其内。除了她们二人以外,连那平淡烟夫妇三个,也已名达天庭。

当时屈侍郎急把素梅、珊枝两个叫至面前,先对素梅叹上一口气说道:"令尊本将侄女托付我们,哪知我家忽出奇祸。我们走后,请你代为管理家事,倘若不能生还,你和珊枝二人就去料理我们大家的后事。"

素梅此时听得一片哭声,伤心得除了连连点头之外,哪里还会答话?

屈侍郎又吩咐珊枝道:"你既嫁了我们女婿,你就是姓高的人了,大家倘有不幸,你除帮同彭小姐替大家办好后事,这几家以后的祭扫,你得留意。"

珊枝哭拜受命。

屈侍郎又托常笑春和孟、赵等人道:"寒家尚有一点儿薄产,此时自然由你们二位发封,将来除去籍没之外的,你们须念我们交好一场,多少留些与彭、董二人度日。"

常笑春和孟、赵二人一同含泪答道:"吉人自有天相,请勿提到这等后事。果有意外,我们一定如命办理,决不相负。"

孟枭台又一个人说道:"老先生果有长短,我姓孟的岂有还不勘破世情?我除立即挂官归隐外,还要等待内人生下子女,继作各家之后,以奉祭祀。"

大家一听到这等伤心的说话,无不去向孟枭台磕头,谢这垂顾九泉之恩。此时闹得一片哭声,作书的不能分别细叙,只有总而一句,大概这些人的眼泪,并了拢来,也和他们门前西湖之水差不多了。

大家哭了一阵,天已大明。屈侍郎知难久留,急又拜托孟、赵二人一番,只好凄凄楚楚地率了大众重到大厅。屈侍郎自愿叫那班校尉替大家戴上刑具,坐上早由孟枭台备好犯官以及家属等人的没顶轿子。孟、赵二人亲自押送到拱宸桥畔,眼看大众上了小轿,又同常笑春和大家痛哭一场,方始分别。

屈侍郎上船之后,问起那个钦差,始知子玖中丞全家果已自尽,不禁洒下几点朋友之泪。幸亏那个钦差,以及那班校尉都已领教过碧城的教训,一路之上,非但不敢虐待,而且事事如命。唯有停不停地去关照屈侍郎,不可再令碧城发出剑光,倒也异常麻烦。哪知屈侍郎一到天津,忽又遇着一桩险事。

不知又是一桩什么险事,且听下回分解。

## 第三十八回

# 祸不单行屈公先被哑
# 福无双至罗氏又成痴

屈侍郎一到天津,就有他的同寅世好、故吏门生都来探望,照例他是钦犯,如何准与外人接见? 只因那个钦差生怕屈侍郎倘一不乐,他的那位剑侠千金便是没有笼头之马,试问有谁喝住? 所以不但有人探望屈侍郎他不敢照例挡驾,就是屈侍郎说要在客寓之中演它一本堂戏,他也不敢说个不字。

当下屈侍郎会过那班宾客,忽有一个自称旧属,现任司法部第一监狱官,名叫邵明嗣的前来禀见。屈侍郎见了这个名字,仿佛他任刑部侍郎的时候,似乎果有此人,一想将来入狱之后,自然要他照顾,便请相见。一见了面,只见这个姓邵的,约有五十多岁,虽在对他连说"老上司,我们转瞬十多年不见了"的说话,但又似乎认不得这人。只得含糊答道:"兄弟眼拙健忘,老哥难道当了这十多年的狱官,尚未升迁不成?"

那个姓邵的又恭而敬之地答道:"老上司,前任我们左堂的时候,旧属就当此差,只因不会逢迎,'升迁'二字,哪里敢望? 只要这只饭碗保牢,已属幸事。"

屈侍郎听了,倒也替他慨叹。

姓邵的又恳恳切切地说道:"旧属一听老上司遭了这场飞灾,五中屡次愤裂。今天是一则特来请安,二则尚有几句密谈。"

屈侍郎又答道:"此地并没外人,除了我的一个亲家、一个同年之外,其余都是我的儿婿。老哥既有密谈,兄弟不叫他们进来就是了。"

姓邵的又说道:"既是如此,旧属还带了几样小菜,虽然不能适口,几瓶陈酒,还可尝尝。请示老上司,可否准许搬了上来,旧属和老上司两个边喝边谈,也是一点儿诚意。"

屈侍郎本是一位乐天知命的人物,起初几天,自然略有一点儿愤气。数天之后,他已释然于怀。又知徒做楚囚之泣,于事更无益处,倒使老妻和一班儿女见了反多伤心,所以他一听见姓邵的说有陈酒,他便微点其首道:"却之不恭,这是只好受之有愧的了。"

姓邵的大喜,急命摆上酒肴,他又替屈侍郎满斟一杯,自己也斟上喝着道:"老上司的冤枉,自然不必说它,不过既是钦案,无论如何,总得暂到狱中委屈几天,太太、小姐、少奶奶等人,旧属已经吩咐内子,将来亲去伺候。老上司这边,旧属应该日夜地陪伴。因为老上司既有对头,难免那边不来暗中加害,既有旧属亲自陪着,这种意外之事,就好不用防了。"

屈侍郎拱手一谢道:"现在世风浇薄,人心不古,兄弟当此急难之际,还有你这位故人如此相待,真是使人铭感五中,停刻让兄弟告知老妻、女媳,她们也好放心一点儿。"

姓邵的又说道:"老上司尽请放心,旧属知道太后娘娘明察秋毫,只要一经老上司面圣之后,一定能够转危为安,甚至还要起用老上司,也说不定呢!"

屈侍郎见这姓邵的很是关切,却也恳切地敷衍了他一番。等得吃毕,送走姓邵的,即把姓邵的说话告知大众,大众听了,自然放心一点儿。此时只有碧城一个人不答这话,只在把她的两只眼珠盯着屈侍郎的脸上,横瞧竖瞧。

廖氏夫人在旁看得有些不懂,便问碧城道:"你痴痴地尽望着你们老子的脸上干什么?"

碧城听了,方始对她娘说道:"女儿此时瞧见爹爹的脸色似乎中了那个哑毒一般,不识何故。"

屈侍郎微摇其头道:"为父刚才多喝了几杯陈酒,事或有之,何致中什么哑毒不哑毒?"

碧城急把她的手掌接在屈侍郎的口边道:"爹爹且莫管它,你老人家快吐一口口水在女儿掌中,停刻自有分晓。"

屈侍郎便真的吐了一口口水在碧城的掌中,碧城用她的舌头在她掌中边舐边尝,尝了一会儿,忽然失惊地说道:"爹爹真的中了哑毒,此毒乃是一种毒草之汁,只要加入陈酒里头,倘吃下肚,三小时之内,不但马上变作哑巴,三天以后,还要遍身疯瘫。"

屈侍郎也一惊道:"莫非这个姓邵的,也是姓褚的羽党,有意前来害我的吗?"

瘦春咬着牙齿地接嘴道:"我料那个禽兽,他本知道爹爹既擅口才,又懂律例,防得爹爹将来说动天心,他们便有诬告之罪。特地用这毒药,好使爹爹哑了不能讲话,瘫了不能动笔。这个恶计,女儿一定猜着。"

屈侍郎又摇着头道:"这么那个姓邵的,我明明瞧见他陪我同喝的。"

碧城和郭、莫二人同声答道:"此毒只要预先吃下一种解药,便不碍事。"

屈侍郎听说,方始有些着慌起来。大家本来只在巴望屈侍郎将来面圣之后,或者能够挽回天心。倘若真的既哑又瘫,那还了得? 顿时个个都忙不迭地问碧城道:"这么此时要用什么解药,赶紧去办呢?"

碧城道:"只有我来运我丹田之气,把爹爹腹内的毒汁统统吸出来,但三个月之中,也仍旧难免瘫哑。"

廖氏夫人不令大众多说空话,急叫碧城快替老子去吸。碧城便将屈侍郎引至一间内室,她就口哺口地急替屈侍郎吸了半天,果然吸出不少黑色的毒汁,她自己也用清水漱了又漱。哪知屈侍郎就在当天晚上,真已变了哑巴。次日清早,身体忽然瘫了。大众见了,固是急得要命,廖氏夫人和宝山公子等等更是哭着喊天闹了半天。屈侍郎更觉越哑越瘫,碧城只好苦苦劝着。

她娘和大众道:"事已如此,大家急也枉然,不过这三个月之中又叫爹爹怎样去见太后呢?"

大众听了,除了个个空自发急之外,毫没办法。那个钦差还怕屈侍郎再有变症,他就难以销差,只好急急忙忙地将大众押解进京,好脱他的干系。

大众到京之后,自然先入狱中,可怜廖氏夫人连狱官是否姓邵,都没工夫打听,陡见她那位鬓发如银、七十多岁的老娘,和五十多岁的长嫂,早已脚镣、手铐、铁索银铛地各关一间笼子里头,她正想扑了上去,诉苦一番,早又被一个铁青其脸的女禁子,带着一大班女役,不分青红皂白,立刻两个服侍一个,各把这几位确受冤枉的老少女犯打入笼内,还要恐怕她们关在一起要串口供,又把她们分夹其他的女犯之中。屈侍郎和高、罗以及子、婿等人,也和女狱之中的待遇一样。高师长还想打点使费,那班男女禁子都不收受,生怕褚、舒翁婿查出,他们便没性命。这样一来,屈侍郎和他的丈人、妻舅也难相见。

一连十多天,又不提审,可怜大家的牢狱之苦,可已尝得够了。

碧城在进京的那一天,又经廖氏夫人再三再四地叮嘱,叫她见着大众无论如何受苦，不能乱用剑术。因为这场案子，本是冤枉他们在造反，倘若再用剑术，那就益发有了凭据。从来也没有逃出的钦犯，可以就此了事的。碧城既奉母命，自然不敢再用剑术吓人，以增大众之罪。只有等得那班禁子业已睡熟的时候，偷偷地私去见她父母、兄嫂，以及众人一面。

直到一月以后，太后忽然亲自提审，便有那班军机大臣和司法大臣，带了这班男女罪犯，都在金阶伺候。屈侍郎虽然口不能言、身不能动，也得由人支撑着在那儿，防他有意装病。

等到太后坐出，褚锡圭先带着原告范驾雄伏地照那原呈奏了一遍。太后听毕，男犯先提屈侍郎、宝山公子、郭鸣冈、莫本凤等人，女犯先提廖氏夫人、碧城、瘦春等人。男跪东边，女跪西边。

太后先问屈侍郎道："你不是曾任刑部侍郎的吗？咱们也未错待了你，你为什么要想夺咱们的天下？"

屈侍郎此时仍由两个内监扶着，只好一壁连磕几个响头，一壁以手指口，表示已哑。

太后冷笑了一声道："你要造反，这也是天报。"说着，又问宝山公子道："你和你的老子，仗着你的妹婿、妹子有点儿剑术，就要造反，咱倒从未听见有这些不肖的臣子的。"

宝山公子边磕着头边奏道："犯臣父子素受国恩，每想肝脑涂地报答朝廷，苦于一时没有机会。叛逆之事，这是姓范的诬告的。"

太后微摇其头道："就算姓范的诬告你们造反，难道你家私赘钦犯，你又霸占姓范的妻子，这总不是冤枉你们的吧！"

宝山公子又奏道："郭、莫二人并没明谕说他们是钦犯，他们因与犯臣妹子是同道，所以才和他们结亲。至于犯臣之姊罗氏瘦春，他们夫妇偶尔勃谿，事则有之。况且她与犯臣亲胜同胞，犯臣父母养她在家，怎么可以论到霸占？太后不信，可讯罗氏本人。"

太后就朝瘦春瞧了一眼道："你虽长得不错，可是就害在这个'不错'上面，你一定嫌憎姓范的家产不及你兄弟富有，品貌不及你兄弟好看，居然做出这种乱伦之事。"边说，边又微点其头道："你将来凌迟的当口儿，咱倒替你可惜这副容貌。"

瘦春此时吃了这个冤枉，早已拼受凌迟之罪，便提高喉咙奏道："捉奸捉双，载在例上，犯妇本和姓范的同住在寄父母家里。他虽饰辞诬控，太后明察秋毫，怎好偏听一面？"

太后冷笑了一声，又喝道："好利嘴呀，你倒冲撞咱起来。"说着，便把眼珠一突，吩咐内侍说道："快把这个淫妇乱棍打死，也给天下的百姓做个榜样。"

那班内侍便向瘦春飞起一腿，早将瘦春踢得痛得乱滚。正待举棍乱击的当口儿，忽被旁边站着的那位吉亲王止住。

当下吉亲王就向太后奏道："我朝素以忠厚待人，犯妇罗氏，她既口称没有证据，奴才想求老佛爷，暂且让她多活几天，可否发交奴才亲自审问。审出她的证据，使她死而无怨。"

原来那时已经闹过拳匪之祸，端亲王业已赐死。这位吉亲王因懂一点儿外交，太后非常重他，当下也就点头应允道："这么连这起叛逆案子也交你去审问。"

吉亲王既奉太后面谕，便将男女各犯带到他的邸中。他却不先审问叛案，单把瘦春一个人提至密室，和颜悦色地问她道："本藩也不管你与姓屈的是否有奸，本藩只爱你还有几分姿色，你倘情情愿愿地伺候本藩，本藩能在咱们老佛爷面前求下你的性命。"

瘦春一听吉亲王这般在说，她急暗暗地一忖道："既有这个机会，我何不牺牲了我一个，保全屈、高、罗、廖这几家老老小小的性命？"她一想罢，就斩钉截铁地答吉亲王道："犯妇本与我那兄弟无奸，人不知道，天总知道。王爷既要犯妇伺候，王爷倘能设法赦了屈、高、罗、廖这几家的罪名，犯妇情愿伺候王爷；倘若只赦犯妇一人，犯妇情愿陪着大家同死。"

吉亲王听了，很现踌躇之色道："这场案子太大，咱却没有这个力量。"

瘦春一见吉亲王没有这个力量，她又斩钉截铁地说道："犯妇牺牲名节，原想保全大家。王爷既不能够，犯妇只好辜负王爷的恩典。"

吉亲王此时真把瘦春爱得无可不可，忙又说道："这么且让咱去想法，你今儿就不用入狱。"

瘦春连摇其头道："犯妇不见赦了大家的上谕，犯妇情愿回到狱中。"

吉亲王无法，便将瘦春连同大众发下狱去，但又私下传谕狱官，单单优待瘦春一人。瘦春既未知道，仍与大众来到狱中。

入狱之后，那个女禁子却不把瘦春关入笼子里面，不但让她一个人独住极干净的房间，而且身上的刑具也替她除去。瘦春虽知女禁子在巴结吉王爷，但她并不稀罕这个优待，单在巴望，吉王爷能够办到赦了大家，她始对得起大家。等得碧城夜间又来偷看她的时候,她就告知碧城,托她去将她的苦衷告知廖氏夫人和她的娘。

廖氏夫人和罗太太两个一听这个说话,自然万分可怜瘦春。哪知范驾雄这个东西,真是一个披毛戴角的畜生,倒说仗着褚锡圭的势力,还要亲来向瘦春讨还他那小女儿阿香。

瘦春既已受了优待,所以她的阿香也能带在身边,一听姓范的竟有那张脸来见她,她便咬牙切齿地自语道:“我本要见见这个禽兽,问他可还有一点儿人心?”那个女禁子真将驾雄领至。

瘦春一见了驾雄,飞风似的扑了过去,就用她的双手拼了命地去叉驾雄的喉管。驾雄吓得倒退几步。那个女禁子也来将他们二人隔着道:“这是守法的地方,怎么可以动武?”

驾雄此时尚未知吉亲王与瘦春所约之事,单在冷笑了一声道:“你这淫妇,死在目前,还要这般行凶。阿香乃是我的骨血,快快还我便罢,否则你这淫妇未死之前,老子还得让你好好地吃些零碎小苦。”

瘦春此时一见叉不着驾雄,又见驾雄只在淫妇长、淫妇短地,还要索还阿香,她已一股热血冲上,急把卧在板铺上的那个阿香拼命地抢到手中,跟手把阿香的身体举得老高,就向地上摔去。同时只听砰的一声,可怜那个阿香,其实与她有什么相干? 早已脑浆迸出,七孔冒血地死在地上。

驾雄一见瘦春摔死他的女儿,也就像个煞神一般地奔了过去,要与瘦春拼命。那个女禁子连连死命地把驾雄推出,收拾孩尸之后,再去看看瘦春。哪知瘦春早已披头散发、双目直视,得了痴病。

先说驾雄被那女禁子推了出来,方始想着瘦春为何不收笼子,反住优待室中,便去质问狱官。那个狱官就是那个冒充邵明嗣去给屈侍郎吃哑药的人,一见驾雄前去质问,慌忙一把将驾雄拖到里面,就将吉亲王吩咐优待瘦春的事情告知了驾雄。

不知驾雄听了此话,又有什么恶计出来,且听下回分解。

# 第三十九回

## 舒疏月斋金延圣母
## 平淡烟携妾做王妃

驾雄一听那个狱官对他说出吉亲王吩咐优待瘦春，他本知吉亲王是个色鬼，现在又恃太后得宠，万一瘦春真去做了吉亲王的妃子，这不是屈、高、罗、廖几家有了这位亲王帮忙，他的这场官司的胜负就不知谁属了？

他当下慌忙别了那个狱官，就去找倪慕迂商量恶计。这么这个倪慕迂是否就是拐走驾雄那笔款子的倪慕迂呢？自然是的。

原来驾雄自被平淡烟追出高家，幸亏他在打箭炉地方住了月余，路途还觉熟悉。他一见那平淡烟向他追赶，他急躲进一条巷子，且让平淡烟追出头去，他在后面，另换一条道路逃走。他又知道他既闯下此祸，断没面目再去见那屈氏夫妇。亏得身上还有川资，他就一脚奔到北京，去找他那同窗舒疏月。

舒疏月那时业已托了崆峒、岩峤二子去到四川，邀请昆仑、峨眉二子，杀害宝山公子和郭、莫二人，尚未接到报告。一见驾雄忽来找他，便爱理不理地问驾雄道："你不是做了那个姓屈的爱婿吗？你还来找我何事？"

驾雄忙把他在良乡狱中娶瘦春起，一直讲到此次闯了大祸逃出来为止，说完之后，又对舒疏月道："我的骗姓屈的那十万块钱，原是要想拿来报答你一向相待我的大恩，不料那个倪慕迂，反在强盗手上夺铜锣。我既在秧沟里翻了船，只好再去向屈宝山设法再弄一笔。哪知那个屈宝山的杀坏，自恃比我长得漂亮，他就借了伴送我那淫妇去到四川找我为名，倒说就在路上，老老实实地霸占那个淫妇。那个淫妇自然爱他有财有貌，把我当作冤家一般。所以我一气之下，就把淫妇、奸夫赤身露体地捆在一起，羞辱他们一番。不料忽然来了一个姓平的救了他们，不然，这一双淫妇、奸夫，岂非早已死在我的手上了吗？我现在不得已前来投奔于你，你怎么反称我是屈家的爱婿起来，这不是明明在糟蹋我是那个硬壳了吗？"

舒疏月一直听至此地，方始笑答道："你的事情，我怎会知道？现在你既与他们成了冤家，我自然仍与你交情如旧。不过那个淫妇长得真是怪骚，那时她是你的夫人，我自然未便把她怎样。现在你既和她脱离关系，我等昆仑子等人除了屈氏父子和郭、莫二人，我一定把她弄来做妾。"

驾雄笑上一笑道："我劝你不要弄那淫妇为妙。"

舒疏月也笑道："你怕失了你的面子吗？"

驾雄气哄哄地答道："她就去当那千人睡、万人住的小娼根，我也不管。"

舒疏月接口道："这么你为什么不叫我弄她的呢？"

驾雄又恨恨地说道："这个淫妇，我还以为她长得也有几分动人之处，哪里知道她一睡到床上，真和那个多了一口气的死尸一般，独有见着那个屈宝山的小鳖蛋，她就眉开眼笑起来。你的面貌虽然比我这个包脚布脸好上一点儿，比起那个小鳖蛋，也还差远。"

舒疏月又笑上一笑道："各人有各人的本事，不要你管。现在你既来此，快和倪慕迁讲了和吧！"

驾雄失惊道："怎么这个杂种也在此地吗？"

驾雄尚未骂完，只见里面忽然走出一人，朝他深深一揖道："范大哥，以前之事，原是兄弟不好。不过那笔款子，我又被土匪全行抢去，依然弄得一双空手，务必请你老大哥看在舒公子的分儿上，消了那口气吧！"

驾雄一见倪慕迁这般替他赔礼，他只好叹上一口气道："你把我那辛辛苦苦想到手的一笔钱一齐吞没，又去白白地送与土匪，这何犯着？"

倪慕迁忙再赔了多少不是，驾雄方始了事。

舒疏月又问驾雄道："那个昆仑子，倘若也不能奈何郭、莫二人，我们又怎样办法？"

驾雄狞笑了一声道："你放心，那个姓屈的老贼，他是一个满嘴上仁义道德，满肚里强盗心肠的东西，他既抱着'忠孝'二字讲话，我们只要告他一本御状，说他私藏钦犯、谋为不轨，再把那个小鳖蛋霸占那个淫妇的事情也说了上去。那班剑侠，他们一被奉旨拿办，自己都要往那菜市口走走，怎么还能去助姓屈的父子？"

舒疏月听了大喜道："你能办好此事，你要发财，你要做官，由你自之去拣可好？"

及至崆峒、岩峤二子前来给信，说是郭、莫二人不久即来赔罪，舒疏月就打算等他们二人来京时候，将他们拿住。哪知一等也不来，两等也不来,同时又接到天山禅师已被屈碧城打败的信息。舒疏月就请驾雄出首,告了御状。

后来屈侍郎等人一到天津,驾雄又上条陈道:"姓屈的老贼是张利口,不要面圣之后,被他说动天心,那就不妙。我想用一个人去把他药哑,那就大家放心。"

倪慕迁接口道:"这容易,他任刑部侍郎的时候,那个狱官,名叫邵明嗣,早已不知何往。现在这个狱官叫作符良星,也和姓邵的年纪相仿,我们只要答应姓符的一点儿好处,叫他冒充姓邵的,以旧属的名义,用了那种能瘫能哑的毒汁,害了那个老贼就是。"

舒疏月道:"不等一年半载,那个老贼和大众早已凌迟处死的了,难道还怕死人会说话不成?"

后来屈侍郎果被药哑,虽有他的爱女代为吸毒,这三个月的苦头已经多吃。后来驾雄又见太后亲自提审之后,发交吉亲王审问,他便亲至狱中,去见瘦春,一则索还女儿,二则也去出出恶气。及见瘦春摔死他的女儿,还在其次,最发急的是,一闻吉亲王看上瘦春,业已传谕狱官优待瘦春,他就急得神色大变,连忙去找慕迁商量对付之法。

倪慕迁一听这个消息,也吓一跳,便对舒疏月说道:"老吉的圣眷也不在令岳大人之下,这件事情,不能明战交锋,我知道他的福晋,有位幼女,年纪虽只三四岁,又已得了郡主的名号,最好先行设法,将这女孩儿偷了出来,使他夫妻二人先去急他郡主,对于那个淫妇之事,当然缓了下来。再把他们夫妇二人的时辰八字查了出来,用那拜斗邪法,将他们统统拜死,那就了事。"

舒疏月皱眉道:"法子虽妙,没人能办,也是枉然。"

倪慕迁笑上一笑道:"自然有人,何消发愁?"

舒疏月忙问是谁。

倪慕迁说道:"盛京的长白山上,有位招魂圣母,她除了不知剑术之外,其余什么飞檐走壁,什么捉鬼拿妖,无有一样不会。至于那个拜斗邪法,更是她的拿手好戏。"

舒疏月摇摇头道:"我不相信这个说法。"

倪慕迁忙问何以不信。

舒疏月道:"世上既有这等能人,我那师祖吃了屈、郭、莫三人的大亏,她还不去请她代为报仇的吗?"

倪慕迁摇摇头道："舒公子，你只知其一，不知其二，这种邪法，仅能施于常人，一遇剑侠，便没效验。不过这位招魂圣母却很贪财，大凡请她拜死一人，非得三百两黄金不可。"

舒疏月忙说道："不贵不贵，老吉两夫妇的性命，岂止值得六百两金子？可惜这位招魂圣母，对于屈、郭、莫三个没有用处，不然，就是再加几倍，我也肯出。"说着，即备六百两金子，连夜托了倪慕迁和驾雄二人，前往聘请。等得请到之后，住在褚锡圭的府中，次第办事。且不说它。

现在又讲那位吉亲王，实在爱那瘦春标致不过，恨不得连夜如他之愿。只因瘦春有约在先，只好即于第二天，先去探了太后的口风。哪知太后对于原告告宝山公子霸占亲姊的一款，倒也不甚注意，独对其余诸人要夺她的江山，自然恨得入骨。吉亲王一见没有指望，只好蹩索蹩索地退回邸中，正待想将瘦春再去提至，和她说明此事的当口儿，忽据狱官报告，瘦春摔死女孩儿之后，业已发痴。

吉亲王一听瘦春忽然发痴，还疑心她在装假。等得夜静更深的时候，他便青衣小帽地去到狱中，看那瘦春之痴是真是假。那个狱官一见吉亲王亲自来到狱中探望女犯之病，早把他吓得屁滚尿流地自言自语地说道："我的乖乖，自从盘古分天地，哪有王爷探犯人？"那个狱官边在口中念念有词，早把吉亲王导至瘦春的那间优待房里。

吉亲王一见瘦春披头散发，两只眼珠只在直视，早将她头一天那一种沉鱼落雁之容、闭月羞花之貌减去大半，方知不是做痴，便轻轻地吩咐那个狱官道："本朝定例，死罪人犯，若减一等，便是发给宗室为奴。本藩爱这罗氏还觉清秀，正想把她收作为奴，她忽患了痴症，你快秘密去请御医替她诊治。"

那个狱官有生以来，未曾遇过亲王和他长篇大页地讲话，慌忙想出说话，前去讨好吉亲王道："狱官回王爷的话，王爷昨天吩咐优待这个女犯……"那个狱官一说出"女犯"二字，生怕间接得罪王爷，忽又忙不迭地改为"罗氏"二字。一见王爷并未注意这些称呼，始又接续说道，"只因这个狱中实在没有上等房间，只好将就住在这间。狱官还想去叫妻子前来伺候她的，又因生怕招摇其事，反而不好。"

吉亲王微点其首道："你倒仔细，既然如此，本藩还有一桩私事，你能承办吗？"

那个狱官忙又狗颠屁股地说道："王爷吩咐的事情，哪怕上天入地，也得替王爷办妥。"

吉亲王又点点头微笑道："本藩因见这个罗氏既发痴病,日内恐难立愈。此次叛案之中的犯妇,人数很也不少,其余的虽然不能赶上这个罗氏,都也可以对付。不过本藩向来仰体列祖列宗忠厚待人的好意,无论何事,不肯用强。况且奴婢一门,越加要她们自己心愿情服,才有味儿。你可命你妻子,共问此次叛案之中的犯妇,谁愿入邸为奴,将来或有王妃之望,一有消息,快来禀报。倘能办妥,本藩当赏你一点儿好处就是。"

那个狱官听了,忙又连连磕上几个响头。

送走王爷之后,赶忙奔去告知他的妻子。他的妻子却摇摇头道："为妻这几年之中,瞧见的犯妇,少说些也不止上千,从来没有见过这件案内的那班犯妇,说也奇怪,个个长得犹如天仙美女,又个个都像孔夫子的老太太一般,我可不敢去碰这个钉子。"

那个狱官忙又赔着笑脸央求道："我的贤惠太太,你可不要搭着架子吓你丈夫了,此事倘若靠天之福能够办成,你可以不必再做这个什么孺人恭人的了,'夫人'二字,一定就有你份儿。"

他的妻子一见既有夫人之望,方始匆匆而去。去了好久,却是好嘻嘻地回了转来。

那个狱官一见他的妻子面有笑容,料定已经办妥,这一高兴,真正地连他屁股也在发笑。当下急夸奖他的妻子道："你真能干,真会办事。现在说妥的到底是哪一位呀?"

他的妻子忽又蹙着双蛾道："哪一位? 为妻是几乎吃着嘴巴转来,倒说问问这个,不是突出眼珠,便是吐我口水;问问那个,不是破口大骂,便是闷声不响。后来幸亏那位平淡烟,她说她本与此案无关,那个名叫平智础的男犯就是她的正式丈夫,那个女犯平阿二,还是她的侍妾,见他吉亲王乃是一人之下、万人之上,正在出风头的人物,她又因曾受人家的恶气,借此也好抓回面子,她才答应。又说,她也是一位金枝玉叶的身体,非得带着她那侍妾阿二进府服侍不可。"

那个狱官不待他的妻子说毕,忙又向他的妻子一揖道："王爷仅不过想一个,你居然替他老人家办到一双,他的开心,还用说吗? 这么再劳你的驾,快去替这两位王妃香海沐浴,更换衣衫,就是梳头裹足等等的事情,也得你去亲自伺候,以便连夜送进府去。"说着,又朝他的妻子扮上一个鬼脸道："我的好太太、好夫人,你若不趁在此时巴结巴结这两位王妃,好做以后的靠山，此机一失，你我这世之中，做梦也再碰不见这等好机会了呢！"

他的妻子被她丈夫这样一说，认为此话不错，赶忙亲去服侍平淡烟、阿二两个。打扮舒徐，亲送上车。忽被碧城偷偷瞧见，碧城虽然一时不知平淡烟、平阿二两个收拾得这般娇艳，去到何地，也防那位吉亲王不要因为瘦春得了痴病，改娶她们二人起来。她便暗暗忖道："我们大众虽不一定希望以瘦春的身体去换众人的性命，但是大众既成钦犯，大众的性命一万分之中，也留不到一二分了。瘦春倘能因此留着性命，对于大众死后，多少总有一点儿便利的地方。至于瘦春自己，也是二害相并择其轻者为是。"碧城想至此处，又因瘦春正在大发痴病，无法通知，只有先去禀知她娘。那时那个女禁子，以及其他女役，也在镶边乱拍那两位王妃马屁，一齐恭送出门。碧城便趁这个机会，来到廖氏夫人的笼子外面，告知所见之事。

廖氏夫人听了，不觉一愕道："照你说来，她们两个既是这般打扮，自然去到王府无疑。但望你们大姊姊速速好了起来，吉王爷仍要纳她，也未可知。我也不过是为你大姊姊自己计，我们是没有希望的了。你最好是瞒着这班女役，悄悄地去到吉王爷邸中侦探一番，以便等你大姊姊病愈，告知于她。"

碧城听了，也以为然。一俟女役睡熟，她就轻轻地将身一闪，早已不知去向。

不知碧城此去能否打听出来，且听下回分解。

# 第四十回

## 雨意云情争迷贪色鬼
## 雪肤花貌带累执刑人

碧城来至吉亲王邸中的时候，平淡烟、平阿二两个犹未到门。她又疑心起来，暗暗地自语道："难道另外有人娶她们不成吗？怎么不见到来呢？"碧城忽又自笑道："我有轻身之术，她们坐车，怎样赶得上我？且莫性急，守在此地再讲。"

又过好一会儿，始见平淡烟、平阿二两个，已由那个狱官两夫妇亲自送至。碧城慌忙隐身屋后，随着他们进内。现在且让碧城一个人在那儿细细地多瞧一会儿，先来细叙吉亲王等人。

原来吉亲王起初未据那个狱官先来禀报，还以为此事不是三两天的事情，一见时已子正，方拟安睡，忽见王府家丁进来禀知，说是符良星狱官夫妇两个，亲自伴送两位女子来府。

吉亲王听了，忙问那个家丁道："你在怎讲？"

那个家丁重又说道："符狱官夫妇，亲送两个美貌女子进府。"

吉亲王一听之下，不禁大喜，又将两个手指一并道："两个吗？快命一同进来。"

家丁传谕出去，符狱官的夫人亲自扶着平淡烟，分花拂柳，袅袅婷婷地走了进来，阿二和符狱官二人也在后边跟着。那时吉亲王高兴得忘了身份，已在檐下相迎，一见走进来的二人虽然不及那个罗氏的姿首，却是另有一种风流态度、妩媚神情，更是喜上加喜，先向符狱官夫妇二人微笑道："你们二人果尚能干，本藩有言在先，决计从优栽培你们就是。"

符狱官忙一个人叩头谢恩，符夫人因为扶着淡烟，不能分身，只好呈着笑脸，叫她丈夫代谢。

吉亲王回进里面，淡烟始率同阿二伏拜在地道："犯妇平淡烟，仰蒙王爷天高地厚的恩典，赦了犯妇这个冤沉海底之罪，从此有生之日，都是王爷所赐之年，无论为奴为婢，敢不涓埃答报？"

吉亲王一见这个平淡烟颂扬得体,忙含笑地将手一扬,命她平身。

淡烟起来又说道:"侍妾阿二,素来忠心,特地带进府来,以供驱策。"说着,阿二也已拜毕。

吉亲王一面即命符狱官夫妇回去办事,一面又向淡烟、阿二两个笑道:"本藩初意,原拟纳那罗氏,只因她忽患病,所以又命符狱官另觅一人。现在你们二人双双到此,本藩只预备着一间密室,今儿晚上,又怎么办呢?"

淡烟听说,假做含羞之状道:"犯妇……"

淡烟刚刚说了二字,吉亲王忙拦住道:"你们现在不必这般称呼,本藩最爱你们汉人妇女,就赏你们一个恩典,将你们二人统统纳作妃子吧!"

淡烟、阿二两个忙又磕头谢恩,起来之后,淡烟接续说道:"侍妾阿二,既蒙王爷也赏恩典,今儿……今儿……"

吉亲王一听淡烟只在"今儿今儿"地说不下去,同时又见她现出一种无限娇羞的神气,吉亲王一时乐得心痒难搔起来,哈哈一笑地对淡烟说道:"本藩已知你的意思,可是今儿晚上,不妨大被同眠吗?"

淡烟微红其脸,点首不语。

吉亲王便将她们二人,一手一个,拉进一间极华丽的密室,赐座道:"此地是私室,你们都可随便,不用按着王府规矩。"

淡烟即将她那双销人魂魄的媚眼向吉亲王斜睨了一眼道:"王爷这般隆恩,又叫贱婢和我们阿二两个如何承受得起?"

吉亲王笑道:"不必尽管谦逊,咱说'阿二'两字太俗,可改为'淡霞'二字。"

阿二赶忙叩谢。

吉亲王又说道:"咱们这位福晋,人极贤淑,今天晚上,时已不早,且过几时,让咱带着你们二人进去叩见。咱此刻且到里边一转,马上出来,你们略候一刻。"说着,就匆匆地往里边而去。

淡烟此时一见左右无人,她对淡霞说道:"你这妃子,乃是我抬举你的,你以后凡事须得和我一鼻孔出气。否则,我从前用那烧红了的铁棍通入下体,你大概不会忘记的吧!"

淡霞抖索索地答道:"少奶奶!"忙又改口道:"王妃!"

淡烟又气又笑道:"你不要替我在此地现世,你如今总算也是王爷的妃子,面子上也和我一样,怎么连称呼都还不会呢?你以后只叫我一声

'姊姊'就是。称呼尽管如此,不过一切大小事件,须得由我一个人做主。"

淡霞忙答道:"姊姊吩咐,妹子怎敢不遵?"

淡烟点点头道:"只要你能明白,那就是你的运气。"说着,忙又去向帘外偷偷一看,可有人来。一见业已夜色深沉,四处灯火都熄,方始回了进来,又向淡霞说道:"我爱上屈公子,我也不用瞒你,但是这个薄情人,他的爱那罗瘦春的骚货,也如我爱他差不多。姓罗的这个骚货若是活在世上,我的目的一定难达。我想劝着王爷,先把这个骚货一场刑讯,送了她的狗命,那个薄情人,就不怕他不来爱我了。你瞧这个办法可对?"

淡霞摇摇头道:"我说这个办法有些不对。"

淡烟忙问为何不对。

淡霞说道:"他们告姓罗的和屈公子有奸,奸夫、淫妇,照例须要一同治罪。姊姊若将姓罗的治死,这时屈公子也不能不办罪的。"

淡烟听了,连点其头道:"你说得也是,但是我在屈家,去向这个骚货赔礼的当口儿,她却对我爱眯不眯的样儿,那时我真气得无法。现在总算天有眼睛,我已做了座上客,她却做了阶下囚,若不再出此气,还算人吗?"

淡霞忙劝道:"姓罗的除非王爷也要娶她,不然,她早晚难逃一死,姊姊何必做此凶人呢?"

淡烟大摆其头道:"你放心,我只要说出她只爱屈公子一个,天下没有不吃醋的男子,这样一来,王爷自然绝不要她。"

淡烟还要再说,忽听帘外已有脚步声响,急将话头停住,迎了出去,果是吉亲王已由里边出来。

一同回进房里,吉亲王便朝她们二人一笑道:"时已不早,你们可以伺候我睡了。"

淡烟、淡霞二人赶忙卸去残妆,先将吉亲王服侍上床,她们各去更衣事毕。那时正是二月中旬,北京天气虽寒,王府之中因有火炕,却极和暖。她们二人便将外衣脱去,仅剩一身粉红衫裤,不知又在什么地方拿出两块绸帕,同时二人相视一笑,钻进帐内。

碧城一个人在屋檐之上,一直瞧到此时,一等她们钻进帐去,她就悄悄地对着帐子发恨道:"一个平阿二倒还罢了,独有这个平淡烟,她的良心也和姓范的差不多黑,她夺了我们大姊姊的王妃之位,还要撺掇这个骚鞑子,把我们大姊姊刑讯至死。她一塌括子,无非看上我们哥哥,我们哥哥本是正人君子,他的不肯理睬这个淫妇,又与我们大姊姊何干?"碧城想至此地,恨不得就用剑术取了淡烟的性命。只为她娘再三再四叮嘱过的,因此不敢造次。她此时的意思,既然不能去取淡烟的性命,床上的事情,她原不爱窃听,本想就走,后来又因想听那吉亲王是否对于淡烟这人言听计从,倘若真要刑讯瘦春,她得另想别法去救瘦春。

哪知就在此时,帐子里边陡然发出三个人的咳咳笑声,同时似乎已在行房。碧城一听他们已在行房,自然臊得要死,正待回身,忽又听见吉亲王似在对淡烟笑道:"你不过第一样要把那个平智础赦了出来,来充咱的娈童,第二样要咱刑讯罗氏瘦春,这两样事情,咱刚才不是都答应你了的吗?你怎么还在故意地刁难咱呀!"跟着,又听得淡烟的声气,扑咳地一笑,同时又在蝶浪蜂狂地闹了起来。

碧城实在不愿再听,赶忙一脚回到狱中。幸亏那班女役尚在好睡,她就走近廖氏夫人的笼子外面,便将方才所见所闻之事统统告知廖氏夫人。

廖氏夫人不待听毕,顿时双泪交流地发起急来,可怜还要不敢哭重,生怕那班女役听见。只好吞声暗泣地叫了一声"碧城"道:"孩子呀,照这样说来,为娘和他们大众早晚也要受这刑讯的了。可怜老的老,小的小,老的只剩一把骨头,小的都是一班细皮嫩肉,如何能受刑讯?为娘是不必等到正法,怕已经死在严刑之下了呢!好孩子,为娘和你在一起的日子只有这几天了,你这两天还能常来见我一面,可怜你的老子和哥哥、嫂嫂、姊姊等人,自从到了监里,也有个把月了,我竟不能见他们一面。"

廖氏夫人说至此地,几几乎晕了过去。碧城只好想出话来相劝,哪知越劝越见她娘伤心。正在没法之际,忽被她想着一件事情,忙又去对她娘说道:"娘呀,女儿此刻想起我那师父给我的信上,不是明明叫我孝顺父母、敬重丈夫、和睦姊妹的那些说话吗?还叫我二十年之后,须得回山。这样看来,我们一定有救。不然,大家既要正法,我又去'孝顺''敬重''和睦'谁呀?"

廖氏夫人听说,仍在摇头道:"你这孩子,又在说痴话了,你们师父信上的言语,无非是女孩子们应该做的事情,她不过照理而说。她又不是真正的神仙,难道竟会未卜先知不成的吗?"

碧城也摇头道:"我那师父,虽然不能未卜先知,但她一点儿灵机,确是已到神而明的程度,平日所料之事,无不百发百中。娘呀!我们一定有救,不然,真的就让女儿把你们大家救出,徒死实在无益的呢!"

廖氏夫人大不为然地说道:"这种大逆不道的事情,为娘如何肯做?就是出了狱去,纵能活在世上,也要留下千载的骂名,还要对不起祖宗,这是为娘情愿死的。"

碧城听了道:"娘既不肯让女儿救出狱去,女儿真没他法,这么王府里的事情,女儿可要去告知大姊姊一声呢!"

廖氏想了半天,始毅然决然地吩咐碧城道:"一则你们大姊姊现有痴病,二则吉王爷原与你们大姊姊有约,你决计不要去告诉她。"

碧城此时也明知她娘生怕瘦春知道此事,反而使她多担心事,于事又无益处,只好遵照她娘的办法,一个人回她的笼去。哪知瘦春的得这痴病,第一是被驾雄一气,第二是她在气头之上,一时竟把她那女孩儿摔死,当时一急一吓,顿时成了痴病。既有御医替她医治,没有几天,也就恢复原状。她既恢复原状,对于自己摔死女孩儿之事,虽也深自懊悔,倒还在次。她最巴望的,就是吉亲王那天亲口允她去替大众想法的事情,这几天吉亲王那边,没有信息交给她,还当吉亲王的法子未曾想妥,自然没有回音。哪里会防到吉亲王已娶平淡烟、平阿二两个,早被二平迷住,等她之病一好,就要首先刑讯她呢。

可怜瘦春正在眼巴巴等候佳音的时候,一天上午,忽见女禁子走来,将她提出狱去,押至王府。她见这天仍旧提她一个,不禁心里暗暗高兴,还当吉亲王已向太后求下赦诏,来给她回信的。哪知一到里面,就见有几个王府卫士把她提到吉亲王所坐的公案之前,命她跪下,同时又见吉亲王的脸色很是严重,喝问她道:"罗瘦春,咱前几天瞧见你长得也还清秀,原想把你收入本府为奴,幸亏你这淫妇忽然得了痴症。同时两位新王妃也已进府,咱若不纳这两位新王妃,几几乎把你这个淫妇当作好人。现在不用多说,快快将你和屈宝山通奸的事情从实供来。"说着,立把惊堂一拍道:"免得皮肉受苦!"

瘦春此时本不能打听新王妃是谁,只好跪上一步,朗声地答道:"王爷明鉴,屈宝山对于犯妇义胜同胞,恩如覆载,人非禽兽,怎么肯干此事?"

吉亲王不待瘦春往下再说,又把惊堂连连地拍着道:"你这淫妇,你和屈宝山二人,被你丈夫在奸所赤条条地捉着,捆在一起,此事本为咱们新王妃目睹,你还敢狡辩吗?"边说,边把眼珠朝两旁肃立的那些卫士左右一望道:"快快赏这淫妇几百背花再讲。"

两旁卫士立时哄然地答应一声"喳",就有几个卫士奔至瘦春跟前,先剥她的外衣,次剥她的小衫,仅余下身那条裤子未剥。又由两个卫士分把她的双手拉得形似那个"一"字一般,再由两个卫士举起约莫有大清钱般粗细的藤鞭子,就向她的背上一抽。可怜瘦春的皮肤既白且嫩,本是连风吹吹都会破的,此时如何禁得这一下? 她在挨这下的当口儿,早已珠泪四溅,大喊一声道:"天呀,痛死我了!"

谁知那两个执刑的卫士起先剥瘦春衣服的时候,一见她的双乳高耸,皮肤润而又腻,已经心里一荡。及至一记抽下,陡闻瘦春这般娇娇地大声一喊,说也好笑,竟会把那藤鞭子举在空中,第二下抽不下去。

吉亲王坐在上面瞧得清楚,一见这两个卫士有些软手,忙又连连地拍着惊堂,大喝二字道:"重打!"

岂知那两个卫士还是壮年,早被瘦春那身的白皮肤弄得心猿意马起来。虽然听见他们王爷吩咐重打,他们却只在口里连声答应喳喳喳地,手上的那根藤鞭子仿佛空中有根东西绊住一样,只是抽不下去。

吉亲王瞧见那班卫士如此模样,顿时一面另外喊上一班老年的卫士前来执刑,一面即把那几个壮年的卫士发下宗人府去重办。后来那班老年的卫士虽然五下一换地在把瘦春抽个半死,但是他们的两只尊目个个都闭得紧紧的,说句笑话,简直犹如瞎子一般。这么这班老年卫士为什么缘故要闭着双眼执刑的呢? 原来瘦春这人,真的长得太美,此时又已半裸,这班卫士大有人老心不老之意,所以只好闭着眼睛乱抽,否则恐怕也要到宗人府上去坐坐,也未可知。

不料就在此时,陡见里面慌慌张张地奔出两个宫女,向着吉亲王发急地连喊道:"王爷不好了,王爷不好了!"

不知里面究出何事,且听下回分解。

# 第四十一回

# 停刑讯忧失格格
# 上条陈计诳公公

吉亲王准了平淡烟的枕头状子,正在刑讯瘦春的当口儿,忽见两个宫女奔出对他连说"不好了,不好了",自然大吃一吓,急问何事惊慌。

两个宫女又上气不接下气地说道:"咱……咱……咱们的小……小……小郡主不见了。"

吉亲王又问:"你们在讲什么?"

两个宫女又说道:"咱们福晋方才抱着小郡主在玩耍,陡见半空之中飞下一条黑影,只在咱们福晋的眼前一晃,哪知咱们小郡主早已不知去向。"

吉亲王一听此言,连连地一面把瘦春发回狱去,改天再审,一面飞身入内,急问福晋道:"你瞧见的那条黑影,定是那班剑侠前来劫取咱们孩子,甚至就是郭鸣冈、莫本凤、屈碧城三个东西,也说不定。"

福晋边在放声大哭,边又答道:"咱也不管是谁,限你三天,你须把咱们孩子寻回。否则,咱就找死。"

吉亲王不待福晋说完,急又跺着脚道:"咱的福晋,快莫这样逼咱,咱这孩子倘然真的寻不回来,咱也只好寻死。"说着,慌着传谕九门提督衙门,限一天之内,迅将小郡主寻回,逾限提头来见。

可怜那位九门提督,一见青天白日,王府之内,竟会失去郡主,早已吓得屁滚尿流,连称没命。跟着紧闭四城,挨家搜查。谁知闹了一天一夜,真的连海也翻了一个大面,可是那位小郡主的消息,竟如大海捞针,毫无影踪。这么这位小郡主失踪的事情,九门提督和吉亲王夫妇几个,虽然不能指名是谁干下此事,但是阅者总该知道,就是那个招魂圣母所干的了。

原来舒疏月和范驾雄、倪慕迁三个,自从将招魂圣母聘到家中,就请她先劫吉亲王的小郡主,次办拜死吉亲王两夫妇的事情。在他们的原意,因惧吉亲王看上瘦春,他们这场钦案便要失败,所以花上六百两黄金去聘这个招魂圣母来的。招魂圣母一到，真就如约办理。至于吉亲王此时已经纳了平淡烟、平阿二两个做妃子，又听了平淡烟的枕上状子，不但早已打消前议，且在刑讯瘦春，舒疏月等人却不知道。这样一来，总算便宜了瘦春，当场少受了好些刑罚，狱中的那班大众也得苟延残喘。

现在且将招魂圣母这边放下，先叙瘦春当场受了一二百鞭子，早已体无完肤，直声喊叫。抬回狱中之后，那个女禁子当然不肯再给瘦春住那优待房子里，仍旧关入笼子之内。可怜此时的瘦春，浑身刑伤，痛不可熬，她就暗暗地含着一包眼泪，自忖道："那个恶王，既已把我刑讯，我的这条性命，迟早总是一死，何不早寻一个短见，免受零碎的痛苦。"瘦春想到此地，正在想那自尽的法子，忽又想到宝山公子这人身上，她想她倘一死，宝山公子便是有口难分，看看这场案子的结果，也明知大众都是凶多吉少，但是宝山公子果因奸案而死，她就是做了鬼，也不肯叫宝山公子受此不白之冤的。她这样一想，她此时万不能死，既不能死，忽又觉得眼前既已疼痛难熬，将来二次刑讯，万万难逃性命，那时依然不能救护宝山公子。可怜瘦春痛得如此模样，还在想前想后地顾着宝山公子这人，她的不肯忘恩，自然是她的好处，但替宝山公子这边想想，这场奸案，也可以说是瘦春这人带累他的呢。

这天晚上，碧城一等人静，又去看望廖氏夫人。

廖氏夫人并未知道瘦春业被刑讯之事，还在对碧城说道："我的孩子，为娘昨晚得了一个好梦，梦见你的大姊姊真的嫁了吉亲王了。你此刻快去问问你的大姊姊，她那边可有什么好消息？"

碧城听了，忙又悄悄地来至那间优待房外，进去一瞧，不见瘦春住在那儿，不禁一喜道："大姊姊既然不在此地，这是一定进了王府去了。这件案子，亦是吉亲王肯瞧大姊姊的面子，大家就有更生的希望。"碧城想至此地，正想回转告知她娘，谁知就在此时，陡闻有人喊痛之声。仔细一听，不是别个，正是她那大姊姊，不禁一愕，慌忙跟着那个声气，来到一座笼子外面，望里一张，忽见瘦春前襟未扣，面似黄蜡，一个人侧身倚在笼内，正在轻轻地喊痛。一眼瞧见她去，顿时朝她泪如泉涌地说道："三妹子，我已被那恶王用过刑讯。"

碧城不待瘦春说完，不禁一吓，连连地说道："这样动蛮，怎么得了，怎么得了？"边说，边也现出了一脸惶急的神色，似乎她也没有办法的样子。

瘦春接口道："三妹子，我此刻先有两件要紧事情托你，一件是你快去取一杯凉水来给我喝。我此时背上痛得犹同刀割一般，心里的热血立时就要冲了上来，不知凉水可能暂时遏止？"

碧城急去取了一杯凉水，递与瘦春喝下道："还有一件呢？"

瘦春喝下那杯凉水之后，心上稍觉好受一点儿，忙又说道："三妹子，你快去通知你哥哥，说我今天虽然受了几百藤鞭，但是对于这场奸案，并未因为受刑不过，随便瞎认，一个人的名誉要紧，生死倒也置之度外。我此刻的不肯自尽，以便留作对质，只要没有口供，他的性命便能保全。"边说，边微摇其头道："三妹子，话虽如此，不知你姊姊能不能够就此熬刑下去呢！"

碧城不及回答，奔去先告她娘，次告她的哥哥。

哪知廖氏夫人和宝山公子二人一听见瘦春业已受刑，五中虽在崩裂，可是连安慰瘦春的说话，一时竟会想不出一句。大家所谓楚囚对泣了一阵，无非心里各存着归根一死而已。

碧城重又回到瘦春那儿，瘦春方始忍着疼痛，把她受刑之事告知碧城。说完之后，忽然想着吉亲王失去郡主，方始将她停刑，急问碧城道："这件事情，不知是不是郭、莫两位妹婿干的？"

碧城摇摇手道："他们遵守我们父母之命，绝不敢再闯乱子。"

瘦春又说道："他们既未去做，这也不必提它。还有那个恶王，他在刑讯我的当口儿，他曾说，若非新纳两位王妃，他还当我是好人。照这样说来，那两个新王妃又是我的冤家了。"

碧城不待瘦春说完，即把平淡烟、平阿二两个的事情细细地告知瘦春。瘦春听了，只气得打战地说道："我和姓平的前世无冤，今世无仇，何故苦苦地一定要坏我的名节？"

碧城也气哄哄地说道："她是看上哥哥，只要哥哥肯答应她，妹子能料定她绝不再与大姊姊结仇。"碧城说到此地，忽问瘦春道："大姊姊，我想就出狱去，去把那个小郡主设法找回，倘能如愿，你看可能将功折罪的吗？"

瘦春道："能够找回，虽然不能全体放罪，你一个人总有一点儿功劳。"

碧城听了，顿时回至她的笼内，卸去镣铐，飞身出狱。正想先到吉亲王府看个动静再讲的时候，忽见有条黑影来到她的身边，她急定睛一瞧，乃是她的丈夫。她忙问道："你出来干什么？"

郭鸣冈且不答话,先将碧城的手一拉道:"此处不是说话之处。"边说,边向远远的一指,"那儿没人,我和你且到那里去说。"

碧城便随郭鸣冈走到那所僻静地方,又问郭鸣冈道:"什么说话?快快讲来,我还得干我的事情去。"

郭鸣冈道:"我有一个认本家的同道,名字叫作郭鸣皋,他在上个月,忽被孟臬台夫妇请去,托他携了价值几十万的贵重礼物前来孝敬李莲英,要托李莲英设法救下几条性命就是几条性命,现在李莲英业已答应他在太后面前见机行事。鸣皋方才已来送信给我,我此刻因为想着一个法子,我想前去把那贵重礼物偷了出来,再叫鸣皋假意去问李莲英讨回音。李莲英见了鸣皋,一定要提起被窃之事,鸣皋就可以当场上个条陈,指名说你有这本领能够破案。这样一办,我想多少总有一点儿好处。"

碧城听了,连连点首道:"这个法子还好,你快去办。"说着,又将她去查探那个失踪小郡主的事情也告知鸣冈,鸣冈也以为是。

他们夫妻二人说完之后,各相安慰几句,立时分头去办。

过了两天,碧城虽未探出那个小郡主的下落,鸣冈却把李莲英的那个贵重礼物已经窃到。

第二天,李莲英果派一个心腹内监来到狱中,对着碧城说道:"李莲英李公公早知你们剑侠绝不至于做这叛逆之事的,只因老佛爷业已听了褚大人的先入之言,李公公一时不敢向老佛爷进言。现在忽将孟臬台孝敬他老人家的贵重礼物统统失去,要你用出全身本事,把这东西寻回。倘能如愿,他多少总得替你们帮忙一点儿。"

碧城听了道:"你这位公公,可去回复李公公,说我遵命去办,一有消息,亲自会去见他。"

那个内监又叮嘱了一番,方才匆匆而去。

第二天的半夜,碧城拿了那个贵重礼物,悄悄地进了皇宫,来到李莲英的房外,轻轻地弹指道:"李公公在里边吗?"

李莲英那时早被太后所宠,所有贵重的珍宝,真如山积,怎么忽会爱起这一些些东西起来的呢?

原来孟臬台素知李莲英有鼻烟壶之癖,只要形式较佳的东西,他便欢喜,并不一定注重价目。孟臬台既晓得他的脾气,此次孝敬他的东西,全是鼻烟壶,所以李莲英一失此物,鸣皋一上条呈,他就满口答应。此刻一听外边有人在问,忙把房门开开。碧城匆匆走入,反手将门掩上,始向李莲英行了一个常礼，即将一大包鼻烟壶呈上。

李莲英一见原物已到，又见这个大名鼎鼎的女剑侠屈碧城桃花妙脸，何尝无妩媚之容、杨柳纤腰？分明有娉婷之态。倘若不是太后亲讯的时候，曾经见过，还要疑心她来冒充剑侠的呢！当下便朝碧城一笑，又将他那大拇指头向上一跷道："屈小姐，屈女侠，你的本领真是不错，您既把这些东西取回，到底这个窃贼是谁？能到咱们宫里来偷此物，这个贼的本领倒也不含糊。"

碧城回答道："犯妇既将原璧归赵，请公公不必追究。不过深宫内院，犯妇既能来此见着公公，自然也有一点儿小小本事。倘若真要造反，试问太后娘娘又派谁去征剿我们？这种显而易见之事，太后娘娘岂不明白的吗？犯妇要求公公，可否仰体上天好生之德，设法赦了家父等人，就是要办犯妇一个人之罪，犯妇也很甘愿。"

李莲英想上一会儿答道："你且回狱，一有好音，咱会派人通知你去。"

碧城谢了一声，开门而出，只把她的身子一闪，早已不知去向。

李莲英一见碧城真是剑仙，便暗忖道："这场案子，真倒有点儿使咱为难。那个褚老头子，咱们不甚怕他，不过咱们老佛爷对于此事，很是生气，叫咱无缘无故地怎样进言？"李莲英想到此地，他又自语道："要么且与老吉去商量商量再说。"

谁知天尚未明，忽见太后唤他，慌忙奔入，只见太后似露惊惶的样儿问他道："吉王爷两夫妇得了邪症，你可知道？"

李莲英忙下了一个半跪道："奴才没有知道。"

太后又说道："方才仁王爷来说，吉王爷和他福晋，昨儿晚上睡觉的当口儿还是好好的，不知怎么一来，睡到半夜，夫妻两个同时大喊一声，立即昏迷过去。急命御医诊治，据称似染邪魔，不是药石可愈。"

太后说到这里，抬头瞧瞧天色，犹未大亮，又朝李莲英说道："你一等天亮，快替咱去瞧瞧他们。"

李莲英答应了一声"喳"，退回私室，连连地将脚一跺道："完了完了，老吉怎么早也不害这个怪病，晚也不害这个怪病，咱今儿正有事情要找他，他又病了。"李莲英的"了"字刚刚出口，抬起头一瞧，东方已是发白。他也不肯再挨，赶忙坐着车子，来到吉府，口称有旨。吉亲王的长男甄贝子现充农商大臣，慌忙出迎。李莲英传过太后的谕旨，始同甄贝子来到内室。只见吉亲王夫妇两个，各卧一张炕上，精神虽极委顿，可是他们的四只眼睛尽在向人直视，大有要像吃人之势，问他说话，却又一句不答。

李莲英无法，只好同着甄贝子回到外面道："咱今儿正有一桩小事，要来拜托你们老子，他又病得这般样儿，怎么好法？"

甄贝子虽然是位农商大臣，见着李莲英，也得称声公公。当下忙接口道："公公有何吩咐？咱倘可以代办，咱就去办。"

李莲英听了，始将他的来意说出。

甄贝子不待李莲英说毕，就蹙着眉头道："咱们老子，当初对于此案，本没什么成见，哪知他头一次爱上犯妇罗氏瘦春，第二次又改纳犯妇平淡烟、平阿二两个，复把平氏之夫平智础收作近身侍役。后来因听平淡烟的言语，已将罗氏瘦春刑讯一次，这件事情，咱不好办。"

李莲英听了，也皱了眉头，轻轻地说道："咱们雍正佛爷，他老人家不是害在一位剑仙手上的吗？咱说这些剑仙，他们本是来去无踪的人物，万一得罪了他们，真的不是玩的。"

甄贝子连连称是道："公公说得不错，咱还听人说，那个屈碧城的老子屈炳堃，很有一点儿清名，逆、奸两案，似乎都是褚老头子冤枉他们的。"

李莲英忽似想着一样事情，忙向甄贝子说道："大凡剑仙，本与真仙只差一间，咱想命屈碧城来替你们老子赶走邪魔。倘若一好，你就对你老子说，说是咱说的，这桩案子，马马虎虎地结了就得了。"

甄贝子听了，尚未来得及答话，陡然听得他的娘老子同时又在那儿狂喊大叫。只好丢下了李莲英，奔进里边。

不知吉亲王和福晋二人狂喊大呼些什么，且听下回分解。

# 第四十二回

## 甄贝子代母拈酸
## 李莲英奉旨会审

甄贝子一到里面，没有多大时候，就眼泪汪汪地奔出来对李莲英说道："咱的娘老子，此刻大喊大叫，完全中了邪魔，势极危险。公公方才说，那位屈碧城剑仙能够驱除邪魔，咱想立刻就将屈碧城找来。"

李莲英一面点首，一面传谕出去，吩咐狱官，卸去屈碧城的刑具，请她来府。王府卫士奉命去后，不久，屈碧城已到，见过甄贝子和李莲英二人。

甄贝子先开口道："咱们王爷和福晋两位得了邪症，方才听得李公公说，屈剑仙能够驱邪，可否即为一治？"

碧城听了，不置可否，先请甄贝子引去一看。看过出来，始对甄贝子与李莲英二人说道："王爷、福晋确中邪魔，但究是何处邪魔前来侵害王爷、福晋，可不知道。不过凭我姓屈的本领，五分钟之内能救王爷、福晋安然照常。"说着，又望着李莲英说道："痊愈之后，我们这两场冤枉案子，又怎样办法？"

李莲英忙答道："屈剑仙放心，只要王爷一好，咱可求着咱们老佛爷，加派咱来会审。大家的性命，咱敢担保，不过多少须得办点儿罪名，以舒咱们老佛爷之气。"

甄贝子接口道："只要公公肯为力，就是办了罪名，将来定有法想。"

碧城听了，虽不十分满意，只好做了一半再说。当下又对甄贝子和李莲英二人说道："大人和公公，只要不失信于犯妇，这么先把病人治好再谈。"

甄贝子和李莲英又同屈碧城入内。碧城即把她那丹田之气先朝吉亲王用力一嘘，继朝福晋也嘘上一口。说也奇怪，真的不到五分钟的时候，吉亲王夫妇二人顿时已与好人一般。

李莲英忙将屈碧城嘘气驱邪的事情告知吉亲王夫妇，话尚未毕，福晋急向碧城点头招呼道："屈剑仙既有这个本领，这么郡主失踪之事，务请屈剑仙费心一办。倘能找到咱们郡主……"边说,边指指吉亲王道,"咱可叫咱们王爷审理此案的时候,无论如何,必得减等治罪。"

吉亲王在旁听了,似现为难之色。原来吉亲王已被平淡烟迷昏,正拟重办诸人,讨好他这宠妃。此时一见他的福晋如此说法,岂非对于他那宠妃面上交代不过?

正在踌躇之际,甄贝子已知老子的意思,他为了三平进府,本在帮他的娘吃醋,大不以他老子此举为然,即接口对他娘说道:"李公公业已答应求着咱们老佛爷,他来会审此案,咱说咱们爷只要摆样儿,一切听李公公做主就得了。"

吉亲王听了,只好不响。

碧城便不便反对,问福晋小郡主可有照片。福晋连称有有,慌忙取出,交与碧城。碧城藏入怀内,又对大家说道:"这件事情,快则三天两日,迟则便没期限。狱中男女各犯,务求传谕狱官,稍事优待。不然,犯妇心挂两头,虽在办事,恐致劳而无功。"

福晋听说,连称可以可以,马上当着碧城之面,传谕出去。碧城谢过众人,回至狱中,急将王府诸事告知大家。大家听了,自然万分高兴。独有瘦春刑伤厉害,虽然已受女禁子的优待,反而痛定思痛,更加伤心起来。

现在先叙碧城,自从这天起,一个人在外明查暗访了好久,实在打听不出一点儿消息。原来碧城并不知道范驾雄和倪慕迁二人,连吉亲王也要谋害,所以一个北京城,除了褚锡圭的家里,偏偏不去探访外,其余的地方,可以称得起船不漏针,大概没有一处不走到的了。后来还是郭鸣冈、郭鸣皋二人对她说,褚、舒翁婿,本是坏蛋,驾雄、慕迁,更是助纣为虐的东西。吉亲王既已纳了三平,安知他们那面,不在暗中怪他?又知他是太后面前红人,特地设法把他的爱女劫去,也未可知。碧城听说,就在当晚的三更时分,悄悄地来至褚锡圭的屋上,揭开一角瓦片,往下一瞧,只见除了褚氏翁婿、范、倪四人之外,还有一个尼姑装束的人物在那儿。

当下就见那个尼姑对褚锡圭说道:"贫尼的法术屡试屡验,百发百中,怎么这回竟至没有效验?连贫尼自己也有些不解。"

又见褚锡圭答道:"我们花了重金,聘请圣母来此,原要害了老吉夫妇。现在他们的格格虽已劫来,但是一时不能把他们二人害死,怎么好呢?"

又见那个尼姑又说道:"褚大人且勿着急,如果贫尼真的不能把吉亲王夫妇拜死,贫尼也要将他们刺死。"

又见那个驾雄接口道:"圣母若肯前去行刺,我们有个法子。"

又见褚锡圭忙问什么法子。

又见驾雄说道:"我们快命裁缝,连夜赶成一套衣服。"

又见那个舒疏月也问什么衣服。

又见驾雄很得意地说道:"只要穿着屈碧城相像的衣服前去行刺,把老吉夫妇刺死之后,还得故意使王府里的人照眼,这是移祸江东毒计。大家以为如何?"

那个尼姑听了,第一个拍手大赞。

碧城听到此地,赶忙回到男狱,即将此事告知鸣冈。鸣冈不待听完,忙对碧城说道:"以我之见,我们既有李公公帮忙,似乎犯不着再去与褚氏那边结仇。最好是你就从今天起,去到吉王府隐身等候那个尼姑,她倘真来,你尽叫她还出郡主,赶她走路,这样一办,吉王他面前,既有交代,褚氏那边,也不至于来恨我们。"

碧城听说,真照鸣冈之计去办。哪知第二天的半夜,碧城一个人正在王府屋上等待那个尼姑前来,可巧那个尼姑真的穿上很像碧城的衣服,也向吉亲王的屋面飞来。碧城出其不意,一把就将来人抓住道:"你叫什么名字? 我瞧你的夜行功夫也还不错,怎么竟去助纣为虐? 既来行刺吉王爷,还要嫁祸于我,这是什么道理?"

招魂圣母此时一见这个女子所穿的衣服和她一模一样,自然就是那个屈碧城了。因已被捉,只好推在姓褚的头上道:"贫尼就是人称招魂圣母的便是,只因褚氏翁婿苦苦相聘,不能不来。"

碧城生怕被人瞧见,反而不好,忙接口道:"我限你十分钟之内速将小郡主交到我的手中,你也不必再回褚家,赶快回你山去。我念同是女流份上,不来伤你性命就是。"

招魂圣母听了,连称遵命遵命。

碧城一面放手,一面关照她道:"你倘失信于我,那就是你自己在作死。"

招魂圣母仅答一声"断不失信",早已失其所在。不到半刻,果将那个小郡主抱至,交与碧城,又说一声:"彼此后会有期,将来再见!""见"字尚未离嘴,却已走得无影无踪。

碧城急将小郡主送与福晋道:"郡主在此,幸未辱命。"

258

福晋一见她的爱女真已生还,这一高兴,还当了得?赶忙一壁抱至怀内,一壁竟朝碧城合十拜谢道:"屈剑仙真有本事,咱们格格既已回来,咱们绝不深究,免多是非。"

碧城微笑道:"福晋真是洞鉴万里,倘能大事化小、小事化无,各人所结的冤仇也不致加深。"

吉亲王此时也极高兴,便催碧城快快回狱,不要招摇出去,一被褚老头子知道,那就不好。

碧城听说,也以为是。回至狱中,只见她的外婆、舅母、姊姊、嫂嫂,以及高、罗二位太太等人都在那间优待室内,和她的娘,陪着瘦春说话。大家一见她去,忙问办得怎样。碧城细细地述了一遍。

漱芳、红玉二人就在怪着吉亲王道:"我们说这位吉王爷真也有些忘恩,你们大家想想看,吉王爷夫妇两个,自己既被三妹妹救活,他们的格格又被三妹妹找回。这种事情,就是太后娘娘出场,也办不到的,怎么说是还要办我们的罪名呢?"

廖氏夫人微喟一声道:"大家只要能保性命,已是一天之喜。至于办点儿罪名,至多无非是充发极边罢了。"

碧城又问道:"男监里,可已得着优待?"

华月、小梅二人接口道:"听说也和此地一样。"

碧城还待再说,忽见那个女禁子已将医生导入。医生诊过瘦春之脉,开上一张方子,留下一大包药末,方才出去。瘦春此时因为有人服侍,那个刑伤也就渐渐而愈。

又过多天,碧城一天去瞧她的老子,忽见她的老子手脚已会自动,赶忙扳了指头,算算日子,三个月,仅缺三天。正待问她老子,可想吃些什么东西,陡听得她的老子道:"我想喝酒。"

屈侍郎的那个"酒"字尚未离口,只把廖祭酒、廖德和、高师长、罗秋镜、高文虎、郭鸣冈、莫本凤,以及宝山公子等等,无不喜出望外,争相问着屈侍郎道:"这三个月的意外奇祸,亏你老人家受的呢!"

屈侍郎仍是平心静气地答大众道:"此事仍旧怪我自己,若不贪杯,试问这个毒汁如何会入我口?这是前车之鉴,你们大家真要留心才好。"

碧城一见她的老子已会说话,哪里还有工夫在此?飞奔地回至女监,告知大众。大众听了,已是喜形于色。独有瘦春乐得连她的疼痛也忘了,忽又叹上一口气道:"那个禽兽,害得爹爹吃了这三个月的苦头,当时若不是三妹子知道此毒,立时吸了出来,岂不是使爹爹成了哑巴吗?我罗瘦春倘有出狱之日,若不生食那个禽兽的肉,我就誓不为人。"

大家正要答话,忽见女禁子来说:"今天李公公会同吉王爷审案,你们快快收拾收拾,随我至府。"

大众听说道:"我们不必说他,只有这位罗小姐不能动弹,如何是好?"

那个女禁子摇摇头道:"今天乃是你们各位太太、小姐、奶奶的大喜之期,就是忍着痛也只好前去听审的。"

大众没法,只好略略收拾一下,先把瘦春扶上车子。等得到了王府,已见廖祭酒等人早在那儿,只因男女人犯分站东西,可怜对面看看不能讲话。幸亏没有多久,李莲英和吉亲王业已会出。

此时屈侍郎已会说话,只被他一个人口若悬河,引经据典,按例衡情,驳得吉亲王没有一个屁放。

李莲英却对屈侍郎笑道:"屈老先生,你是一位硬头官儿,咱早知道。可是今天审案,不能辩理,望你忍耐三分,暂率大众去到伊犁驻地几时,咱和吉王爷两个一遇机会,无不替你们设法,你瞧如何?"

屈侍郎尚未答话,原告范驾雄早已跪上一步道:"公公、王爷明鉴,这班人犯都该凌迟处死,怎么充发伊犁,便好了案?"

李莲英听了大怒道:"咱把你这个人面兽心的东西,恨不得立毙杖下,才消咱的心中之气。只因咱们老佛爷听了老褚的先入之言,对于此案很是生气,所以只好委屈被告一下,这是咱们在敷衍咱们的老佛爷,与你这个坏蛋有什么相干?你若再敢叽里咕噜地尽在这儿放屁,咱就真的把你杖毙。大不了去到老佛爷的面前,抓去帽儿,磕着几个响头完事。"

驾雄这人何等乖巧?一见李莲英的口风不对,生怕吃了眼前亏,从此一句不响。

屈侍郎一见李莲英只在和他言情,何尝像个问审?只好朗声说道:"君要臣死,臣不得不死,何况还是充军?"

李莲英瞧见吉亲王一句不来开口,似乎也在嫌他办得太轻,恐怕夜长梦多,赶忙接口对屈侍郎道:"屈老先生,你快画供才好。咱不会欺骗你的。"

屈侍郎画供之后,大家跟着画供。统统画毕,李莲英又吩咐大兴、宛平两县,限定三天之内,即把全部人犯起解,不得有误。

现在慢提大众筹备起解之事，先叙平淡烟这边。

原来平淡烟入府以后，没有两天，吉王爷就将她和淡霞二人引去叩见福晋。那位福晋，就是甄贝子的亲母，平时待人倒也宽厚，所以吉亲王带了这两个新王妃去见她，她虽照例受了两礼，当场很是敷衍她们。平淡烟一见福晋为人容易打发，她的胆子越加大了起来，一壁催着吉亲王立时赦了平智础，派作随身近侍，一壁还要逼着吉亲王单办瘦春一个，赦了宝山公子。谁知吉亲王很熟律例，断没只办淫妇、放了奸夫之理，平淡烟没有法子，只好用出她被平智础强奸的当口儿，半分钟内，竟会高举双足的功夫，前去巴结吉亲王。后来吉亲王果被迷昏，那天刑讯瘦春，若不是那个招魂圣母劫了他的格格，这位罗氏瘦春，岂止裸露上身，挨着几百藤鞭了事？照平淡烟的主张，本待鞭过瘦春的背花，还要褫去她的下衣，笞她臀部的。后见李莲英忽来会审，竟把大众充发伊犁。在屈、高、罗、廖几家的人算算，他们真已受着亘古未有之奇冤，在平淡烟这面，反说大众得保性命，倒还罢了。独有瘦春这人，非但太给她便宜，而且她还能够和宝山公子仍在一起，将来一个酬恩，一个报德，岂不使人愈加生妒？她又因妒生怨，因怨生气，暗暗发誓道："我平淡烟现在已是王妃，试问世上能有几个王妃？我若不把罗瘦春置于死地，宝山公子怎能做我的情郎？"她便吩咐平淡霞、平智础二人，叫他们快快放出全身本事，须要弄得吉亲王对于他们三个事事言听计从，方有法想。哪知人有千算，天只一算。

不知平淡烟又用何计去害瘦春，且听下回分解。

261

# 第四十三回

## 爱余桃官封王兔子
## 怜断袖宠号母龙阳

平淡烟因见李莲英会审这两件钦案,一个不办死罪,其余之人本来不在她的心上,独有罗瘦春这人,她也和范驾雄同一心理,疑心她与宝山公子定有奸情,因吃这个隔壁之醋,便将瘦春恨入骨髓,又见案已判定,一时难掀风波,只好暂时忍耐。

有一天,她趁吉亲王入宫观剧的时候,就同淡霞两个悄悄去到花园内,又将平智础找至,满脸得色地问道:"你可晓得一个人有几条性命?"

平智础一愕道:"你在讲什么痴话? 一个人自然只有一条性命。"

平淡烟又微笑了一笑道:"你既知道一个人只有一条性命,我可已经救了你两条性命的了。"

平智础听了道:"我与你本是正式夫妇,你不救我,难道你愿意去做寡妇不成?"平智础说至此地,瞧了一眼淡霞道:"她把你的意思已经统统对我说过,我正因为你两次保全我的性命,一切之事,只好任你胡行,不便干涉。其实你已做了此间王妃,在我替你想想,也可以心满意足的了。你的意思,无非要把那一个屈宝山弄在你的身边,使你开心。我倒要奉劝你一声,并非因你有了情人,我要吃醋,实因为这件事情,非常难办。屈宝山既是恋着罗瘦春,罗瘦春也一定因她个人之事,害了屈氏全家还不算外,还把高、罗、廖几家都害在里头,她本来从小就爱上屈宝山的,她自然酬恩报德,怎么肯放屈宝山一个人来进王府? 此其一。即使你有种种手段,立将罗瘦春害死,屈宝山也如心如意地进了王府,但是他是一位公子,如何肯充王爷的娈童? 若是不充娈童,王爷怎肯让他住在此间? 此其二。即使屈宝山为威所逼,真的做了王爷的娈童,此地人多眼众,你连我一个人还在藏藏掩掩的,不能畅所欲为,何能凭空再加一个? 此其三。有此三桩难题,我就劝你何不断了这个念头,不见得天下的美男子,仅有姓屈的一个,我真不懂。"

平淡烟一直听至此处,始微喟了一口气道:"但我睡梦之中都在惦记姓屈的,连我自己也不明白这个道理。现在不必多说,你快替我想想,可有什么主意害死姓罗的?只要姓罗的不在世上,姓屈的不见得去殉她的,那时总有法子好想。"

平智础摇摇头道:"难难难,他们既有剑仙保护,'行刺'二字,免开尊口。"

平淡烟拦着话头道:"我是注重王爷办她,还怕她飞上天去不成吗?"

平智础又乱摆其首道:"此案已定,她又不犯他法,王爷怎能办她?"

平淡烟想上一会儿,忽然很高兴地说道:"范驾雄做了乌龟,此次仅将这个淫妇充军,他一定在那儿不满意。你快快去和他轧起朋友来,只要我和姓范的共同设法,一定就有办法。"

平智础没法推却,只好答应。

平淡烟一见平智础业已答应,始朝他送上一个媚眼道:"你既听我使唤,我自然也得给你一点儿好处。"说着,便叫平智础、平淡霞二人跟她进了那座写着"风月"二字的阁内,三个人鬼混了很有半天,方才分别走散。

这天晚上,吉亲王住在书房,当然是平智础侍寝,上床之后,公事一毕,吉亲王边摸着平智础的后庭,边笑问道:"北京城内,所多的就是像姑堂子,咱又欢喜这个道道儿,咱觉都不及你有趣,这是什么缘故?"

平智础微微地将脸一红道:"这是王爷的谬赞,奴才真很惭愧。"

吉亲王听了又笑道:"今儿白天,李公公还在和咱开玩笑,他说咱大该封你一个官儿。"

平智础一喜道:"这么王爷怎么对答他的呢?"

吉亲王道:"咱答他的是,咱已封你做了兔子王了。"

平智础忽作佯嗔道:"王爷糟蹋了奴才的身子,还要挖苦奴才,奴才斗胆,以后却要洞口云封,不许渔郎再入了呢。"

吉亲王瞧见平智础很是风骚,从此更加宠幸。平智础原是花旦出身,本来不知什么天高地厚,他因巴结平淡烟起见,只好找了一个和范驾雄认识的朋友,由那朋友请他和范驾雄吃饭,他就趁此好和范驾雄为友。那个朋友因他真是一位兔子王,怎肯推却?等得他和范驾雄一会面,他便要求换帖。此时范驾雄业已打听明白,知道他的一妻一妾已做吉亲王的王妃,他在王爷面前又能说话,不但满口赞成,并将他邀入褚锡圭的府中,又把舒疏月和倪慕迁二人加入兰谱之中,做了一个"桃园四结义"的故事。

后来范驾雄由平智础的引见，居然做了吉亲王府上的清客。平淡烟趁空，即把她要害罗瘦春，以及想望屈宝山入府的意思告知范驾雄。

范驾雄听了，极快地答道："王妃要害这个淫妇的性命，并不繁难，若要姓屈的那个小鳖蛋进府，却不容易。"

平淡烟忙答道："这么先把这个淫妇害死，再办姓屈的事情不迟。"

范驾雄不答这话，先把他如何地认识瘦春，瘦春如何地定要嫁他，他又如何地相待瘦春，瘦春又如何地待他刻薄，屈宝山如何地和瘦春通奸，他如何地将奸夫、淫妇捆在一起，驾雄连诌带造，一直说至这里，忽朝平淡烟发恨地说道："那天晚上，若非王妃前去搭救他们，他们两条狗命，哪会活到如今？"

平淡烟一听范驾雄提到此事，不知她的心里竟会扑通一跳，同时想着宝山公子叠在瘦春身上的那种情状，不禁又气又妒，忙答范驾雄道："此事为我目睹，这一对奸夫、淫妇，那种浪形，真要使人气死。我那时不知底细，自然还当他们是好人，早知如此，我已把他们二人一刀两段的了。"

平淡烟说至这里，忽然失笑道："我们智础，他还在口口声声地说，姓屈的是位公子，不肯来充我们王爷的兔子。我此刻想想，那晚上我见姓屈的被你把他赤条条捆在那个淫妇身上的时候，我见他浑身雪白的一副嫩皮肤，竟与那个淫妇一丝一样，若被我们王爷瞧见，不管硬来软来，他那一朵后庭花，一定难保。"

范驾雄此时一见平淡烟口没遮拦，越说越粗，他便向她一笑道："我有一个秘密法子，一经说出，包你王妃十二万分的满意。"

平淡烟急问什么法子。范驾雄忽又请求耳语。平淡烟并不拿架，即把她的耳朵送至范驾雄的嘴边。范驾雄轻轻地和她喊喊喳喳地说了半天。

平淡烟伸回头去，没意思似的瞧上范驾雄一眼道："你只要帮同办理此事，随时叫我，我也可以预先允你这个。"

平淡烟的"这个"两字刚刚出口，她又改做含羞之态地以帕掩口而笑。范驾雄本是一个鬼灵精，趁此一把将平淡烟拉至一个幽僻所在，演上一出偷情活剧。

这次之后，平淡烟竟与范驾雄打得火热。平智础虽有所闻，并没权利可管淡烟，甚至还要代她瞒过王爷，免得内部失宠，少了帮手。

有一天，范驾雄去到褚府，舒疏月发急地问他道："这场钦案，你是原告,现在弄得上不上、下不下,怎么好法?"

范驾雄就和疏月咬了一阵耳朵。疏月边听,边已露出笑容。及至听毕,又很高兴地说道:"平王妃既是和你有了首尾,你的条呈,她定照办,不过这个机会难候,不知要等到几时。"

范驾雄忙又安慰疏月道:"你莫急,这班人迟早总是死在我们手里的。"

疏月无法,只好力托驾雄去与平淡烟进行。驾雄拍胸而去。

有一晚上,吉亲王正和平淡烟、平淡霞二人在那风月阁上,一壁喝酒,一壁赏月,偶然瞧见那个月光照在淡烟的脸上,顿时有一种幽静之色,不觉淫兴陡起,就将淡烟一个人轻轻地一拉,走至里面,即在一座炕上恣意起来。淡烟本来只在巴结这位王爷,及纳范驾雄之计,更把这位王爷恨不得顶在头上。吉亲王瞧见平淡烟如此巴结自己,岂有不乐之理?及至云深雨密之际,平淡烟又做出那种又娇又羞、又骚又浪的态度,只把这位吉亲王迷得真如烂泥菩萨落在汤罐里一般,便笑问道:"咱们府中的妃子,连你和淡霞二人,也有二三十个之多,她们虽然个个不如你的风骚,但是一心一意地巴结咱,倒也不下于你,哪知咱只爱你一个。你只要永远如此地伺候咱,不怀二心,你有什么要求,咱准可以给你一点儿恩典。"

平淡烟这几天的诱惑王爷,本来只望这句,当下慌忙答道:"贱婢身作王妃,还有何求?但是人非圣贤,难免不做皇帝想成仙之望,倘若贱婢死在我们福晋之先,那就毋须说他;倘若我们福晋百年以后,贱婢还在伺候王爷,王爷能够赏我一个福晋名义,那才使贱婢闭了口眼。"

吉亲王此时本已入了迷魂阵中,把他们祖宗不准娶汉女为妻的成法忘得干干净净,马上接口答道:"爱妃放心,咱们福晋,春秋已盛,你还是一朵鲜花,将来福晋果然先你逝世,咱必扶你为正就是。"

平淡烟一听此话,忙将吉王爷扑的一声,推下她的身子,她就精赤身体,伏至地上,去向王爷三呼谢恩。王爷起初不知何事,见她赤身下炕,还当她不是去更衣,便是天癸陡至,所以不便阻止。及见她是谢恩,始失笑起来,一面顺手把她拉回炕上,一面又笑着道:"你倒未吃先谢,的是一个老口。好在咱生平不作戏言,何况对你……"说着,仍又云雨起来。

又过一会儿,吉王爷忽和淡烟咬上一句耳朵,淡烟红了脸地忸怩道:"王爷欢喜此事,何不去到书房找您的兔子王去?贱婢未凿天荒,实不堪容,还求王爷免了吧!"

吉王爷哪里肯听，即将淡烟的身子一翻，顿时用起强来。淡烟要想做那福晋，扩张她的威权，以便实行范驾雄所献之计，只好忍痛含羞地一任王爷取乐。数夕之后，倒也苦尽甘来，随便王爷要如何便如何的了。吉王爷一见淡烟事事顺他，从此对于他的那位福晋，伉俪之情，渐渐而淡。

又有一晚上，吉王爷轮着淡霞侍寝，上炕之后，他也要淡霞舍正路而勿由。哪知淡霞却不像淡烟那般从命，虽不正式拒绝，但是那种忸忸怩怩的举动，一经比较淡烟，便觉没甚趣味。勉强了事之后，吉王爷便吩咐淡霞道："你真不及你姊姊的风流，以后须得跟她学学。"

吉王爷因此之故，对于淡烟这人，直把她爱得当着大众，口口声声地称她作母龙阳。淡烟的脸皮本厚，倒也直受未辞。现在淡烟既在候那福晋出缺，那位福晋又好好地活在那儿，无事可叙，姑且按下，再来补叙屈、莫、罗、廖四姓起解的事情。

屈侍郎等人现是奉旨充发伊犁，大家所有的官职，自然先行褫去。好在大家本已拼着去到菜市口走走的了，既已得保性命，倒也不以充军为忧。唯有宝山公子和瘦春二人，一个是对于自己充军尚不在意，只愁他的外公、外婆，以及父母，如此年纪，还要跟着大家走此远路，倘在路上有个风吹草动，如何是好？一个是身受官刑，此刻虽已好了，满身重重叠叠的伤疤，偶然自己瞧着，已经羞愤无地，还要因她之事，害得几家人家的老老小小、男男女女都做充军囚犯，清夜自思，委实对人不住。他们姊弟二人虽然如此存心，可是三天的限期已届，即由十几名解差，执了起解的公文，来见屈侍郎。因为此案，原告将屈侍郎告在第一名，所以廖祭酒虽是他的丈人，反而搁在后头。

当下屈侍郎便吩咐那十几个解差道："我屈炳堃，曾任刑部左堂，当知朝廷的法律，照例应该安步当车，由此间一直行至伊犁。因为我有七十余岁的丈人、丈母，又有年轻的女儿、媳妇，因此要和你们诸位商酌，最好是逢旱坐车，遇水坐船，连诸位也少辛苦一点儿。至于诸位的一切解费，我已预备，未知诸位可肯通融一点儿吗？"

那十几名解差一听屈侍郎说出预备解费，既肯打点，乐得卖个人情。大家忙答道："屈大人，你们这场冤枉官司，满京城的人，谁不知道？不过你们的对头厉害，现在虽是去到那边效力，将来定有赐环之喜。至于大人吩咐或车或船，小的们敢不遵命。"说着，就请屈侍郎等人匆匆上车，出了前门，一路行去。

在途晓行夜宿，非止一日。哪知未到两月，廖祭酒夫妇到底年纪太大，不惯风霜，一病不起，次第物化。廖氏夫人等等当然哭得死去活来。报官之后，改办公文，仍旧前进。

有一天，行至隶属陕西省界的麒麟镇上，甫进栅口，瘦春眼尖，忽见迎面奔来三个少妇，为首一个便是常笑春，后面两个，一个是彭素梅，一个是董珊枝。她尚未及叫出口去，只见笑春早已奔到她的车前，一把拖住了她，顿时哭得昏天黑地起来。

此时大家的车子业已停下，廖氏夫人急问她们三个道："这样路远迢迢的，你们怎么赶了来的？"边说，边已双泪交流，不能再说。

屈侍郎、高师长、罗秋镜三个忙将大家劝住道："此刻快莫伤感，且到客寓再讲。"

大家听了，只好忍着眼泪，一同进了一家客寓。尚未坐定，笑春就向大家说道："诸位在京之事，我已听见郭鸣皋侠士回来说过，我们老爷屡请开缺，无奈上官不准。他既不能亲自前来慰问诸位，特地仍请这位郭鸣皋侠士陪了我和彭小姐、高姨奶奶来此。"

大家尚未答话，陡见那条镇上，霎时之间，家家关门，户户闭户，无不嚷着大兵过境，百姓定要遭殃起来。

不知究是什么大兵，是否一定经过此镇，且听下回分解。

# 第四十四回

# 麒麟镇夫妻全失散
# 猗犰岩姊弟苦周旋

高师长究是一位带兵人物,他一听这个信息,首先地发急道:"不好不好,我们大家赶紧想法躲避一下才好。"

罗秋镜很诧异地问道:"官兵不是土匪,老哥久任干戎,怎么这般胆小?"

高师长双手掩着屁股道:"罗大哥,你到底是位文官,就是不知道没有纪律的军队,更比土匪还要可怕万倍,难道连'匪来如梳,兵来如篦'的那两句古话都会不记得的吗?"

屈侍郎接口道:"平常百姓,因是最惧这种军队,若是我们这班充军罪犯,他们那班总爷们,还肯把我们当作人类看待吗? 况且我们这里,还有不少的女眷,这倒真要避一避开为妙。"

宝山公子趁他父亲和高、罗二人讲话之际,他已溜了出去打听,他的出去打听,只注重是哪种军队,倘是好好的军队过境,自然毋庸躲避。最可怕的军队,就是打了胜仗的军队,或是吃了败仗的军队,那就不可理喻。谁知他出去打听的结果,可巧正是陕西省派到甘肃去会剿回匪的败军,这一吓,自然非同小可,赶忙奔回客寓,禀知他的父亲。

原来那时正是六月底边,白天坐在小车之上,那座当空的火伞,直把行路之人晒得汗流浃背,男子汉还好敞襟挥扇,吸点儿微风,唯有一班妇女,真是热得满身臭汗,无法可想,一到客寓,镣铐又已卸去,哪儿还有工夫谈话? 都要痛痛快快地先洗一个澡,方才有命。不料那家客寓一塌括子,仅有两个脚盆,大家轮流去洗,都嫌时光太久,亏得她们都带着一只下身洋盆,各人便用面盆去洗上身,用洋盆去洗下身。大家正在搓而又搓,擦而又擦的时候,屈侍郎已来传知大众,赶快一齐躲入后面山洞,以避兵灾。

不料就在此时,那支败军的头站早已到临,这班女眷匆匆穿上衣服,正想随着屈侍郎等人由客寓后门躲入后面山洞,说时迟,那时快,只听得犹同天崩地塌的一声吆喝,同时冲进几十个兵士。这班女眷就能镇定一点儿,由着屈侍郎支配,谁人和谁人一班,由着谁人保护而走,已是不及。何况她们先被屈侍郎没头没脑地一说,只叫大众快快躲入后面山洞,已是急得心惊肉跳。及听那声吆喝,内中如瘦春、漱芬、漱芳、红玉、素梅、廖氏夫人姑嫂、高太太、罗太太等等,更加吓得屁滚尿流,只是不顾性命地直向后山乱闯。红玉她是曾经亲身领教过的,首先不知钻到哪儿去了,其余如小梅、珊枝、华月、碧城、郭鸣冈、莫本凤、郭鸣皋这几个,正待分头保护男女大众,一因天已黑暗,伸手难辨五指;二因大家不约而同地各自单身奔逃,走得太快,他们无从追起。此时碧城一想,既然不能全顾大众,当然以父母为重,她就单身去找屈侍郎和廖氏夫人去了。郭鸣冈、莫本凤两个,知道自己的妻子不用他们照顾,只好急向黑暗之中,分头去找,找到哪个,就保护哪个。郭鸣皋本是孟臬台托他伴送笑春、素梅、珊枝三个来的,他去好尽其责任,专去寻找她们三个要紧。至于屈侍郎、高师长、罗秋镜、廖德和、宝山公子、高文虎等人,也在那个一声吆喝之中,逃得不知去向。

那几十个兵士一进来的当口儿,似已带眼瞧见有好几个俏皮少妇逃往后山,他们就此拼命地分头追赶。追了半天,不但一个未曾追着,反把大家的脚底板个个踏着荆棘,无不戳得皮破血流。大家一气之下,索性回至客寓,等得大军一到,他们即把花姑娘逃往后山的事情告知大众。

原来这班军队,本是陕西省的正式新军,只因吃了败仗,上司将他们调回,他们败仗虽吃,可是个个人已经发了洋财的,防得一回省后,或要将他们遣散,与其到省遭人遣散,何不早点儿叛变?倒也爽快。所以一路而来,面子上仍打正式军队的名号,免得百姓预先逃散,无物可抢。其实是早已变为土匪,逢州劫州,逢县抢县,不知蹂躏了多少地方的了。

当时大众一听见花姑娘在逃的说话,便自恃熟悉山路,异口同声地吆喝一声"追呀",于是各持灯笼火把,马上分头追赶,边追,边又放着乱枪。可怜这四姓的男男女女,本来还没逃远,也是命不该绝,不过没有被这班炮灰瞧见罢了。及开乱枪之声,那还得了?这才各自奔逃性命,个个都弄得孤家寡人,没有一个同路。这么屈碧城、郭鸣冈、莫本凤、郭鸣皋等四个,难道剑仙也会惧怕这班军队不成?

原来内中有个道理,一则这班军队,既是号称正式军队,他们已是充军的罪犯,怎敢去和他们作对? 二则又知屈侍郎忠君爱国的脾气,就是立将这支军队赶走,屈侍郎也不高兴的;三则此时要找大家要紧,不便去与兵士讲理;四则大凡剑仙,最守一个信字,屈侍即与他们有约在先,不得与朝廷作对,他们倘一稍稍害了几个兵士,岂非真在造反?有此四种原因,可怜把这班大剑侠,竟弄得束手无策,也和常人一样。还要加上那班炮灰,已在拼命地大放乱枪,剑侠的身体也是肉做的,弹子是铁做的,一经碰着他们的贵体,未必不会冒出血来,他们也只好带避带找,直往前进而已。

现在先讲宝山公子一逃出客寓后门,早被一阵乱枪之声,把他弄得又急又吓,急的是,他那父母、妻子、姊妹等人,是否有人保护;吓的是,正式的军队既敢随意追人放枪,或者已经叛变,也说不定。倘一叛变,这班炮灰不见得日内就肯荣行,他同他的父母、妻子、姊妹等人即不被他们追着,试问又至何处安身?宝山公子一想到此地,他只好望着天地轻轻地叫道:"老天呀!我们屈氏真是一份忠厚人家,从未苛待人过,怎么竟致为天不容,充了军的罪犯,还要逃难?岂不是桩特别奇闻?"

宝山公子嘴上尽管这般在说,他的双脚自然死命地只向前奔。不知奔了多多少少的时候,业已听不见枪声,他又暗忖道:"我一个人不知逃了什么地方了,我那父母、妻子、姊妹,以及大众等等,不晓得可有个把遇险。我们此番出京,已在半路死了外公、外婆两个,倘若再有不幸事情发生,大家也难活命。"

宝山公子刚刚想至此地,陡见前面有一样黑簇簇的东西,直向他的身上扑来,不觉大吃一惊。急把身子向左一偏,那个东西却已扑的一声,飞得老远的去了。他忙定睛一看,方知是一只极大的雄鸡。他又自语道:"不好不好,这座山上既有这般奇大无比的雄鸡,以此推想,一定就有虎豹毒兽,我就算除了外,他们那班老的老,小的小,倘若真有个把身边没人赶得上保护,那还得了?"

宝山公子这样一想,立时急得搔耳摸腮,仿佛他此刻的设想业经成了事实一般,一时悲从中来,恨不得立刻跳下那座深岩,一死万事皆休。不料就在此时,天上微现月光,居然在这个黑暗地方之中,得着一点儿光明。他又自语道:"现在是月底边,这个月亮一出,不是天要快亮了吗?这样说来,我已瞎闯地闯了长长一夜的了。"他的念头尚未转完,陡见离他不远,似乎有个死人躺在那儿,他便走去一看,不禁对那死人连喊道:"我的大姊姊,我的大姊姊,你怎么竟会死在此地的呢?"急去摸摸瘦春的前胸,还有一丝丝儿的热气,忙去掐着她的人中。

连推带喊地闹上半天,方才瞧见瘦春渐渐地回过气来,睁眼一瞧是他,始有气无力地说道:"兄弟,他们大家呢? 你怎么一个人又在此地?"

宝山公子话未开口,早已双泪交流地道:"我一个人奔了一夜,头一个还是遇见姊姊。"

瘦春发急地道:"我在逃出那家客寓的当口儿,曾见大家各不相顾,四散地飞逃,三妹子和三妹夫等人却又一个不见,你既没有追着他们,这是……这是凶……"

瘦春说到凶字,忽又连说:"怎样得了,怎样得了?"

宝山公子此时蹲在瘦春身边,只是淌泪,并没说话。

瘦春忙不迭地硬撑着坐了起来,也叫宝山公子就在草地之上坐下道:"兄弟,你此刻还不是可以伤心的时候,我不过因为逃得太急促了,一时晕过去的。既已醒来,便没事情。你快跟我去寻大家去,才是正办呀!"

宝山公子听了,反而摇摇头道:"此地离开那家客寓,至少也有七八十里了,他们又是四散地逃奔,试问东南西北的没有方向,哪里寻起? 但顾老天有眼,只要三妹子两夫妇,和莫本凤两夫妇,能够跟着大家就好。"

瘦春边听,边苦了脸地四处在看,看上一会儿,她就对宝山公子说道:"兄弟且在此地等我,我去去就来。"

宝山公子仅点其首。

瘦春去了未久,回来又问道:"这么我们两个,难道尽在此地拼命不成? 兄弟总该打个主意才好呀!"

宝山公子抬头一看,天已微明,一见这座大山非但形势奇险,单是那些怪石老树,样样都像蹲着的怪兽,仿佛在那儿要吃人的一样,他一面在看出路,一面在打主意。哪知就在这个当口儿,忽闻一阵腥风过去,早见一只身大如牛的斑斓猛虎,直向他们二人面前奔来。宝山公子一见这只老虎奔来,他只好一壁狂喊瘦春快逃,一壁自己拔脚飞奔。奔了一阵,回头看看那虎并没追来。他此时又怕瘦春已被那虎拖去,急又反身回转,去找瘦春。找了半天,毫没影子。他又一急道:"莫非我们大姊姊已被老虎拖去了不成?"他一面东张西望地仍在找寻瘦春,一面又自己连点其首道:"我这个苦命的姊姊,大概前世也作了大孽,自从我把她由三郎庙接到家中之后,哪里过着一天安稳日子? 她倘真被老虎吃了,倒也罢了,倒也罢了。"可怜宝山公子此刻的神经,似乎有些错乱,他的嘴上只在把那句"倒也罢了,倒也罢了"的谈话,念个不休。

大凡一个人遇着伤心过度的时候，确有这等现象。谁知宝山公子正在呆头呆脑，自言自语，向前走去的当口儿，陡见他的后面又是一阵呼呼呼的腥风，直向他追来。急忙一面往前飞奔，一面回头一瞧，可怜真要把他吓死，你道如何？

　　原来后面追来的，又是两只猛虎。宝山公子同时一见两只老虎，一同追他，他的双脚早已吓得发软。就是那两只老虎，会和他说话，叫他莫逃，一定不去吃他，他也不能再逃，何况那两只老虎，一双眼珠，碧得发光，犹如铜铃一般，只是望他追来。他此时只好把心一横，高叫两声道："我的爷娘，我的芬、芳二妹，我也不能再管你们的了。"说时迟，那时快，他的那个"了"字犹未出口，他就扑的一声，向那万丈深岩之中跳去。照理而论，不要说一个宝山公子跳下那个万丈深岩，自然跌得成为齑粉，就是他那妹妹碧城剑侠，若无轻身之术，恐怕也难活命。这样说来，不是宝山公子一定没命的了？

　　诸公不必着急，因为宝山公子的灾难尚未过完，哪能就此一死了事？倒说他的身子一到半岩之中，忽被几根老藤根绊住，不但没有跌下，而且连那两只老虎也只好在那山头上面虎视眈眈，无从吃他。

　　又过好久，那两只老虎知没想头，方才很不乐意地慢慢踱了开去。

　　宝山公子起先被那藤绊住的当口儿，倒也叫了一声"有命"。哪知一见老虎去后，却又发愁起来。原来那几根老藤虽然把他绊住，但又使他上不能上，下不能下，只要他的身体稍一动弹，那几根老藤便要被他坠断，此藤一断，他仍没有性命。

　　宝山公子正在万分危险之际，忽觉有人喊他，连忙四处一看，又没人影。再去仔细一听，正是瘦春的口音。他忙说道："还好还好，我们大姊姊没有被虎拖去。"他一面在说，一面又把眼睛四处找寻，好容易被他看见，瘦春这人却趴在一株极大极大的古树上面，离他那里虽不甚远，可是无法救他。他只好皱着双眉地对瘦春说道："大姊姊，兄弟命在顷刻，你倘见着我那父母、我那妻子，还有我们妹妹等人，你可千万不要说出眼见我死于这个岩下，你只说没有遇见我，使他们大家还当我尚有生还之日。不然，岂不也把他们大家吓死？"

　　瘦春一听宝山公子说出这等伤心之语，一壁泪如水泼，一壁又对宝山公子说道："兄弟，你且不要动弹，我看这几根藤子已在摇着尽往下坠，我此刻想到一个法子，此法若是有用，我们姊弟二人还有救星；此法没用，岂

272

止兄弟一人没命,做你姊姊的,也不会回去见他们大家的了。"

瘦春边说,边把她的裤带解了下来,复将裤腰卷牢,急对宝山公子说道:"兄弟,你也快把裤带解下,我想把两根裤带结在一起,一头缚在你的臂上,一头让我缚在我这树上。那时你只放胆往下一跳,你的身子自会坠到我这边来。最要紧的事情,我们二人抛这裤带的时候,千万仔细,倘一失手落下岩去,那就死定的了。"

宝山公子听说,极不赞成,并不答话,只把双眼望着岩下,似乎就要跳下去的样儿。

不知宝山公子是何意思,且听下回分解。

# 第四十五回

# 千钧一发方出龙潭
# 两夹三拷又投虎穴

瘦春一见宝山公子要往下跳,吓得连连地大喊道:"兄弟,兄弟,你的心快放清来,现在人人可死,独有你不能死。况且我这法子,只要办得得法,并不是一定没望的。你就是要死,且等这个法子没用,再死不迟呀!天呀,天呀!你老天菩萨,就睁开一点儿眼睛,救了我们姊弟二人吧!"

宝山公子一见瘦春如此发急,方始垂泪道:"姊姊,蝼蚁尚且贪生,何况是人?何况我屈宝山,上有父母,下有姊妹、妻子,还有你姊姊弄到这般地步。我单为你姊姊一个,我也死不下去,但是你这法子,莫说我们两边把这带子抛来抛去的当口儿,十成之中必有九成失手掉下,这且不说。试问这两条裤带,能有多少长?照我看来,万万不能缚着两头。"

瘦春忽然一喜道:"兄弟,你莫忙,我还有东西。"说着,把她眼睛望望她的脚上道:"我的裹脚,素来比别人的长,这是救命,不能再管什么。"

宝山公子一听瘦春想到裹脚,方才有些高兴起来道:"这么姊姊快快解下,你抛过来让我来结,我是军人,自有结绳之法。"

宝山公子犹未说毕,瘦春早在一只手紧紧地抱着树干,一只手去解裹脚。解下之后,她本是站在那株大树丫杈之上的,小脚一去裹脚,哪里还能再站?只好小小心心地坐在丫杈上面,将那两条裹脚,连同一条裤带,打得结结实实。正待向宝山公子那儿抛去的当口儿,陡见那几根老藤似已不能再禁宝山公子的身体,只在往下要坠,这一急,还当了得?哪知她的手一软,一把那个脚带抛至宝山公子那面的时候,还离一尺多远,就要堕下去的样子。幸亏宝山公子此时早已全神贯注,一眼瞧见那条带子其势已不能抛至他的跟前,他忙用出他的全身本领,一面一只手紧捏老藤,一面一只手接出空中,趁势就将那条带子抢到手中。他虽然把那条带子抢到手中,可是他的身体用力过度,那几根老藤早已直垂下去,幸而宝山公子早就防到这着,他索性让他身子下垂,一手仍将藤根牢牢捏住。

对面的瘦春一见宝山公子在接那条带子的时候,身子陡往下溜,这一吓,几几乎把她吓得跌下岩去。第二眼看去,总算看见宝山公子一手捏了那个藤根,一手接了带子,他的那个身子可已像个秤锤般地空悬荡在空中的了。

瘦春吓得连连大叫道:"兄弟捏紧,万万不能脱手。"

宝山公子此时哪有工夫答话? 他的初意,以为两条裹脚、一条裤带,已经够长,不必再用他的裤带。及至接到手中一看,似乎还差几尺,他此时一只手是捏着藤根,一只手是捏着带子,他只好将带子咬在嘴上,腾出手去解他裤带。解下之后,顺后卷上裤腰,起先瞧他尚不为难,此时仅有一只手,如何可以去结两条裹脚、两条裤带的呢? 瞧他为难了一阵,竟拿一只嘴去代手,居然被他先用牙咬,继用手结,总算结成功了一条约莫三丈来长的带子。他还恐怕不够长,只在他的臂上缚了两转,复又用出他的本事,把那一头对准瘦春手上抛去。

原来宝山公子学的是陆军,陆军本有用绳缚着身体垂城的一项功夫,所以他一把带子抛给瘦春,瘦春竟能容容易易接到手中。瘦春这一喜,真是高兴得不知如何是好,一面急去牢牢地缚在树上,一面又说:"天老爷果然有眼。"哪知她刚刚缚好,只见宝山公子的身子早和耍流星的一般,扑地荡到她那大树跟前。但是那株大树,上面虽有极大的丫杈,下面可是一点儿没有,宝山公子的身体,离开大树还有一尺多远,不能溜了上去,须得瘦春将他像个吊桶般地吊了上去。瘦春虽是一个手无缚鸡之力的人物,此时也顾不得许多,急忙用尽她那吃奶之力,方始将宝山公子慢慢地吊到树上。及至一瞧,忙问:"兄弟的裤子呢,兄弟的裤子呢?"

原来宝山公子本来也是一个娇惯身体,此时因为要顾性命,只好拼命在干。他在瘦春用力吊他上去的时候,生怕坠断带子,他也把他身子趁势上升,他的身子只在趁势上升,可是他那卷着腰的裤子不知怎么一来,早已顺流而下,落至深岩之中去了。这天,他只穿着一身半新旧的纺绸小衫裤,他的裤子既是不知去向,瘦春怎么不要问他?

宝山公子一见瘦春身上也只一身衫裤,不能匀出一件给他,他急将小衫脱下,裹在他的腰间,遮住下体再讲。还怕小衫仍要堕下,又将他的裤带向那长带高头解了下来。束好之后,始见瘦春先束裤带,然后一面裹脚,一面问他道:"兄弟,你这样地没有衣裤,不怕着凉吗? 我也只有一件衣裳,不能脱与你穿。"

宝山公子摇头道："此刻怎能再管这等小事？我们快快溜下树去，回去找他们要紧。"

瘦春听了，先让宝山公子溜下，她始慢慢地双手抱着树身，溜至地上。虽然溜下，她的两只掌心却已皮开肉碎。宝山公子无暇再去慰藉瘦春，急同瘦春二人仍向原路回去。哪知忽又走错了方向，非但不向原路走去，尽向前面乱闯。

走了半天，时已过午，宝山公子看看样子有些不对，方问瘦春道："姊姊，莫非我们走错了不成？"

瘦春一被宝山公子提醒，方知不像来路。正待答话，忽见山坳之中突然拥出一二十个手执兵器的强盗，一面拦住去路，一面大喝道："你这一对狗男女，快快随老子们去见我们大王，免得老子们动手！"

瘦春早已吓得躲在宝山公子背后，只在发抖。宝山公子虽也有些害怕，可是没有法子，只好上前一步，将手向那班强盗一拱道："在下姊弟二人逃难出来，身上又没银钱，务求诸位好汉高抬贵手，放我们姊弟二人一条去路。"

为首的一个先用一柄大刀向宝山公子脸上晃上几晃道："不用多说，快跟老子们走，就是没有银钱，老子们瞧你们这个婆娘长得也还清秀，让老子们献与大王，倒有一点儿小小的功劳。"边说，边就一拥而上，早把宝山公子和瘦春二人捆了起来，抬到他们寨内。禀知他们大王，就把宝山公子和瘦春二人单放脚上之绑，又命他们二人跪至那位大王前面。

宝山公子一见那个大王生得眼似铜铃，眉如刷帚，一张血盆大口，一个长大身子，形状十分怕人。但没法子，只好同着瘦春向他跪下道："大王在上，我们姊弟二人逃难出来，身无分文，实在无物孝敬大王。"

那个大王并不来听宝山公子的说话，只将一双色眼对着瘦春脸上在看道："你叫什么名字，何处人氏，今年几岁？你肯做了我的压寨夫人，包你荣华富贵一世。"

宝山公子急替瘦春接口道："大王明鉴，家姊已经有了丈夫。"

那个大王一见宝山公子敢来插嘴，顿时大怒道："你这死贼，我瞧你身上连衣裤都不周全，你们定是奸夫、淫妇，逃了出来的。"

瘦春跪在一旁，听得那个大王越说越不像话，急插嘴道："我们本是同胞姊弟，只因为人所害，逃难出来。今天早上，遇见三只猛虎，我这兄弟所以弄得如此模样……"

那个大王不待瘦春说毕，即将他的眼珠向两旁的小喽啰一突道："山上竟有虎患，你们在干何事？"

那班小喽啰回称道："我们山上，向没虎患，只有此去五十里，那座猹犰岩上，确有不少的老虎，那里不该我们所管。"

那个大王听完，方始不提此话，又向宝山公子喝问道："我已爱上你的姊姊，你能劝她做了我的压寨夫人，你便是我的大舅子，将来自有好处；你若不能劝你姊姊做我压寨夫人，我就说你是她的奸夫。"

宝山公子听到此地，便也气愤起来道："就是强盗，也有人伦，怎么好把人家胞姊胞弟硬说有奸？这是什么说话？"

那个大王一见宝山公子出言顶撞，陡将桌子一拍，大喝道："快快替我打断这个死贼的狗腿！"

两旁的喽啰顿时一声吆喝，一拥而上，早把宝山公子拖了下去，撒在地上，扯去那件围在腰间的小衫。那时的宝山公子身上，真已寸丝无存，跟着就被那班喽啰举起板子，对准他的臀部，绰绰绰地一口气就是三百。宝山公子虽然痛不可忍，骨子所在，他却不肯叫饶。

瘦春此时心如刀割，慌忙向那大王说道："大王说要我做压寨夫人，怎么可以当我的面答我的胞弟？"

那个大王一听瘦春如此说法，以为她已回心转意，不禁大喜，一面即命停刑，一面又笑向瘦春道："美人早该答应此事，令弟就不致挨这几下了。"边说，边命喽啰："快快挂灯结彩，大排筵宴，大王今儿就要成亲。"

瘦春起先因见宝山公子的两臀之肉被他们打得飞了起来，一时看不过去，只好用此缓兵之计，不料那个大王说办就办，她自然是宁死不从。那个大王方在兴高采烈之际，忽见瘦春无端变卦，又见宝山公子长得眉清目秀，谅想定是此妇的情人，只要重办她的情人，不怕她不服软下来。当下却不分青红皂白地，又把宝山公子两夹三拷，定要逼着他劝转瘦春才罢。

此时宝山公子早已遍体鳞伤，气息奄奄，就是想劝瘦春，也没气力讲话。

瘦春既痛宝山公子受此严刑，又急自己如何可以失身强盗，正在左右为难的时候，忽见几个小喽啰飞报上来道："老大王回山来了，大王快去迎接。"

那个大王听说，方才命将宝山公子和瘦春二人分别关押，自己出去迎接那老大王去了。

瘦春一个人来至女所，进去一看，只见里面还有两个女子，躺在那儿哼叫，大概像是受过刑罚。先看左边的那个女子，却不认识，又看右边的那个女子，不禁大吃一惊道："我的笑春姊姊，你怎么也会投到这条死路里来的呢？"

原来笑春昨晚上逃出那家客寓，因为后面枪声大起，她只好一个人向前乱奔，一直奔了一夜，沿途虽没碰着老虎，可是一早就被捉上山来。也因不肯顺从那个大王，业已挨过五百皮鞭。又因痛得难熬，她一想事已至此，也是命中注定，于是把心一横，咬着牙齿，紧闭双目，只在等死。所以瘦春进去，非但没有看见，而且也不防到，及听瘦春的口音，方才睁眼一看，并不哭泣，只将她的脑袋一连自点几点道："你来得也好，总之既是六亲同运，老天要叫我们死，我们还有什么法子呢？"

瘦春一见笑春气愤得如此，自然心里大不过意，忙去执着笑春的手道："我的好姊姊，我此次的遭这奇冤、受这奇罪，本是那个万劫不能投着人身的毛面禽兽害我的，大概也是我和他前世有这一劫，不必说他。现在你姊姊好心前来看看我们，连你又害在内。"

瘦春边说，边把她的脚拼命一顿，咬牙切齿地道："好好好，姊姊，妹子准定陪你去到阴曹，再和那个禽兽算账便了。"

可怜这位笑春，她自从卷逃出来，除了被那奶娘夫妇要谋她的性命之外，倒也从未吃过这等苦头。此时满身的刑伤，又痛得片刻难挨，她真不能再与瘦春多说，仅不过又在微微点头，表示情愿同死而已。

瘦春既见笑春这般情形，还要悲痛宝山公子，实在没有办法，她只好一头就向壁上撞去。只听得砰的一声，瘦春头上早已撞破一个大洞，血花四溅，晕倒地上。那个押所里的女役初见瘦春认识笑春，又因瘦春标致得不可言语形容，她正在惊讶之际，陡见瘦春撞壁晕去，这是她的责任所在，这一吓，还当得了？当下便不要命地一面唤进众人帮同救醒瘦春，一面又求瘦春，不可寻死害她。瘦春虽被那个女役救醒，看看众人都已退出，正想觑空再撞的当口儿，忽见那个不认识的女子硬撑着提高喉咙，对她说道："你这位姊姊，且莫马上寻死，一个人要走死路，大概也不繁难。不过有仇不报非君子，这句老话不错，在我之意，我们总得和这个万恶的强盗王拼了，那时再死，也还不迟。"

瘦春听了，忍着痛地答道："你这位姊姊劝我的说话，本也不错，但是

278

我身负奇冤,要想拿我这条性命与人拼的,岂止这个万恶强盗而已? 只因身为女子,无此能力,天不容我,还有何说?"

那个女役,她也是良家女子,被这个强盗捉上山来的,只因一则家中已无亲人,二则也想看看机会,报此被捉之仇。又听瘦春这般在说,她就咬着瘦春的耳朵道:"你这位奶奶,这位袁小姐劝你的说话,很有意思,你且忍耐几时,我们大家再想别法。"

瘦春未及答话,忽见几个小喽啰慌里慌张地奔来,和那女役悄悄地说了几句就走。又见那个女役,一等那班小喽啰走后,脸上似露稍许喜色。

不知这个女役所喜何事,且听下回分解。

# 第四十六回

## 白牡丹真心救死
## 梅阿土率众逃生

瘦春本来不知这个女役是个好人，起初听她叫她忍耐几时，已经当她在用缓兵之计，及见那班小喽啰进来鬼鬼祟祟地说了几句，这个女役脸上便有喜色，更加拿稳她定有作用，万一一个措手不及，被那强盗王所污，这还了得？自然趁早一死，还好留下一个清白身子。当下也不答话，又向壁上撞去。

此时这个女役早已步步留心，不待瘦春撞至壁上的时候，她已一把将瘦春拖住道："我的劝你，也是一番好意，我也是一个良家女子，不幸被捉上山因想遇机报仇，所以暂时由他使唤，充了此役。刚才那班小喽啰来说的说话，正是我们大家的好机会到了。"

那个姓袁的女子插嘴问道："什么机会，你快说来。你倘真非强盗的党羽，我们大家快想法子，那才有命。"

这个女役忙答道："你们莫急，听我来告诉你们。此地本有两个大王，据说是父子两个，不过小大王很怕他的老子，他的老子在家，他就不敢胡行。可惜他的老子时常下山，不知去干何事，十天之中，倒有九天不在山上。刚才的小喽啰来说，他说老大王此次下山，忽被一位剑仙所伤，现请医生在看，这样一来，老大王不是三天五天会得痊愈的，小大王生怕你们三个寻死……"这个女役边说，边指着瘦春接说道，"尤其注重于你。我想老大王既然不是三天五天会好，这几天之中，小大王就不敢转你们的邪念，你们何不趁此时机，可以报仇，自然报仇；若没有机会报仇，也该趁此设法逃走再讲。"

姓袁的女子和笑春二人同声说道："我们两个，此刻遍体刑伤，怎么能够逃出？"

这个女役摇摇手道："这事就是没有刑伤，也难逃走。因为这座山头，上上下下有人把守，我们四个小脚伶仃的女子，怎么逃法？"说着，又单望着瘦春一个人说道:"我见我这位奶奶,长得真同天仙一般,或者能够想出一个妙法,也未可知。"

那个姓袁的女子便露出很失望的神色道:"我瞧这位姊姊娇滴滴的,比我还要文弱,叫她又有何法? 我还以为你既是如此说法,或者已有办法,谁知仍是空话。这样说她怎甚?"

这个女役也恨恨地说道:"我倘有法子逃走,老实和你们三位说一声,早已逃走的了。何至挨到现在?"

笑春听了这话,又在向瘦春摇头道:"妹妹,我看是没甚指望的了。我们还是自己打算吧!"

这个女役忙又劝道:"袁小姐方才说,一个人要寻死总不繁难,这句说话不错,你们二位何必一定只在死上着想。倘若老大王没有回山,小大王一定要来糟蹋你们,这是应该死的,我也不来拦阻你们。现在还不到这个地步,倘真寻死,后来有了机会出来,岂不可惜?"

瘦春听到此地,便问这个女役道:"你来几时? 你可有什么心腹人吗?"

这个女役点点头答道:"有是有一个,不过这个人,这两天不在山上。你这位奶奶,问这话怎甚?"

瘦春道:"我有一个妹子,她也是剑仙,现在可不知道她在不在那麒麟镇上,如果还在那儿,只要有人前去报信,她自然会来搭救我们的。"

这个女役听了,惊喜道:"既然如此,只要一等我那朋友回山,准定叫他去办。"

瘦春又问此人几时可以回山。

这个女役摇着头道:"这倒难说,至早也得十天半月。"

瘦春又问道:"你既是好人家的女儿,怎么认得这山上的强盗?"

这个女役忽露忸怩之色道:"此人名叫梅阿土,他是我的表兄,我们爹娘在日,他曾经托人前来做媒,我们爹娘因为只有我一个女儿,要想找家高亲,不肯允许,他就无颜再住家乡,出门去做生意。后来我们爹娘过世,我感激他的知己,立志在家等他。哪知他倒没有回来,我却被这里的小大王捉上山来。小大王捉我上山,倒不是为我这人,因为他有一次经过我们村里,我们村里的人并不知道他是强盗王,言语之间,得罪了他。他回山之后,带领喽啰,把我们那座村庄踏为平地,男的统统杀害,女的带上山来服役,我就派了此事。有一天晚上,我那阿土表兄忽来看我,我还当他也

281

是捉上山来的,后来才知道他是为了我这个人,特地前来入伙的。又因他的人还伶俐,老大王很欢喜他,便将他派作探子,他因一时没有法子救我下山,只好不辞劳苦,不避艰险,去充探子,希望能得老大王的欢心,便有法想。"

瘦春听到此地,又问了一声这个女役的姓名。

这个女役道:"我姓白,因为生得还白净,同村的人便替我取了一个白牡丹的绰号,其实我的小名叫作凤英,不过我的绰号出了名,一说'白牡丹'三字,全村之中无人不知,'凤英'二字,反而没人叫了。"

瘦春听完道:"这么白家姊姊,我此刻先有一桩比较逃走还要重大的事情,要拜托你。"

白牡丹忙答道:"只要我们力量所及,一定替你去做。"

瘦春听了,话未开口,忽先淌下泪来道:"男押所里,有个叫作屈宝山的,他是我的兄弟。"

笑春不待瘦春说毕,忙不迭地插嘴道:"怎么? 宝兄弟也同你一起上山来的吗?"

瘦春一面点首答复笑春,一面又向白牡丹续说道:"我的兄弟业受严刑。"

笑春又在旁连说:"怎么得了,怎么得了?"

瘦春不去接嘴,仍旧自顾自地对白牡丹说道:"我们兄弟,他本是娇生惯养的,如何吃得这个苦头? 我想请你去通知他一声,说我们还有逃走的希望,叫他把心放开。你能再想出法子,叫人替他医治刑伤,我将来一定报答你的。"

白牡丹听说,便气哄哄地说道:"男押所里的那个押头,他本是一个积盗,他因不知道阿土是我的表兄,从前时常来调戏我的。后来我去禀知老大王,老大王就把他打上五百小板子,从此以后,他便和我仇深似海。我现在为了你这位奶奶的事情,只好前去求他。"

瘦春又很感激地道:"白家姊姊,这么请你百事看我面上,快去一趟,容我将来总谢。"

白牡丹听说,真的拔脚就去。去了好一阵,方始回转。瘦春忙问宝山公子的伤势如何。

白牡丹蹙额答道:"伤势极其厉害,你奶奶的说话,我已统统告知令弟,他说既有这个希望,他只好忍挨几天。但是刑伤疼痛,没有法子,我就拜托那个押头,已在替令弟医治的了。"

瘦春听毕,方才稍觉安心一点儿。白牡丹又问瘦春的家世,瘦春也就摘要告知。

白牡丹未曾听毕,早替瘦春不平道:"这样讲来,那个姓范的,不是比较这里的强盗还要凶恶万倍吗?"

瘦春叹上一口气道:"白家姊姊,此刻不必再提这个禽兽,我罗瘦春若不死去,总有报此奇仇的日子。"

笑春此时自然不再等死,便和瘦春细细地谈了一会儿彼此别后之事,又说,她昨天晚上逃出那家客寓,听得枪声厉害,只好一个人向前乱闯,谁知又被强盗捉上山来。那个小大王要她充作押寨夫人,她仅驳了他几句,那个小大王就把她打得这个样子。又说,她们三个身陷盗窟,不知大家的吉凶如何。

瘦春听说,忽又咬着牙关发恨地说道:"这些事情,都为那个禽兽而起,否则大家安坐家中,怎会遭此兵灾?"

笑春还待再说,那个袁小姐也来插嘴道:"照你们二位说来,一位是罗小姐,一位还是现任的臬台太太,都要吃此苦头,我这无名小卒,那更不必说了。"

瘦春、笑春一同问问她的家世。

袁小姐答道:"我叫袁紫纹,就是此地陕西省中人民,先父曾任桂林府知府,业已去世多年。上无兄姊,下无弟妹,家中仅有一位老母,上个月因害大病,许了香愿,现在好了。我是要往扶风山去进香的,不料路过此地,竟遭此难。"

瘦春忙问道:"我和我们笑春姊姊因遇兵灾,所以单身逃出,又不知此地有这恶盗,自投罗网,尚是应该。紫纹妹妹既是本省人民,难道也不知此地是个盗窟吗?"

袁紫纹听了,叹上一口气道:"妹子虽曾知道此地是个盗窟,一则以为我是一个香客,除了随带几个男女仆役外,并没什么值钱的东西;二则贪图路近,可以早去早回,因此走了这个小道。"

袁紫纹说到这里,又觉满身奇痛,不能再熬。

瘦春又拜托白牡丹道:"她们两个如此痛法,请你也得请个医生进来。"

白牡丹点头道:"我已招呼过了,晚上方好来医。"说着,帮同瘦春照料笑春、紫纹二人,倒也很是诚恳。

晚上医生来后,开了方子,搽过药末。第二天,笑春和紫纹两个居然略能止痛。又过几天,渐渐地好了起来。

有一天半夜,瘦春、笑春、紫纹三个业已睡熟,忽被那个白牡丹轻轻地叫醒,忙问何事。白牡丹道:"我那表兄已经回山,老大王爱他办事出力,将他升充头目,兼任巡查职务。我把要他去请令妹的事情和他说过,他说最好是现在就逃,不过危险一点儿。倘等老大王病愈,老大王便要去请剑仙,和那个伤害他的剑仙斗剑,那时,小大王便是没有笼头之马,老大王先脚下山,他后脚就要来糟蹋你们三位。那时我那表兄还算有点儿权势,我们逃走的时候,自然少有人来查问。至于去请令妹,万一令妹不在那儿,等他回来,老大王已走,岂不误事?"

瘦春不待白牡丹说完,忙不迭地说道:"这么准定逃走,不必去找我那妹子,我们倘能逃出,固是一天之喜,还有我们的父母姊妹,以及大众人等,现在生死存亡,一点儿都不知道,怎么能够在此挨得下去?"

白牡丹听说,连夜又去和她表兄商酌,商酌的结果,准定三天之内,大家扮了巡丁模样,由梅阿土带着,混下山去。

那时宝山公子的刑伤也已半愈,一听这个好消息,自然欢喜无限。哪里知道正是他们预备逃走的那一晚上,老大王的毛病忽然之间好了起来,传下令来,次日大早,要把所有在押的人众亲自提问。

梅阿土一得这个信息,急来和白牡丹商量道:"老大王现要亲自提问在押人众,明明是恐怕小大王误押好人。等他一问,大家便有释放的希望,我们何必连夜逃走,冒此危险?"

白牡丹即将梅阿土的主张告知瘦春等人。

瘦春第一个反对道:"我们既有法子可以逃走,自然乐得逃走,何必再等那个大不可靠的释放?"

笑春和紫纹二人倒也没有什么成见,一任瘦春做主。独有白牡丹,却以瘦春的论调为然。梅阿土一见瘦春情愿逃走,又因老大王的释放在押人众,也是他的理想,万一猜错,岂非误事? 于是等到三更时分,悄悄地把宝山公子领到女押所里,大家扮好巡丁模样,由他为首,带领大众,假向四处巡查一周,立时逃下山头,还怕有人追赶,连夜往前直奔。好在梅阿土和白牡丹二人本是无家可归之人,走到哪里就算哪里,一直走至第二天上午,方敢停脚休憩一下。

宝山公子因见所走之路仍在那座大山之上，便问梅阿土道："我们到底走了多少路了？"

梅阿土约莫一算道："大概有一百里了。"

宝山公子不解道："既是走了一百里了，怎么还在这座山上？"

梅阿土笑上一笑道："屈公子到底是南方人，不知道我们这里的情形。"说着，用脚点点地上道："此山连亘千里，屈公子再走它十天半月，也不能走完呀！"

宝山公子一吓道："这么我们饿了，又要吃什么东西呢？"

梅阿土和白牡丹同声答道："山里虽没店家，沿途幸有山果等物可以充饥解渴。"

瘦春插口对白牡丹道："白家姊姊，你们二位乃是我们的救命恩人，自然跟着我们去见我们的父母，以便从重相报。"

白牡丹不知怎么竟与瘦春有缘，正在难舍瘦春，忙接口道："罗小姐，像你这般人品，我是有生以来，还是头一次碰见，就是罗小姐不要我们跟去，我也一定要跟去的。至于'恩人'二字，快快休说提。"说着，又去问袁紫纹道："袁小姐呢？"

紫纹道："我此次出来，上上下下，男男女女，一共也有七八个人，现在弄得被杀的被杀，被押的被押，仅剩我一个，我此刻也不能顾他们了。我已归心如箭，前面就要和你们诸位分路，只好后会有期的了。"

紫纹说完，瘦春、笑春、白牡丹三人都露惜别之意，反是紫纹硬了心肠譬解一番，瘦春、笑春、白牡丹无可如何，正待前进。不料小大王一见瘦春等人在逃，气得连他老子那儿都来不及去禀告，立刻亲率三百名喽啰，各执家伙，拼命追赶。事也凑巧，倒说一赶就被他赶上。

此时梅阿土陡见后面尘头大起，便知强盗赶到，他就一面催着大众赶快脱去那个巡丁衣服，一面同了白牡丹，将手向大家一挥道："快快地各自逃生，不可再在一起。"

可怜瘦春、笑春、紫纹、宝山公子，都是惊弓之鸟，不等梅阿土说完，顿时四散地奔逃。

不知能否逃脱此劫，且听下回分解。

## 第四十七回

### 防强暴穷追爱弟
### 遇蛇精误怪佳人

大家一见强盗赶到，顿时各自逃散。白牡丹、梅阿土、常笑春、袁紫纹四个，因这一逃，各遇多少奇奇怪怪之事，此时暂且不表。

先叙宝山公子，当时不待梅阿土说毕，急对瘦春说了一句："姊姊，大家性命要紧，只好各自逃生的了。"

宝山公子的"了"字尚未出口，早向旁边的那条岔路上直奔。

瘦春一见宝山公子拼命地逃走，她也从那岔路之上跟着追去。在瘦春之意，她已知道她若单身逃走，纵使不被强盗追着，只要碰见一两个歹人，她就不能活命，只有跟着宝山公子一起，到底有个帮手，所以宝山公子虽向她在说只好各自逃生的那一句，她一则因为匆促之间来不及答话，二则只要拼命追了上去，不见得宝山公子定要和她分逃的。及至追了半天，起先倒还瞧见宝山公子的影子，后来她的脚被荆棘所刺，虽已不能奔跑，还在拼了性命地追赶。又走许久，实在不能再走，幸亏后面尚无追兵，她就走入一座松林之内，先解小解，然后坐在地上，一面两只手在捏她的小脚，一面又暗忖道："我这宝兄弟，他自从伴送我到四川起，一直至现在止，没有一次不以照顾我这人为第一件大事，只有今天，他在逃走的当口儿，忽然说出各自逃生这一句。以事实而论呢，自然各自逃走的便利，就是被强盗追着，也不过只死一个，况且他上有父母，下有妻子，他这个人，就在没有事情的时候，已是屈氏全家的命脉。现在又被我这个倒运鬼害得全家分散，身受严刑，他的要保性命，当然是为他父母、妻子起见，我怎么可以怪他？但是我既害得他如此田地，无论换了哪一个，一定也要灰心的了。他就是也灰心，也是应该，我此刻的这个念头，并不是愁他灰心，乃是对他不起，叫我怎么过意得去？此其一。他虽是一个男子，这样的一座深山大壑之中，一个人单身乱闯，倘若遇见蛇虫虎豹，又怎么得了？此其二。倘我跟在他的身边，或者得有一点儿好处。"

瘦春想至此处,忽又连摇其头道:"现在是不必说了,他已不知走到哪里去了。但望他早早地寻着他那父母、妻子,我的罪孽,一万分之中,或能减轻一二分。"

　　哪知瘦春一个人坐在地上,正在前思后想、自言自语之际,忽见金乌西坠、皓月东升。那时还是七月中旬,满身的臭汗,一被晚风一吹,陡觉遍体凉爽,身子一凉爽,肚子也就饿了。瘦春明知无物可吃,只好站了起来,四处去找寻,可有什么山果,随便采点儿充饥。找了半天,一样没有,仍旧回至原处。尚未坐定,忽然听见一声怪声,宛同裂帛一般,她还当是老虎来了,正在四处地乱望,以便躲过虎患。同时就见有一只极大的怪鸟,向那林外飞过,在飞的时候,又怪叫了一声。瘦春此时始知方才的怪声,就是这只东西,见它已经飞去,胆子始觉大了一点儿,忽又自语道:"我的双脚既不能走,天又夜了,只好且在此地露宿一夜再说。"

　　瘦春打定主意,方待就在草地之上卧下,突见林子外边,匆匆走进一人,正是宝山公子。不禁大喜,慌忙迎了上去道:"宝兄弟,你可是又回了转来找我的吗?"

　　宝山公子一见瘦春也在这里,不觉吃惊道:"姊姊,你怎么也走得这样快法,反在我的前面?"说着,就同瘦春坐在地上。

　　瘦春听了宝山公子之话,也一愕道:"怎么兄弟还走在我的后面吗?我在太阳没有落山的时候,已经到了此地。"

　　宝山公子连道:"不对不对,我在太阳落山的时候,一直走到此刻,算起路程,至少又走了三四十里。姊姊断没有我走得快,怎么老早就到了这里,难道我不认识路,反而兜上一个圈子,又走了回头路了不成?"

　　瘦春一见宝山公子虽已坐下,尚在喘气,料知他走得乏力了,但是忽又走至此地,或者真的错走了回头路了,也未可知。当下忽向宝山公子微笑道:"宝兄弟,我起先见你拔脚就走,我就跟着追赶,哪知起初还能瞧见你的影子,后来尽管向前直奔,仍旧追不上你。现在且不问是你错走回头路,或是你已被我赶上,我说都是老天爷悯我罪已受够,特地使我遇见你,方好一同走路。"

　　宝山公子也不觉失笑起来道:"照这样看来,我一定走了回头路了,我起先在奔走的当口儿,何尝不惦记姊姊?只因要逃性命,还想见我父母一面,因此不敢带着姊姊同逃,恐怕两误。现在鬼使神差,仿佛像个专诚回转来找姊姊的。"

瘦春听了一喜道:"这真是我命不该绝。"边说,边把她肚子饿了,找不到山果,以及瞧见那只怪鸟的事情,统统告知宝山公子。宝山公子听了,不答此话,单说:"我已饿得发慌,莫说长长一夜,如何挨得过去,即使挨过,明天怎有气力赶路?"

瘦春听说,忙叫宝山公子一同再向四处去找。宝山公子真和瘦春二人又在四处地找了半天,实在没有一点儿可吃的果子。瘦春生怕饿坏宝山公子,忙问道:"兄弟,你可有气力往前再走吗? 或者前面有果子树也难讲。"

宝山公子道:"这么且让我再休憩一下就走。"说着,又同瘦春坐在地上。

宝山公子一坐到地上,就见瘦春蹙着双眉,只把她的双手时不时地尽在捏脚,便也皱着眉头问道:"姊姊脚痛,怎么走路呢?"

瘦春摇摇头道:"我哪能再走?"

宝山公子不解道:"姊姊方才不是说,见我走了回来,要想和你同走的吗?"

瘦春点点头道:"我的心里,虽是这样想法,但是双脚已经皮破血出,真已寸步难行。要么兄弟一个人先走,我慢慢地再赶上来。"

宝山公子连摇其头道:"此地山路崎岖,岔路又多,姊姊倘一落后,何处再去找我? 况且这座深山大泽之内,毒蛇猛虎又多,我怎么放心丢姊姊一个人在后头?"

瘦春也摇着头道:"还是兄弟这人要紧,我死本不足惜。我此刻的不肯马上寻死,一则害了你们几家,叫我怎样死得下去? 二则我那父母知我一死,他们哪会再活?"

宝山公子听了,很快地答道:"前面有没有山果,本来不能预料,当然我陪着姊姊在这里要紧。"

瘦春看了宝山公子一眼道:"兄弟能够和我在一起,还有何说? 不过兄弟饿坏了,又怎么办法?"

宝山公子道:"这么我来扶着姊姊,慢慢地往前再走。走到哪里,就算哪里。"

瘦春又说道:"我方才瞧见太阳,我们是向西走的,不知那座麒麟镇又在哪里?"

宝山公子乱摇其手道:"我已闹得昏头胀脑,我的急急向前奔去,当时是怕那班强盗追着,那就没命。后来心里自然也想回头到那座镇上去,可是没处问路,也没法子。"

瘦春听了一吓道:"这样讲来,就是我的脚不痛,能够走路,像这般地瞎走,试问怎么会走到那座镇上? 或者我们越走越远,这不是桩笑话吗?"

宝山公子道:"我也无非希望碰见一个过路人,便好问路,不见得一个人碰不见的。"

瘦春听了,更加发急地叫了宝山公子一声道:"兄弟,我尝听见高伯母和我说过,四川的山,简直有走上三两个月,碰不见人的,安知此地不和那里一样? 这样说来,我们姊弟二人真要饿死在这座山里的了。"

瘦春说着,她的眼泪早已簌落簌落地掉了下来。宝山公子没话安慰,也在长叹不已。瘦春无法,只好让宝山公子扶着她慢慢地向前走去。

又走了好久,已经快半夜了,瘦春本在边走边留心的,忽见远远的一座山坡之上,似乎有座桃林,忙指给宝山公子看道:"兄弟,你瞧见了没有? 那儿有座桃林,我就在此地坐着等你,你快去瞧瞧。"

宝山公子听了,便让瘦春一个人坐在地上,他又贾勇前进。及至走进那座桃林,仔细一瞧,并没半个桃子,只好回了出来。忽见离开他那里,约莫有半箭远的地方,似乎有一株极大的果子树在那儿,不禁喜出望外,忙又奔到那儿,走近树下,抬头一看,只见那个果子似梨非梨,似桃非桃,只因肚子实在饿极,当下也不问它是不是可吃的果品,立时爬在树上,顺手摘下三两颗,就在树上吃了起来。在吃的时候,虽觉有些苦涩,只顾充饥,也不管它。吃完之后,又采上十几个,以便持回和瘦春同吃。

此时月色已经低了下去,那座山坡的地上本是黑簌簌的草地,再加四面的老树叶子遮着月光,自然更加黑暗,那个情景,煞是怕人,但是宝山公子也顾不得许多。正在急急忙忙奔回去的当口儿,忽见前面有株倒在地上的老树,拦着去路。宝山公子早已忘记,来的时候,并无此树,他单瞧见那株树身,约有小缸粗细,他便一脚跨过树身,不料他的脚跟稍把树身一带,陡然之间,只听得沙沙沙的声气一阵乱响,赶忙回头一看,几乎把宝山公子吓死。你道如何?

原来那个东西,并非老树,乃是一条巨蛇。只因宝山公子仅瞧见它的中段,未曾瞧见它的头尾,当时沙沙沙的声气,正是那条巨蛇因被宝山公子一碰,往前在流的声气。宝山公子一见竟有这般大的蛇身,顿时拔脚就逃。等得逃至瘦春所坐的地方,瘦春这人忽又不见,于是更加着急起来道："难道我姊姊已经被我瞧见的那条巨蛇所吞了不成？"一时无法，只好把他手上的那十几颗东西随手抛在地上，反身就去寻找瘦春。

走不多远，只见对头有人走来，仔细一看，正是瘦春。赶忙迎了上去怪着瘦春道："姊姊，不是兄弟在怪你，你一个人怎么又在乱闯？我刚才真见一条巨蛇，至少有小缸粗细，至少也有三四丈长，它若吃人，不必动嘴，只要一吸，我们这人，便会吸到它的腹中。"

宝山公子说到此地，一面又将瘦春扶回原坐地方，一面又把那十几个果子递与瘦春去吃道："姊姊，你快吃几个，余多的我停刻再吃。"

宝山公子说完，只见瘦春一壁在吃，一壁又形所无事地微笑道："兄弟，你莫这样地吓你姊姊，你姊姊也吃了二十一二年的五谷了，从来没有听说有这样大的蛇。"边说，边向宝山公子送上一个媚眼，同时又柔声说道："兄弟，话虽如此，你姊姊的胆子本来小的，我们今晚上就在此地露宿一宵吧！你得陪你姊姊同睡。"

宝山公子素重瘦春为人，此时虽见瘦春大异平时，还当她又在想到那些感恩戴德的事情，一时感激，略为亲昵一点儿，也说不定，慌忙答道："姊姊放心，姊姊倘若倦了，就请先睡，兄弟就是坐守天明，也要防那毒蛇猛兽前来吃我们的。"

瘦春此时已经吃完，忽用手去搭在宝山公子的肩上道："兄弟，你瞧，如此良宵，如此风月，这座深山之中，又没人来，你姊姊今儿晚上是……"边说，边就把宝山公子冷不防地闻了一个香去。

宝山公子连连地一壁躲开脑袋，一壁绯红了脸地说道："我和姊姊两个，自问可对天地的事情，就是各无一丝邪念。今儿姊姊，何故忽有此举？"

瘦春听说，话未开口，又想用手去拖宝山公子的手。宝山公子忙又一躲，即正色地说道："姊姊自重，此地幸没人见，不然，姓范的这场钦案官司便不冤枉我们姊弟二人了。"

瘦春也发恨地道："兄弟，你真的这样无情，你姊姊不是白待你了吗？"

宝山公子忽然伤心起来道："姊姊，你的待我好，原来为此吗？"

宝山公子正待教训瘦春几句，忽见天上有道流星，直向他们二人身边飞下，同时眼前一黑，又听得沙沙沙的一种可怕之声陡然而起，不禁吓得晕在地上。及至醒来，只见瘦春仍旧坐在他的身旁，正在边哭边喊。

宝山公子此时很是轻视瘦春,便冷冷地说道:"姊姊,你哭些什么? 我方才就是不醒转来也罢。"

又见瘦春更是放声大哭道:"兄弟,你怎会晕了过去? 不是我这样地喊你,你真的不能醒转,也未可知的呢!"

宝山公子仍是恨恨地说道:"我也闹够了,姊姊,你既要睡,你就请睡,我是要坐到天明的了。"

瘦春一吓道:"兄弟,你为什么要坐到天明?"说着,又指指离开他们那里约莫有三四丈远的地方道:"兄弟,这么你就到那儿去睡,明天还要好好地赶路,怎么可以不睡?"

宝山公子听见瘦春叫他那边去睡,方始将他心中的愤气按下,也不答话,一个人自顾自地走到那边去了。

瘦春本已倦极,一见宝山公子去睡,她也倒头就睡。这么瘦春何故这天晚上,忽然动起情来的呢?

原来起先在调戏宝山公子的那人,并不是瘦春,就是宝山公子起先碰着它身子的那条雌蛇精。那条雌蛇精,业在此山修炼好几百年,它的道行已经能够化人,平时倒也潜心修炼,并未糟蹋生灵。只因方才忽被宝山公子一碰,它一见宝山公子如此美貌,方把它的一点儿尘心惹起,当下就化了瘦春的模样,前来调戏宝山公子。可巧空中忽有一位剑仙经过,瞧见一条蛇精正在迷人,那位剑仙又念它已有几百年的苦功,并不伤它性命,只将它吓走而已。

蛇精吓走之后,那个剑仙也去了。宝山公子也就晕了过去。这么瘦春这人又到哪里去了? 瘦春自有她的事情。

欲知详细,且听下回分解。

# 第四十八回

## 痛亡姊忍饿留山果
## 埋裸尸惊奇掘草根

　　瘦春对于宝山公子这人，自从四川回来之后，早将那个"情"字畏如蛇蝎，正在自幸他们二人没有堕入情网。这次的钦案，虽未替她表明事迹，到底良心上可以自问，独有那个"恩"字，她是无时无刻没有忘怀的。况且像这样的"恩"字，真可谓上下五千年，纵横七万里，无论何人，没有受过此恩，还要此次一同被捉上山，她倒幸免，宝山公子反受严刑，你们替她设身处地想想，岂是人过的日子？她既对于宝山公子有此一百万分的过意不去，断无不想从速报答之理。只因没有机会，只好守着，譬如宝山公子一时糊涂起来，向她调情，她或者情愿牺牲人格、牺牲名誉，也未可知。即成事实，这也是她一个孤苦伶仃的女子做此无聊的报答，并不是还在"风流"二字上面着想。大概普通的女子也知此事弄成钦案，万不肯做，何况瘦春本是一个出类拔萃、见高识低的人呢？她又知道宝山公子对于她，到了现在田地，更加不做此想，所以宝山公子因她的双脚皮破血出，不能走路，扶着她走，她也毫不推却，这又是彼此相信得过的表现。她的要同宝山公子前进，对于怕那强盗追来，对于要想回到麒麟镇去，这两桩事情，尚在其次。最要紧的是，恐怕立时饿坏宝山公子，所以她在宝山公子扶着她走路的时候，她就沿途留心，有无山果，可使宝山公子救急。及见那座桃林，自然要叫宝山公子去看。

　　等得宝山公子走后，她忽然腹痛起来，急于要去大解，她便一个人走入一座树林之中，去办私事。办毕回至原处，她自然并不知道宝山公子已被蛇精迷过，一见宝山公子晕死地上，这一吓还当了得？当下忙不迭地去伏在宝山公子的身旁，连哭带喊地闹了好一会儿，方始把宝山公子喊醒，所以对于宝山公子轻视的心理，非但一点儿不知，而且也不防到，还当宝山公子疲倦已极，有此冷淡现象。一等宝山公子去睡，她也沉沉睡去。哪知瘦春的磨难尚未受完，不但在此白白地受了一场不白之冤，将来还要大吃不是人类所吃的苦头,而且还有一桩极好的机会,被她自己无端地断送。

原来那个老强盗王不是别人,正是曾任四川督标守备,因案充发极边,小梅的亲生父亲,名叫钮寿康的便是。钮寿康自充发极边之后,因为老妻已死,爱女已卖与屈氏为婢,本想一死了事,后来无意之中遇见一位名叫铁蹄头陀的剑仙对他说道:"贫僧见你这位老英雄的印堂之上,黑气重重,心中必有一腔冤郁。贫僧不揣冒昧,要想收你为徒,教你练就剑术,将来还有一番大大的事业可做。"

钮寿康本是一位拳教师出身,平生只恨不会剑术,一听这个和尚自愿收他为徒,马上伏地叩拜道:"徒弟略知拳术,因被上司冤枉,办了此罪,还有那个对头,本事十分厉害,徒弟奈他不何。师父既肯大发慈悲,将我收作徒弟,这真正是我钮寿康的大幸了。"

那个铁蹄头陀便把他带上山去,一学十年,见他已有八九玄功,便叫他下山,去到江湖之上,结识好汉,将来自有用处。他就遵了师命下山,未到一年,很已结识不少的好汉。

有一天,忽遇那个小大王,一场战斗,亦把那个小大王杀得屁滚尿流,情愿认他作父,上山掌理山寨之事。他便一口应允,就在山上暂待时机。后见那个小大王乃是一个色鬼,将来难成大器,虽也屡次地劝教,无奈那个小大王当面只是唯唯如命,一转背便又无法无天。钮寿康自然灰心起来,从此常下山头,去结识好汉。

一天,不知为了何事,竟被一个名叫空空子的剑仙击伤。回山之后,赶紧医治,那时那个梅阿土因为白牡丹被掳上山,自来入伙,要想设法把白牡丹救下山去。因没机会,便以"勤慎"二字,得了钮寿康的欢心,充了巡查之职。他所得着钮寿康要亲自提问在押人众的信息,他就猜着钮寿康生怕小大王冤押良善,提问之后,便要释放。无奈瘦春归心如箭,急于要下山去,一见梅阿土可以带着他们混下山去,自然以快为妙,不愿再去听审。哪里知道,只要一去听审,说出他们的家世,钮寿康自然要将他们送到屈侍郎那里。试问怎会在这深山之中受那奇祸?因为钮寿康也是本书的紧要人物,本书上集已将完了,不能不在此叙他一叙。

现在接说瘦春忽在睡梦之中,陡被一阵腥风惊醒,她那时也有一点儿经验的人了,一见腥风吹过,便知老虎又到。当时拼着命地爬了起来,正想奔去嚷醒宝山公子,说时迟,那时快,早被一只斑斓猛虎扑至她的面前,衔着她的背心就走。可怜她只喊得一声"兄弟救命",第二声尚未出声,已在虎口之中，昏晕过去。

宝山公子那时方在好睡，陡听得瘦春在喊救命，他就一个虎跳打了起来，一见瘦春已被老虎衔去，他急拼了命地拾上一枝约有四五尺长的断树，拔脚就向那虎追去。哪知老虎见他追去，反而逃跑，这么老虎何至怕人的呢？只因那座空山之中，千年难遇人迹，此时难难得得衔到一个人，一时也有患得患失之意起来，便向一座深岩之下蹿去。等得宝山公子追到，那只老虎早将瘦春衔得不知去向的了。那座深岩，少说些也有二三十丈深，宝山公子又没轻身之术，只好望空叫了一声"我的好姊姊"道："你真苦命呀！但愿你归天之后，显出灵验，附助你的兄弟，替你先报那个姓范的大仇，然后再来寻捉此虎。"

宝山公子边哭边说，早将方才轻视瘦春的心理忘得干干净净。哭了半天，一无法子，他又忽然想到他的父母、妻子、姊妹，以及众人起来，他想："常笑春和瘦春两个，昨天半夜里逃下山来的时候，当时谁不做更生之想？哪里知道竟会逃散的逃散，遇虎的遇虎。照此看来，我们这几家人家，定是交了十恶大败之运，不要我那父母等人也遇危险，那就叫我怎么做人？"

宝山公子想至此地，一时心胆俱碎，重又仰天大哭，他也不怕那个老虎因闻哭声重又光临，只是昏天黑地地哭了半天，再将眼睛望望岩下，毫没一点儿动静。他又想到那只老虎在吃瘦春的时候，那种可怜可怕的形状，仿佛已经现在眼前，他又哭道："姊姊呀！我早知道你要死在虎口，这是你可以安然死去的机会，至少也有十多次的了，我又何必死死活活地将你救醒转来的呢？你那时倘不醒转，又何至和我二人被那恶贼赤身露体地绑捆？又何至去到王府受那严刑，又何至今天葬此虎口？"

宝山公子一个人自言自语地哭了又说，说了又哭，他又骤然想起一事，便默忖道："我知道大凡一个人，只要忽变常态，便是要死的先兆。我想我这姊姊，她在我有病的时候，三更半夜地时常替我捶腿，那时挨身贴肤的，都未曾稍动邪念，现在这座深山之中，生死未卜之际，怎么竟会这样起来？这就是所谓反常的了。"

宝山公子边想，边又大顿其脚道："这事怪我不好，怪我少不更事，没有经验，理应一见我姊姊变了常态，马上就得事事留心，随时防备才好。怎么可以赌气睡得老远，仿佛有意使她给老虎衔去一般？我倘若守在她的身边，我至少也要和老虎拼命一阵，倘若真的拼不过老虎，那时再让它衔去，我那姊姊方不怨我。可怜我姊姊死都要死了的时候，我还要如此怪她,要知不是她在怨我,愤而寻死,自己情愿给老虎衔去也未可知。如此说来,我姊姊的一条性命,分明是我断送她的了。"

宝山公子正在自怨自艾之际,陡又听得呼呼呼的几阵腥风从后而来,他也只好反身就逃,回至原处,一见瘦春吃剩的那几个山果尚在地上,他就慌忙拾起,藏在怀内,便向斜刺里乱逃。逃了好久,天已将亮,肚里又在饿了,即在怀内取出一个山果,正想去咬的当口儿,忽又想着此果乃是瘦春吃剩的遗物,怎好不宝而藏之的留作纪念?他既要留作纪念,自然仍藏怀内,肚子虽在饿得犹同鬼叫,他也不肯吃那山果,只望走到前面,或有山果可采,那就万幸。谁知走了又歇,歇了又走,整整的一天一夜,并未瞧见一点儿可吃的东西,又因肚子实在饿不过了,只好取出一个来吃。不料见那个山果,他的眼泪便会直流,一时不忍吃下,只得挨了饿的往前再走。又走了半天,非但肚子饿得发痛,口里也干得不可开交。天气既热,汗像潮至。

正在无可奈何之际,忽见前面似乎有具裸体女尸,不禁一吓,还当那具女尸定是他的妻子,或是他的妹妹。赶忙走近一瞧,只见不但身上未曾伤烂,连那面目也和活人一般,除了没有一口热气之外,一个不留心,还要当她睡熟在那儿的。仔细看过,并不认识此人,身上的皮肤虽还白净,可极粗糙,看她那一双脚的样儿,料定不是南方人,不觉很是奇怪起来道:"这座山里,我走上两三天了,从未遇见一个人过,怎么此地忽有这具裸体女尸?说她才死此地,瞧其形状,既非被奸,又无伤痕,身上皮肤已被山风吹干,断不像才死的。说她死了长远的呢?如此炎天,如此烈日,一具女尸,既不腐烂,而且如生,岂非怪事?"

宝山公子想了半天,想不出什么道理,但见她遍身赤裸,四脚朝天,很不雅观。他便捡上一根断树的丫杈,就近扒开一个泥潭,刚刚去把女尸一拖,陡见这具女尸一离开她原卧之处,被风一吹,顷刻化为血水。宝山公子见此奇事,不觉吓得目定口呆起来,急向那具女尸卧过之处仔细一看,只见土中长出一根草根,似藤非藤,似草非草,芬芳扑鼻,说不出的一阵奇香。宝山公子已知此草必非凡草,连忙掘出一看,不过二尺多长,形似黄瓜藤,唯没叶子,但是草类之中,从未见过此物。他就一面将那草根藏在怀内,一面又朝那具女尸所化的血水一揖道:"你却不要怪我,我的想掩埋你,原是一番好意,不图你卧在那根奇草之上,保全你的尸身多日,一被我无心移开,便化血水,只有望你不知不罪。"

宝山公子的"罪"字尚未说完,忽见一阵阴风向他的脸上吹来,直把他吹得毛发直竖，只好反身就逃。又逃了几十里，只觉那道阴风仍旧绕在他的身上，他又抖零零地说道："我屈宝山与你无冤无仇，何必苦苦地寻着我？我不过上有父母，下有妻子，万不能死。我倘能够死的，不必你来缠扰，我老实说，早已死了。"

哪知宝山公子嘴上尽管如此祝赞，那道阴风仍是不散。他便想到或是此鬼也爱这根草根，所以恋恋不去，他就摸出那根草根，丢在地上道："你既爱它，我就不要。"

岂知那根草根一被丢在地上，那道阴风果已不见。

宝山公子忽又奇怪起来道："天下真有这般的灵鬼不成？怎么我那姊姊又没有它灵呢？"

宝山公子边想，边又去将那根草根拾了起来，刚刚捏到手中，说也奇怪，那道阴风倒说又向身上扑来。宝山公子忙又将那根草根丢在地上，那道阴风顿时绝迹。

宝山公子不禁好笑起来道："我偏不信，还要试试看。"

可笑宝山公子一连试了几次，方才明白，不是什么阴风，原来那根草根，或是仙草，只要草根碰着人身，便会遍体生凉。

宝山公子不禁大喜道："我于无意之中得此奇草，倘若遇见什么蛇虫百脚，或者可以避毒，也未可知。"于是藏了此草，再往前走。

又走一天一夜，肚子毫不觉饿。宝山公子暗喜道："此草必是仙草无疑，让我回去呈与父母，让他们二位煎汤服下，或会成仙，也说不定。"

宝山公子边说边走，忽见前面也有一阵清香的气味朝他鼻边送来。他又自语道："莫非我已走入什么仙境不成？不然，为何这种香味竟会接踵而至的呢？可是我已归心如箭，就是遇见真仙，我也不能留此。"说着，已见旁边的一座岭头，上面竟有一个四五亩大的荷花池，池内的荷花全是白色，花瓣花叶也较寻常的荷花要大一倍。他方才所闻着的清香味儿，就从此中出来，不觉心里一喜道："我正走得一身臭汗，十分难过，我何不在此洗它一个浴去？"说着，慌忙走到池边，先将怀内的那根奇草，连同几个山果取出，放在地上，脱去衣裤，这套衣裤，还是那个白牡丹赠给他的。脱完之后，只见满身刑伤，重重叠叠，十分可怕。回忆前事，顿露惨色。

及至跳下池去，尚未泳至中间，他的脚上陡被一样东西绕住，急想甩脱，哪儿能够？

不知此物究是什么东西，且听下回分解。

# 第四十九回

## 清香遍体沿途友毒虫
## 热血攻心舍命战疯狗

宝山公子下池洗澡，忽被一样东西绕住他脚，慌忙伸手一摸，不禁吓得要死。你道什么东西？原来是俨似杯粗细的一条大蛇。幸亏那蛇忽被宝山公子一摸，倒是自己散了开去，流到池心去了。宝山公子哪里还敢再洗？赶忙回至池边，爬了上来，就拿衣裤当作手巾，随便揩干，穿上之后，怀了那根奇草，连同几个山果，再向前走。

这天晚上，因没树林可卧，四面一找，见有一个古洞，虽然十分黝黑阴森，要避风雨，只好走了进去，枯坐一会儿，也就卧下。第二天醒来一瞧，更把他吓得心胆俱碎。他见自己的身旁左右各有一条四五尺长的蜈蚣，眼珠碧绿，背上发红，伸直身子，舒开百脚，直挺挺地伏在那儿。幸见这两条蜈蚣尚无毒气逼人，神气之间，也没什么害人之意。宝山公子只好给他一个冷不防地跳了起来，奔出洞外就跑。跑了半天，回头看看那两条蜈蚣，并未追来，始把他的心放下。

又走到夜，那里适有一座深林，上面的碧叶尤似搭了一座凉棚一般，当下就在那座林中席地坐下。他一个人又在发愁道："我一个人尽在此山乱闯，不知何日才能走到那座麒麟镇上，不知我那父母、妻子、姊妹，以及大众人等，到底吉凶如何。我那三妹，她原有飞天的本领，我已出来个把月了，她难道一点儿没有手足之情，不来找找我吗？就算她不来找我，我那父母、妻子也该叫她来找我的呀！莫非大家统统都遭了意外不成？即使大家都遭了意外，他们夫妻两个都是剑仙，不见得剑仙也会遭意外吧！这真有些令人不解。"

宝山公子这样地想了一阵，自然仍是白想，他也只好睡下。

等到半夜起来小解，陡见他的身旁大大小小的不知伏了多少怪物在那儿，把他围得密密重重，若要逃走，势必要踏在那些怪物的身上。此时不去碰它们，已经吓得牙关打战，若一碰着它们的身上，一口咬来，还想有命?宝山公子左思右想,没有计策。又见那些怪物仍旧一动不动地伏在那儿,他虽吓得不敢正眼去看,但是带眼瞧见,不但生平未曾看见这些东西过,连在画上也从未有人画过这些可怕的东西。只有《聊斋》上曾记大蝎一则,他起初还当是那位蒲留仙的游戏笔墨,此时亲目所睹,始知深山之中,无奇不有,这么到底是些什么怪物呢?

原来第一样是两只蝎子,真有琵琶那般大小;第二样是一个蜘蛛,也有巨碗那样大;第三样是一条俗名五步蛇,身长不过二尺,它的粗细,却有斗那般粗,望去极似一个很大很大的东瓜;第四样是一条蜈蚣,比较头一天瞧见的还要长一两尺。其余还有好多样怪物,因为从未见过,不知是些什么东西。宝山公子那时本已站起,一见那些怪物围着他的四周,逃又不能,坐又不能,正在万分危急的当口儿,幸亏被他看出一点儿苗头。他见那些怪物无不双目直望他的胸际,而且还有几样怪物只把一张嘴张得奇大,似乎都在那儿呼吸他那奇草的香气。他想昨天的那两条蜈蚣和他同卧一宵,不要说被它一咬,便没性命,就是它的毒气,也要把人毒死。后来竟能安然无事,大概它们也爱闻这奇草的香气,所以不来害人。甚至有此奇草在身,它们不能加害,也未可知。

宝山公子既已看出这个道理,他就摸出那根奇草,执在手上,对着那些怪物的头上,向空一扫,只见那些怪物都像怕那奇草的气味太觉猛烈,顿时四散地逃开。宝山公子就趁它们逃开的当口儿,一脚奔出林外,可怜连小解也不及去解,不要命地就向前奔。奔了一阵,回头看看,并没一样怪物追至,他此时才知那根奇草真是护身的宝贝,他的胆子也就大了不少。好在业已睡足,解完小解,放开脚步,再往前行。

就从那天晚上起,不问他睡在什么地方,每天晚上,都有奇虫怪物前来伴同宿歇。日子一多,他也习以为常,可惜那些怪物不会讲话,不然,他还可以和它们结个人虫之交呢。

有一天晚上,更是遇见一桩奇事,他所卧的地方,他总拣深林之中,一则可以躲避风雨,二则免得露水侵身,要有病痛。这天晚上,他在一座深林之内,正在好睡的当口儿,忽被一条巨蛇把他撞醒,醒来一看,那条巨蛇身长两丈,腰粗十围,只在以首触他的身子,看它样子,似乎要引宝山公子跟它到一块所在去的样子。宝山公子虽知那根奇草能够护身,但是要他无缘无故地跟了那条巨蛇而去,他自然不肯。哪知那条巨蛇见他不肯,急忙向他连点其首,似在磕头的样儿。

宝山公子忽见此蛇能知人意，一时好奇心起，便笑问那蛇道："你要我跟你去，究是善意，还是恶意？你是善意，可把你的头再点三点。"

那蛇果然向宝山公子连点三点。

宝山公子索性又问它道："这么此去远不远呢？倘若路远，我不能去。"

那蛇即把它的前七寸竖了起来，向外一望，似乎表示路并不远的样子。

宝山公子又笑道："既是不远，你就引路。"

那蛇真的向前溜去，不到半箭之地，也有一座极大的树林，那蛇就入林中而去。宝山公子大着胆子跟了进去，陡闻一阵奇臭扑鼻，几乎要把人熏得昏晕过去。赶忙取出那根奇草，闻了几闻，方将那个臭气熏散。定睛一瞧，又有一条满身溃烂的巨蛇躺在那儿，宝山公子至此，始知那条巨蛇引他来此，是要求他用那奇草替那业已溃烂得不成模样的那条巨蛇医病。他就有可不可地，用那奇草向那蛇身溃烂之处挨一挨二地拂去，说也奇怪，那草拂到哪里，那个溃烂之处便会好到哪里。不到半刻，那条垂死之蛇居然就像鲜龙活虎的一般起来。

宝山公子好戏作乐地笑问那蛇道："我已把你治愈，我要往麒麟镇上去，不认识路，你可能引我前去吗？"

那两条巨蛇一同将头连点几点，就向林外溜去。

宝山公子不禁大喜道："'年久之物，能通灵性'，这句说话，今天可验了。"

当下就跟着那两条巨蛇走去。走到天晚，那两条巨蛇并不稍停，仍往前进。

宝山公子忙止住道："二位蛇友，我可走不动了，要在此地过夜，你们也该歇歇。"

那两条蛇听了宝山公子之言，仍在向前溜去。宝山公子实在不能再走，一面仍叫二位蛇友不必前进，一面就在一座岩洞之口坐了下来。那两条蛇一见宝山公子不肯再走，虽然回了转来，却有一种无可奈何的表示。宝山公子莫名其妙，还当它们走乏了，因为到底不能够去和它们谈心，只好一个人就在岩洞之中睡下。睡了一会儿，瞧瞧那两条蛇不进洞来，忙又起身一看，只见那两条蛇横挡洞口，似乎替他在守夜的情状。

宝山公子连连点头道："这个东西，尚知报我之恩，那个姓范的真是连蛇虫都不如了。"

宝山公子说完，正待卧下，陡闻一阵腥风，就有一只猛虎直向洞门奔来。说时迟，那时快，同时就见那两条巨蛇竟去和虎争斗，斗了半天，瞧见那虎似乎奈蛇不何，陡地大吼一声，也就蹿去。那两条蛇并不追赶，但将蛇舌伸进伸出，大有乏力之态。

宝山公子至此，才知那两条蛇不赞成他在此地过夜是因为此地有老虎的缘故，忙去安慰那两条蛇道："蛇友蛇友，可惜我不懂你们的意思，险些误事。"

那两条蛇伸了半天舌头，仍去拦着洞口而卧。宝山公子因见那两条蛇如此卫护他，便也放心睡熟。及至天明一瞧，那两条蛇身早已血肉模糊，似已不会动弹，才知那蛇被虎抓伤。急取出那根奇草，又向蛇身拂去，不料这根奇草真是仙草，一拂之后，两条蛇身的疮处早又脱然而愈。那两条蛇一见宝山公子业已替它治愈，急又向前引路。宝山公子也照旧跟着前进。

一连几天，夜里有蛇保护，白天因有奇草在身，也不知饿。这样地一走两走，一天走到一个所在，宝山公子仔细一看，见是他头一天逃出那家客寓，看见瘦春晕死过去的那个地方，不禁大喜道："此地离麒麟镇不过七八十里，或者大家还在那里守我回去，也未可知。"说着，即催两条蛇迅速前进。太阳尚未落山，一人两蛇，已经到了麒麟镇的后山，那两条蛇因见已将宝山公子送到目的之地，急把它们的头向着宝山公子连点几点，即向深山大壑而去。宝山公子还想送送那蛇，谁知一眼看见那座麒麟镇，早已变了一个火烧场，慌忙奔近仔细一看，非但四处并没墟烟，连那火烧场上，也没什么热气。除了七八只通红双眼的野狗在那场上找寻枯骨之外，只有一阵阵的腥臭之味而已。

宝山公子忽见有段死人的焦骨在那儿，他就疑心他的父母、妻子、姊妹，以及大众人等，作兴已经身葬火窟的了，不禁一阵心酸，便向空大哭道："我的爷娘，我的芬、芳二位妹妹，还有大众人等，你们难道真已葬身此中不成？"

宝山公子边哭边要去拾那段焦骨，哪知那七八只野狗还当宝山公子要去分它之肥，顿时扑上两只，对着宝山公子的小脚，呼地就是一口，咬的当口儿，还要将那狗头连甩两甩，竟把宝山公子的腿肉撕了两块下来。此时宝山公子又痛又气，一时热血上升，即将他那一根奇草从他怀中取出，捏到手中,当作兵器,急向那几只野狗打去道:"我的这根仙草,连那毒蛇猛兽都要怕它,何在乎你们这几只疯狗?"宝山公子边说,边已赶了过去。那些野狗一闻那根仙草的味儿,果然吓得四散地倒退。边在倒退,边又狂吠,一只通红的眼珠,一排雪白的牙齿,使人见了,真要吓死。

宝山公子起初因被热血上冲,所以一鼓作气地去和野狗宣战,及见那些狗已经退了开去,陡觉他的两只小腿顿时痛得犹如刀割,一个站不住,砰的一声倒在地上。幸亏那些野狗怕他的那根奇草厉害,虽在对着宝山公子这人狂吠,却也不敢奔近。宝山公子痛得昏天黑地,竟将那根奇草可以医病的事情忘得干干净净,后来痛得倒地打滚,方才想着那根奇草,急忙忍着痛地用那草根去擦疮处,总算一擦便已止痛。宝山公子因见他的两只小腿全已发黑,知道凡多吃了死人骨头的野狗,会变疯狗,若被疯狗咬伤,肚子里头就要长出小疯狗来,这一吓非同小可,赶忙把那奇草折下一截,送在口中嚼下肚去。半刻以后,始见他两腿的黑色已退。他因恨那些疯狗,几乎伤了他的性命,急又一面用那奇草做了护身之符,一面拾了不少的碎砖,用出他那陆军技击之术,立向那些疯狗头上砸去,当时虽然也有砸着的,也有砸不着的,可是那些疯狗已经被他战胜。

他见疯狗已退,急将那段焦骨拾至手中一瞧,在他之意,料定那段焦骨不是他那父母,便是他那两个妻子,及至瞧了半天,非但难分男女,而且蛆虫满骨,奇臭不堪言状。一时没法,尚把那段焦骨放在一边,还怕那些疯狗再来抢夺,一面刻刻留心,一面又在火烧场上乱爬,希冀找到一点儿凭据,才能证实那段焦骨是否他的父母、妻子。哪知他不去寻找,倒也罢了,一去寻找之后,竟会找出两块三四寸长的旧绸衣襟,仔细一看,正是芬、芳二人那天所穿的衣服。宝山公子陡见那两片旧绸衣襟,立时复又晕倒地上。

那些疯狗一见宝山公子晕倒地上,正是它们的世界到了,顿时一齐奔到宝山公子的身边,便将宝山公子当作死人一用,大家你一口,我一口地咬个不亦乐乎。总算宝山公子命不该绝,忽被那些疯狗咬得痛醒,当时吓得连痛也不顾,拿着那根草根,就向那些疯狗打去。那些疯狗早知此草厉害,只好仍旧四散奔逃。宝山公子追了一阵,始觉他的浑身犹同火炙,忙又一面嚼着草根,一面又用草根乱擦全身。闹了半天,方才止痛。

那时天虽昏黑,宝山公子哪里敢睡?生怕那些疯狗再来和他为难,一直到了半夜,瞧见那些疯狗也去睡了,宝山公子方敢就在火烧场上,打了几个瞌铳。天犹未明，一觉惊醒，正想再去爬上火堆，忽见远远的有两个人，喊着山西梆子腔而来。

他一等那两个人走近他身边的时候，忙去向他们打上一拱道："请问二位，这座麒麟镇是几时被烧的？"

那两个同声答道："有个把月了。"

宝山公子又问道："这么二位可知道个把月以前，曾有一大批钦犯过路，现在那批钦犯，又往何处去了？"

那两个听了，即把手向前一指道："离开此地约莫三十里地，那里有座衙门，我们前一向曾经听说，那座衙门里，却有几个钦犯在那儿。"

宝山公子忙又问道："到底几个钦犯？"

那两个一见宝山公子只向他们问不清楚地在问，便盯上宝山公子一眼道："这可不仔细。"说着，各又喊着山西梆子，扬长而去。

宝山公子一听这个消息，急把那两片衣襟裹着那段焦骨，就向前面奔去。

不知宝山公子此去究否寻着他的父母、妻子，且听下回分解。

# 第五十回

## 大担心平妃求谕旨
## 好结局屈氏沐殊恩

　　宝山公子一口气奔了二三十里，果见前面有座衙门，及到那里，方知是座巡检司，一脚闯了进去。便有一个形似号房的人物，拦着问他找谁。

　　宝山公子慌忙述明来意。那人先把宝山公子引入一间小小的客厅之中，方始进去禀报。没有多久，里面匆匆走出一个须眉斑白的老者，一见宝山公子，也来不及寒暄，单将宝山公子的手紧紧握住道："老弟台，你怎么到今天才回来？可已把我们年伯和伯母二位急出一场大病。"说着，又不等待宝山公子回话，忙又说道："老弟台，快快随我进内，见过我们年伯、伯母再讲。"边说，边把宝山公子引入内室。

　　宝山公子一边跟着那个老者入内，一边还在问道："单是家严、家慈两个在此吗？"

　　那个老者未及答言，宝山公子已经走进屈侍郎夫妇卧病的房内。一见他的父母早已瘦得不成人形，各在一张床上，睡在那儿。

　　他的母亲一见他进去，头一句就问道："你只一个人来的吗？他们呢？"

　　宝山公子话未开口，便掩面大哭道："爹爹、母亲，千万不要着急，瘦春姊姊业被老虎拖了去了。"

　　屈侍郎急问道："你在怎讲？"

　　宝山公子又重述一句道："瘦春姊姊被虎拖去。"

　　廖氏夫人反而抖零零地连点其首道："也罢，也罢，她死了也省得再在世上受罪。"

　　宝山公子不接这话，急问他的父母道："爹爹、母亲，到底是哪天到此地来的？他们大家呢？"

　　屈侍郎上气不接下气地答道："你这孩子，怎么反来问我们？我们正要问你，难道你只遇见你的瘦春姊姊一个人不成？"

宝山公子一听他的父母也不知道大众的信息，料定必是凶多吉少，一壁哭得更是悲哀，一壁又问他的父母道："这么我们三妹妹呢？"

廖氏夫人也垂着泪道："我们两老，若不是你的三妹子救了来此，恐怕也和大家一样了。你们三妹子，一把我们救到此地，她又去找寻大家去了。直到现在，已经去了个把月了，并没回来一趟。为娘还防她也出了什么乱子了呢！"

宝山公子忙答道："三妹子是剑仙，那倒不怕。"

屈侍郎接口道："天下能人甚多，哪能这般自大？"说着，即命宝山公子把自从那晚上逃出客寓以后的事情详细地禀知他们。宝山公子听了，便从遇见瘦春起，一直讲至瘦春被虎拖去，他由两条巨蛇引到麒麟镇上为止，统统地禀知父母。

廖氏夫人边听，也在大伤其心，一等听毕，忙命宝山公子快将仙草煎汤给他们服下再讲。

宝山公子先问廖氏夫人道："方才引儿子进来的那人，大概就是此地的分司吗？到底姓甚名谁，何以称呼你们二位大人作年伯、伯母？"

屈侍郎道："他叫汤小溪，还是一位探花公，只因不会逢迎上司，一降两降地，从此地的首府，一直降到今职。他本是为父的老年侄，为父和你娘两个，没有他在此地，真是要弄得无处存身呢！"

宝山公子听说，一面出去谢过汤小溪，一面亲自煎好仙草，送与他的爹娘服下。未到半刻，二人之病早已霍然而愈。屈侍郎和廖氏夫人一见这根仙草如此灵验，倒也解去一半忧急。

宝山公子又问道："这么那班解差呢？二位大人一直住在此地，不到伊犁去报到，朝廷不见罪吗？"

屈侍郎答道："那班解差，自恃是办公事的人，不肯逃走，据你们三妹说，统统被乱兵砍死。为父和你母亲本想自赴伊犁投到，一则因见大家没有信息，怎么忍心先离此地？二则一到此地，就听见这里的汤年侄和我说，他接到省里的通饬公事，内开案奉廷寄，伊犁现在忽起战事，前次因案充发伊犁之屈某等人，着改充发云南等语。他既将这个信息说给我听，我自然感激天恩，矜全罪犯的至意，因此索性住了下来再说。前几天汤年侄又接京友来电，提及上次朝廷将我们这批钦犯改遣云南的事情，乃是吉王爷的平王妃，听见伊犁有了乱事，她竟自去面求太后娘娘，说她在川曾受我儿之恩，现在我家虽已犯法，尚无死罪，怎好令我们全家去到伊犁送死？

太后娘娘夸她不忘恩惠，便如所请，因此才把我们改遣云南。"

屈侍郎说到此地，又看了宝山公子一眼道："为父本不知道那个平淡烟，平时对你不怀好意，还是你娘告知我听，方才知道此事。现在那个平淡烟为保全你一个人之故，总算连我们大家也保全在内。为父想想，很是有些惭愧。"

宝山公子听了道："那个平淡烟，害得瘦春姊姊身受严刑，现在瘦春姊姊虽已去世，儿子倘遇机会，一定要代瘦春姊姊报仇。她的保全儿子，仍是一派邪念，此等事情，只有可恨，并无可感。"

廖氏夫人接口道："这些恩怨之事，尚非当务之急，只好将来再讲。现在大家一个都未曾回来，如何是好？"

宝山公子至此，始将他在火烧场上所拾芬、芳二人的两片衣襟，连同那段焦骨，递给廖氏夫人去看道："别人且不说他，我那芬、芳两个妹妹，早已葬身火窟的了。"

宝山公子的"了"字尚未离嘴，忽又放声大哭起来。

廖氏夫人先将那两片衣襟接到手中一看道："这个衣襟虽是芬、芳姊妹的东西，但是那晚上出乱子的时候，大家都在洗澡，不知她们二人是否已换衣服。倘若换了衣服，那就不用担心。"

宝山公子听了，摇摇头道："儿子那时走得匆匆，实在没有瞧见她们二人所穿何衣。"

屈侍郎道："为父据相而论，你那两个妻子未必即遭不幸，芬儿厚重，芳儿伶俐，都非短寿之相。我儿在未得确证以前，倒也不可徒自伤感。"

宝山公子听了道："爹爹吩咐，儿子自然遵守，不过儿子瞧瘦春姊姊也非无福之相，怎么竟会死于虎口？"

廖氏夫人生怕她这宝贝儿子急出病来，反来劝他道："我的痴孩子，你急也枉然。"说着，又指指那段焦骨道："痴儿把这段骨头拿了回来，不管它是何人之骨，不能说你没有情义。但是此骨焦得这般模样，实在也难认出。你快命人先把此骨拿去埋了，免得害人染着疫症。"

宝山公子听了，只好携出掩埋。

汤小溪因见屈侍郎夫妇两个一服仙草即愈，忙来道贺道："世弟携回仙草，年伯、伯母一旦霍然，这个事情，小侄要说我们这位世弟孝心感天，方会得此仙草。"

廖氏夫人微点其首道："我这孩子，平时总算还能孝顺我们二老。不过为人太觉迂拙,所以弄得颠三倒四。"

屈侍郎不待廖氏夫人说毕,便拦了话头道:"太太倒又要这般说法,这孩子此次真也吃了苦了。"

屈侍郎刚刚说至此地,宝山公子已经回了进来,一见那个汤小溪也在那里,忙与他敷衍几句。

廖氏夫人忽把宝山公子唤到她的跟前,急将他的衣服揭起一瞧,只见遍体刑伤,叠叠重重,简直没有一块好肉。内中还夹着那些疯狗所咬之疤,不禁放声大哭道:"我的可怜的孩子,这些苦头,亏你吃的呀! 不是为娘此刻在怨你那瘦春姊姊起来,你想想看,我们这份人家,从她入门之后,试问哪一天是平平安安的? 她倒闭了双眼死了去了,丢下了我们老的老,小的小,怎么好法呀?"

屈侍郎和汤小溪两个同声劝慰廖氏夫人道:"此次的事情,只好付之于天的了。现在只有照那'留得青山在,不怕没柴烧'的古语做去。"

宝山公子也去劝娘道:"娘呀,儿子虽然吃了这些苦头,幸而留得性命,爹爹和汤世兄所说的说话,很是不错,儿子总要能够活在世上,'恩怨'二字,儿子总要把它分明分明。"说着,即将怀内的几个山果取出给他娘看道:"儿子因为瘦春姊姊死得可惨,所以将她吃剩的山果带了回来作为纪念。"

廖氏夫人接到手中,瞧了半天,不识其名,忙问屈侍郎和汤小溪两个,可识此物。

屈侍郎答道:"此名石果,味涩而苦。"说着,忽问宝山公子道:"你和你姊姊两个,沿途竟以此物为食吗?"

宝山公子点头道:"无物可吃,只好拿它充饥。"

屈侍郎还待再说,忽见汤小溪的管家匆匆送进一份公事。汤小溪忙去拆开一看,尚未看完,早已喜形于色地边向屈侍郎、廖氏夫人、宝山公子三个道喜,边又将那份公事递给屈侍郎去看道:"小侄早已说过,老年伯必有赐环的日子,谁知这般快法,倒出小侄意外。"

屈侍郎忙将那份公事接到手中一看,只见是县里转下来的。上面写着是:

案奉府宪饬知:

奉抚宪饬开案奉庭寄内开奉上谕,朕面奉皇太后懿旨,据吉亲王面奏,犯臣屈炳堃,前任刑部侍郎时,洁己奉公,矜恤罪犯犹属余事,甲午岁奏请遣派学生,前赴东西各国,分习海军、陆军、政治、法律,以及各项科学,眼光深远,颇具古大臣忠君爱国之风。此次因案发遣伊犁,继致云南,可否仰求皇太后、皇上,上体列祖列宗忠厚待人之至意,将屈炳堃全家赦罪赐环,来京效用等语。着照所请,钦此等因。仰即通知已革刑部侍郎屈炳堃迅即率同妻子赴京听候召见,速速毋误。

屈侍郎看完这份公事,反而大皱其眉道:"吉亲王仅请太后赦我们一家,这又是那平淡烟的主张了。此事不知是福是祸,姑且勿论,但是高亲家、罗年兄,我那舅兄、舅嫂,以及大家的小辈,至今音信全无,我们虽蒙恩赦,怎么忍心丢得下他们呢?若是不去,又有违旨之罪,这倒使人大为其难了。"

宝山公子接口道:"依儿子的意思,只有赶紧办个说帖,请此间抚台代奏下情的。"

屈侍郎道:"为父一到此地,早将大家在麒麟镇上被乱兵冲散的事情……"边说,边望了汤小溪一眼道,"托他转了上去,至今未奉批回。吉王爷又未提及高、罗、廖三家之事。"

廖氏夫人接口道:"老爷不知那个平淡烟的为人,为妻却知道她的行为,她一塌括子,爱上我们这个孩子,首先撺掇吉王爷刑讯瘦春女儿。此次又先将我们大家改遣云南,现在又赦罪召入京去,她既爱上我们孩子,我们此次入京,她岂有不来找着我们孩子之理?莫说我们孩子素来尚知守礼,就算他是一个荒唐东西,单瞧瘦春女儿死得可惨,也不能和和平平地去鬼混的呀!"

屈侍郎点点头道:"我说见怪不怪,其怪自败,这桩事情,倒还容易解决。只是大家至今音信无踪,使我们行止两难,怎么办法?"

廖氏夫人尚未答言,陡见帘外飞入一条黑影,急忙一看,见是郭鸣冈。急问道:"你们两夫妻又不是没有本事的人,怎么一去就此不回?把我和你丈人两个,简直急出一场大病。"说着,指指宝山公子道:"这场毛病,若非你宝兄弟得着仙草回来,恐怕你今天回来,已经不能见着我们两老了呢!"

郭鸣冈不待廖氏夫人说完,急接口道:"岳父、岳母不能怪小婿和三令爱不回来，我们两个起初是四处找寻大众，因无下落，不好回来。后来三令爱忽然遇见一条蛇精，她便用她剑术要伤那条蛇精，谁知那条蛇精已经修炼了四五千年的了，它的道行却在三令爱之上，不知怎么一来，三令爱忽被那条蛇精摄去。小婿本领不够，无法救援，此刻将来禀知二位大人一声，小婿立刻要往峨眉山去请她师父。"

屈侍郎、廖氏夫人和宝山公子三个，一听碧城被蛇精摄去，顿时吓得目定口呆起来，六目相对，不会说话。

郭鸣冈又说道："岳父、岳母和宝兄弟，急也没有法子，我此刻就要动身，迟则真要误事。"

郭鸣冈说完，早将他的身子一闪，不知去向。

哪知鸣冈刚刚走后，莫本凤又飞了进来。上气不接下气地问着屈侍郎和廖氏夫人道："鸣冈两夫妇可曾回来过？我们的华月忽被一条蛇精摄去，恐怕性命已经难保。"

屈侍郎为人素来镇定，此刻接连听了这两个恶信，也会急得跺脚道："这场乱子不小。"说着，急对莫本凤道："鸣冈刚刚才走，我们三小女也被蛇精摄去。"

莫本凤大惊失色道："连三妹子都被蛇精摄去，这是我们的华月，一定没望的了。"

廖氏夫人本已吓得要死，一听莫本凤如此说法，她就大喊一声道："我的可怜女儿，你且慢走，为娘和你一同死吧！"

只听得砰的一下，早把头撞在壁上，顿时鲜血四溅，倒在地上。

作者也就此搁笔。

**图书在版编目(CIP)数据**

香海奇侠传 / 徐哲身著. -- 北京：中国文史出版
社，2025.3

（徐哲身武侠小说）

ISBN 978-7-5205-3931-9

Ⅰ. ①香… Ⅱ. ①徐… Ⅲ. ①侠义小说-中国-现代
Ⅳ. ①I246.5

中国版本图书馆 CIP 数据核字（2022）第 207966 号

---

责任编辑：卢祥秋

---

出版发行：**中国文史出版社**

社　　址：北京市海淀区西八里庄路 69 号院　邮编：100142

电　　话：010-81136606　81136602　81136603（发行部）

传　　真：010-81136655

印　　装：北京科信印刷有限公司

经　　销：全国新华书店

开　　本：720×1020　1/16

印　　张：20　　　　字数：286 千字

版　　次：2025 年 3 月第 1 版

印　　次：2025 年 3 月第 1 次印刷

定　　价：62.00 元

---